ゲンヤ

幻 夜

〔日〕东野圭吾 著

李炜 译

南海出版公司

新经典文化股份有限公司
www.readinglife.com
出 品

第一章

1

昏暗的工厂里,机床的黑影排成一排。那样子让雅也想到夜晚的墓地。不过,老爸要进入的坟墓并没有如此气派。黑影们看上去就像失了主人的忠实奴仆。它们也许正和雅也怀着同样的心情,静静地迎接这个夜晚。

雅也把盛着酒的茶碗送到嘴边。茶碗的边缘有个小缺口,正好碰在嘴唇上。喝干后,他叹了口气。

旁边伸过一个酒瓶,把酒倒入他的空茶碗里。

"以后在各方面都会有困难,但不要气馁,加把劲儿吧。"舅舅俊郎说。覆满他整个下巴的胡须已变得花白。他的脸红红的,呼出的气息有股烂柿子味。

"也给舅舅添了不少麻烦。"雅也言不由衷地说。

"这倒没什么。我担心你以后怎么办。但你有一技之长,应该不愁找工作。听说西宫的工厂已经录用你了?"

"是临时工。"

"临时工也行。这年头有个饭碗就不错了。"俊郎轻轻拍了拍雅也的肩膀。雅也对他这样触碰自己感到不快,但还是讨好地冲他笑了笑。

灵台前还有人在喝酒,是与雅也的父亲幸夫关系最亲密的三个人——建筑队老板、废铁商和超市老板。他们都喜欢打麻将,经常聚在雅也家里。生意好的时候,五个人还曾一同出游釜山。

今晚守灵,露面的只有这三个人和几位亲戚。雅也没有通知太多的人,人少也是理所当然,但雅也认为就算都通知了也不会有太大差别。那些客户就不用说了,同行们也不可能来,就连亲戚们都是上完香便匆匆离去,似乎生怕待久了雅也会开口要钱。亲戚中留下的只有舅舅。至于他不回去的原因,雅也心知肚明。

建筑队老板把瓶里的酒喝光了,这是他们的最后一瓶酒,剩下的只有俊郎像宝贝似的抱在怀中的那瓶了。建筑队老板一边慢慢啜着杯中只剩三分之一的酒,一边望着俊郎。俊郎一屁股坐在炉子旁,一边啃鱿鱼干,一边独酌。

"我们该告辞了。"废铁商先提了出来。他的杯子早就空了。

"是呀。"另外两个人也慢慢抬起了屁股。

"雅也,那我们回去了。"建筑队老板说。

"今天各位在百忙之中还专门过来,真是太感谢了。"雅也站起身低头道谢。

"虽然帮不上什么大忙,只要我们能做到的尽管说,会帮你一把的。"

"是啊,以前也受过你们家老爷子的关照。"一旁的废铁商说。超市老板默默地点点头。

"你们这番话让我心里踏实多了。届时还请多多关照。"雅也再次低头致意。三个明显见老的人也点头回礼。

他们走后,雅也锁上门回到屋里。和工厂相连的正屋里,只有一间六叠①大的和室和一间狭小的厨房,二楼还有两间相连的和室。三年前母亲祯子病死前,雅也连自己的房间都没有。

在摆放灵台的和室里,俊郎还在喝酒。鱿鱼干似乎已经吃完了,他正把手伸向建筑队老板等人留下的花生米。

雅也开始收拾零乱的东西,这时俊郎怪声怪气地说:"说得倒好听。"

"啊?"

"前田那老家伙。说什么能做到的尽管说,会帮忙的。真是口是心非。"

"那不过是客套话。他们手头也很紧。"

"那倒不是。就说前田吧,通过接些小活,倒是挣了些小钱。我觉得按说他能帮你爸爸一把。"

"我爸并没想依靠那些人。"

俊郎闻言冷哼了一声,歪歪嘴角说:"怎么会呢,你什么都没听说?"

俊郎的话让雅也停下了正在摞盘子的手。

"手头没钱偿还买车床的贷款时,幸夫最先想到的就是和那三个人商量。但是,他们不知从哪儿听到了消息,全都关门不见。那时候哪怕有人拿出一百万元,情况就会大不相同。"

"舅舅,这事你听谁说的?"

"你爸爸。他曾生气地说,生意好的时候都笑眯眯地围在身边的那些人,一旦生意衰落,立刻态度大变。"

雅也点点头,又开始收拾。这事他第一次听说,但并不意外。他原本就不信任那三个人,去世的母亲也讨厌他们。母亲的口头禅是:

---

① 日本计量房屋面积大小的单位,1叠约为1.62平方米。

"不管跟谁一起出去都一样,买单的总是你爸。"

"肚子饿了。"俊郎嘟哝着。一升装的酒喝光了,盘子里的花生也没了,雅也把空盘子放到托盘上。

"还有什么吃的吗?"

"馒头倒是有。"

"馒头呀。"

雅也斜瞥了一眼皱着眉头的俊郎,然后把放着脏碗盘的托盘端到厨房,放进水池。水池马上被塞满了。

"雅也,问你点别的事。"身后传来说话声。雅也扭头一看,不知什么时候俊郎已站在厨房门口。"和保险公司谈过了吗?"

终于说到正题了。雅也心里这样想,脸上却不露声色,只是摇了摇头:"还没有。"他插上烧水器的开关,从里面倒出热水,开始洗餐具。水原家的房子建于四十年前,没有可以直接出热水的设备。

"你已经联系了吧?"

"忙这忙那的,还没顾上。这时候如果保险公司来人,反而麻烦。"

"也许是这样,但还是尽早办理为好。手续办迟了,赔付也会相应推迟。"

雅也没有停下手上的动作,只是默默地点了点头。他清楚俊郎的用意。

"有保险证书吧?"俊郎说。

雅也的手停了一下,随即又开始刷盘子。"有。"

"能让我看看吗?"

"嗯……过会儿拿出来。"

"我想确认点事情。这些东西明天刷就行,现在马上拿给我看看。要不然告诉我在哪儿,我自己去拿。"

雅也叹了口气,放下了满是泡沫的海绵。

和室的角落里放着一个小茶柜。那是父母结婚后不久买的东西，年代相当久远了。柜子最下方的小抽屉里放着一个蓝色文件夹，里面仔细收放着寿险、火灾保险和车险等合同资料。母亲最擅长这类需要细心周到的工作。雅也觉得，母亲死后，工厂才开始出现经营漏洞，尽管以前只要母亲对工作提出意见，父亲都会大发雷霆，说女人不该插手工作的事。

"三千万元呀，果然。"俊郎手指夹着点燃的香烟，看了看文件夹。他有些不满，或许因为金额比预想的要少。

"听说是从银行贷款时被要求入的保险。"雅也说。

"扩大工厂规模的时候吧？"

"嗯。"

那是一九八六年，正是整个日本都头脑发热的时期。

俊郎点点头，合上了文件夹。朝着半空吐了几个烟圈后，他对雅也说："剩下的借款还有多少？"瞬间，他混浊的眼球似乎亮了一下。

"大约是……两千万。"

上周和债权人进行了商议，当时雅也也在场。

"那么，就算把钱全还了，也还能剩下一千万。"

"算是吧，但不清楚实际会怎样，也不知保险金会不会全额支付。"

"肯定会支付，又不是死于非命。"

雅也沉默着。他想说，不是死于非命还是什么？

"雅也呀，估计你也听说过……"俊郎把手伸进了上衣口袋。

雅也已猜到他会拿出什么东西。不出所料，俊郎掏出一个茶色信封，从里面取出一张叠得整整齐齐的纸，在雅也面前展开。

"你妈妈去世前——那是三四年前的事了——说是需要一大笔钱，过来求我，我呢，就给她凑了四百万。后来经济不景气，我也不好意思催亲姐姐还钱，所以一直拖到今天，可我的生意也不行了。"

俊郎以神户和尼崎为中心做眼镜和钟表的批发生意，全都批发给了镇子上的小零售商，整日从早到晚开着小货车四处奔波，凭借多销提高收益。泡沫经济崩溃后，他的收入明显减少，那些小零售店已经没了再进货的能力。但俊郎资金周转紧张，原因不仅如此。雅也记得以前母亲曾说过，俊郎炒股赚了不少钱，尝到甜头后，就再也不想努力工作了。

"我真不想说这些事。"俊郎愁眉苦脸地搔着头，"我也借了钱，而且是高利贷。如果一直不还，不知他们会怎样对我，说实话，我很为难。"

"嗯，我明白。"雅也点点头，"别处的借款清算完后，会把钱还给舅舅。"

"是吗？你能这样说，我就得救了。"俊郎龇着黄牙笑了，"对方不是一般人，他们也知道我借给你们家钱了。所以，如果我无法还钱，他们就会让我交出借条，最终还会给你添麻烦。我一直左右为难。"

"肯定会还您。"雅也又说了一遍。

"呃……太好了。在这种时候，真不好意思。"俊郎摆出一副过意不去的面孔，指间夹着香烟，双手交叉以示歉意。

喝光仅剩的一点啤酒后，俊郎说困了，就上了二楼。他以前经常来这里，对哪个壁橱里放着待客用的被褥了如指掌。

竟然说妈妈去求他，借了一大笔钱！

父亲说过借钱的经过。父母在俊郎的唆使下买了投机股票，不，确切地说是被卷入了俊郎操作的投机。俊郎说由他先垫上，让幸夫写下借条，好像还说借条没有太大意义，只是形式上的。幸夫做梦也没想到会被妻弟所骗。事到如今，就连俊郎是否真的在买卖投机股票都让人怀疑。

雅也转向殡仪馆推荐的最便宜的棺材，盘腿坐下。父亲的遗像看上去一脸虚无。可以想象他临死前肯定也是这副表情：失去了一切，绝望，对未来失去了信心。

雅也站起身，打开通向工厂的玻璃门。冰冷的空气迅速包裹了全身，他打了个冷战，穿上拖鞋。水泥地面像冰一样寒冷，四周弥漫着刺鼻的机油和灰尘的气味。他不喜欢，但从小就已闻惯。

他抬头仰望房顶。钢骨的房梁横贯左右。尽管光线昏暗看不清楚，他却能在心里描绘出房梁上生锈及油漆脱落的样子。其中一块酷似日本地图。

就在前天晚上，雅也回到家，发现在那日本地图的正下方垂着绳子，父亲吊在那儿。

2

亲眼看到吊在钢骨下的父亲时，雅也竟然没感到震惊。不，不能说完全没有。他扔掉了手中的超市购物袋，慌忙跑到父亲身边。站在寒冷彻骨的工厂里，仰望着已彻底不动的父亲的遗体，"该发生的事情果然发生了"的想法确实从他脑中一掠而过。他早已预料到这一天会在不远的将来到来，却从未多想。

身体还在颤抖，雅也披上了挂在墙上的防寒夹克。这件衣服对身高足有一米八的他来说有些短小，相反，不足一米六的幸夫穿上则过于肥大。

他把手伸进口袋，手指碰到了烟盒。取出来后，发现里面还塞着一次性打火机。还有几根香烟，也许是幸夫剩下的。

雅也叼起一根有点弯的烟，点着火，一边望着工厂里贴的写有"禁止吸烟"的纸条，一边吐出烟雾。那是还有工人的时候贴的。只剩下父子二人干活时，父亲开始叼着烟站在机器前。

父亲遗留下的香烟潮了，特别难吸。雅也吸掉三分之一，便扔进了父亲用来当烟灰缸的空罐子。

雅也突然想起了什么，走到一台机器前。那是一台放电加工机，正如它的名字，是靠放电现象将金属加工成特定形状的装置。它很特殊，而且价格高昂，在一般的町工厂里很少见。刚买入的时候，父亲曾雄心勃勃地说："不论什么时候有人委托咱们造模型，都不用担心了。"他做梦也没有想到，就在几年后，这类工作锐减。

机器旁边有一个小橱柜。雅也打开柜门，取出一只蒙着一层薄灰的长方形玻璃瓶。他用袖子擦了擦灰尘，依稀能看到"Old Parr"的字样，一摇，发出了液体的声音。

"怎么会有这种荒唐事！从没听说过！"那时，雅也的话把周围的工人们都逗笑了。只有一个人满脸认真——父亲幸夫。

"不，我刚听说时也觉得肯定是骗人。但那是制造厂的人说的，断言加工速度能提高两三成。"

"肯定是别人骗你玩呢。喂，老爸，别试了，多可惜呀。"

"不试怎么知道。"幸夫说着把Old Parr里的液体咕嘟咕嘟地倒了出来。

加工槽里原本有油，使机器放电，但幸夫不知从哪儿听说，往油里加入威士忌能提高加工速度，而且威士忌越高级，效果越好。没过多久，幸夫就发现自己被人耍了。看着左思右想的他，雅也等人捧腹大笑。好长一段时间，机器周围都散发着威士忌的气味。

雅也打开瓶盖，直接对着嘴竖起了瓶子。倒入口中的黏稠液体和那时的味道一样。

约五年前，泡沫经济正处于高峰期。

幸夫竭力想把水原制造所发展成规模更大的工厂。靠一台二手车床起家的制造所，由于赶上了经济高速增长的浪潮，最终发展成了一个像模像样的金属加工厂。幸夫的梦想是实现进一步的飞跃，直接从大企业接到订单。如果只接双重承包业务、三重承包业务，工厂没有发展前途。幸夫经常这么说。

在那之前，雅也一直在家电制造厂的机械部工作，制造生产设备。那时他从技校毕业已有两年了。幸夫提出让儿子辞去工作在家里帮忙，因为他有一定的把握。当时经营状况确实良好，雅也丝毫没有担心。

但现在回过头去看，不能否认那个时候经营已相当勉强。出口产品大部分在当地生产，在这种潮流下，东南亚逐渐成为竞争对手。日本的承包企业想要有活干，就被迫大幅削减成本。

那时几乎没有真正有实力的企业，有的只是浮夸的数字。大多数人没有注意到这一点，反而在银行的花言巧语下积极进行设备投资或扩大规模。所以，雅也并不想只责备父亲。当时大家都很浮躁，并错误地认为这种盛况会永远持续下去。

即便如此，回顾这两三年业绩的下滑情况，雅也仍有些头晕目眩。最初认为只是今明两天没有工作，接下来觉得只有自己这一行没活干了，之后才发觉不对——也不是对不对的问题，当觉察到原来是日本的产业整体下滑时，已无法支付工人的工资了。

经过再三恳求，才从有长期业务往来的公司要到一点订单，但仅勉强够维持生计，无法指望还清巨额贷款。上个月水原制造所只生产了一个高频淬火用的线圈，先把铜管敲打加工，然后焊接，值不了几万元。今年过年连年糕都没买。

债权人几天前和水原父子合议后，决定了水原制造所的命运。他们手头一无所剩，今后需要决定的只是什么时候搬出去。

"走投无路了。"债权人走后，坐在工厂角落里的幸夫突然冒出这么一句话。本就身材矮小的他弓着背，让雅也联想到枯萎的盆栽。

已经猜到父亲会自杀，却故意不去想？这种说法并不准确，确切地说，是故意假装没有注意到父亲将自杀的迹象。装给谁看呢？不是别人，正是雅也自己。如果注意到了，尽最大的努力去阻止父亲自杀，是身为人子应尽的义务。

注视着父亲潦倒的背影，"干脆死掉算了"的想法从雅也心中掠过。他知道父亲入了寿险。因此，看到父亲上吊身亡时，他最真实的想法是"这下总算解决问题了"。

威士忌喝光了。雅也把瓶子扔到地上，方形的瓶子只滚了半圈就停下了。看了看墙上的钟，天快亮了。

雅也刚要回屋睡觉，脚掌突然受到冲击，一下没站稳，趴在了地上。

地板伴随着轰响声开始剧烈地起伏震动。他惊讶地环顾四周，但还没看清楚，身体已经像从斜坡上滚落下来似的滚起来。

雅也撞到墙壁，停了下来，地面的摇晃依然没有停止。他马上抓住了身边的钻床。四周的情景让他无法相信自己的眼睛。

钢骨支撑的墙壁开始大幅度弯曲，挂在墙上的黑板、钟表、工具架全掉了下来，在半空中飞舞，足有几百公斤重的加工机器的支架都发出吱吱嘎嘎的声响。

头顶上传来断裂声，紧接着落下无数碎片。屋顶塌了。

雅也根本无法动弹。当然也有恐惧的因素，但过于剧烈的晃动使他无法站立。他凑到钻床边，双手护住脑袋。地面一刻不停地震动，沙尘暴般的东西向他全身扑来，时不时传来爆破般的声响。

他透过指缝看了看正屋。从洞开的大门看到了父亲的棺材，棺材已从架子上滑下。灵台已面目全非。紧接着，巨大的块状物体落了下来，房屋随之消失。刚才还摆放灵台的地方瞬间变成一堆瓦砾。

雅也不太清楚晃动持续了多久，四周总算平息下来后，身体却依然感觉晃动尚存，恐惧也没有消失。他在原地蹲了很久，之所以决心站起身，是听到有人喊"着火了"。

雅也环顾四周，提心吊胆地站起来。工厂的墙壁几乎已全部倒塌，其中一部分是向内倾倒的，幸好结实的加工机器保护了他。他的防寒夹克上到处都是被撕开的口子，幸运的是他并没有受重伤。

从已没有墙壁的工厂里走出来，看到周围的情景，雅也惊呆了。街道消失了，原本在对面的菜饼店和旁边的木房子全被毁得面目全非，甚至无法辨别道路与房屋。

有人在惊慌地哭喊，雅也朝发出声音的方向看了看。是一个身穿灰衣的中年女子，她的头发也是灰色的。定睛一看，还有其他人在。真是奇怪，此前那些人的身影根本没有进入雅也的视线，可见废墟的场景让人震惊到了何种程度。

中年女子注意到了雅也，便满脸是泥地跑过来。"我孩子在里面，请帮帮我！"

"在哪儿？"他开始向前跑。她指着瓦房顶完全塌落的房屋。窗框或断或弯，玻璃碎片四处飞舞，有一处已开始冒烟。

雅也觉得靠一己之力很难救人，便环顾四周，发现没有人顾得上伸出援手。雅也便用散落在地上的木块等物一点点地清除压在房顶下的瓦砾。一直蹲在地上从缝隙往里看的女子突然高声喊道："啊，那，是我的孩子，是孩子的脚！"

什么？正当雅也想往里看时，之前冒烟的地方突然蹿出了火苗。

"啊，啊，啊！"女子瞪大了眼睛惊叫着。火势迅速蔓延，刚才还能瞧见的地方已被完全掩盖。没有任何办法了。女子发出了怪兽般的叫声。地狱！雅也摇着头向后退去。

随后有些地方陆续开始起火。总也不见消防队员的身影，眼看着家人或财产被火舌吞噬，人们却束手无策。

水原家的正屋全毁了，但没有着火。雅也呆呆地走近。

舅舅被房梁压在底下，仰面倒地，一动也不动。

雅也的眼睛捕捉到一个东西——从舅舅的上衣口袋里露出来的茶色信封。他小心翼翼地走到舅舅身旁，蹲下，抽出了信封。

这样，借钱的事就一笔勾销了——他想着，看了一眼舅舅，不禁吓了一跳。舅舅睁着眼睛，正用混浊的眼球注视着他，嘴唇在动，似乎想诉说什么。

非理智的、近似本能的东西在驱使雅也行动。他毫不犹豫地捡起旁边的瓦块，向舅舅的脑袋砸去，心中了无惧意。俊郎哼都没哼一声，就闭上了眼睛，额头裂开了大口子。

雅也站起身。在这里已无事可干，反正这工厂和房子早已是别人的了。

他正想离开，忽然发现眼前站着一个年轻女人。

3

她什么时候开始在这儿的？在这儿干什么？雅也一无所知。但他确信，刚才自己的所作所为已被这个素不相识的女人看到了。

雅也注视着她。她看上去二十四五岁，身穿奶油色运动衣，或许是当睡衣穿的，没有化妆，长发束在脑后，瓜子脸，尖下巴，正睁着微微上翘的眼睛凝视着他，一动不动。

他一步步走近她。他也不知道自己究竟想干什么。

就在这时，地面再一次摇晃起来。

雅也失去了平衡，当即双膝着地。随着吱吱嘎嘎的响声，立在旁边的铁柱子倒了。不断传来周围的建筑物轰然倒塌的声音。他突然注意到不远处又发生了火灾,火势在迅速蔓延。

那女人不知什么时候消失了。雅也四处张望,大火使周围烟雾弥漫,看不到远处。

有什么东西落到了雅也身旁。是咖啡店的招牌,里面带着照明灯。他抬头一看,楼房已经倾斜,二层牵拉着断开的电线。这里太危险!

他向南走去,脚上还穿着拖鞋。那边有所小学。

路面起伏,裂缝四处可见。道路两边是一片片倒塌的民居和建筑。火舌四处肆虐,人们在哭喊,整条街都在燃烧,却仍看不见消防车的踪影。雅也帮着救了几个人,但能保住性命的不到一半。每当碰到人们冰冷的手脚,他都感觉这是场噩梦。

终于出现的消防队员们望着眼前让人震惊的一片火海,同样束手无策。他们的灭火设备全无作用,手持不出水的灭火软管呆呆伫立,遭到了受灾群众的责骂。

"干什么呢,快……快灭火呀!房子不是在烧吗?"

"可、可没有水呀。"

"里面还有人呢,你们在干什么?"

就在消防队员和受灾者争论的时候,无数房屋被烧毁,很多人失去了生命。一路上目睹了太多这样的场景,雅也终于来到了小学的操场。校园里铺了蓝色的塑料布,从附近逃到这里的人都蹲在上面。

校园的角落里摆放着桌子,几个穿防寒服的男人在向受灾者发纸。雅也走到近前。

"受损情况怎样?"一个戴着防寒帽的中年男人看到他,问道。这人胳膊上佩着袖章,看来是消防员。

"住宅和工厂塌了。"

"有人受伤吗?"

"这个……"雅也思索片刻后答道,"舅舅死了,也许吧。"

中年男子只皱了一下眉头,点了点头。看来出现死亡已不是什么稀罕事了。

"遗体呢?"

"没动。被压在房子下面。"

"哦。"那人又点了点头,把一张草纸递给雅也,"请写下你的住址和姓名。尽量把受灾情况写详细。如果可以,再画上地图,还有已去世的人的情况。"

雅也借了根铅笔,离开那里,坐在塑料布边上,先在草纸上写下姓名和住址。

把受灾情况大致写完后,又添上了舅舅米仓俊郎死亡的情况。他不记得俊郎的住址及联系方式。

到了下午,雅也和消防员一起回到家中,确认俊郎的遗体。和地震刚发生时一样,俊郎依然被压在房梁下。从额头流下的血已发黑凝结。

"真不幸。肯定是房顶塌落时被什么东西砸中了额头。"上了年纪的消防队员说。雅也默默地点点头。

"还有没有别人?"消防队员问。

"没有了,不过……"

"怎么了?"

"还有父亲的遗体,昨晚在守灵。"

"啊。"消防队员露出了意外的表情,随后微微歪了歪嘴,"如果不是受灾者,能往后推一推吗?要优先救助还活着的人。"

"可以。"雅也答道。

俊郎的遗体要被运到附近的体育馆。雅也一同去了,那里已运来二十多具遗体。有些人悲痛地蹲在放在地上的遗体旁,像是死者家属。

警察逐一验尸。查看俊郎的尸体时，雅也接受了警察的询问。

"和工厂相连的正屋完全塌了。我当时在工厂里，所以没事。"

对于雅也的说明，警察似乎没有任何疑问，他们肯定已见过多具额头裂开的尸体。

"米仓先生有家人吗？"警察问。

"几年前离婚了。有一个女儿，结婚后去了奈良。"

"能和他女儿取得联系吗？"

"不好说。我先问问亲戚，估计问题不大。"

年长的警察似乎在思考什么，沉默片刻后开口道："请你尽量想办法和他女儿联系上。如果还有别人可以认领遗体，那另当别论。"

"当然可以，可现在手头没有写着亲戚电话号码的本子，或许需要一段时间。"

"没关系。大家都很难取得联系。"警察沉着脸，或许他也是地震的受灾者。

验尸草草结束了。不断有遗体运来，负责验尸的人根本顾不上细致检查。就算仔细检查，也不可能查清瓦块直击俊郎额头的原因。

雅也离开俊郎的遗体。一张折叠起的乒乓球台被当成了墙壁，他绕到后面。那里坐着几组面带疲惫的人，像是一个个家庭，都是轻装打扮，只在睡衣外披了条毛毯，紧紧凑在一起，靠彼此的体温来保暖。

雅也坐在角落里，靠在墙上。这一切似乎都不是现实。整个城市突然被摧毁，许多人因此丧命，今后肯定还会出现死者。这世界究竟会成什么样子？自己以后该怎么办？

他想起砸碎舅舅额头时的触感。他只觉得那是梦中发生的事。究竟是不是自己干的，他并不确定。

又有新的遗体被运来。这次是两具，摆在雅也身边，被毛毯包裹着，情况不明。

随后,刚才的警察和一个女人走了过来。看到那个女人,雅也立刻僵住了——正是他杀舅舅时,在旁边的那个女人。

4

雅也赶紧藏到乒乓球台后面。

"你的姓名?"

"新海美冬。新旧的新,大海的海,美冬就是美丽的冬天。"女人细声细语地回答。

新海,雅也对这个姓氏有印象。就在自己家旁边的公寓里,住着一对姓新海的夫妇。他曾见过那家的丈夫。几年前的年末,在街上巡逻值夜班时,他们曾在一组。那人六十岁左右,体形偏瘦,据说刚从公司退休,很有气质,一看就知道曾经是公司的精英,但不清楚为什么会住在破旧的公寓里。

"去世的是你父母?"警察接着问道。

"是的。睡觉时房顶突然塌了下来……"

"能告诉我房间构造吗?"

"只能说个大概……我以前不住在那里。"

"哦?那你住哪儿?"

"东京。不过,我已经退掉那边的房子,本打算今后和父母一起生活。"

"哦。"

询问继续着,警察和女人的声音渐渐变小了,雅也听不清楚。除了说父母是被房子压死的之外,那女人好像也说不出什么了,连自己是怎样得救的也不清楚。

调查完毕后，新海美冬跌坐在父母的遗体旁。雅也从乒乓球台后面看清楚后，便走开了。

把俊郎的遗体运出的时候，雅也只拿了自己的钱包，里面有三万多元。幸亏把来守灵上香的客人放的礼金移到了钱包里。他摸着口袋里的钱包，走出了体育馆，想去买点吃的。

商店几乎都倒塌或关门了。侥幸逃过一劫的便利店门前排起了长龙，估计就算在这儿排队也没希望买到食物。雅也走来走去，走到脚都失去了感觉，最后还是回到了体育馆。

来体育馆避难的人越来越多。电力尚未恢复，四周光线很暗。更难以忍受的是寒冷。就连穿着防寒服的雅也，如果不动就会浑身发抖，牙齿打战。穿着睡衣逃出来的人的痛苦程度可想而知。

饥饿、寒冷和黑暗笼罩着身心都受到伤害的受灾者。不时还有余震。每次发生晃动，体育馆里都会响起惊叫声。

入口附近传来声响，走来几个拿着手电筒的人。其中一个人对着扩音器，好像在说会马上发食物之类的话。大家发出了获救般的欢呼声。

"数量有限，每家一罐茶、两三个面包，请各位谅解。"政府工作人员模样的年轻人说。

抱着纸箱的工作人员向各家走去，先询问人数，然后递过相应数量的面包和罐装茶。

"我们不要茶，有水吗？想给孩子冲奶粉。"雅也身旁的年轻男子问道，他旁边有个抱着婴儿的女子。

"对不起，现在只有这些。"工作人员同情地回答，随后来到雅也面前。

"我一个人，只要面包就行了。"

"是吗？谢谢。"工作人员低下头，拿出了一个袋装面包，是豆沙馅的。

雅也刚想打开，身边一家人的对话传进了耳朵。

"数量不够也没办法，忍忍吧。"像是母亲在训斥孩子。孩子有两个，看样子是小学高年级和低年级学生，都是男孩。他们三人好像只领到两个面包。

"肚子饿了，这么点哪够呀。"抱怨的是弟弟。

雅也叹了口气，来到他们面前，把豆沙面包递给那位母亲。"把这个给孩子吃吧。"

女子惊讶地摇着手："这哪行……你也没吃东西吧？"

"我没事。"雅也看了看男孩，"别哭了。"

"真的可以？"

"别客气。"

女子不住地道谢，雅也径直回到原处。饥饿的滋味不好受，可总比听孩子的哭叫声好。

所有人都格外珍惜地吃着领到的那点食物。有一个人一直目不转睛地注视着抱膝而坐的雅也。他吓了一跳。正是新海美冬。

和雅也四目相对后，美冬低下头，把脸埋在环着膝盖的双臂中。雅也也从她身上移开了视线。数小时前的场景再次从脑海中掠过：砸碎舅舅额头时的触感、冒出的鲜血……

为什么会那样做呢？虽然怨恨舅舅，却从未想过要杀他。

见他被压在瓦砾下，本以为他死了。看到上衣里露出的茶色信封，以为借款的事可以一笔勾销。其实当时脑子里只想过这些。然而，他睁开了眼睛。舅舅没有死！意识到这一点时，雅也的脑子一下子乱了，紧接着便是恐慌，想都没想就抓起瓦块砸了下去。

雅也偷偷瞄了一眼美冬。她依然保持着刚才的姿势。她是否目击了那个瞬间？

地震太可怕了，因此雅也之前顾不上考虑这些，而一旦冷静下来，哪怕是形式上的冷静，那件事便立刻占据了整个大脑。

那个女人看见我杀舅舅了吗？

有可能看见了。她站的地方离雅也不足十米。所有屋子都塌了，两人之间没有任何遮挡，而且雅也曾和她四目相对。她那满脸惊异的表情，深深刻在了他的眼底。

但如果她真的看到了，为什么没告诉警察呢？父母突然去世，以她现在的精神状态或许无法顾及别人，但如果是杀人事件，则应另当别论。也许她已经报警了，只是警察没有立刻采取行动。警察现在确实无法顾及所有案件，但不可能连谋杀案都置之不理吧？而且，很容易就能确定嫌疑人。只要根据她的证词去现场调查，就能马上查清受害人是米仓俊郎，至少会来找雅也询问情况。

也许没看见……

这种可能性并非没有。从当时的情况推测，她应该刚从因地震倒塌的房子里逃出来，还不清楚发生了什么事，肯定正六神无主不知所措，还担心是否会发生余震，不知如何是好，完全陷入了恐慌。虽然视线朝着雅也，未必全都看见了，完全有可能处于视而不见的状态。

从她站的位置推断，也无法确定她能否看见。俊郎被一堆瓦砾埋在下面。在瓦砾的遮挡下，她也可能看不见俊郎的身影，或许只能看见雅也在挥动瓦块，但不知道他在砸什么。

雅也觉得自己光往好的方面想。他想再偷瞄一眼新海美冬，就在这时，旁边传来了说话声。

"喂，是不是该回家看看？"一个中年男子小声说。

"这可不行，太危险……"回答的是一个中年女子。两人看上去像一对夫妇。

"可山田家好像也被偷了。"

"被偷走什么了？"

"听说装在现金出纳机里的钱全被拿走了，贵重物品也没了。"

"这种时候还有人干坏事，真不知什么时候下的手。"

"随时都可以，咱们家出来时也没锁好门呀。"

"现在又说这个，是你说锁门没有任何意义——"

"当然没意义，墙全塌了。那种状态下房子竟然还没倒，真不可思议。"男人没好气地说，"不管怎样，还是要重新盖房。"最后这句话与其说是对妻子说的，更像在自言自语。

"还好，存折和印章拿出来了。"女人说。

"还有一些该拿的东西，比如说债券之类的。"

"会有人偷那东西吗？"

"不好说。"男人烦躁地咂着嘴，随后叹了口气，"还是该回家看看情况。"

"别了。不是还有余震吗？万一你刚进家，房子就因为余震塌了怎么办？"

"会塌吗？"

"很有可能。你没见佐佐木家吗？"

雅也听出两人在谈所谓的震灾盗贼的罪行。那些人闯入已倒塌或快倒塌的房子里，搜罗值钱的东西。就算报案，警察也不可能认真调查。对盗贼来说，现在正是捞钱的大好时机。

雅也想了想家里是否有值钱的东西。存折倒无所谓，反正里面也没多少钱。只有放着那份保险合同的资料夹勉强算是值钱的东西。不过，现在并不用急着去取。

雅也感到一阵尿意，站起身来。

旁边的那对夫妇还在没完没了地谈论。

没有灯，走路要特别小心，否则会撞上别人。走廊也漆黑一片。

雅也沿着墙壁向前走,发现厕所前聚了一群人。

"怎么了?"雅也问一个戴着棒球帽的男人。

"啊……听说厕所不能用了,没有水。大便就不用说了,连小便都会堵住。这下真麻烦了,以后可怎么办呀。"棒球帽男子挤出一丝无力的微笑。

一对中年男女从旁边走过,像是一对夫妻。

"我以后尽量不吃东西。"女人说,"如果只能在外面解手,还不如饿肚子。"

"可也不能不补充体力呀。"

"我也这样想,可如果不能去厕所……"

也许想不出妥善的办法,男人只是哼哼了几声。

雅也走出体育馆。建筑物前点起了火堆,用的似乎是倒塌房子的木料。篝火四周围了一圈人,有老人和孩子的身影。被火光映照出的每张面孔都十分消沉,和火光的红色形成强烈反差。很少有人说话。

建筑物一侧有树丛,雅也走过去,找了个背光的地方撒了尿。男人能这样,女人就麻烦了。他刚要往体育馆里走,迎面出来一个女人——新海美冬。雅也立刻停下脚步,藏在篝火边的人群后。

美冬只向篝火瞄了一眼,便从前面走过。她在运动衣外面披了一块小毛毯,就像斗篷一样。

雅也离开篝火,跟在她身后,想和她打个招呼。如果她目击了杀人过程,见到雅也肯定无法保持自然,也许会扭头逃跑。那时一定要抓住她,想方设法说服她。该怎么说呢?说那只是看上去像杀了人,实际上是误解,还是告诉她俊郎的恶行,说明自己当时出于无奈?

雅也一直没拿定主意,只好跟在美冬身后。如果跟得太近,有可能被发现;但如果离得太远,又会跟丢。离篝火越远,周围越黑。她拿着一个小手电筒,在前方落下淡淡的光圈。那对雅也来说就是标记。

23

美冬突然拐进岔道。拐角处有幢小楼房，勾勒出的影像就像一个被挤烂的箱子。

看见美冬走到楼后，雅也已猜出她的用意。这样就不好意思打招呼了。她肯定希望神不知鬼不觉地回到体育馆。但如果在人多的地方和她搭话，对雅也来说又太危险。

究竟是被看见了，还是没有被看见？明明知道想也没用，雅也还是翻来覆去地思索着，想知道答案。

就在他把目光转向美冬拐进的胡同时，听到了低低的惊呼，随后是声音不大却很激烈的争执声，接着又好像有什么东西滚落在地。

雅也慌忙冲进胡同。黑暗中有几个人影在地上纠缠在一起，还亮着的手电筒在地上滚动。眼前出现了一个身穿黑衣的男人的背影。雅也注意到那人正抱起一双雪白的腿，想剥下上面的衣服，那两条腿像在游泳一样在空中乱蹬。雅也立刻明白发生了什么。

"你在干什么！"

他跑了过去，从后面向那人双腿间踢了一脚。那人呻吟着向前倒去。与此同时，雅也发现压在那人身下的正是新海美冬，她的嘴里被塞了东西，另一个男人正摁着她的双臂。这人挥拳向雅也打来，打中了他的脸颊，指关节碰得脸有些疼，但冲撞力并不大。雅也调整姿势，用脑袋直接撞向男人的腹部，将其撞倒，然后骑在他身上，双手用力抽他的脸。突然，雅也的脖子被人从后面勒住了，好像是刚才被踢中大腿根的男人又来还击。雅也想将对方的手从脖子上扯掉。

不知从哪里传来一声闷响，对方的力道突然减弱了。雅也趁机用胳膊肘狠狠捣向对方腹部，随后站起身。那人正双手捂头。

美冬站在那人身后，手里拿着一块水泥碎片似的东西，看来是用那个打了那人的后脑勺。

雅也和美冬的视线瞬间撞在了一起，有几分之一秒的沉默和静止，但这给了歹徒机会。被雅也揍了一顿的男人先跑了出去，另一个人也捂着脑袋紧随其后。雅也本想去追，又改变了主意。就算抓住了强奸未遂的案犯，警察也不可能认真处理。

"伤——"雅也本想问美冬伤着没有，却赶紧垂下眼睛，因为手电筒的光亮清晰地显露出她被剥光的下半身。

感觉她已经穿好衣服后，雅也才抬起头，又问了一遍："伤着没有？"

她微微摇了摇头，捡起掉在脚边的手电筒。

"你的心情我能理解，但千万不能一个人行动，有些流氓正四处转悠。你拿着手电筒，就等于明确告诉别人：猎物在这里。"

美冬一言不发，或许她已没有精神再说话。

"快回体育馆。把手电筒借给我，我在前面走，你跟在后面。"

但她倒退几步，随即跑开了，手电筒的亮光摇晃着渐渐远去。

雅也刚想走，却停下了脚步，感觉踩到了柔软的东西。捡起来一看，原来是她披的毛毯。

他回到体育馆前，发现篝火的数量增多了。无法忍受寒冷的人们开始生火取暖。

新海美冬坐在离围着篝火的人群不远的长椅上，和先前一样，正抱着双膝，脸埋在胳膊里。

雅也走近她，从身后给她披上毛毯。她吓得猛一哆嗦，挺直了后背，看到雅也后露出了紧张的表情。

"怎么能把这么重要的毛毯忘了呢？"雅也尽量用轻松的口气搭讪道。但美冬僵硬的表情并没有丝毫变化。她双手紧紧抓着毛毯边，像保护自己似的裹得严严实实。

"去火堆那边吧，这里太冷了。"

她向火堆瞅了一眼，马上又垂下眼帘。雅也看了看围着火堆的人，理解了她的想法。在火堆四周的几乎都是成年男子,没有孩子或年轻女子的身影。

"没关系。那些人和刚才那几个流氓不同,现在连自己都顾不过来。"

她依然低着头一言不发。

雅也坐到她身旁,感觉她全身都绷紧了。"如果你害怕,我陪你——"

雅也话未说完,美冬突然站起身,向前走了一两步,转身冲着他说:"谢谢你把毛毯拿来。"她点头行礼,又向前走,却没去烤火,而是直接进了体育馆。

5

几乎一夜没有合眼,终于迎来了清晨。雅也在体育馆的角落里缩成一团,尽管已把捡来的报纸全裹在了身上,仍无法阻止体温被冰冷的地板剥夺。

尽管头脑清醒了,却无力起身。饥饿已到了极限。周围的人也都差不多,只有几个人起来了。让他们不约而同地动起来的,还是那恐怖的余震。地板一晃动,人们马上惊叫着站起来,小孩子哇哇的哭声也传进了雅也的耳朵。

整整一天水米未进,却依然有尿意。雅也出了体育馆,外面还有人围在火堆旁。在老地方撒完尿,雅也决定回家,想取些替换衣服和食物。

走到马路上,环顾四周,他倒吸了一口凉气,再次意识到整个城市的毁灭并不是噩梦,而是千真万确的事实:一座座房子化为瓦砾;

电线杆歪了，电线耷拉着；大楼拦腰折断，无数玻璃碎片散落在路面上；被烧得漆黑的建筑物比比皆是。

头顶上盘旋着直升机，雅也猜测是电视台的。他们正把拍到的影像配上播音员兴奋的解说在全国播放。观众们看后会惊讶、担心、同情，最后会为这种事没发生在自己身上而感到庆幸。

离家还有相当长的距离。雅也穿着不跟脚的拖鞋，默默地挪动着脚步。不论走到哪里，看到的都是倒塌的房屋，有时也能看到人的身影，有些在号啕大哭，有些在呼喊家人的名字，看来还有人被活埋在废墟中。

走到小商店街了，但那里已面目全非。几乎所有店铺都塌了，招牌落在地上，已分不清原本是什么店。

只有一家店的卷帘门开着。是家药店，里面光线昏暗。走近一看，玻璃门已掉了下来。雅也小心翼翼地喊道："有人吗？"

没人应声。他注意着脚底下，走了进去。屋里弥漫着一股药味，或许是有药瓶碎了。环顾店内，几乎没有留下什么商品，勉强还有点口服药。有好多人受伤，估计治疗外伤的药昨天就卖光了，纸巾、卫生纸、牙刷等日用品肯定也已销售一空，以前放口服液的小冰箱空空如也。"有人吗？"他又喊了一遍，依然没人答应，看来店主也去避难了。角落里有两包像是赠品的纸巾，他捡起来塞进口袋，走出药店。

雅也刚走了几步，右手腕突然被抓住了。回头一看，一名四十岁左右、体形偏胖、手持高尔夫球杆的男子正恶狠狠地盯着他。那人身后还有一个与他年龄相仿、手持金属球棒的男人。

"你在那家店里干什么了？"拿球杆的男人问，眼镜后面的目光异常锐利。

"没干什么。我以为在卖什么东西，就进去看了看。"

"你把什么东西放进口袋了？我看见了。"

尽管有些烦，雅也还是把口袋里的纸巾拿了出来。那两人面面相觑。

"如果不相信，可以搜身。"雅也举起了双手。

那人颇为不悦地点点头。"好像是我们搞错了，对不起。不要怪我们，从昨晚起发生了很多事情。"

"好像有人趁乱盗窃。"雅也说。

"太过分了。警察也不管，只能靠我们自己保护。这位先生，刚才真是失礼了，对不起。"

雅也摇摇头。没法去责怪他们。"坏人不光盗窃，还强奸妇女。"

那两人并没有露出意外的神情。拿球杆的男人绷着脸点了点头。"你有熟人碰上这种事吗？"

"幸好未遂。"

"那就好。听说昨晚就有两人遭强奸，都是去上厕所时被盯上的。女人又不能站着撒尿，只能去没人的地方。"

"就算报警，警察也不会管。罪犯也知道这一点，才为所欲为。"拿金属球棒的男人噘着嘴说。

雅也穿过商店街，接着向前走，到处都能看到从损坏的民房里拿东西的人。他想，就算这样拿别人的东西，只要没有特殊情况，估计也不会被逮捕。难怪有人四处转悠，伺机盗窃。但他转念一想，自己有什么资格责备那些趁地震犯罪的人呢？自己杀了人啊！

终于到家附近了。四周弥漫着黑烟，估计刚才又着火了。看样子消防队没有来，肯定又是任其燃烧。

工厂还是昨天最后看到时的样子。墙倒了，只有钢筋柱子勉强立在那里，加工器械被落下的房顶碎片埋住了。正屋已完全倒塌。放父亲棺木的地方堆满了乱七八糟的瓦砾，折断的木材和破损的墙壁堆成了小山。

雅也挪开堵在门口的瓦砾，先找到一双满是灰尘但还没坏的运动鞋，用它换下拖鞋后，又开始下一项工作。

他正想清理厨房附近的瓦砾，突然发现倒地的冰箱完全露了出来，便停下了手头的工作——昨天并没有这样。

他马上反应过来，赶紧打开冰箱门。不出所料，放在里面的食物荡然无存，只剩下调味品和除臭剂。冷冻食品、香肠、奶酪、罐装啤酒和没喝完的乌龙茶全消失了，连梅干和咸菜都不见了。不必考虑原因，肯定是被饥饿的人偷走了。雅也开始咒骂起自己的愚蠢，本以为家里没有值钱的东西，大可放心，但家里放着在一定意义上比钱更重要的东西。

浑身像铅一样沉重，甚至失去了站立的力气，他颓然蹲在地上。眼前就有一个包香肠的保鲜膜，那是几天前买来放在冰箱里的。

雅也四肢无力，正想抱住头，忽觉有人来了，抬头一看，新海美冬正站在面前。由于过于吃惊，雅也差点仰面摔倒。

"若不嫌弃，请吃这个吧。"她伸出双手，表情依然僵硬。

她手上托着用保鲜膜包着的饭团。

6

米仓佐贵子是在大地震发生后的第三天进入灾区的。从奈良经难波到梅田还算顺利，之后就麻烦了。不仅电车的车次少，而且只到甲子园，然后只能步行。

去灾区的人都抱着大件行李，背旅行包的也不少，应该是给受灾的家人或朋友带的东西。佐贵子生怕出事，只把替换衣物和简单的食物放进了包里，根本没想过要给别人带东西。她只想尽快摆脱麻烦。

地震发生时,她正在位于奈良的家中睡觉,也感觉到了晃动,却没想到会那么严重,等丈夫信二打开电视后,才意识到出大事了。看到毁坏的高速公路像巨蟒一样蜿蜒曲折时,她还以为是哪里搞错了。

阪神地区有很多熟人,但佐贵子最先想到的还是独自在尼崎生活的父亲俊郎。

电话根本不通,打给住在大阪的亲戚也一样。直到下午,才终于和一个亲戚通上话,那时已经知道这是一场空前的大灾难。

那个亲戚家并没有太多损失,但他们也不知道俊郎的安危。

正当佐贵子不知如何是好时,大婶在电话中说:"对了,昨晚他去守灵了。就是水原家。"

"啊。"佐贵子也想起来了,曾听父亲说过姑父水原去世了,但她和水原家几乎没有来往,也没想过要发唁电,只当成了耳旁风。俊郎在电话中说要去守灵。

无法和水原家取得联系。到了第二天傍晚,佐贵子才得知父亲去世的消息。电视中播了俊郎的名字。

本想查出俊郎遗体的安置地点,可不论往哪儿打电话都占线,毫无头绪。终于,在昨天晚上弄清了。大阪的亲戚打来电话,称接到了水原雅也的通知。看来俊郎果然是在水原家里遇难的。

也没有办法和雅也取得联系,他应该知道佐贵子的电话号码,但在避难所里不好拨打。

到了甲子园后,她沿着铁轨向前走。同行的人很多。望着那些沉浸在悲痛中的景象,她感觉自己简直像在战场,就像在某张照片上见过的空袭后的街道。

父亲死得确实突然,但她并不认为是突如其来的悲剧,说实话,倒感觉轻松了不少。当知道发生地震时,她马上惦记父亲的安危,是因为心中暗暗期待:他被砸死就好了。

佐贵子不喜欢父亲。他爱撒酒疯，对工作也不认真，还经常和母亲争吵。佐贵子的母亲性格刚强，做事多少挣了点钱后，便开始露骨地责骂丈夫。俊郎有一次动手打了她，两人就为此事后来竟发展到了离婚，或许他们早已厌烦彼此了。

佐贵子不想和任何一方一起生活。她那时已经认识了现在的丈夫信二，开始半同居的生活，不愁住的地方。很明显，母亲希望能得到女儿的照顾，但佐贵子故意视而不见。她认为和那样的父母有牵扯，肯定对自己的将来没有好处。即便如此，母亲依然会趁信二不在时来家里，每次必定向她要钱，而且会说一大堆父亲的坏话。父亲倒不索要零花钱，但显而易见，他企图靠佐贵子养老。信二在奈良经营酒吧，佐贵子也在店里帮忙。父亲以为女儿很富裕。

走了一个多小时，终于到了安置父亲遗体的体育馆。很多人在外面，有的围着火堆，有的在吃应急食品。哭声不绝于耳。

有一处围着不少人，佐贵子也挤过去看了看，只见小桌子上放着绘画用的大张白纸，上面贴着几张照片，像是地震刚发生时拍的。画质粗糙，感觉怪怪的，但看了写在角落上的字就明白了："这是地震后用摄像机拍到的一部分画面，如想详细查询，可与以下地址联系。"地址位于大阪，拍摄者好像已经离开这里。

看到了佩着袖章的年轻人，佐贵子向他打听放遗体的地方。年轻人领她到了体育馆的一角。那里并排放着几十具遗体，有的已放入棺材，大多只是用毛毯包裹着。

遗体旁放着注明身份的牌子，佐贵子边看边向前走。脚底下冰冷彻骨，恶臭弥漫。也许有的尸体已经开始腐烂。

"佐贵子。"

不知从哪里传来了喊声。佐贵子抬起头，看见一个穿着脏兮兮的绿色防寒服的男子，头发油乎乎地已打了绺儿，胡子拉碴，脸色极差，面颊消瘦。佐贵子愣了片刻才认出此人。

"啊,雅也。真不幸。"

"怎么来的?"

"从甲子园走过来的,腿都快走断了,不说这个了……"

"我明白。舅舅在这边。"雅也用大拇指指着后面,扭身便走。

俊郎的遗体用毛毯包着。一打开便冒出白烟——里面放了干冰。

俊郎面色土灰,闭着双眼,与其说安详,不如说毫无表情。佐贵子觉得看上去简直像人体模型。看了父亲的遗容,她并没有什么感觉,只觉得他身上的衣服有点眼熟——曾无数次目送着身披这件破旧外衣出门的父亲的背影,这让她多少受到些震撼。

佐贵子觉得眼圈微微发热,便拿出手帕按住眼睛。竟然流出了眼泪,连她自己都颇感意外,这样心里倒痛快多了。

"地震时,舅舅在我家的二楼。你也知道那破房子,从房顶到墙全塌了。头上的伤是致命伤,听说当场死亡。"

佐贵子闻言默默地点点头。父亲的额头上放着一块布。她想,当时父亲肯定血流满面。

"接下来就该办葬礼了。"合掌之后,她念叨了一句,心里却觉得不胜其烦。

"不通天然气,所有火葬场都停业了,在这里无法举办葬礼。"

"那……该怎么办呢?"

"看来只能在你家那边办了。从昨天开始,就不断有人把遗体运出去。一般情况下个人不允许搬运遗体,但在这种时候,只要向有关部门申请就可以。"

"运遗体?用汽车运吗?"

"看来只能这样了。佐贵子,你有车吧?"

"有是有……"

"本想把家里的车借给你,可惜被倒下的电线杆压瘪了。倒霉死了,真麻烦。"

佐贵子极想发句牢骚,说真正倒霉的是自己。信二也讨厌岳父,没陪自己来。在她临出家门时,信二丢下一句话:"在那边随便找个地方火葬算了,骨灰也不要拿回来,找个寺庙之类的地方放下就行。"

如果要在家里举行葬礼,信二肯定会火冒三丈。如果还要运尸体,就要用他的爱车,他更不可能同意。

"向有关部门申请的手续很快就能办完,有些死者是因出差才来到这里的。"

佐贵子暧昧地点了点头。雅也也许是出于好心,她却觉得是多管闲事。他把俊郎的遗体从瓦砾中拖出来,还运到这种地方,本是好意,却倒添麻烦。如果当初就置之不理,遗体也许会被当成身份不明者处理掉。

佐贵子想,一定要想方设法说服信二。这需要一个诱饵。

"雅也?"她抬头看看他,"我爸的行李呢?"

"行李?"雅也摇了摇头,"没有呀。那天他只带了奠仪,我记得是空着手来的。"

"钱包和驾照之类的东西呢?我想他该带着家里的钥匙。"

"钱包我拿着呢,"雅也从防寒服口袋中掏出黑色皮钱包,"其他东西应该还在他的口袋里。我担心有人偷钱包。"

"也许在吧,谢谢。"佐贵子接过钱包打开看了看,里面只有几张千元钞。她起了疑心,但没说出来。

"想要遗物,最好去舅舅家里。尼崎受灾也很严重,不知究竟怎样。"

"是啊。喂,雅也,能让我一个人待会儿吗?"

"啊,知道了。对不起。"雅也似乎觉得打扰了她和亡父的会面,满脸歉意地起身离开。

确认已看不见雅也的身影后，佐贵子开始翻找父亲的衣服口袋。从裤子口袋里找出了皱巴巴的手帕和钥匙，此外别无他物，上衣的内袋里也一无所有。

她正感觉纳闷，突然觉察到有人在看自己，抬头一看，正与一个素不相识的女人四目相对。那人二十四五岁，头发束在脑后，身穿奶油色运动服，外面披着短大衣，似乎也是死者家属。

那个女人马上垂下眼睛，似乎不再在意佐贵子。佐贵子想，刚才她未必是在看自己。

她再次查看了俊郎的衣服，依然没找到想找的东西。真奇怪！

俊郎打电话告诉她要去水原家守灵时，曾说过一句奇怪的话，说有希望拿到一大笔钱。

"以前也跟你说过，曾借给他们家钱，加上利息会有四百多万。以前没指望他能还上，这回没问题了。幸夫买了寿险。"

佐贵子知道借钱的事，但没听说过详情。她猜肯定是俊郎把幸夫卷进了自己的投机活动。

"可是，爸爸，那家应该还从别处借钱了。把那些钱还掉后，能剩下钱还你？"

"所以才去守灵，把这事跟雅也定死了。我有正式的借条，让他看了，他会认账的。"

"守灵的时候谈这种事？"

"那有什么办法。如果傻等着，钱会被别的债权人抢走。反正这样一来，我就能还清借款，问题全解决了，以后也不会再拖累你。"

听俊郎那口气，像是说今后想和她作为正常的父女往来。

佐贵子一直觉得这事和自己无关，也确实忘得一干二净。但当接到通知说俊郎死在水原家里，她突然想了起来。促使她想起此事的是信二的一句话："反正那个人死了，你也拿不到一分钱遗产。"

佐贵子想，如果现在有四百万，就能解决大问题了。店里经营状况不佳。几年前，不用怎么努力，店里都能爆满，但现在很多时候一天只来一两组客人。为了削减人工费，佐贵子减少了人手，没想到这又进一步减少了客流。

实际上，佐贵子今天专门跑过来，就是因为惦记着这笔钱，否则她根本不会来，顶多会给母亲打电话，说那是你以前的老公，你去想办法处理吧。

如果说出四百万的事，估计信二也不会反对为俊郎举办葬礼。其实不用办得多么隆重，只要火化就行。

为此，就要先把借条弄到手。如果没有正式凭证，只是空口声称父亲曾借钱给雅也家，恐怕雅也不会理会。

佐贵子站起身，离开了遗体。为什么找不到借条？那天打电话时，俊郎确实说过要让雅也看借条，那么他不可能不带在身上。

"佐贵子。"她刚来到走廊，便看见雅也跑了过来。"我拿来了这个。"他说着递过一束香。

"啊，谢谢。"佐贵子接过来凝视片刻，然后抬起头，"喂，雅也，我爸爸没带什么东西吗？"

"什么？"

"比如资料之类的。"她死死盯着雅也的脸。

"资料？我不太清楚。"

"没见过？"

"嗯。"

"哦，知道了。对不起，总问些怪问题。我先去上香。"佐贵子扭过身，再次走进体育馆。她一边朝俊郎的遗体走，一边在心里嘀咕：遭算计了……

父亲不可能不让雅也看借条。雅也在发现遗体后先抢到了手，现在肯定都变成灰了。如果父亲借出去的钱要不回来，自己干吗还要来这里？只揽上了要给父亲办葬礼的麻烦。该如何向信二解释呢？

"随便你，他是你爸，我可不管。"信二肯定会说出如此冷漠的话语。

她走出体育馆，呆立在走廊上。

雅也又凑了过来："佐贵子，怎么办？"

"是啊，该怎么办呢？"她心中思绪万千，既懊恼被人轻易抢走了借条，又恨麻烦为什么偏偏落在自己头上，还要去处理父亲的遗体。她尽量不让这些情绪流露出来。

"让你丈夫开车过来怎么样？可以直接拉舅舅回去。"

"嗯……"

雅也说得没错，一般的家庭都会这样做，但佐贵子觉得自己不在此列。她并不想要父亲的遗体，更不想亲自操持葬礼。

"今天恐怕不行，都这么晚了，他还要照顾店里。"

"那就只能请他明天来。佐贵子，你就住这儿吧，昨天开始生起了暖炉，不再那么冷了。"

雅也接二连三地提出让人心烦的建议，佐贵子真想抽他一记耳光，再上前揪住他的衣领，逼问他把借条放在了哪里。

"我……今天先回家吧。"佐贵子装出一副犹豫的表情。

"什么？回奈良？"

"嗯。我一直以为能在这边火化，跟老公也是这样说的。如果要在家里举办葬礼，要和他商量一下，还要有各种准备。能把爸爸的遗体再在这儿放一晚吗？虽然这样会给你添麻烦。"

"没事，我倒没关系。"雅也摇摇头。佐贵子想，怎么会没关系呢？肯定有各种烦琐的工作，比如更换干冰等等。但雅也毫无怨言，佐贵子觉得这正是他做了亏心事的表现。

"真是太麻烦你了，对不起。"佐贵子嘴上这样说，心里却骂道：四百万的借款一笔勾销了，这点事算什么！"雅也，你今后有什么打算？"在体育馆门口，她问送她出来的雅也。

"说实话，没什么着落。本来有家工厂说好要雇我，但一时半会儿也开不了工。现在我没地方可去，只能先在这个避难所待一段时间了。"

"真不容易。"

"是啊。也不光我一个人这样。"

雅也把目光转向体育馆前的广场。不知从哪里开来一辆小型卡车，正在卖袋装快餐，价格高得惊人，饥饿的人们却满脸无奈地争相购买。

"我和丈夫商量一下，明天再来。"

"嗯，路上小心。"

告别了雅也，佐贵子朝体育馆大门走去。那些拍摄了地震初发时情景的照片还贴在那里。真不明白这些照片是为谁贴的，现在已没有人观看了。

从照片前走过时，佐贵子无意间扫了一眼，随即停下了脚步。一张照片吸引了她的注意力——上面拍到水原制造所的招牌，那招牌已斜落到地面上。

她把脸凑到照片前，她曾去过水原家几次。工厂后的正屋已完全倒塌。

佐贵子的眼睛捕捉到了什么。看不清细节，但能看清有人被压在瓦砾下。这是——

她意识到这正是父亲，衣服颜色和遗体上的完全一样。但若果真如此，这张照片上有一点和事实不符。

佐贵子伸手揭下了那张照片。是从录像上打印出来的，相当模糊，很难看清细节。但她突然感到一阵心慌意乱，随即又转为疑惑。

她把照片放入包中，刚要走，突然注意到身边站着一个人，不禁吓了一跳。正是她面对父亲的遗体时，在旁边的年轻女人。那女人看都没看佐贵子一眼，转身走开。

7

深夜十一点多，电话突然响了。木村刚洗完澡，喝了一口罐装啤酒，头发还湿着，脖子上缠着毛巾。电视上，新闻节目主持人依然在播震灾的情况。在厨房洗东西的奈美惠拿起桌上的无绳电话。

"喂……啊，是的，您稍等。"奈美惠捂着话筒看了看木村，"找你的。"

"我？"

"嗯。"她递过电话。

"喂，我是木村。"

"这么晚打扰真是抱歉，"是女人的声音，而且是悦耳的标准语，"我是日本电视台新闻播报局的仓泽。"

"日本电视台？"木村全身一阵发热。电视台？肯定是为那件事，他用力抓紧话筒。

"是这样，想咨询一下您拍的录像，所以才给您打电话。现在说话方便吗？"

"嗯，没关系，请说。"木村空着的那只手握紧了拳头。录像。果然不出所料。

"您在池川体育馆前展示了从录像中打印的照片，您那样做是出于什么目的呢？"

"目的……是、是想让那些和受灾者有关的人看一看究竟发生了怎样的地震。另、另外，好像没有地震刚发生时的照片。"

他在撒谎。实际上，他打印并张贴那些照片完全出于其他目的。

"那是您碰巧拍到的吗？"

"当然。我喜欢摄影，总会随时作好拍摄的准备，才会在地震发生的一瞬间拿着摄像机跑出去。幸亏我住的房子只是倾斜了，并没有倒塌。"

"哦。我看到了那些照片，我认为是非常珍贵的资料。正如您所说，显示地震发生时情景的影像很少。那盘录像带还在您手里吗？"

"是的。"

"我有一个冒昧的请求，能不能把它借给我两三天？我们想在电视台里好好看看，根据情况，有可能会用在节目中。"

"嗯，完全可以。"木村开始在脑中迅速盘算，"您要怎样使用呢？"

"现在还不好说。估计会以新闻特别节目的形式播出。"

"特别节目？哦。"这事不错。想象着自己拍的录像会在全国播放，木村不禁一阵兴奋，"明白了。没问题。可如果借给你们，那有什么……"

"我们当然会付报酬。如果确定会播放，再通知您具体金额，现在还说不准。"

"没关系。那怎样给你呢？"

"能否今天马上去府上取呢？不好意思，这么急。"

"什么？马上？"

"因为我们要赶时间，计划今晚就进行准备工作。我也知道这样会给您添麻烦。"

木村推测，也许他们打算用在明天早晨的新闻节目中。

"知道了。我的地址是……"木村说了地址和公寓的房间号，又

39

补充说门牌上写的是"藤村"。电话那端的女人说已经来到大阪,大约三十分钟后就能到。

"太好了!那盘录像带卖出去了,我的目的达到了!看来把照片贴在那种地方是对的。"挂掉电话后,木村竖起大拇指。

"哦,看来什么事都要尝试一下。"奈美惠钦佩地说。

"你还说那种东西不会有人理会,看见了吧,日本电视台,那可是大型电视台。喂,磨蹭什么呢,快收拾一下,马上就会来取带子。"

"看把你得意的。"

木村把啤酒倒进喉咙,觉得有特别的味道。

他并不爱好摄影,摄像机也是为了确认打高尔夫的姿势而向朋友借的。那时把摄像机放在枕边,只是想出门时顺便还回去。发生地震时拿着它跑出来,也仅仅是因为怕把它弄坏。

拍摄也没有什么特别的动机,只能说是恰巧手上有机器。但当跑到奈美惠这里住下后,他看着所拍的影像,脑中忽然闪过一个念头:想将其卖给媒体。他在传媒界没有熟人,便想到在灾区公开展示录像的一部分。他托一个卖家电的朋友打印了几张照片,今天一大早就贴到了池川体育馆前,立刻吸引了几个人。他希望能引起媒体的注意。

不愧是电视台,动作真迅速。他一边喝啤酒,一边想在那个姓仓泽的女人来之前把头发吹干。

挂断电话后大约三十分钟,门铃响了,门口站着一位身披驼绒大衣、看样子不到三十岁的女子。木村觉得这身打扮来灾区采访未免有些华丽,可一看对方的脸,他立刻惊呆了。从没想过会来这么漂亮的女人,皮肤白皙,像少女的肌肤一样细腻柔嫩,但微微上翘的眼睛放出妖艳的光,表明她是成熟的女人。

木村后悔让她来这里了,真该约在其他地方见面。难得有机会结识这样的女人。

"我是仓泽,您是木村先生?"她那动人的嘴唇渗出了一丝微笑,足以让木村心跳加速。

"嗯,是的。"木村又开始后悔自己竟穿着一身旧运动服,头发刚干,还没梳理成型。

"您能答应我们这么急迫的请求,真是太感谢了。"她递过一张名片,上面印着"仓泽克子"的字样。地址和电话都是工作单位的,没印私人联系方式。

"没什么。只要能有用……我就满足了。"木村已不知该说什么。

"录像带呢?"

"啊,对,对。"木村递过放在门口鞋柜上的信封,"就是这个。"

"是小型录像带?"她看了看里面,"没有复制?"

"没,没有。"

"嗯,我们会小心使用,真是太感谢了。我想肯定能制成精彩的节目。播放时间确定后,会马上通知您。"她礼貌地低头道谢。鲜花般的香气飘进了木村的鼻孔。

"那个……"他舔了舔嘴唇,"录像带什么时候还我?"

"播放时间一确定就马上还给您。寄过来可以吗?"

"不,嗯,最好能直接见面……"

"那,我让人送来。具体情况日后再联系。"

见她想离开,他赶紧说:"请稍等。"随后转身瞧了一眼,确认奈美惠没有在听,这才开口说:"我是借给你的,希望还由你还回来。"他的心怦怦直跳。

仓泽克子顿时露出了惊讶的表情,随即微笑着点了点头。"知道了。我会和您联系。"

"我等着。"

木村在门外目送她,直到她搭乘的电梯关闭。

8

　　地震后的第四天,雅也回到了家中,用帐篷将勉强没有倒塌的工厂的一面围了起来,借煤油炉抵御严寒。他实在不愿意再待在避难所。从昨天开始,来避难的人增多了。反复多次的余震让很多人不敢继续住在随时可能倒塌的房子里。体育馆里挤满了人,空间逐渐被扶老携幼的家庭占据,雅也这样的单身者逐渐没有了立身之地,晚上被吵得睡不着,周围还充斥着哭诉和牢骚。雅也已经掌握了领取食物和水的要领,也明白尽量不要乱动,以免浪费体力。

　　他开始考虑离开这里。家里已不能住了,只能在别处摸索出路。可完全没有目标。本来要就职的西宫工厂联系不上,就算联系上,也不可能获得满意的答复。他不想在没有把握的情况下四处活动,把手头所剩无几的钱白白花光。而且,要想领取父亲的保险金,最好不要随便离开这里。

　　他调节了暖炉的火力,从放在旁边的袋子里取出饭团和罐装茶。这是今早在避难所发的。饭团早吃厌了,可现在也不能再奢求什么。

　　他咬了一口,突然想起了那天的事。正当自己为冰箱里的食物被盗而心灰意冷时,新海美冬递来一个用保鲜膜包着的饭团,说是他离开体育馆后发的。

　　之后他们聊了一会儿。她好像原本就在关西长大,工作后去了东京,辞职回来后遭遇了这场地震。

　　"什么公司?"雅也问。

　　"经营服装和饰品的公司,也进口国外的商品,以比市价便宜的价格销售。"

"哦，感觉很风光。也会去国外？"

"嗯，一年会出去几次。"

"真好。我连夏威夷都没去过。"

"我不是去玩，一点意思都没有。日程安排得非常紧张，和那些外国人交涉又特别累心，工作完了就在酒店睡觉，根本没去过什么景点。"

"哦。可我还是很羡慕。"

通过和美冬的交谈，雅也终于放下心来。她似乎没有看到自己杀舅舅的场面，否则绝不会这样毫无戒备地说话，也绝不会送来饭团。她说在体育馆见他把面包给了孩子，所以猜他现在肯定饿了。

"为什么辞职？"

"一言难尽。女人一接近三十岁就很麻烦了。"美冬眯着眼睛笑了。那表情中有什么东西深深吸引着雅也。

"没那么大吧？"

"只剩两年了。"她竖起两根手指。

"二十八？和我同岁。我还以为你更年轻呢。"

"噢，你也二十八呀。"不知为什么，她似乎很满足地点点头，"我猜你就这么大。"

之后又聊了许多。美冬似乎渴望和别人说话，当然雅也也是如此，而且他觉得，即便不是处于目前这种状况，能和她在一起肯定也很快乐。她没有化妆，就是受灾者的打扮，但美丽的容貌丝毫未减，素面朝天反而能突出真正的亮点。

美冬没有谈到自己差点被强奸的事。雅也猜她想忘掉那些不愉快，便也没有提及。

雅也无法离开这个地方，理由之一就是美冬。她今后作何打算？会回东京，还是有其他去处？

昨晚在避难所没有见到她的身影。雅也特别担心她已经离开这里。但她父母的遗体还安置在体育馆里，只要遗体在，她肯定会回来。雅也暂且放心了。

刚过中午，雅也想把权充墙壁的帐篷弄结实些，突然听到身后传来男人低沉的声音："雅也。"

是一个梳着大背头、约四十岁的男人，身穿黑色皮夹克，戴着墨镜。他将手插在口袋里，注意着脚底下，走到近前，中途摘掉了墨镜。雅也不记得曾见过这张脸。

"这回可真惨，真是场大灾难。"来人以闲聊的语气说。

"不好意思，您是……"雅也警惕地问。

"仔细想来，咱们是第一次见面，但我见过你的照片。"男人在嘴角挤出一丝笑容，递过一张名片，上面印着"小谷企业总经理小谷信一"。

"小谷先生……呃，您是……"

"佐贵子的丈夫。"

"啊，是佐贵子的……"雅也不记得小谷这个姓氏，他突然想起舅舅说过佐贵子没有正式登记结婚。

"我听佐贵子说了，她父亲的事给你添了不少麻烦。"

"没什么麻烦的，我也没做什么。"

"不不，你父亲的葬礼还没结束，又出了这么大的事。"

"没什么。"雅也一边挠着头一边猜测这人来这里的目的，看来绝非只是道谢。不祥的预感像滴入水中的墨水一样在心中迅速扩散。

"真冷啊，都冷到骨头缝里了。能让我进去吗？"小谷缩着背指了指帐篷。

"请。"雅也答道。

小谷坐在倒放着的水桶上，凑在火炉旁边，双手罩在炉子上，笑道:"总算活过来了。"被下面熊熊燃烧的晃动的火光一照,小谷的脸看上去更加冷酷无情。

"佐贵子去体育馆了?"

"没有,她过会儿再来。"

"哦?"

"先顺便去个地方,办完事再来。到了车站会给我打电话。"小谷从皮夹克口袋里掏出手机。

"开车去接她?"

"不,摩托车。"

"摩托车?"

"从奈良开摩托车赶来的。听佐贵子说,路上堵得要命,开车不知什么时候能到。"

"可摩托车运不了舅舅的遗体啊。"

"嗯,那也没办法。"

"没办法……你们不是来领遗体的?"

"我刚才不是说了吗?"小谷向上翻着眼睛瞪着雅也,"路上太堵,不能开车。"

雅也不再说话,看向小谷皮夹克的拉链。那你为什么来这里?为什么不去体育馆,而来家里?

"地震确实很惨,可之前你也够悲惨的。你父亲岁数不算大吧?"

"啊……"雅也忐忑地点点头,忖度着对方的目的。

"我听佐贵子说,你家工厂的经营状况很不好。"

"嗯,整个经济都不景气。"

"虽说不景气,可并不是所有公司的老板都上吊自杀。"小谷晃着肩膀笑了。雅也想不明白他怎么能在这种情况下,满不在乎地对受灾者说出这种话。看来只有一种可能,他是故意的,明显是想激怒雅也。

"是这样，佐贵子对她父亲作了各种调查，发现了一张让她很在意的便条，或者说是备忘录之类的。上面说她父亲曾借给你们家四百万。你听说过这件事吗？"

果然，雅也想。佐贵子昨天就一个劲儿地问她父亲带的东西，估计就是想找借条。雅也假装不知，可佐贵子明显有疑问，甚至能感觉出她在怀疑自己。佐贵子把情况告诉了丈夫，小谷就来了。看样子这人有从雅也手中要到钱的自信。根据是什么呢？借条已经不存在了：大地震的晚上，已经扔进火里化为灰烬。

"我没听说过。"雅也摇了摇头，"筹钱的事全由父亲管。和债权人商议的时候，舅舅并没有参加。"

"虽然不是亲兄弟，那也是姐夫和小舅子的关系，不能像其他债权人一样，肯定是两人单独慢慢商议。可你父亲已经不在，那么佐贵子的父亲会怎么办？当然是找你说了。"

"没听说过。"

"真的？"小谷瞪着眼睛，声音中增添了让人发毛的恐吓意味。

雅也刻意面无表情，默默地缩了缩下巴。最好不要多说话。

"哦，你这样说，那就没办法了。"小谷说着，开始在火炉上方搓起双手，发出了干燥的皮肤摩擦的声音。

"你就是为了和我说这个才专门来到这里的？"

"怎么能这样说话？老婆的父亲死了，我当然该来。"小谷盯着雅也，松了松嘴角。在雅也看来，小谷一笑反而显得更加狰狞可怕。

小谷把手伸进了皮夹克内侧，拿出一张照片。"这是昨天佐贵子拿回家的，说上面有些古怪。"

雅也刚伸出手，小谷立刻把照片抽了回去。"我拿着，你凑过来看吧。这照片有可能成为重要的证据，而且不能再加洗了。"

那不是照片，像是用打印机打出来的。雅也觉得像是录像带里的一个镜头。他依言把脸凑了过去。

照片上是自家的工厂，像是刚遭到地震破坏。不知是谁拍的，那时完全没有注意到。

"怎样？"小谷挑起了一侧的眉毛，嘴角也弯曲了一下。

"上面是我家的工厂？"

"是。不光工厂，后面的房子也拍到了。你看这里，像是被压在瓦砾下的，不正是佐贵子的父亲吗？"

的确，他指着的地方有一个人影，不管从位置还是从衣着上看，无疑就是俊郎。

"你不觉得奇怪吗？"小谷微微一笑，"二楼全塌了，房顶都落了下来，瓦也碎了。听说是瓦块击中额头导致当场死亡，是不是？可这张照片上的人看上去正想爬出来，双手似乎还在动，额头上并没有伤口。"

雅也的表情没有变化。他不知道该如何掩饰，只感觉手脚渐渐发凉，腋下却流出了汗，冷汗。

"我是这样想的，"小谷依然把照片摆在雅也面前，继续说道，"佐贵子的父亲肯定还活着，至少在这个时候。"

雅也全身都起了鸡皮疙瘩，不由得想揉搓胳膊，最后勉力忍住。

他当时看到俊郎时，俊郎一动也不动，所以他一直以为俊郎被压在下面时已昏了过去。看来事实并非如此，俊郎曾试图靠自己的力量爬出来，筋疲力尽的时候，雅也才到达。

"听说是当场死亡。反正警察是这样说的。"

"也许是当场死亡，这种事警察应该不会搞错。可拍这张照片时，老头子还活着，这没错吧？"

雅也装出再次凝视照片的样子，似乎百思不得其解地说："光看这张照片也不好说什么。"

"为什么？"小谷似乎很意外地瞪圆了眼睛，"不论怎样看，他都还活着，这不正想从倒塌的房子里爬出来吗？"

"也不是不能这样看，但地震导致所有东西都在晃动，不断倒塌。也许出于某种原因碰巧拍成了这样。"

"尸体会碰巧这样舞动？最关键的是额头上没有伤口。不是说他的额头裂开了吗？"小谷指着自己的额头。

"你总是强调没有伤口，仅靠这照片怎么断定？你看，舅舅的脸太小了，还模糊不清。"

"那可是额头裂开呀，一般情况下肯定会满脸是血，就算模糊，也不可能看不出来。"

"就算对我说这些……"雅也支吾着。

"佐贵子的父亲没死。这是在他活着的时候拍的。"小谷把照片放回皮夹克内袋，"这太奇怪了。为什么瓦块会击中额头？房子已经塌了，从哪里飞来的瓦块？"

"这我就不知道了。我看到时舅舅已经去世了。一直有余震，肯定是旁边建筑物的碎片或什么东西落了下来。"

"又不是刮台风，其他建筑物的碎片怎么会飞过来？绝不可能。"

"那……"雅也吸了口气，看着小谷的脸一字一顿地说，"那你认为是怎么回事？小谷先生，你想说什么？"

小谷又松弛了一下嘴角，看上去像在暗暗发笑。他从皮夹克外面的口袋里掏出香烟和打火机，叼上一根，又把烟盒递到雅也面前。雅也摇了摇头。小谷用打火机点着火，装模作样地悠闲地吐着烟。或许他想借此让雅也不安。吸完一根烟，小谷想步入正题。他刚动了动嘴唇，不知从哪里传来了女人的声音："有人吗？"

像是觉得最好的开口时机被干扰了，小谷显得很不高兴。雅也走出了帐篷。

工厂入口处站着一个身材小巧的中年女子，身穿粗呢短大衣和紧身运动服。雅也问道："什么事？"

"您有没有多余的取暖用具？"对方客气地问。

"取暖用具……火炉之类的？"

"不，我们家有火炉，但没有煤油，也没有电。想问一问有没有不用油或电就能取暖的东西……"中年女子边说边低下了头。她也觉得不可能存在那种像具有魔法般的东西，但又不能不找。或许年幼的孩子正哆嗦着等待母亲带回温暖。

"没听说过有这种东西。这里没有。"

"哦。"她的头垂得更低了。

就在这时，雅也看到新海美冬从马路对面走了过来。她似乎也注意到了雅也，冲他微微一笑。她手中提着一个纸袋。

中年女子低头行礼后就想离开。突然，雅也脑中闪过一个念头。"请稍等。你有煤油炉？"

"嗯，但没有煤油。"

从昨天起，汽油和煤油开始短缺，因为大家都争相购买，为了确保政府机关和自卫队的需要，已经限制销售量。

"我有煤油。"

雅也的话让她睁大了细细的眼睛。"啊？您有？"

"嗯，还挺多。如果你愿意，可以转让给你。"

"呀……太好了。我这就去取容器。"她疾步走开。

美冬走到近前。她好像听到了刚才的对话，诧异地问道："有那么多煤油？"

"嗯，本来我也忘得一干二净了。那个铁桶里都是。"他指着立在破损的墙壁边、容积为四百升的铁桶。

"怎么会有这么多？"

"这台机器要用,但不是作为燃料。"雅也站在父亲引以为豪的放电加工机旁,"这个要在油中加工金属,用的就是煤油。"

"哦……"不知是否理解了,反正美冬钦佩似的点了点头。

"掺了点怪东西,父亲傻乎乎地往里面放了威士忌。但顶多有点气味,不会有别的影响。"

一直在笑眯眯地聆听的美冬突然皱起了眉头:"那人是谁?"

她视线的前方正是帐篷。小谷把头缩了回去。

"昨天来的那个表姐的丈夫。"

"来领遗体?"

"不是,说路上太堵不能开车,今天只是来见见面。"

"哦。"美冬露出诧异的表情。

"先不说这个,你昨天去哪儿了?"

"去大阪买了点东西。"她微微晃了晃手中的纸袋,然后又看了看帐篷,"那人又在看咱们。"

"过一会儿我去体育馆,到时再详细跟你说。"

"知道了。"

送走美冬后,雅也回到帐篷。小谷依然在吸烟,脚底下已落了几个烟头。"那女人是谁?"

"邻居。"

"哦,我随便问问。"小谷把没吸完的香烟扔到地上,"不打算重建这个工厂?"

"哪有钱呀。再说,这里已经不属于我了。"

"剩下的借款用你爸的保险金不就能还清了?对了,佐贵子她爸的事还是让我觉得不对劲儿。听佐贵子说,她爸带着的借条不见了。"

"我没见过那东西,不好说什么。"

"没见过?"小谷用轻蔑的眼神从头到脚打量着雅也,"如果佐贵子她爸说的是真的，那对你来说，这次地震反而是件好事。借给你钱的人死了，借条也消失了，不就相当于借款一笔勾销了吗？"

"你什么意思？"

"我说的是事实，再加上这张奇怪的照片。"小谷拍打着胸口，"这样一来，我们当然会有各种想象。虽然不愿想太多，但可疑的就是可疑，奇怪的就是奇怪。"

"你是说，我对佐贵子的父亲做了什么？"

"这个嘛，不好说。"

"请不要仅凭这张照片就信口乱说。"

"是啊，一张照片确实不充分，可不光只有这一张。你看你，吓得脸色都变了。害怕了？"

"如果还有别的照片，拿给我看看。"雅也伸出了手。

"不是照片，是录像。刚才你看的照片是从录像带中打印的。佐贵子去找录像带的主人了，看了录像，我们就能知道佐贵子的父亲当时究竟是死是活。"

雅也心头一惊。的确，如果是录像带，应该能更详细地知道俊郎的情况。

"怎么了？怎么突然不吭声了？"

"没什么。"雅也摇摇头，"能给我支烟吗？"

"当然可以。"小谷把烟盒和打火机攥在一起递了过来。

雅也一边吸烟，一边想着各种可能性。不论有什么，都要想好托辞。但是，万一录像中有砸俊郎脑门的镜头——

"喂，雅也，真实情况到底是怎样？"小谷的语气突然柔和了许多，"你是不是听佐贵子的父亲说过借钱的事？你要是说实话，我和佐贵子也不会这样纠缠不休，你也不会遭人猜疑了。你自己好好想一想。"

他想和我做交易。不，确切地说是在恐吓我。不管怎样，他的目的就是钱。"不管你怎么说，我没有撒谎。"

"别这么嘴硬，你会后悔的。"小谷步步紧逼。

这时，小谷皮夹克内侧的手机响了。"是佐贵子。"他说着取出了手机，"噢，是我。去了吗？……嗯？电视台？……怎么这样，难道要在节目中播？……啊，知道了。那没办法了……嗯，那咱们今天就回去吧……我这边基本上办完了……知道了，现在马上去。"

小谷把手机放回口袋。"这下麻烦了。那盘录像带听说被电视台借走了。如果里面录上了异常情况，也许会引起轰动。"

"不可能会有异常情况。"

"这可不好说。不管怎样，我们看了就会明白。电视台把录像带还回来后，对方马上就借给我们。那之前你自己好好想想吧。"小谷站起身，"看来佐贵子父亲的遗体最好先别火化。看情况了，说不定警察还会调查。"他低声笑着走出了帐篷。

马达声远去后，雅也来到外面。该怎么办？怎样才能逃离这种局面？他不禁想双手抱头，忽听身后有人喊他："水原先生。"雅也一惊，回头一看，见美冬站在那里，手里仍拎着那个纸袋。

"你没去避难所？"

"有个东西想给你。"美冬来到雅也身边，递过手中的纸袋。

"什么？"

他想打开，被她用手拦住了。"过一会儿再打开。"

"哦……知道了，谢谢。"

"喂，"美冬注视着他的眼睛，"想不想离开这里？"

"什么？"

"咱们一起走吧。"

雅也屏住呼吸，注视着她的眼睛，心跳加剧。

就在这时，一个女人的声音传来："对不起，打扰一下。"刚才来过的那个中年女子手拿红色塑料桶又来了，身后紧跟着一个年龄相仿的女子，也提着塑料桶，看来是她的朋友。"能给我们些煤油吗？"

"啊，可以。"雅也准备把她们领到铁桶那里。

"一升二百五十元。"美冬说。雅也惊讶地看着她。

"哦，二百五十元……"中年女子看着手中的容器。

"这是二十升容量的，总共五千元。"美冬一副公事公办的口气。

雅也凝视着美冬的脸。她朝他瞥了一眼，那目光好像在说："你不要说话，交给我吧。"

美冬从两名女子手中接过钱，又给了雅也。他本想说其实不用收钱。可是她似乎早已看透了他的心思，嘀咕道："人心眼太好了就无法生存下去。"

雅也睁大了眼睛。美冬一扭身，出了工厂。

把煤油卖掉后，雅也走进帐篷，看了看美冬给他的纸袋。里面放着一个盒子。雅也打开盖，不禁呆住了：里面是一台带液晶画面的家用摄像机，还有一张小纸条，上面写着："打开录像看看。"

电池好像已充好了电。雅也把摄像机的模式切换为播放录像，按下按键。看到出现的场景，雅也差点喊出声来。倾斜的建筑物无疑就是自家的工厂，后面的主屋也被拍上了。

另外——

被压在废墟中、正用力挣扎的俊郎出现在屏幕上，像游泳一样胡乱挥舞着双臂。

画面慢慢地横向移动。一个身穿绿色防寒服的高个子男人从画面中掠过。

9

木村一直犹豫不决。他手里握着一张名片——日本电视台的仓泽克子给他的那张。已经两天了，却没有任何消息。

"心神不定的，干吗呢？"正在化妆的奈美惠说。镜子里映出她不耐烦的脸，她正准备去上班——在北新地的酒吧。

"你想呀，如果要在新闻里播，也该有消息了。始终没有任何联系，不是很奇怪吗？来借带子的时候那么着急，会不会没被采用？"

"你这么惦记，就打个电话问问吧。不是有名片吗？"

"嗯。"木村也想过打电话。他真正期盼的并不是播出时间的通知，而是再和仓泽克子见面。当然，也想确认一下那盘录像带的命运，因为又有人想看了。

昨天，一个叫米仓佐贵子的奇怪女人突然来访。她眼神锐利，那副做派一看就是酒吧女郎，却又和奈美惠不太一样。她似乎也在灾区看到了那些照片。女人说也许录像中有自己在震灾中去世的父亲，说话时的表情似乎悲痛欲绝，但感觉像在演戏。

一听说借给了电视台，她显得很失望，最后给了木村一张名片，求他在带子还回来后一定要通知自己。上面印着奈良的一家经营范围不明的公司名，在"小谷信二"这一名字旁，用圆珠笔写着"米仓佐贵子"的字样。"之前请不要借给其他人，请务必先和我联系，定有重谢。"女人不住地低头行礼。

木村很想知道她用什么东西重谢，但没有问就答应了。或许那盘录像带具有意想不到的价值，谢礼日后再慢慢交涉吧。

先不想这个了，现在的关键是仓泽克子。

"我用一下电话。"木村拿着无绳电话的子机站起身。他不愿让奈美惠听到自己和仓泽克子的谈话,去了洗手间,拨了名片上的号码。听到呼叫声响起,他有些紧张。

接电话的是一个男人:"这里是日本电视台。"

"喂,我姓木村,请问仓泽女士在吗?"

"找仓泽呀,她出去了,您是哪位木村先生?"

"两天前借给她录像带的人,就是拍摄了地震刚发生时的场景的录像带。"

木村以为这样说对方马上就能明白,但那人的反应很迟钝。

"录像带?噢。看来这事只能问仓泽。您姓木村?等一会儿我把您刚才说的转告她,这样可以吗?"对方明显表现得不耐烦。木村希望对方能说让仓泽克子回电之类的话,但那人最终也没说。木村只好说句"可以",就挂断了电话。

尽管不清楚这人是干什么的,但至少有一点可以明确,那盘录像带在电视台并没有引起轰动,也许没有被采用。木村觉得也无所谓。即便真是如此,也要让他们把录像带还回来,而且,说好了要让仓泽克子自己来还。

10

"喂,那录像带的事怎么样了?"佐贵子刚进店,柜台后的信二马上问道。

"听说还没有还回来。"

"什么时候还?"

"这个不太清楚,那人好像也在等消息。"

"那人"当然就是指录像带的主人木村。来店里之前,佐贵子刚打过电话。也许是因为过于频繁地催促,木村回答时已明显不耐烦了。

"都好几天了,他干吗不问问电视台?"

"说是问了,可没找到负责人。"

信二咂着嘴,盯着放在柜台上的小日历。"光凭一张照片,雅也那小子不会出钱的。"

"你不是说他看了照片就害怕了吗?"

"听说有录像带后他才害怕。那录像带上一定拍到了什么。只要有那东西,就是咱们说了算。"

"咱们骗他说录像带已经到手了。"佐贵子脱口说道。

"那有什么用?他肯定要问上面拍了什么。"

"随便编一些,比如说里面有爸爸活着的证据之类的。"

"故弄玄虚对他不管用。那家伙遇事相当沉着。"信二点上烟吸了两口,马上在烟灰缸里捻灭。

佐贵子也觉得如此。在避难所见面时,雅也的态度极其自然,这样接待失去父亲的表姐,态度可以说无可挑剔。一般人不可能对被自己杀死的人的女儿表现得那么和善。忘了父亲什么时候曾说,水原如果把工厂的经营委托给儿子,结局就不会那么悲惨。

柜台上的电话响了。信二拿起话筒,原本拉长的脸立刻堆满了谄笑。"给您添麻烦了……嗯,我很清楚,是本月内……好……好……不,我也在尽力想办法……嗯,肯定没问题……"

佐贵子听出是催促还钱的电话。最近,只要店里的电话响,肯定是这事。信二辩解的语调似乎也流畅多了。

信二粗暴地放下电话,又板起了面孔,从架子上取下一瓶白兰地,倒在酒杯里,喝了一大口。"那人姓木村。你再打一次电话。"

"刚打过。先不说这个了,那东西怎么办?"

"那东西？什么？"

"我爸的遗体，不能总那么搁着呀。"

不出所料，信二的脸扭曲了。佐贵子不知他会怎样破口大骂，不禁缩在一边。信二往地上吐了口唾沫。"我才不管呢。"

他把剩下的白兰地一饮而尽。

11

仓泽克子疲惫不堪地倒在廉价长椅上。这几天一直没在床上睡过，根据指示在灾区四处奔走，在各处避难所采访，没法洗澡，吃的也只是用摩托车送来的盒饭。

"看怎么想了，我倒觉得在战场采访更好一些。普通老百姓不会在这么大的范围内同时遇到灾难，所以容易集中采访对象，活动起来也方便，还容易搭帐篷。"和她搭档的摄像师盐野说。

克子没有搭腔。盐野总是在发牢骚。她没有回答的气力了，体力上已经接近极限，最主要的是精神上快撑不住了。这几天不知目睹了多少人的悲剧。她已不再把遗体看成人了，只是当成一个物体。她甚至有种危机感，觉得再这样下去，自己会精神分裂。

手机响了，克子和盐野面面相觑。肯定又是主任。不知这次又让去哪里，又要命令拍到怎样悲惨的画面。

听说政府高官要巡视灾区，主任指示要去采访。克子只觉得无聊。装模作样的高官穿着防灾服走动的表演有什么可拍的？

"另外，今天有个姓木村的人来电话了，怎么回事？"主任问。

"不清楚，回台后再查查吧。"

克子挂断电话，把任务传达给了盐野。他苦笑不已。

昨天就听说有一个姓木村的人给自己打过电话，却想不起那人是谁。听说那人声称曾借给自己录像带，她却不记得此事。

既然知道她的名字和工作单位，也许见过名片。克子来这里后曾给过几个人名片，不是见人都给，但只要对方索取，就不好拒绝。忘了什么时候在某个避难所拍摄时，曾有一个年轻女人索要名片。那人自称是志愿者，希望克子不要擅自拍摄受灾者。记得是个漂亮女人，拿到名片后才认可似的走开。

克子根本不打算给那个木村打电话，也没有时间。

12

从堆积如山的瓦砾中捡出所需的物品，一个旅行包就足够装了。几乎没有值钱的东西，只有保险合同、存折、印章还算重要，存折上也没有多少钱。另外还有几件换洗衣服。

终于脱掉了这几天一直穿在身上的防寒服，找到了一件粗呢短大衣，虽然是便宜货。套在毛衣的外面，感觉多少恢复了以前的文化生活。

要舍弃自己的家，最大的难题是埋在里面的父亲的遗体。棺材已破烂不堪，遗体也近乎支离破碎，在志愿者和政府工作人员的帮助下总算运到了避难所。棺材被黑色塑料袋取代也是无奈之举。殡仪馆方面没有任何消息，雅也决定不管了，反正丧葬费是后付的。在这种局面下，殡仪馆绝不会上门索要守灵的费用。各地的火葬场都无法使用，殡仪馆应该也是一片混乱。

雅也在体育馆的入口等了一会儿，美冬从前面走了过来。和平时一样，她仍穿着牛仔裤配羽绒背心。她今天化了淡妆，显得更加美丽动人。如果再弄弄发型，穿着再时尚些，走在街上估计会吸引所有人的眼球。

"让你久等了。"

"车呢？"

"停在外面。遗体呢？"

"都好了，随时可以搬运。"

他们用平板车搬运新海夫妇和幸夫的遗体，志愿者们也帮了忙。

停在外面的是一辆白色的带篷卡车，车身上印着"××建材店"的字样。美冬提出由她找车，雅也并不知道内情。

"你在建材店有熟人？"雅也问。

"什么？"

"这上面不是写着吗？"雅也指着卡车的一侧。

"啊，真的。哦，原来是建材店的车呀。"美冬好像刚注意到。

"你从哪儿借来的？"雅也问。

"保密。"她把食指贴到唇边。

"这可让我有些不放心了。"

"喂，雅也，这世上东西多的是，车也是如此，我只是出点钱借用了那多得快要冒出来的东西。没必要在意这些，快点把遗体放上去。"

装好遗体，两人上了车。美冬的行李已经放在里面，有三个包，全是名牌货。

"好了，出发吧。"坐在副驾驶座上的美冬说。她看上去心情极好。

雅也心情复杂地发动了汽车。他们要去和歌山。美冬说已经和那里的火葬场谈妥，可以在那里处理遗体。

关于那盘录像带，雅也一直什么也没问，他不敢问。她全知道。明明知道却救了他，为什么？是因为她差点被强奸的时候被他救过？

或许有这方面的原因,但不会这么简单。另外,她究竟是如何赶在佐贵子前面弄到录像带的呢?

车开出去没多远,就碰上了堵车。这也是预料之中的事。

"在和歌山火葬完后怎么办?"雅也说出了心中的疑问。

"雅也,你有什么打算?"

"这个,我还没想好。"

"哦。那就去东京吧,去东京。"

"东京?"

"嗯,这还用说。"

雅也不明白她为何这么肯定地选择东京,但也没再问。现在只能听命于她了。

收音机在天气预报后开始播新闻,内容是地震造成的受灾情况。据说遇难者已超过五千人,还有身份不明的遗体。

美冬伸手关掉了收音机。

"这和我们已经没有任何关系了。"她微笑着说。

第二章

1

出了高圆寺站,没走多远,畑山彰子就注意到了。

又来了——

她周身一阵颤抖。四周了无行人,这条路上路灯少,旁边也没有住户可供求助,她不禁加快了步速。她想奔跑,又害怕导致无法挽回的事态。

自己的皮鞋敲击柏油马路的声音听起来分外刺耳。在那声音的间歇中,能感觉出夹杂了一个低低的声音。她的脚步声加快,那个声音也会加快节奏;如果放慢速度,对方的节奏也会放缓。

最初注意到被跟踪是在两周前。和今天一样,那也是个阴云密布、星月全无的夜晚。她起初以为是自己脚步声的回音,可当她为买一罐饮料停步在自动售货机前时,本以为是回音的声响却不自然地慢了好几拍。她回头一看,一个黑影迅速隐藏在停放着的汽车后面。

她心里一惊:被人跟踪了。她没有买饮料,疾步前行。身后的脚步声也跟了过来。这次没有回头看的勇气了,恐惧和焦躁几乎让她的心脏破裂。总算到了公寓，钻进大楼的玻璃门后，她才敢看了看身后。昏暗的道路上已空无一人。但回到房间后不久，电话铃就响了。话筒那边传来的声音让她顿时呆若木鸡。

"到家了。"只说了这一句话，电话便挂断了。只知道是个男人，却听不出是谁。那声音低沉且含混不清。

之后接连发生了各种异样的事情。一天晚上，彰子回家后发现门把手上挂着一个纸袋，里面放着著名和式餐馆的便当和一张写有"欢迎回家"的纸条，当然，她没有吃那便当，和纸条一起扔掉了。有时会收到通过邮局寄来的装有照片的信件，照片上是她上班途中或接待顾客时的样子。她把照片也扔掉了。

三天前，信箱里出现了一张用打字机打印的纸。起初彰子还以为是公寓物业的通知，因为开头写得特别像。但读着读着，彰子的脸变白了。上面是这样写的：

"……最近对垃圾不进行彻底分类的人增多了。在这一点上，五○三室的畑山彰子小姐表现出色，连干电池都分门别类。我就是喜欢你这些地方。"

究竟是谁干的？根本猜不出来。第二天她就去了附近的警察局说明情况，但负责接待的警察实在难称态度热情。

"我明白这肯定让你害怕，可单凭这些我们也束手无策。"警察的表情似乎预示着他马上会打一个大哈欠。

"可那人跟踪我，偷偷拍照寄给我。还有，他还查看我扔的垃圾。这些行为难道不是犯罪吗？"

"不能算，否则私家侦探的一切行为都是犯罪了。最主要的是有没有受损失。如果说是犯罪，你必须提交受损情况。"

"我在精神上备受折磨。最近，连上班路上都十分紧张。上班时也总感觉被人监视，根本无法集中注意力工作。这些难道不叫损失吗?"

警察仍不耐烦地笑道:"精神方面的事能否称为损失呢?这个嘛,每个人对事物的感觉千差万别。"

"可在离婚案中,如果饱受精神上的痛苦,不是能得到赔偿吗?"

"那是民事方面,你找警察说这些太让人为难了。"警察的语气越来越不客气,"总之,如果受到肉体上的折磨或遇到危险,再来找我们。现在这种情况无论如何不能立案。"

"我感觉有了生命危险,这样警察也不采取措施吗?"

"我不是说了吗?"警察不耐烦地说,"是否感觉到有生命危险,这因人而异。有不少人来找警察说这种事,可什么都没有发生,想让我们警察干什么?纠缠你的人想加害你的证据在哪里?"

见彰子无言以对,警察又笑着补充道:"哎呀,用不着这么担心。恐怕就是那个——对你有意思的男人想方设法希望引起你的注意。这事看你怎么想了,其实是件幸福的事,因为你长得很漂亮,你就当成美人税不就行了?对对,是美人税,美人税。"

警察似乎对"美人税"这种说法分外满意,重复了好几次。

无法指望警察,只能靠自我保护了,可弄不清对方的真实身份,也想不出什么好办法。目前唯一想出的对策就是先不要胡乱刺激对方,尽量不去在意他的存在。

这其实根本不算什么对策。对方的行动日益升级。今晚的跟踪比以往更大胆,似乎有恃无恐,即便被发现了也无所谓。如果彰子突然转身向他跑去,结果又会怎样?本想质问对方,也许只会陷入对方的圈套。

"什么都没有发生,想让我们警察干什么?"彰子耳边回响起警察不负责任的话语。如果发生了什么事,一切不都晚了吗?若照此状态发展下去,肯定会出事,肯定会发生什么无法挽回的事情。

但彰子想不出对策。看不见的敌人的脚步声让她浑身发抖。彰子拼命压抑着奔跑的冲动,走向家的方向。

"怎么了?好像没精神呀。"

听到有人说话,彰子才回过神来。刚才又走神了,脑子里当然是那个从不现身的人。

新海美冬颇为担心地歪着头。和彰子同岁的她有时看上去异常成熟,有时又像少女一样天真无邪。现在她的样子有些像后者。

"啊,对不起,刚才在想事情。"

"最近你的脸色好像不太好,身体不舒服,还是有什么烦恼?"

"算是……烦恼吧。"彰子勉强挤出一丝微笑。出于工作的原因,摆笑脸是她的长项,但还是感觉脸颊有些僵硬。看来已经到极限了。

"你不介意的话,可以随时找我商量。当然,也许除了听你倾诉外,帮不上其他的忙。"美冬微微一笑,回到了创意戒指专柜。那是她负责的柜台。彰子在订婚戒指专柜,在这家店的最里面。

"华屋"是位于银座的老牌珠宝饰品店。三层楼全是店铺,一楼卖零碎杂货和服饰用品,二楼卖高档日用器具,三楼是华屋的主阵地,经营昂贵的宝石和贵金属。

最近一个月,店里的营业额在下滑,很明显是因为那起地铁毒气事件。在不知何时会成为恐怖袭击牺牲品的情况下,只要没有特别紧急的事情,人们自然会考虑避免去市中心。这种造成大量人员伤亡的事件发生后,自肃气氛增强,极尽奢华的宝石饰品行业率先受到冲击。阪神淡路大地震刚发生时也是如此。

对了,她好像就是受灾者——望着美冬的背影,彰子想了起来。

地震刚发生不久,美冬通过中途录用进入了华屋。彰子不清楚详细经过。美冬最初是在一楼的柜台,约两周后便转到三楼。这样的调动很罕见，所以起初大家都极为吃惊。但两个多月后的现在，就彰子所知，没有一个人对她在三楼工作提出异议。美冬十分了解宝石饰品，也很擅长接待顾客，外语又好，来外国顾客时大伙也都靠她。所有人都想，怪不得在如此不景气的情况下会中途录用她。

听说她在地震中失去了父母，但在她身上看不出丝毫忧郁，她也从未谈及地震。彰子觉得她内心很坚强，不免对其刮目相看，得知她和自己同岁时，甚至还有些自卑。

她也许能帮自己想出好主意。彰子突然有这种感觉。

华屋的营业时间到晚八点，之后再开半个小时的会，店员们就自由了。在更衣室换完衣服，彰子对新海美冬招呼道："喂，下班后有时间吗？一起喝杯茶？"

"好啊。"美冬微笑着点点头。

面向中央大道的蛋糕房二层就是咖啡馆。窗户边的桌子正好空着，两人面对面坐下。彰子点了咖啡，美冬点了皇家奶茶。

"今天也很糟糕。发生了毒气事件，我也知道客流量会减少，可为什么连看结婚戒指的人都少了呢？"彰子先说起无关痛痒的话题。

"今年不吉利，很多人把婚期推迟到了明年。电视上说的。"

"哦，可能是这个原因。"彰子刚想说地震的事情，赶紧又咽了回去。

饮料端上来后，彰子开始说那件事。美冬一直表情认真地聆听，不一会儿就很痛苦似的歪了歪嘴角，也让光听就让她感觉很不快。

"有什么线索吗？"听完，美冬问道。

"正因为没有才头疼呢。如果知道是谁，或许想得出办法应对。"她喝了口咖啡，味道很糟。

美冬把手指搭在茶杯上，像在沉思般注视着斜下方。低下头更能突出她那长长的睫毛，和杏仁眼简直是绝配，就像时尚杂志的模特。她怎么会选择现在的工作呢？彰子脑中竟然浮现出和自己的烦恼毫无关系的问题。

美冬抬起头："太让我吃惊了。"

"是吧。真是无法相信，竟然会有人干那种事。"

"我不是这个意思。"美冬环顾四周，随后把脸凑了过来，"我最近也遇到了类似的事。"

"什么？"听到这出乎意料的消息，彰子不禁脱口问道，"真的？"

美冬慢慢地眨了眨眼睛。"大约一周前，回家后发现门上夹着一张纸。本以为又是保险公司业务员的名片，拿起来一看，上面写了字。"

"写的什么？"

"欢迎回家。听说你今天又卖了不少和你同样美丽的宝石。"

"唷……"彰子的胳膊上起满了鸡皮疙瘩，她一边用手抚摸，一边说，"这是什么意思？还有什么吗？"

"有几次无言的电话。我也不清楚垃圾袋是否被查看了。"

"怎么回事？难道和纠缠我的是同一个人？"

"为什么会以我和你为目标呢？"美冬说。

"我也不明白。"彰子双手环住咖啡杯，"你觉得这种事情会偶然发生吗？两个人竟然在同一时期遇到同样令人毛骨悚然的事情？"

"是啊。"美冬也百思不得其解。

尽管没弄明白，但得知并非只有自己有这种遭遇时，彰子感觉轻松了不少。

"如果真的是同一个人，难道受害的只有我们俩？"

彰子马上明白了美冬的意思。

"你是说其他同事也可能有类似遭遇？"

"嗯。这种事情很难开口向别人说，我猜大家都是自己暗暗苦恼。"

也许如此。彰子自己就是这样，所以十分理解。"明天问问大家吧。"她说着点了点头。

华屋的三层除了彰子和美冬，还有三名女职员。第二天，彰子趁顾客少的时候和她们聊了聊，询问最近是否遭到奇怪男人的纠缠。

令人吃惊的是，有三人形式不同地遇到了怪事。一个人收到了自己上班途中的照片，另一个人接到过无言电话，还有一个人和美冬一样，门上曾被人夹过纸条。

大家达成共识，肯定是同一个人所为。究竟是谁？加上美冬在内的五个人讨论了半天仍不得头绪。

找到伙伴让彰子踏实多了，可也出现了令她更加不安的因素。和自己相比，其他四人受骚扰的程度明显要轻。这绝非心理作用。

彰子下班后买了男性用的内衣、小东西及易耗品。当晚扔垃圾时，把那些东西混入垃圾袋，期待着对方在查看垃圾时，误认为这个房间里曾来过男人。

2

在店内环顾一周后，樱木轻轻地叹了口气。创意戒指专柜前有两对年轻恋人，但怎么看都像只看不买的顾客。就算买，估计也是三万元左右的便宜货。新海美冬一直在向穿着稍好些的一对推荐新款戒指。感兴趣的只是女方，男方明显是想尽快逃离这个地方。樱木断定，他们不会买。

在订婚戒指专柜，畑山彰子正让一对三十多岁的男女看几款戒指。他觉得这边还勉强有希望。光看不买的顾客很少会让店员拿出多款戒指细看，男人的衣着看上去也相当昂贵。樱木推测他是为了来华屋专门打扮的。剩下就看畑山彰子能卖出多贵的东西了。那姑娘心眼太好，总会傻乎乎地推荐便宜的。如果客人看上去在犹豫，自己最好亲自过去看看情况。

其他的专柜也零星有几个客人，但大多数就像在海洋馆里一样，只是从玻璃柜前走过。入迷地望着摆放在玻璃柜中的东西的年轻恋人根本不会购买，那些都是起码值三百多万元的绝品。本来就经济不景气，又发生了阪神淡路大地震，再加上地铁毒气事件，客流量减少也在预料之中。

三层的负责人浜中乘扶梯上来了，四方脸上堆满了谄笑，正说着什么。跟在后面的中年男女樱木也曾见过，是最近迅猛发展的廉价商店的老板夫妇。男人把肥胖的身体塞进博柏利西装中，戴着金光闪闪的劳力士手表。女人全身都是爱马仕，可不光身材和气质差，连妆容都很土气。樱木觉得名牌穿在他们身上太委屈了。

"欢迎光临。今天需要点什么？"樱木走到他们面前招呼道，对两人投入微笑的比率是五比一。女人自然是重点。

"没定下来具体要什么。只是浜中联系我，说店里进了些好货。"

"前些日子的项链您还满意吗？"浜中说。

"啊，黑珍珠的那个。"樱木点点头，他想起来了。尽管毫不相配，眼前这女人当时还挺满意。

"不是说进了绿宝石的好货吗？"把脸颊涂得又红又丑的女人摸着鳕鱼子般的手指说道。她已经套上了嵌着钻石和红宝石的戒指，全是在这里买的。

"我想您肯定喜欢。"樱木冲她笑了笑。

目送着浜中把两人领到贵宾室，樱木想，这些靠卖便宜货发财的人竟然来这里耍威风，真是有损华屋的招牌。

突然传来了道谢声。抬头一看，新海美冬正把印有店名的纸袋递给那对恋人。樱木本以为那两人不会买，看来判断错了。创意戒指赚不了多少钱，但总比卖不出去要好。

樱木看着新海美冬想，这女人真是难得的人才。她突然从一层卖场调过来时，樱木还曾担心她能否胜任，而实际上她特别擅长抓住顾客的心理。听说她曾在有名的时装店干过，不知道为何辞职。原以为她会有什么致命的缺点，目前看来没有任何问题。

樱木认为新海美冬比畑山彰子能干得多，后者还在为卖出一枚戒指费尽口舌。

樱木决定过去帮忙，刚想迈步，突然注意到了什么。一个印有华屋标志的纸袋放在嵌有钻石的王冠的展柜下方。原以为是客人放的，可旁边并没有人。

樱木走近拿起了纸袋。随后，事情便发生了。

伴随着微弱的嗖的一声，一股刺鼻的恶臭弥漫开来。

彰子发觉自己无法集中精力去工作，仍惦记着那件事，虽已竭力控制，可还是会浮现在脑海的角落中。

男顾客询问着什么。正在发呆的彰子没听清，只好问道："什么？"

"我是说白金的——"

他刚说到这里，彰子的视线捕捉到了樱木怪异的举动。樱木趴在地板上，嘴巴一张一合，一只手还在摆动。

彰子正在纳闷，突然闻到了极其刺鼻的药味，紧接着便感觉呼吸困难，眼睛刺痛。出现这种症状的不光是自己。一直在比较两枚戒指的女顾客开始一个劲儿地咳嗽，眼睛也开始流泪。搂着她的男顾客也捂着喉咙大喊道："是不是毒气？"

这句话让在场的人都意识到了事情的严重性。大家都注意到了恶臭，立刻响起了喊叫声。

"快出去！"那个男顾客抓住女伴的胳膊，向楼梯冲去。其他客人跟在他们身后。

浜中从贵宾室走了出来:"出什么事了?"

彰子想说明情况,但呼吸困难,刚想勉强张口,就呛住了。

"好像是某种气体。"新海美冬走到彰子身旁,把摆在外面的戒指放回柜台里,"要尽快离开,还要救樱木先生。"她也开始剧烈咳嗽。

浜中这才明白过来,大喊道:"快把商品收拾好,然后到下面避难! 注意不要忘记带柜台钥匙!"

在他发出指示之前,店员们已经开始行动。没几个客人,摆在外面的商品很少。她们用手帕捂住嘴向楼梯跑去。樱木也被女店员们救出,还有人摁响了警报器。

见浜中把贵宾室里的那对夫妇领到了楼梯口,彰子拍了拍新海美冬的肩膀:"快点逃吧。"

"嗯。"

见美冬朝着与楼梯相反的方向走去,彰子喊道:"反了!"但美冬并没有停下脚步,而是摁了上行扶梯的停止按钮,确认已经停下后,才沿着扶梯下了楼。原来是这样,彰子钦佩不已。

喉咙和眼睛生疼,开始感觉到头痛、恶心。

3

约一个小时后,彰子来到位于明石町的综合医院里。被带到这里的还有十多个人,是三层的工作人员和顾客。包括彰子在内,几乎所有人都只有轻微症状,休息一会儿就恢复了。只有樱木被抬到病房接受治疗,看来需要住院观察几天。

"吓死我了。做梦也没想到会在店里遇到这种事。"

"是啊。本以为只要不坐地铁就能放心了。"

"为什么会选中咱们店呢？那种事不是一般都发生在人员密集的地方吗？"

彰子的同事七嘴八舌地谈论着。身体已经恢复了，她们正待在候诊室里。新海美冬没有加入谈话，在一旁垂着头。她和彰子是最后离开现场的，恢复起来比大家慢。

彰子也没心情说话，但并非身体的缘故。有一种想法占据着她的大脑。这太不吉利了，根本不愿去想，但又无法从头脑中驱逐出去。她想找人商量，但不管谁听了这种事情，肯定都会惊慌失措。

不一会儿，浜中出现了。他的表情极其憔悴。"听说警察要问话。"

女店员们顿时紧张起来。

"实话实说就可以，注意不要掺加猜测和想象的成分，只叙述事实。明白了吗？"浜中说。

所有人都点了点头。

众人被带到医院内部一个像是会议室的房间，和五名警察面对面坐在长桌两侧。

没有作任何自我介绍，坐在中间的警察便开口说话了。此人留着平头，看样子不到四十岁，目光锐利，下巴很尖，穿着做工讲究的藏蓝色西服。他让大家随便说说，见没人开口，便问道："最初发现异样的是哪一位？"

大家都看向彰子——她只能说话了。

她尽可能详细地说明发现樱木出现异状时的情景。那人听的时候一直盯着彰子的眼睛。其他四名警察有的记录，有的点头。

彰子说完，新海美冬、另外三名女店员和浜中依次讲述了事件的大概经过。

"发现那个纸袋的是樱木先生，之前有没有人注意到？"那人问大家。

没人回答,他便又换了问题。"有没有人能断定几点之前没有那东西?"

依然无人应答。警察们开始露出失望的神情。

那人看了看浜中。"今天大约有多少位顾客,包括那些只看不买的?"

"到底来了多少人?"浜中扭头望着几个女店员,问身旁的女子,"我不总在三层,不太清楚……来了多少?"

"有……四五十人吧。"她回答得很没自信。

"不是吧?加上那些进来看看就走的,应该有一百多人。"另一个女店员说。

"是吗?"最初说话的女店员嘀咕着。再没人发言。估计大家心里都在想,谁都不会去数有多少顾客,当然不可能知道。至少彰子是这样想的。

"顾客中有没有可疑人物,比如不看商品,只在店里瞎转悠的?"

大家依然默不作声。

彰子想,这种问题让人怎么回答?总是有很多不留意商品、只在店里走来走去的人,很多人只是为了在约会前消磨时间才进店。如果对这些人一一留意,那就没完没了了。

"那么,不限于今天,以前是否见过可疑的人,或接到过奇怪的电话?总之有没有发生过令你们印象深刻的事?"

仍无人开口。居中的男子刚想再说什么,突然有人冒出一句:"那个……"是叫坂井静子的女店员。

"什么?"男人扭头看着她。

"也许和这件事完全无关。"

"那也没关系。发生过什么?"

"嗯,这个……"不知为什么,坂井静子看了看彰子,"那件事可以说吗？"

"哪件事？"

"就是那个奇怪的男人。你看，我们大家不都是受害者吗？"

彰子心里一惊。她没想到其他人会说起那件事。

"什么事？你们说的受害指什么？"

"是这样，包括我在内，这里的所有人最近都遭到了奇怪的骚扰。"

"具体指什么？"

"比如……回家后发现有奇怪的纸条，收到奇怪的照片，还有被跟踪。"

"等等，最近你遇到了这些事吗？"

"我只收到过纸条，其他人收到过照片之类的东西。"

警察们面露困惑惊异之色，就像在意外的场所发现了意想不到的东西，死死地盯着彰子她们。

最终，彰子也只得说出最近有神秘男子纠缠自己一事，因为其他人都说了。她把事实简化了许多，因为她不愿让别人知道自己的受害情况比其他人严重。另外，还有一个更重要的原因。

"神秘男人……"居中的男子把手放到脖颈上。很明显，他对她们的话感到失望。他想听的不是这些。

"是个变态。"坐在最左边的男子突然咕哝了一句。他胡子拉碴，长发随意地拢在脑后，说完还发出一阵笑声。居中的男人不悦地歪了歪嘴。

警察调查完毕后，众人回到店里。卖场已禁止入内，她们在更衣室换好衣服，就打算直接回家。以后何时营业据说会另行通知。

彰子刚走出店，肩头被人拍了一下，是新海美冬。她嘴角在微笑，眼中却充满严肃。

"有时间的话，喝杯茶再回去？"

"嗯……可以。"

彰子一答应，美冬马上迈步向前。

"这下可麻烦了，不知店会怎么样。"她们又来到那家咖啡馆，美冬边喝皇家奶茶边说。

"不知道。"彰子含糊地答道。现在她无心考虑珠宝店的事。

"刚才为什么不说实话？"美冬问道，"和我们相比，你受害的情况更严重，为什么说得轻描淡写的？"

彰子垂下眼睛。美冬果然注意到了。

"为什么？"美冬又问了一遍，似乎带有责备的语气，像在说，出了那么大的事情，你还隐瞒，对大家都不好。

彰子抬起头，发现美冬的杏仁眼正注视着自己，感觉内心全被她看透了。

"也许应该说出那件事。"

"什么？"

"嗯，是……"

彰子犹豫着打开包，取出一张纸，展开后放在桌子上。字是打印的：

"你竟敢背叛我！你的命在我手上，会让你知道这一点。小心！我无时无刻不在你身边。"

4

"是氯气。从肇事的纸袋中发现了塑料容器和破裂的气球。容器里装的是次氯酸钠，气球里极有可能灌满了硫酸。两者混合在一起会发生化学反应，产生气体。目前尚未发现与地铁毒气事件的共通之处。"向井的声音回荡在会议室中。他身材瘦小,穿着笔挺的西服,看上去更像是一流企业的职员。当然,锐利的眼神除外。

向井手里拿着来自警视厅科学搜查研究所的报告,内容是对昨天银座华屋发生的恶臭事件中案犯留下的纸袋进行分析的结果。

听说是氯气,加藤亘抿嘴笑了。怪不得今天公安部[①]的人没有露面。这份资料肯定也被送到了地铁毒气事件的调查总部。既然和毒气无关,那些人现在肯定不关心了。听说银座发生了毒气事件,那些人率先冲到现场,向受害店员调查情况,擅自把握主导权,现在可好……

向井率以加藤为首的侦查员来到筑地东警察局,这里也暂时设了调查总部。说是暂时的,因为现在关于毒气的调查全由警视厅负责。

和昨天一样,今天依然在现场周边进行侦查。收获微乎其微。唯一的特征就是华屋的纸袋,但在银座拿着那种纸袋绝不会给人留下任何印象。

目前唯一的线索就是设在华屋三层的两台监控摄像头。有一百多人经过放置纸袋的地方。录像没有照到脚下,无法判定是谁放的纸袋。调查人员正在把录像中出现的每个人的相貌特征描绘出来,列出名单,也和以往的监控录像进行了对比。大家认为案犯肯定会预先查看地形。

"需要特别强调的是将两种药品混合在一起的作案方式。"向井继续说道,"报告称,将装有硫酸的橡胶气球放入装满次氯酸钠的容器中,提前设置好,只要气球受到某种刺激就会破裂。"

"刺激是指什么?"一个警察问道。

"设定的是只要动纸袋就能打开开关,靠电磁石让针刺破气球。详情你可以看报告的复印件。"

看了传过来的复印件,加藤发自内心地感到佩服。靠电磁石让针

[①]日本东京警视厅的一个机构,主要打击间谍、政治、宗教等领域的有组织犯罪。

飞出的装置和开关的构造并不太复杂。开关使用的是弹子游戏中的钢球，只要动纸袋，钢球就会在轨道上滚动，在碰到一边障碍的瞬间，电流便会从干电池中流向电磁石。估计连小学生都能做出来。

"钢球……"加藤自言自语道。

"现在正锁定弹子房，估计很快会查明。"向井说，"关于塑料容器和气球，也正在调查生产厂家，电磁石估计是什么东西的零件，针和其他部件详情不明。关于产生气体的装置，就是这些。"

"什么都不清楚。"有人嘀咕了一句。

向井向发出声音的方向瞪了一眼。"并非没有启示。正如报告上所说，设置极其简单，只要有中学生水平的知识，就能做出来。包括你们，只要看看上面画的简图，应该马上能理解构造。但是否能想出这种办法是关键。"

听了组长的话，所有人都不吭声了。加藤在内心也深表赞同。人成年后，只要不在工作或爱好中运用，肯定会把电磁石和电流的原理忘得一干二净。

"还有一个问题。原理虽然简单，如想使其发挥功能，不论是使用钢球的开关，还是电磁石，都需要满足合适的条件。若不加思考就做出来，肯定不会正常运转。本案中的装置做得相当高明。科学搜查研究所认为，案犯或者是专业制造人员，或者经过反复的研制。"

"无疑是手巧的人干的。"

听了加藤的意见，向井说："我有同感。"随后他又掷地有声地说："尽管不知公安部是如何理解的，我从没想过把本案与地铁毒气联系起来。以地铁这类公共场所为目标的恐怖行为，与以珠宝店为目标的本案，在性质上完全不同，这是刑事部全体成员的一致见解。首先要彻查华屋相关人员的外围情况。"

"如果发现与毒气事件有关联怎么办？"加藤试探地问道。

"到时候，"向井停顿片刻，微微松弛了半边脸颊，"到时候再说。我们按正常程序进行调查。如果需要从公安部得到信息，要想方设法套出来。但只要他们不问，我们不必特意向他们汇报。"

"好。"加藤也微微一笑。

加藤非常重视女店员们提到的最近纠缠她们的神秘人物。氯气虽然危险，却不致命，估计案犯的目的是吓唬华屋里的某个人。这种阴险手法与她们所说的神秘人物的形象完全符合。调查情况时，因为自己嘴里冒出一句"变态"，那些期待与地铁毒气事件有关的公安部的人还曾给他脸色看。

总之，对华屋的相关人员，特别是店员，要逐一调查询问。正当加藤和同事商量如何开展工作时，突然接到通知，说华屋的两个女店员来到了警察局，好像有话要说。

加藤决定和同属向井组的年轻同事西崎一起去见她们。

设在刑事部一角的会客室里，两名女子正在等候。加藤对她们都有印象。两人都是美女，其中之一的长相尤其引人注目，完全可以去当演员。加藤能记得她叫新海美冬，绝非只因为她的名字并不常见。

新海美冬这次却只是陪同，主角是那个叫畑山彰子的店员，声称在昨天调查时有一件事没有说。

"是什么？"加藤笑眯眯地问。

一看到畑山彰子从包中取出的纸条，加藤的笑容立刻消失得无影无踪。那甚至可以说是这次犯罪的预告。

"什么时候收到的？"加藤问。

"事发两天前。下班回家后，发现夹在门上。"

"写着'竟敢背叛我'，这是什么意思？难道是说你背叛了神秘男人？"

"他好像是这么认为。"畑山彰子点点头。

"什么意思？"

新海美冬开口说道:"我曾建议畑山,让她假装有男朋友。比如晾男式衣服,将门牌改为男性的名字,或者在垃圾中混入男士用品。"

"哦。你照做了?"加藤将视线转向彰子。

"我在垃圾中掺入了男士用品,晾衣服时也……"

"什么时候开始的?"

"应该是一周前。"

"到今天为止,除了这张纸条,还有其他异常吗?"

彰子略作思索后,轻轻摇了摇头。"没有什么特别的事情。没收到奇怪的信,也没接到电话,我还以为新海的建议奏效了……"

加藤抱起胳膊,视线再次落到纸条上。"竟敢背叛我"这部分可以这样来解释:神秘男子似乎以为彰子有了男朋友。这类人因过于迷恋目标女子,总将其认定为属于自己的东西。加藤知道不少由此发展而成的凶杀案。

"你的命在我手上,会让你知道这一点。"这些话反映出这人的精神状态十分危险。未达到目的的焦躁和被所爱的人背叛的怒火,令他随时可能爆发。

但加藤想,从这句话中感觉不出被逼到头的杀意。他想表示的只是"随时可以要你的命",只是警告,而且从警告的角度看,放氯气的方式的确有效。

"我无时无刻不在你身边"这句话是什么意思?仅表示对畑山彰子的行动了如指掌,还是另有他意?

"事发后有没有什么异常?"加藤问彰子。

"昨天晚上接到了电话。"

"说什么?"

"'这下知道了吧。不要背叛我。'随后就挂断了。我吓坏了,所以……"

"今天就来这儿了。"

彰子用力点头。

回到总部，加藤马上向向井汇报。向井看了看纸条，低声说："这件事媒体知道吗？"

"没泄露出去，也叮嘱她们不要说。"

向井点了点头。

"要不要派人监视畑山彰子？可其他女职员也不同程度地受到那个神秘男子的骚扰。"

"想不通的就是这一点。如果说迷恋畑山彰子的男人因爱生恨，才引发了此案，为什么又去骚扰其他女子？难道是某种掩饰？"

"掩饰什么？"

"不清楚。"

"难道他最初对华屋的女店员都感兴趣，后来集中到畑山彰子一个人身上？"

"有可能。"加藤的语气中加入了难以认可的成分。

"'我无时无刻不在你身边'……这句话让人回味呀。"向井似乎和加藤有同感。

"只是恐吓，还是具有实质性的意义？这一点需要注意。"

"实质性意义？"向井抬头看着加藤，表情似乎在期待部下能说出和自己相同的想法。

"案犯就在内部，或者就在她们身边。但如果真是如此，是不是反而不会这样写了？这又是一个疑问。也许他低估了畑山彰子，认为她不会报警。"

向井陷入了沉思，闭上眼睛。"有五名女店员……暂时先对她们上下班进行监控。"

5

目标住在江东区门前仲町一幢面向葛西桥大街、建于五年前的公寓，一层是便利店，因此白天这里人来人往。尽管只需要注意出入公寓的人，可依然让人精疲力竭。

筑地东警察局的侦查员在心里恶狠狠地骂道，又派了这么无聊的活，真烦人！在刑事科属于骨干力量的他，竟然受命去监视恶臭事件中的受害者，这工作太低级了，他感觉自尊心受到了伤害。今天是第三天了，没有任何异常。他已经死心了，认为不会再有什么事。

他很清楚警视厅那些人在想什么。他们本以为和地铁毒气事件有关联，便急忙成立了调查总部，但案情并非如此，浮出水面的只是卑鄙变态者的身影，那些人马上改变方针，把麻烦事尽早委托给了辖区警局。如果死一两个人，或许多少会加大力度，然而连受害最为严重的樱木都快出院了，或许以杀人未遂的罪名起诉都不太可能。这样，完全可以把一切都委托给辖区警局，却偏偏不那样做，就是因为担心会查出与毒气事件有某种关联。

他坐在轻便客货两用车的驾驶座上。汽车是从卖电器的朋友那里借的。他将车停在葛西桥大街的左端，以便观察对面的公寓。这幢公寓外面的走廊对着马路，连各房间的门都能看清。

连着打了两个哈欠的时候，听到有人敲副驾驶座一侧的车窗。一个比他资历浅的年轻警察正在往车里看。

来人打开门锁，拉开车门。"换班了。"

"终于到点了。时间过得真慢。"他在狭小的车厢内伸了伸懒腰。

就在这时，正盯着公寓的年轻警察"啊"地喊了一声。他反射性地朝那边看去。

门前站着一个男人，穿着灰色防寒夹克，中等身材，约四十岁，也许更老一些，看不清脸。那人正在摸信箱。公寓的一楼有专门的信箱室，会送到屋门口的信件只有快递或挂号信。他看上去不像邮递员，也不像快递员。

"要不要喊他一声？"年轻同事说。

"等等，先看看情况。"

不一会儿，男人离开房门，向电梯走去。他似乎对别的屋门不感兴趣。

"你待在这儿。"他向同事命令道。这虽称不上什么大功，也不能让年轻人抢去。

他一路小跑过了马路，等在公寓大门前。从这里也能看到信箱室，这在第一天监视时便已确认。

那人出现了。如果他径直走过信箱怎么办？警察决定，即便那样也要叫住他。不出所料，男人向信箱走去，似乎想先查看周围的情况。警察先把脑袋缩了回去，然后又探身观察。

男人将手插进一个信箱的投信口。很明显，他不是往里放东西，而是想把里面的东西拿出来。如果不知道密码，这种信箱的门无法打开。男人把什么东西放进了夹克口袋，若无其事地就要出去。

"对不起，稍等一下。"警察喊道。

男人站住了，似乎有些莫名其妙。

"刚才你在干什么？"

"没……没干什么。"男人摇摇头，却不直视警察。

"我一直在看。你是不是想偷信？"

"没有。"

"那你在干什么？"

"不是说了吗，没干什么。真烦人！"

警察发觉对方想逃，便马上抓住了他的手腕。这时他的表情才变得僵硬。没等他高声叫喊，警察便拿出了证件。

"先把你的住址和姓名告诉我，然后把你口袋里的东西拿出来让我看看。你的行为明显违法。"

男人的脸刷的一下变白了，警察品尝到了正中对方要害时的快感。

6

在审问过程中，加藤亘依然对摆在面前的答案感到困惑。虽然尚无法断定这便是正确答案，但他撞上了警方铺开的网，无疑是嫌疑人。

浜中洋一在短时间内变得极度憔悴，失焦的目光正对着审讯室的桌子，嘴半张着。光看他那样子和表情，绝对想不到他是银座知名珠宝饰品店的楼层负责人。

桌子上放着一个信封，是电信局寄来的，里面是使用明细和催款通知。是浜中从信箱中偷出来的。

收信人是新海美冬。负责监视的警察还目击浜中曾摸过挂在她屋门上的信箱。

"喂，浜中先生，该说实话了，为什么偷新海美冬的信？"加藤说。这个问题已问过数遍。

浜中还是低着头，说："所以，我刚才说过……"

"不是偷的而是捡的，想交给她，才去了她的公寓。本想放进屋门上的信箱，又改了主意，去了一层，可不好塞进去，只好放弃，刚想回去就被警察喊住了，是不是？"加藤用调侃的语气把之前浜中的供述重复了一遍，"浜中先生，假设你是警察，你会完全相信这样的供述？会马上信服？估计不会吧。那么，能不能说些让我们信服的话？"

浜中的头越来越低。他试图摆脱困境，但想不出好主意，只能保持沉默。他到底在隐瞒什么？

"浜中先生，听说你时常去玩弹子游戏，刚才听你夫人说的。附近是不是有家常去的弹子房？"

或许是因为突然转换了话题，浜中眨了眨眼睛看着加藤。

"是不是曾从那里往外带过钢球？"

"钢球？没有。"

"哦？"加藤把下巴凑了过来，抬头斜望着浜中的脸，"放毒气的装置中就用了那家店的钢球。能说是偶然吗？"

浜中这才明白加藤的意思，用力摆着手说："我不知道这些事，和我没有关系，怎么会……有钢球？"

"那就再换一个问题。"加藤说，"既然都当上华屋这种大店的楼层负责人了，肯定有机会使用电脑吧？"

浜中微微抬起头。

"到底用不用？"加藤又问了一遍。

"偶尔会用。"

"你家里也有电脑？"

浜中想了想，随后点点头。

"型号是什么？"

"型号……为什么要问这个？"

"少废话，问什么答什么就行了！"加藤厉声喝道，随后又恢复了原来柔和的语气，"请告诉我电脑的型号。"

"富士通的……叫什么呢？"浜中嘟哝了半天，歪歪脑袋，"对不起，不记得。"

"你用打字机？"

"用。"

"打字机软件是什么？"

"一太郎。"

"打印机的型号呢？如果不记得，光说牌子也行。"

"好像是……惠普。"

加藤靠在椅子上，注视垂着头的嫌疑人。打字机软件和打印机都和畑山彰子收到的恐吓信的分析结果一致，但这么痛快地坦白交待，反而不正常。从浜中那蜷身缩肩的身影中只能感觉出胆怯。

敲门声传来，门开了。向井探进头，冲加藤微微点头示意。加藤站起身，出了审讯室。

"已经向新海美冬问了情况。"向井小声说。

"她说什么？"

"很吃惊。这也是理所当然的。"

"关于和浜中的关系，说什么了？"

向井摇摇头："说一直受浜中关照，觉得是好上司，想努力成为好部下，没想到发生这种事情，真是难以置信——像是优等生的回答。"

"已经让她回去了？"

"没有，还让她等着。你要见一见？"

"嗯。"

"可以。"向井点点头，"浜中这边怎样？"

"老样子。"

"哦。那今晚就不要让那家伙回去了，明天也许他就会改变主意。"

"组长。"

"什么？"

"浜中是清白的。"

向井先愣了一下，随后目不转睛地凝视着部下的脸，嘴角露出了一丝微笑。"有什么根据?"

"那家伙干不出那种勾当,干那事需要相当的胆量。"

"你是说他没有胆量?仅凭直觉作出这种判断,可不像你的一贯风格。快去见见新海美冬。"

新海美冬穿着无袖衫,两条白皙纤细的手臂分外迷人。以前只见过她穿制服和套装的样子,这种休闲打扮在加藤看来十分新鲜。

"听说现在华屋还在停业。"他先寒暄了一句。

"嗯。"美冬点点头,表情却很僵硬。

"听说你今天一直待在屋里,完全没发现外面有人动你门上的信箱?"

"一直在里屋看电视……"

"据浜中讲,他给你打过多次电话,但没人接,这才去了你家。"

"我把电话线拔了。以前也说过,最近总有奇怪的电话……"

"这样恐怕很不方便。没有人能联系上你了。"

"没办法,总比接到奇怪电话弄得心里不舒服强。而且,不可能有什么急事找我。我又没有亲人。"美冬垂下了头。加藤知道她是阪神淡路大地震的受灾者。

"对这件事,你能想到些什么情况?"

"刚才已经向另外一位警察……"

"对不起,麻烦你再说一遍。"加藤微微低了低头。

美冬轻轻叹了口气,然后才开始叙述。她上个月就没有收到电信局的通知,觉得奇怪,也没收到煤气费和电费的交款收据。

"如果真的是信件被偷,太让我震惊了。说实话,真不愿相信。"

美冬祈祷似的将双手交叉在胸前,手在微微颤抖。上次见面时,加藤感觉她相当稳重沉着,看来这回是真的受刺激了。

"你觉得三楼负责人浜中这人怎样？在工作单位，他以前对你的态度有没有异常？"加藤单刀直入。

新海美冬沉默了一会儿，然后抬起头，长长地出了口气。"刚才也说过了，我依然无法相信。会不会搞错了？浜中先生会不会真的是为了给我送丢失物品才来我家的？"

"你认为这种说法能让人信服？"

她停顿片刻，随后向上拢了拢头发，像在忍受痛苦般紧锁眉头。"无法相信。浜中先生很能干，我作为下属一直很尊敬他。以后我再也无法相信任何人了。"

7

客厅的架子上放着一个小相框，里面是一张抓拍的全家福照片，看上去和睦美满，每个人脸上都洋溢着幸福。上小学的儿子站在正中间，后面并肩站着一对夫妻。似乎光线刺眼，三人都眯着眼睛笑着。像是在爬山，不光丈夫，连妻子都是牛仔裤配球鞋的打扮。

照片上的妻子正低头坐在加藤面前，放在膝盖上的左手紧紧握着手帕，身穿针织毛衣配白裙子。加藤觉得这身打扮比牛仔裤适合她。

"那么，您注意到他的样子有些异常？"

听加藤这样问，浜中顺子微微点了点头。"好像想其他的事想得多了，对我的话完全心不在焉……"

就算没什么事，这世上的丈夫也多半都是如此——这句话到了嘴边又被加藤咽了回去。他四年前离婚了，没离婚时也是那个样子。

"另外，"她又补充道，"回家比以前晚了。以前九点左右回来，最近经常到将近十一点。"

"不在外面过夜？"

"这倒没有……"

"早上出门有没有提前？"加藤问。

顺子像是刚刚想到似的点了点头。"确实是。尽管不是经常的，偶尔会比平时早出去近一个小时，说是店里有准备工作……"

"您还记得这种变化是从什么时候开始的吗？"

顺子把手放在消瘦的脸颊上。"好像是从两个月前。"

加藤点点头。如果纠缠畑山彰子和新海美冬的真是浜中，倒是符合这番证词。回家晚出门早的现象，可以理解为是要跟踪她们或检查她们的垃圾。

"请问，"顺子抬头看向加藤，目光中充满胆怯，"我丈夫真的干了那种事？真的去骚扰店里的女员工……"顺子闭上眼睛，又一次深深地低下头。加藤能看出来，对她来说，安定的生活和将来都会受到巨大的冲击。

她没说"我丈夫才不会干那种事"之类的话。看来她隐约注意到了某种异常。

警方对浜中洋一的房间进行了搜查。想找的东西分为两类：对华屋女职员进行骚扰的痕迹和制造毒气散发装置的证据。

"咱们换个话题。"加藤伸手端起桌上的茶杯。他想起沏茶时顺子的手一直在颤抖。"上周的这个时候，有没有迹象表明您丈夫在房间里做什么，比如制造什么东西？"

顺子歪了歪头，眉头紧锁。"刚才我也说了，最近他把自己关在屋里的时候确实多了。我不清楚他在干什么。"

"您经常进您丈夫的房间吗，比如他不在的时候？"

顺子摇摇头。"以前曾因进他的房间被狠狠训斥过。他说里面放着客户寄存的重要物品，警告我绝不能擅自进去。"

"您不知道屋里是什么样子?"

"嗯,几乎不知道。他真的会非常严厉地训斥我。就在前几天还发过火,说我又擅自进去了。"

"刚才我大致看了一眼您丈夫的房间,里面放着一些很奇怪的东西,如操作台、老虎钳、小工具等。"

"他喜欢镂金。他说既然是卖宝石饰品的,也应该掌握一定的技术。"

"镂金是很精细的活,您丈夫手巧吗?"

"这个,怎么说呢,我感觉一般。他让我看过他做的戒指和胸针,一看就是外行人做的。"顺子回答时表情有些疑惑,似乎不明白警察为何问这种问题。加藤没告诉她这些与华屋发生的恶臭事件有关。

"加藤,过来一下。"西崎在屋门口喊道。他正在搜查房间,手上戴着白手套。

"对不起。"加藤说着从沙发上起身,来到走廊上,"发现什么了?"

"看。"西崎拿着几张照片。照片上的人正是新海美冬,很明显是偷拍的。

8

约定的会面场所是水天宫附近一家酒店里的茶室。身穿黑色制服的男子举止优雅,利落地将加藤和西崎领到角落的座位。

加藤看了看价目单,不禁吓了一跳。"快看,一杯咖啡竟然一千元!"

"酒店自然会这么贵,应该可以免费续杯。"

"哦,那最少要续上两次。"

加藤环顾四周,发现多是些西装革履的企业老板类人物。加藤穿的也是西装,但和他们穿的看上去有天壤之别。外国人也很多。坐在这种地方心里总不踏实。

"为什么偏偏指定这种地方?"

"说是有事正好来这附近,还说是平时经常来的店。"

"经常来这种一杯咖啡就一千元的店?珠宝店店员工资那么高吗?"

"不清楚,听说单身女人手头都有点钱。另外,也许泡沫经济时代的生活比较奢侈,那种习惯还没完全改变。"

"谁娶了这种女人可不容易呀。"

"我也这样想。可她长得漂亮,应该有人要吧。"

"确实漂亮,可我并不喜欢。看上去挺成熟稳重,有时又显得柔柔弱弱,很难看出她的真实想法。"

"加藤,你不用担心,人家不会对你感兴趣。"

正当西崎揶揄的时候,咖啡端了上来。加藤感觉香气和颜色都与普通咖啡店的不同,一尝发现确实美味。

"来了。"西崎小声说,目光转向大厅。

身穿白色套装的新海美冬正往这边走来,走路姿势像模特一样优美大方,还散发着坚定的气质。加藤又一次想,她真的只是普通职员吗?

她注意到警察,微笑着走到近前。"让你们久等了,对不起。"

"没关系,我们也刚到。"

身着黑色长裙的女服务员走了过来。美冬点了皇家奶茶。加藤发现她没有丝毫犹豫,看来是她在这儿喜欢的饮品。

"这么忙还叫您出来,真不好意思。"加藤坐着低头行礼。

"没什么,今天并不忙。"

"听说明天店里就要开门了。"

"嗯。发生了那种事,我想必须努力恢复店的形象。"她目不转睛地盯着加藤的眼睛,那是一双令人身不由己地被吸引进去的眼睛。加藤赶紧伸手端起咖啡。

"是这样，今天占用您的时间，是想确认一个很微妙的问题，让您定地点也是出于这个原因。"

加藤想起浜中被捕时的情形。那时，这女子显得十分胆怯，今天看上去却无所顾忌。难道短短几天就将情绪调整好了？

"前几天对浜中家进行了搜查，发现了各种各样的东西。拿着这些东西审问浜中时，听到了一件意外的事情。"

皇家奶茶端上来了。美冬道声谢，喝了一口。加藤没发现她有丝毫动摇。

"据浜中说，"加藤一边留意不放过美冬表情的任何变化，一边继续说道，"他的目标只是您一个人，而且不仅是单方面的追求。他和您有特殊关系。"

美冬的表情没有变化，更确切地说，脸上像是贴了一张没有任何表情的面具。良久，她注视着加藤的脸，眨了两下眼睛，仍毫无表情地说："什么意思？"

"就是话里的意思，您是他的情人。"

"我？"美冬捂住胸口，"怎么可能？"

"您的意思是他在说谎？"

"当然！为什么要这样说我？"

"不是我们，是浜中说的。为确认这件事，才把您叫出来。"

"胡说八道。我和楼层负责人……"美冬边摇头边长呼一口气，"真的是浜中先生说的？"

"是。"

"真难以置信。"她不停地眨着眼睛，咬紧了嘴唇，"我和浜中先生没有任何关系，只是普通的上下级。"

"但浜中说得极其具体，说您调到三层后不久，他就和您发生了关系，会面场所是 Neo Tower 大酒店，位于东阳町，离您家也近。他说每次都是您去开房，在房间里等着，然后他再去。"

"别再说了。"美冬厉声道，"我从没去过那种地方！"

在加藤看来，她像是真生气了，不像是在演戏，但声称和她有关系的浜中也不像在撒谎。究竟是谁在隐瞒事实？

"如果是说谎，浜中为什么要这样说呢？"

"不知道，我刚进华屋，对浜中先生还不太了解。"

"浜中有没有主动接近过您？也就是说，有没有追求过您？"

"这个嘛……"美冬的表情出现了变化，像是刚注意到什么。

"有没有想到什么线索？"

"也称不上是线索。"

"任何细小的事情都可以，能告诉我们吗？如果查清与此案无关，今后绝不会问及此类问题，也不会再让您感觉不快。我们完全不想介入您的私生活。"

美冬犹豫片刻，随后开口说道："刚换了现在的工作不久，曾和浜中先生喝过两次茶。下班后，他说有事找我商量。"说到这里，她点了点头，"啊，对了，那家店也许就是……"

"什么？"

"您刚才说的那家东阳町的酒店。"

"Neo Tower？"

"也许就是那里。送我回家时顺便去的，我不知道酒店的名字。"

"在那儿喝茶了？"

"嗯。"

"只是喝茶？"

"是的。"美冬的表情柔和了一些，"一边喝茶，一边听他讲店里的方针之类的事情，仅此而已。"

"我再啰唆一句，那时他有没有追求您？"

"这个……"她微微歪了歪头，"也许有。"

"什么意思？"

"他邀我去酒吧，说想进一步深谈。"

"您没有接受邀请？"

"时间太晚了，和不太熟悉的人一起喝酒也不愉快。"

"哦。"

出于工作关系，加藤一向对分辨他人说话的真假颇有自信，对新海美冬却把握不住。她或者在说实话，或者是高明的演员。

"有没有听女同事们说过类似的事情，就是也曾被浜中邀请？"

"不清楚。"她摇摇头，"我刚来店里不久，还没人跟我说贴心话。"

"嗯。"

正当加藤考虑下一个问题时，美冬突然说道："请问，浜中先生为什么要偷我的信？"

"这个嘛……"加藤有点犹豫该不该说，但如果不回答，她肯定不会信服。"这始终都是他说的，说觉得您似乎有了别的男人，他想查查对方是谁。"

"啊？"美冬眉头紧锁，"那人是不是精神不正常呀？"

"反正不同一般。"加藤苦笑道，"就算他说的是实话，真的和您有某种特殊关系，去偷别人的信也不正常。"

"我和那个人没有任何关系。"美冬严厉地瞪着加藤。

"您的意见我们清楚了，回去后会认真探讨。也许还会有其他事情要问您，届时还请您协助我们的工作。"

"我说的都是实话。"

加藤刚要伸手取桌上的账单，她却早一步飞快地抢了过去。"你们不用管了，因为指定在这儿会面的是我。"

"不行，不能这样。"

"我还想再待一会儿，调整一下心情。"

"噢，是吗……"加藤挠了挠头，"那就不客气了。"

出了酒店，加藤问西崎："你怎么想？觉得她在撒谎吗？"

"不好说，但……"西崎回头看了看，小声说，"是个厉害的女人。"

"同感。"加藤咧嘴笑了笑。

回总部前，两人去了 Neo Tower 酒店。白色的高层建筑在满是家常餐馆和日用品商店的街道上显得格外突出。

加藤在服务台前拿出一张照片——从华屋借来的新海美冬简历上的照片，询问是否有人见过。

头发三七分的酒店职员问了身边的好几个人，然后回到加藤面前。

"没有人说见过她。"

"住宿的客人中有没有叫新海美冬或浜中洋一的？是这样写。"加藤出示写有两人姓名的纸条。

"您稍等。"职员动作麻利地操作电脑，写了一张纸条后返回，"浜中洋一先生住过两次。"

"哦？什么时候？"

"平成五年，也就是前年，十月份住过两次。"

"前年……"

"记录中没有叫新海美冬的。"

这并不意外，搞婚外情的人写真名才怪呢。

加藤又拿出一张照片，这回是浜中洋一的。

"这位客人，我觉得见过几次。"职员边看照片边说。

"大约什么时候？"

"这个嘛，应该是今年。"他似乎并不确定。

"有没有和女人在一起？"

"呃,记不清楚。"职员为难地摇了摇头。

加藤点点头,全记住是不可能的。

回到警局,加藤马上把浜中叫到审讯室。听说新海美冬否认了与自己的关系,浜中从椅子上抬起屁股,使劲摇头。

"她撒谎。竟然说没有任何关系,怎么会呢?警察先生,请相信我。"浜中的眼神中充满乞求。

"可你说过,总是她去办入住手续,但酒店里没有人记得她。"

"客人那么多,估计忘了。"

"但人家记得你。退房手续都是你办吧?那种酒店,在服务台办手续的绝大多数是男人,能记住你却记不住新海美冬,你不觉得不自然吗?"

"就算你这样说……"

"听说你以前也在那酒店住过。是前年秋天,和谁去的?"

表情扭曲的浜中顿时没了劲头,像是冷不防被人戳中了要害。"那个……无所谓吧。"

"是无所谓。你是不是玩女人的老手、和谁搞婚外恋、糟蹋了几个女店员,都和我们没有任何关系。我们想知道的只是恶臭事件是谁干的。既然发现了这东西,当然就要找出写这个的人。"加藤说着把一份复印的资料放在浜中面前——畑山彰子收到的那封恐吓信,"快坦白,你是不是对每个女店员依次展开了攻势?新海是其中之一,畑山彰子也是。没有人屈从,你恼火万分,就干出了那种事。"

"不,不。我没干那种事!请把美冬叫来,请让我直接跟她说。"

加藤俯视着苦苦哀求的浜中,在脑中清醒地问自己,他看上去像是在演戏吗?

9

"有两个人？"向井皱起了眉头。

"这样考虑能说通。"加藤在向井的桌前说,心里却觉得这种说法肯定不会被接受。

向井轻轻抱着胳膊,抬头看着部下。"你是说有两个变态？"

"是否为变态尚不清楚,但我觉得跟踪华屋女店员的不止浜中一人,在什么地方还有一个。据浜中本人讲,他只跟踪了新海美冬。"

"新海不是否认了和浜中的关系吗？"

"未必属实,还要考虑她顾忌仍要在公司继续工作的处境。"

"你认为浜中的目标只是新海,对其他店员什么都没做？"

"如果浜中对所有人都采取可疑行动,那他应该对所有人都否认。不明白他为什么只坦白对新海那样做了。"

"偷信的时候被发现了,所以无法辩解。"

"对此,浜中说感觉新海有了新男友,想查清是谁,这才偷了信。这个动机我感觉很有说服力。"

"接着说。"

"对新海有如此异常的忌妒心的男人,会同时同样关注其他女人吗？畑山彰子收到的类似恐吓信的纸条,我认为是另一个人出于其他忌妒心写的。"

"所以你说有两个变态。"向井嘴角微微一咧,"按你的思路理解是这样,在同一时期碰巧出现了两个人,都对华屋这家珠宝饰品店里的女店员有同样的感情。两人在同一时期对不同的女人产生了相同的忌妒心,一个人去偷信,一个人在店里放置了散发毒气的装置。喂,加藤，你觉得这可能吗？"

"组长，你知道 stalker 这个词吗？"

"什么？"

"stalker。在美国备受关注的一个词，翻译过来就是跟踪狂。"

"我很清楚你熟知国外的情况。那 stalker 怎么了？"

"stalker 是一种精神疾病。由于太喜欢对方，如果无法支配对方日常生活的全部，心里就不踏实。我认为浜中对新海的行为就是这样。这种 stalker 逐年增多，也许在日本早晚会成为问题。"

"你是说跟踪狂在增多，同一时期出现两个人也不足为怪？"

"的确，在此案中，所有事情都发生在同一时期，步调过于一致。"

"你想多了。加藤，你平日是个理性主义者呀，怎么这回想出一个偏执的答案？"

"假设不是偶然呢？"

"你说什么？"

"假定浜中是 stalker，另一个人知道浜中的行动，乘机充当了第二个 stalker。手法完全一样就缘于此。后来，那人想嫁祸浜中，将毒气……"

加藤还没说完，向井便开始摇头。"你刚才还说 stalker 是一种精神疾病，也就是说，发病与本人的意志无关。所以，不可能因认定机会难得而变成精神病。"

"所以，"加藤舔了舔嘴唇继续说道，"第二个人不是精神病，而是在假扮 stalker。"

向井面露诧异。"为什么？"

"还不清楚。组长，你看了昨天科学搜查研究所送来的报告吗？"

"你是说技术方面的内容？"

加藤点点头。"报告称，部件加工的部分经过了高度的研磨处理，可以判定是具有一流技术的人干的——是这样吧？业余喜欢雕首饰的人无论如何做不到这一点。"

"你认为这是第二个 stalker 干的？"向井又摇了摇头，"听起来很有趣，但仅凭空想无法展开调查。"

"但——"

"你该做的，"向井冷静地说，"是调查浜中周围是否有这种手艺精湛的人，因为并没有下结论说是浜中一个人干的。"

"stalker 经常单独行动。"

"别再说 stalker 了！"向井摆了摆手。

10

樱木回到工作岗位，是在恶臭事件后华屋重新开业的第五天。主管营业的董事把他叫去，为他的不幸表示道歉后，当场任命他为楼层负责人。听说目前不设副手，他惊讶万分，不禁脱口问道："那浜中呢？"话一出口，他马上后悔自己多嘴了。

正如樱木担心的，董事脸上浮现出不悦和困惑的表情。"以目前的状态，他不能再当楼层负责人了。唉，尽管不知实际情况如何，就算最终嫌疑解除，也打算让他休息一段时间。"

回答仅此而已，董事全身散发着"不许多问"的气势。

回到久违的职场，樱木嗅到了新鲜的空气，似乎并非仅仅因为离开了一段时间。女店员们看上去都生机勃勃。她们已经知道樱木高升了。这么快就被她们以新职务相称，樱木不禁心跳加速。

本就不景气，又发生了那种事情，客流量确实没有增加，但也未急剧减少。华屋是老店，有很多忠实的客人。樱木鼓励自己：商场的发展肯定没问题。

他穿着制服环顾店内。畑山彰子依然傻乎乎地拼命向一名男子推荐订婚戒指。新海美冬仍无可挑剔，正自然地向迎面走来的一位看似富有的客人展示新款产品。其他店员也都在努力恢复华屋的形象。

浜中，多亏你不在了，整个楼层反而更加团结。樱木在心中对已被解除职务的原上司说道。

浜中洋一现在仍处于拘留状态，但似乎并未被断定为案犯。他被逮捕的详情，樱木并不知道。听说他被逮捕时，樱木正在疗养。

其他店员同样不知道确切消息，只知道警察好像认定，最近让女店员们万分苦恼的骚扰举动与这次恶臭事件有某种关系，却完全不明白为什么会把浜中抓起来。现在华屋里依然会出现警察的身影。他们眼神锐利地四处搜索能证明浜中罪行的证据。

浜中究竟是不是案犯？对此，樱木无论怎么想都无法把他和案件联系在一起。尽管不是十分了解浜中，但感觉他绝对无法做出那么复杂的装置。以前曾经有人拿来一台摄像机，那时只有浜中连碰都不敢碰。从报纸上看到，那个毒气散发装置设计得相当巧妙。浜中会一点首饰加工，估计手比较巧，但这与科学知识没有关系。

就算浜中不是案犯，对华屋来说也绝非好事，被逮捕过的人不可能依然留在原来的岗位上。如果只是因证据不足处于模棱两可的状态，就更不用说了。而且，万一骚扰女店员的果真是他，还要担心对她们的影响。这次人事处理可说是理所当然的。

果然要命。看来要小心女人！

樱木想到了浜中的坏毛病。浜中好色，只要有看中的女人，不论在哪个楼层，都要想方设法染指。早就预感到他会出问题，果不其然。樱木觉得浜中自作自受，自己绝不会做出与店里的女职员私通的蠢事。

樱木边想这些边在店内巡视，突然看到一个展柜的后面放着一个纸袋，他猛地一惊，立刻停下了脚步。那时的噩梦又重现了。刺鼻的恶臭、呕吐、头痛、呼吸困难——这些在一瞬间又想了起来。躺在病床上的时候，他也曾因这种噩梦惊醒过多次，现在仍然如此，估计一时忘不了。在那起地铁毒气事件中幸存的人肯定也有同样的感受。就算抓住了罪犯，对受害人来说，事件也并未结束。

他小心翼翼地走近纸袋，但不敢随意出手，在距其约一米处停了下来，伸着脖子向里面望去。

里面什么也没有，像是谁落在这儿了。樱木轻手轻脚地走近，伸手拿起，心中仍掠过一丝不安。当然，拿起空纸袋不会发生任何事情。他深深叹了口气，把纸袋小心地叠好。

到达高圆寺车站时已是晚上十一点多了。像平时一样，彰子选择在路灯下走。听到身后有脚步声跟来的那一瞬间，她感到毛骨悚然。应该不会吧？但她还是不禁加快了脚步。

前方看到了人影，是个中年女子的背影。彰子想求救，便追了上去。身后的脚步竟也快了起来，和以前一样。难道那个男人又出现了？

还有几米就能追上前面那名女子了——

"喂。"身后有男人在喊。

彰子差点儿惊呼出声，真想撒腿就跑。

"叫你呢。"那人又喊了一声。

彰子想向前面的中年女子求救，但没等她开口，中年女子就扭过了头，却并没有看彰子，目光朝向她身后。

"哎呀。"女子停下了脚步。

"刚回来？"彰子身后传来说话声——刚才那个男人的声音。

彰子轻轻扭过头。一个戴着眼镜、身穿西装的男人快步走近。但他没有看彰子，而是在看中年女子，那脚步声无疑是彰子刚才听到的。

彰子追上中年女子,从她身边走过。像是夫妇的两个人开始并排向前走。起初还能听到两人的声音,不久便消失了。

原来是自己搞错了,她不禁苦笑。那么老实巴交的男子,如果知道刚才被当成变态,肯定会火冒三丈。

她平安地到了家。最近一直如此,没有再被跟踪,没有接到让人恶心的信或电话,也没发现垃圾袋被翻或信箱被人动过的迹象。一切都恢复了正常。浜中洋一被逮捕之后,再没发生奇怪的事情。

尚不知他是否为恶臭事件的案犯,但彰子确信,对自己进行骚扰的肯定是浜中。时间太巧合了。

彰子也曾有意无意地向其他人确认过,都在他被捕之后再没发生什么事。新海美冬也这样说。

可浜中为什么会那样做呢?两天前,那个姓加藤的警察又出现了,问她以前是否被浜中约过。彰子拼命搜索记忆,却怎么也想不起来,便如实回答。警察默默地点点头。

关于浜中,曾听到过一些传言,说他看上去一本正经,实际上很不检点,好像有好几个人被他追过。但彰子没有这样的经历。

进楼后,她看了看信箱。除了报纸和邮寄广告,没有任何可疑的东西。到房门前,她又确认了一下门缝里是否夹着什么东西。不知不觉中这已成了习惯。

没有任何异常。她松了口气,打开屋门。

彰子打开房间的灯,注视着静悄悄的电话,心中祈祷浜中永远别再回来。

第三章

1

闭上眼睛，用手指轻轻抚摸金属的加工面，有一部分感觉有微小的凹凸，靠直觉能估出大约有二十微米。用砂纸轻轻打磨那部分，磨完后再用指尖触摸。这回差不多有十微米，还差一点。他用毛巾擦去额上流下的汗。今天也很热，估计超过了三十度。空调基本不起作用。

雅也刚想再把砂纸贴到金属面上，身后有人拍他的肩膀。

"三点了，该休息了。"福田绷着脸说。他脸盘很大，脸颊有些下垂，耳朵也大，看样子该给他起个"福神"的外号，但他大多时间都板着面孔，现在也不例外。

"把这弄完了就去。"

福田微微皱了皱眉。"至少休息时间该和我们在一起，这又不是着急的活儿。"

"噢。"真不想失去现在手指的触感，但既然社长这样说，也无法违背。雅也放下砂纸，离开工作台。

休息区在工厂的一角，围着旧桌子放着一圈椅子，中川和前村正坐在那里点烟。雅也也从工作服裤子口袋里取出香烟。中川年过六十，身材矮小，擅长焊接和淬火。三十四五岁的前村会操作所有加工机械。

福田的妻子端来沏了大麦茶的水壶和杯子。

"社长，然后怎么办呀？不是说好今天要干传动轴焊接的活儿吗？现在东西还没到。"中川问道。

福田已经开始喝第二杯大麦茶，太阳穴上滴下了汗珠。"已经取消，我忘说了。"

"怎么又取消了？"

"说近期不需要。听那口气，是停止生产了。那种健身器材好像卖得不太好。"

"又是这样。"前村噘着嘴说，"一个接一个地推出创意商品倒是好事，干吗不用把劲儿让商品火起来呢？"

"下面你们就干气枪的活儿吧，又来新图纸了。"

"又是气枪？卖得真不错呀。"前村感叹道，"这回是什么枪？还是手枪？"

"柯尔特式自动手枪。"

"啊，那东西我听说过。"

"结构图已经拿到。有些地方要求很细致，但并不太难。"

"真没想到这把年龄又开始做手枪。"中川把烟蒂扔进空罐子，发出啾的一声。

"只不过是玩具，中川。"福田纠正道。

"这个我清楚，可总觉得心里不踏实，会不会被用来干坏事呢？"

"你想太多了。"前村说，"现在可不是说这种话的时候，有工作干就不错了。"

福田闻言也点了点头。"我想趁现在能做多少就做多少，能批发多少就批发多少，因为不知什么时候就会被禁止生产。"

"有这么糟？"前村目瞪口呆。

"气枪生产厂家公会在抗议，就在前不久，正式向零售店提出了停止销售的建议。"

"零售店说什么？不会真的听从吧？"

"好像暂时顶回去了，但听说警察厅也快开始行动了。如果一直顶下去，把警察惹火了就麻烦了，到了一定时期，也许会主动限制。"

"看来那之前是黄金时期。"前村喝干了大麦茶。

雅也没有加入谈话，但也明白他们说的内容。

随着"幸存者游戏"的盛行，气枪人气高涨，但从去年开始，不卖整支手枪、只卖零部件的情况增多了。部件的特点只有一个，就是金属材质。

日本玩具枪共同公会制定了自主标准——手枪型气枪的主体用塑料制造，这样，不论主体多么像真枪，都不会违反枪支法。但去年多家零部件生产厂家开始生产铝质部件，气枪爱好者纷纷购买，替换塑料部件。几乎所有零部件都有销售，只要愿意，就能做成完整的金属气枪，做好的成品明显就是枪支法所说的仿造手枪。

最初对此事态作出反应的不是警察，而是日本玩具枪共同公会。公会担心万一出事，气枪本身可能被当成问题看待，便要求几家部件生产厂商停止制造与销售。目前尚没有厂家听从这一指示，因为目前抢手的部件，价格高达万元左右的都能卖将近一万个。一把枪有若干部件，如果气枪的种类增多，需求会更多。对于部件生产厂商来说，将是持久的热销产品。

福田的妻子用托盘端着什么走了过来。

"不好意思，还是和昨天的一样。"消瘦的女人把托盘放到桌上。

是杯装果冻。中川伸手去取，不喜欢甜食的前村则露出了苦笑。

"对了,最近见过阿安吗?"中川问福田。

"阿安?没有。"

"最近在弹子房也看不到他了,不知在干什么。"

"他老婆我倒见过。"前村将手放在桌上,托着腮,把大麦茶倒入杯中。

"在哪儿?"福田问道。

"川口车站前。在超市干收银,胸前挂着实习生的牌子。"

"临时工。"三下五除二把果冻吃完的中川叹了口气,"阿安没法工作了,他老婆这才决定去干,真坚强。"

"川口离阿安家有点远吧?"

"肯定是故意选离家远的超市,可能因为不愿碰到熟人。我也没好意思跟她打招呼。"

听了前村的回答,福田和中川赞同似的点点头。

"阿安真不走运,今后打算怎么办呢?"福田的妻子突然冒出这么一句。雅也不知道她的名字。

"谁知道怎么办?手艺人如果手指不能动了,什么都无从谈起。"前村歪着脸,搔了搔剪得很短的头发。

"还不能动吗?怕都好几个月了,没去医院看吗?"中川纳闷地说。

"上次见到他是四月份,那时好像还不能动。"福田盯着自己的右手,"连咖啡杯都是用左手拿,右手完全不能用。说是动手术有可能复原,不知怎么样了。"

"真是个蠢货。那么提醒他注意,还是不长记性吃喝嫖赌,结果成了这样,还让老婆去工作养家,不觉得丢人吗?"

"行了,别这样说,他恐怕也没想到会那样。"

"可终归也给社长添了不少麻烦。那时还有很多做模型的活儿,阿安不在就没法干了,很麻烦。"

"这也是，不过，社长并没怎么吃亏。"前村站起身，把毛巾缠在脖子上，向雅也瞄了一眼，"马上就找到了手艺高的人代替他，说不定还要感谢那件事呢。"

"喂。"

"我吃好了，回去工作了。"前村与雅也擦肩而过，向车间走去。

"我也该去了。"中川也站起身。

雅也把还剩下一大截的香烟扔进空罐子。福田抬起屁股，在他耳边小声嘀咕道："别在意。"

"我没在意。"

福田的妻子开始收拾桌子。福田一边斜着眼看妻子，一边小声说道："过会儿有事跟你说，干完活先别走。"

福田工厂是位于千住新桥附近的小型町工厂，规模虽小，也比雅也父亲以前经营的水原制造所还大一些。从目前的不景气来看，可说正处于拼死挣扎的经营状态。员工有三人。社长福田以前因脑血栓病倒过，从此就很少亲手操作。

雅也从二月末开始在这里工作。来到东京后，一时很难找到工作，整日心急火燎的。父亲的保险金拿到手了，还完水原制造所的债务后，剩下的并没预想的多。在制造业发展迟缓的现状下，他虽技术高超，也不容易找到工作。所有工厂都在裁员。

正在这时，美冬告诉了他福田工厂的消息，说那里还算稳定，也许能雇他。美冬说是听去华屋的顾客说的。

雅也最初去的时候吃了闭门羹。福田语气冷淡地告诉他，现在人手足够，不打算添人，但雅也还是递上了简历。看到他曾取得那么多资格和证书，福田瞬间瞪圆了眼睛，随后说，以后有机会就同他联系。

突然有一天，雅也接到了福田的电话，问他是否使用放电加工机做过模型。雅也回答做过几次,福田就让他第二天去工厂。

翌日,雅也去了福田工厂,当场就被派了活,没有任何正式介绍。那就是进工厂的第一天。

究竟发生了什么,雅也不知道详情。福田只告诉他,有个姓安浦的工人出了事故,无法继续工作。最近雅也察觉那似乎不是单纯的事故,称之为案件也许更贴切,但雅也并没有心情深究此事。

到了五点,前村和中川马上下班回家了。确切地说,原本就没有太多工作。三点时刚休息过,中川他们四点之后就只是在吸烟耗时间了。

雅也换好衣服,在休息区看了会儿报纸,福田走了过来。"哟,都换好衣服了。"

"还有事情吗?"

"想求你件事。这个能做吗?"

福田将一张图纸放在桌子上。不锈钢的钢板上有几条斜斜的细沟,尺寸小得让雅也瞠目结舌,表面的加工也要求最上乘的技术。估计是什么东西上的部件,以前从未做过。

"这是什么?"

"是……机械的部件,个人委托。"

"看来需要相当高的精度。"

"做不到?"

"只要花点时间,我想能做出来。"

"哦,我觉得你肯定能做出来。会给你加班费,现在能帮我做吗?"

"可以。"雅也从椅子上站起身。没必要再换工作服,反正身上穿的就是T恤和牛仔裤。

刚把钢板固定在铣床上,福田走了过来。"实话对你说吧,我想把中川辞了。"

雅也停下手:"为什么又……"

"有正当理由。前一段交纳的部件有一成出了问题。焊接歪曲得太厉害,接口也不干净。以前这是无法想象的,但中川上了年纪,眼神不好了。他想隐瞒,但工作蒙混不过去。"

"不是还有别的工作吗?"

"没有。"福田目不转睛地盯着雅也的眼睛,"现在没那么多工作了。连大企业都在拼命裁员,像我们这样的街道小工厂不可能养活没用的人。近期我会找他谈,打算对他说已经没有焊接的活儿了,以后接了活儿再找他。"

从他的语气明显能感觉到,实际上并没打算再叫中川回来。

"你焊接干得也不错。有你在,就不需要中川了。"

"可如果我开始干焊接,中川就会从前村口中知道。"

"焊接在前村不在的时候干就行了。以后也没必要让前村每天都来。"

"要把他变成小时工?"

"嗯,办法有很多。"福田搔着脑袋。

雅也叹了口气,内心不禁感到绝望:看来这里也一样。

2

雅也乘东武伊势崎线在曳舟站下了车,在回住处的路上,去了常去的套餐饭馆。这是家叫"冈田"的小店,从傍晚起兼营小酒馆,顾客多为附近的商店店主和干手艺活的工人。大多是六人桌,总是要陌生人同坐一桌。今天碰巧角落的四人桌空着,雅也便坐在了那里。头顶上有电视,正在直播棒球比赛。这个位子不受欢迎,正是因为看不到电视画面。

有子拿来了湿毛巾。"晚上好。"她笑眯眯地招呼道。

"来份烧鱼套餐，再加啤酒。"

"好的。"她答应一声便去了厨房。

有子大概二十四五岁，几乎不化妆，总是牛仔裤加T恤的打扮。从其他客人和她母亲口中，雅也才知道她叫有子。她母亲平时在里面，忙的时候才出来帮忙。饭菜全由她父亲做，听说曾是知名饭店的大厨。雅也初来东京时曾担心这里的饭菜不合口味，自从碰上这家店，他的忧虑也消失了。

其他客人在看着电视拍手，像是喜欢的球队得分了。自然是巨人队。雅也并不是阪神队的球迷，但总觉得不能随便开口说话。若听到自己一口关西方言，也许会马上有人来找碴。

美冬总让他快改一改口音，认为说关西话有时有利，有时不利，最好能自如地使用。美冬确实做到了这一点。如果她不说，估计没人能想到她是关西人。

"标准语很简单，又不是让你学英语或法语，就是日语，电视上每天都在播，就算不愿听也会灌进你的耳朵，记住不就行了？"

说得简单，但不论留在耳朵里多少，能不能说是另外一回事。语言靠说才能学会，但现在的雅也没有频繁开口的机会，原本他就不善言辞。

有子端来了饭菜。雅也掰开一次性筷子时，有子替他往杯子里倒了啤酒。雅也惊讶地抬头望着她。

"阪神队今年不知会怎样。"她说话时并没有看他的脸。

"不清楚。"他苦笑着说。看来有子认定他是阪神队的球迷，估计是按他的口音推测的。他也没特意否认。

"今天还要饭团吗？"

"要，梅干和鲣鱼的各来一个。"

"梅干和鲣鱼的。"她点点头，离开了。

雅也边吃烧竹荚鱼边喝啤酒。这是能消除一天疲劳的瞬间。在自家工厂干活时,几乎没有这样的幸福时刻,满脑子总是惦记着工厂的经营状况。

但福田工厂似乎也不稳定,他想起了和福田的对话。这并不奇怪,和水原制造所末期时完全一样,接连解雇曾大量雇用的员工,缩小生产规模。这是事态转糟的恶性循环的典型模式。

雅也能理解福田的心情。刚开始工作时,雅也就觉得这家工厂不需要三名员工,只要有一个技术全面的人就能维持下去。福田看了雅也的技术,便判断有他一个人就足够了。

那个部件究竟是什么呢?

看了雅也做好的部件,福田似乎很满意,赞赏了几句,小声补充道:"这件事别对那两人说,这部件他们不知道。以后偶尔还会有订货,到时还要拜托你。"

雅也默默地点点头。只要能拿加班费,他没有怨言。

吃完晚饭,又抽了一根香烟,雅也站起身。付完账,有子递过用纸包着的饭团:"给你这个。"

"谢谢。"雅也已养成了在这里买饭团当夜宵的习惯。

"对了,还有这个。"有子拿出一个小纸袋,"不喜欢吃甜食?"

"那倒没有。"

"那么,这个也给你。免费赠送的大礼。"她皱着鼻子笑了。

出了冈田,走大约五分钟就到了住处,是一幢两层小楼。刚来东京的时候,雅也没有工作,也没有保证人,很难找到房子,又根本分不清东西南北,若只靠他一人肯定没有办法。

回到房间,刚打开灯,电话就响了。

"喂,是我。"

"哦。"

"现在去你那儿可以吗?"

"可以。"

"十分钟后到。"电话立刻挂断了。

既然说十分钟后,她肯定就在附近打的电话。总是这样,在他的记忆中,她从未从自家打过电话。

很快,变了调的门铃发出了响声。雅也起身开门。她没有这里的钥匙,雅也也没有她住处的钥匙。

新海美冬在T恤外套了一件棉布衫,下面是牛仔裤。她来这儿时从不穿有女人味的衣服。头发也没好好梳理。

"还好吗?"她随意地伸腿坐下后问。上次见她是十天前。

"还算凑合。"

"工作怎么样?"

"不太正常。"

雅也把福田工厂的事告诉了美冬。本以为她会表情严肃,没想到她眼中反而闪出兴奋的光芒。"总之,你的技术得到了认可,这不很好吗?"

"可那两个人为此快要丢工作了。"

"这又怎么了?这个社会就是弱肉强食,弱者被吃掉也没有办法。"雅也没出声。美冬说的他也明白,但还是无法释怀。

"雅也,"美冬平静地说,"我们的身份不容许我们说漂亮话。"

他点点头。的确如此,从大地震发生的那天,从杀死舅舅的那一刻开始,他的人生已经改变。

"这是什么?蛋糕?"为缓和沉闷的气氛,美冬发出了欢快的声音,把手伸向桌子上的纸袋,"呀,Harmony的泡芙。真少见,雅也,你也买点心?"

"不是买的,餐馆的女孩给的。"

"餐馆的?"美冬的眼睛亮了一下,"对了,你曾经说过有一个可爱的姑娘。"

"没说过她可爱。"

"哦？不管怎样，看来她对你有意思。"

"不可能。"

"不用隐瞒，又没干什么坏事。能吃一个吗？"

"可以。"

"那我就不客气了。"美冬说着咬了一口泡芙，用手指擦了一下沾在唇边的奶油，然后看着他，"雅也。"

"什么？"

"如果想跟那姑娘睡觉，也可以。"

雅也没能马上明白她的意思，反应慢了一拍。"说什么呢？荒唐！我怎么可能那样做？"

"可以睡，但我有个条件。"美冬把脸凑过去，直直地盯着他的眼睛，"绝不能在女人体内射精，只要你对此发誓。"

雅也皱起了眉头。他感觉美冬并不是开玩笑。

"如果你那样做，咱们的关系就完了，全完了。"

"无聊，我不是说过不会那样做吗？"雅也伸手去拿香烟和打火机。

美冬微微一笑，咬了一大口泡芙。"真好吃，果然是 Harmony 的泡芙最好。雅也，你也尝尝。"

他咂了一下嘴，吐出一口烟。

阴茎在她体内不停地跳动着。为了追求快感，雅也用上了全身的肌肉。喷涌而出的汗水落在美冬的乳房上。大脑核心感到周期性的麻木。

开始感到快射精了。他在大脑的一角想，今晚是不是可以呢？她说绝不能射在其他女人体内，是否就意味着想射就在自己体内射呢？如果她不说什么，雅也就打算这样一直到最后。也许会怀孕。但是，到时候再说吧,他已经作了思想准备。

快感像波浪般涌来。他想加强下半身的动作。

"不行。"然而,就在这时,美冬哧溜逃到了上面。她迅速地抬起上半身。

"为什么……"

"不行。"美冬让雅也坐下,把嘴唇贴了过来。她的手伸向了他的阴茎。手指抚摸着尿道,摩挲着阴茎。她动作娴熟,知道该用哪种方式来刺激哪些地方。

快感的高潮再次涌来,雅也低声呻吟着,顺着她的引导射了出来。

"喂,能问问你吗?"雅也横躺在被褥上,注视着天花板。把头枕在右臂上,左臂轻轻弯曲。腋窝下就是美冬的头,她把手放在他的胸口上。

"什么事?"美冬娇媚地说。

他用舌头润了润嘴唇。"用避孕套也不行吗?"

一听到这句话,她的情绪马上变了。尽管看不到脸,也能感觉出她已绷起了面孔。"这种事,以前不都说过了吗?"

"忘了。再给我解释一次吧。"

美冬叹了口气,离开他的腋窝,坐起身。"为什么你这么想在体内射精?"

"只要是男人,当然都会想。在高潮的时候都想自然射精。因为担心怀孕,有时会选择体外,但实际上谁都不想那样做。所以才会用避孕套。"

"我不是用手来满足你了吗?那样达不到高潮吗?"

"那倒不是,但还是想抱着心爱的女人自然射出。"

美冬又离开一点,用毛巾被遮住身体,靠在墙上。"估计很多女人喜欢这样。可我不希望你成为这样的男人。不希望你被本能左右,被性欲支配。想让你成为任何时候都能控制欲望的男人。"

"我不会被本能左右。"

美冬摇了摇头，意思像是说雅也并不明白。"如果能够射精，那将成为做爱的目的，你会优先追求快感。这和普通人一样，而我们这样绝对不行。只要做爱，就必须带有支配对方的想法。自己的快感要放在第二位第三位。为此，绝不能把射精作为目的。没有别的办法。"

"美冬，你的意思是连做爱都是操纵人的手段？"

"当然，就是这样。对自己没好处的做爱没有任何意义。"

雅也慢慢坐起身，搔了搔脑袋。"和我做爱有意义吗？"

美冬扑哧笑了。"有和你相互确认爱情的意义。可是，即便如此，还是不希望你输给欲望。希望你成为一个做爱也不追求射精的男人。如果能那样，雅也你将成为更坚强的男人。"美冬摸着雅也的腿。她的手慢慢移动，抚摸着他的腿肚子。

雅也仍无法释怀，不知如何是好。他想知道美冬这种关于做爱的奇妙观念是如何形成的，但又觉得再追问下去会陷入危险的泥泞，心里有些害怕。

"啊，对了，那东西做好了。"雅也为缓和气氛说道。

"真的？"美冬眼睛一亮。

雅也一丝不挂地站起身，取出放在小桌抽屉里的东西，放在手心，拿到美冬面前。"做这个有点费劲。"

她眼中的光越来越亮，从他手中抓起那东西——一枚戒指，材质是银的，是她交给雅也的。

"太了不起了！真不愧是雅也，和我希望的一样。"

"雕首饰在上技校时只做过一点，现在是从头学起，失败了好几次。幸亏我们厂里有专用机械，否则就难办了。"

不知是否在听，美冬痴痴地注视着戒指，不久将闪着光的眼睛转向他。"这三块石头安得太绝妙了，是不是很难？"

"这是最难的，反复试验，摸索了好多次。"

"太厉害了！我就觉得你能做到，但没想到做得这么快，还这么漂亮。"她又一次望着戒指，"谢谢，雅也。这样我就有一决胜负的信心了。"

"不用客气。一决胜负是怎么回事？"

"先保密，等成功了再告诉你。"美冬吻了一下戒指。

雅也去了厨房，从冰箱里拿出一罐啤酒，拉开拉环，吸了一口快溢出的泡沫。

美冬拿来戒指的图纸是大约一个月前的事，问他能不能做这个。事实上，在他刚来东京时，美冬就问过他会不会雕首饰。他回答说会一点。他确实做过，但没想到她真的会提出要求。

她拿来的戒指图纸十分奇特，连只有首饰雕刻基础知识的雅也都看得出来。最大的特点是宝石的配置，三块不同的宝石被立体安放。他从未见过这样设计的戒指。

他手拿啤酒回到美冬身边。她仍盯着戒指。

"我只想确认一点。"雅也喝了口啤酒继续说道，"你那一决胜负的事不会有危险吧？"

美冬的视线从戒指上慢慢转向他："什么意思？"

"就是说，不会发生像四月份那样的事吧？"

雅也本想板起面孔，她却像试图化解尴尬似的微微一笑。

"没有任何危险。四月份那件事也一样，给你添什么麻烦了吗？什么都没发生，对吧？相信我。"

"可那——"

"别再说冠冕堂皇的话了，雅也。"她似乎看透了他的内心，叮嘱道，"我们不是说好了吗，要两个人斗争到底。周围全是敌人。我们为了生存下去，无法干高尚的事。"

"这我也明白，但我担心你。"

"我没问题。只要有你的支持，我就能继续战斗下去。所以，"她那微微有些上翘的大眼睛转向了雅也，"你绝不能背叛我。"

在她的注视下，雅也感到一种错觉，似乎连身体的核心部分都被吸走了。他眨眨眼睛，轻轻晃了晃脑袋，点了点头。"我会永远站在你这边，绝不会背叛你。"

"谢谢。太高兴了。"美冬把右手绕到他的脖子上，顺势把他拉过来，在鼻子上吻了一下。

穿上衣服后，两人一起喝了罐装啤酒。美冬从未在他的房子住过，看来今晚也打算回去。

"你今天来是不是有事？"雅也把花生米扔进嘴里。

"嗯，有点事想求你。"

"什么？"

"想让你调查一个人。"

"又是这种事？"雅也皱起了眉头，"又是跟踪或翻垃圾袋？"

"垃圾袋不用翻了，跟踪还是需要的。"她微微歪了歪脑袋。

"要调查谁？又是华屋的店员？"

"这次和华屋无关。"

她从包里取出一张照片，放在雅也面前。

上面是一个男人，小脸盘，尖下巴，略小的太阳镜正适合他，穿着瘦腿裤，随便披了件衬衣，显得很时尚。他像是在什么店前面，站姿也很文雅，颇有几分艺人的风度。

"这是谁？"

"青江真一郎。"美冬用圆珠笔在旁边周刊杂志的空白处写下这几个字，"美容师。"

"美容师？嘿，男美容师？"雅也又看了一眼照片。他对这个行业一无所知。

"没什么稀罕的,现在任何一家店都有男美容师。"

"为什么要调查这家伙?"

"当然是为了实现我们的梦想。"

"梦想?这家伙能为我们实现?就这么个美容师?"

"雅也,可不能小瞧他。"美冬双手拿起照片,冲着雅也说,"好好看看这个男人的脸,他或许就能改变我们的命运。对我们来说,他也许就是能产金蛋的鸡。"

3

下周福田工厂的主要工作是做模型枪的部件,雅也负责将铸造的部件一个个仔细地加工好。他正用锉刀加工扳机部件,身边的光线突然暗了下来,抬头一看,操作台的对面站着一个未曾谋面的男子,背心外面披了件夏威夷衬衫,嘴里叼着牙签,三十四五岁。

"社长呢?"他粗鲁地问道,望着里面,根本不看雅也。

"大概在里面。"

或许因为雅也带有关西口音,那人投来了像在看怪物般的目光,雅也也看着他。那人的视线挪到操作台上,拿起一个加工好的部件。雅也刚想提醒他不要用手直接碰部件,会粘上皮脂,还没开口,那人又把东西放回了原处。

"做得还凑合。"说完,那人向里面走去。

"阿安,干什么呢?"钻床后面传出了声音,是前村。

"噢。"那人抬起了左手,右手一直插在裤子口袋里。雅也这才明白,他就是安浦。

前村出现在过道上。

"好久不见了。前几天还说到不知你在干吗,还好吗?"

"还行,慢慢来吧。你这边怎么样?"

"老样子,整天光做玩具。"

"可工作还是有的吧?"

"这可不好说。"前村用搭在脖子上的毛巾擦了擦脸,"今天来干什么呀?"

"啊,就是过来打个招呼。哎,怎么没见阿中?又腰疼了?"

"这个呀……"

前村压低了声音,雅也听不见他说什么,但能推测出谈话内容。

上周末,福田通知中川他被解雇了,周一之后中川再没来过。发现异常的前村从福田那儿得知了实情,便大声抗议,这些雅也都听到了。前村说,中川这么大年纪竟然还解雇他,太过分了,以后让他怎么办?以前可着劲儿地用人家,怎么能做出如此薄情的事?也许实在是忍无可忍,前村下午就回去了。但讽刺的是,他的早退证明了一件事:仅靠雅也一人完全可以让工厂运转。前村不知道这事,至今依然没有"下一个就会轮到自己"的危机感。

"太过分了。没人干焊接,对工作有影响吧?"安浦说。

"最近根本没有焊接的活儿,社长这才下定决心。"

"哦。"安浦似乎在考虑什么,"社长在吗?"

"应该在。整天瞪着账本乱哼哼。"

"我去打声招呼。"安浦钻进了办公室兼正屋的门。

又过了一会儿,到三点的休息时间了。雅也去了休息区,前村正一个人在那儿吸烟。雅也来厂里好几个月了,前村几乎从未主动和他说过话。雅也也不想说话。本以为又要这样尴尬地待下去,福田的妻子像往常一样拿着托盘走了过来,上面有装了大麦茶的水壶,还放着小点心。中川不在了,她便不再拿甜食。

"阿安和社长说什么呢?"

"不清楚。"福田的妻子摇摇头。她不可能不知道谈话的内容,也许觉得不该说。

不一会儿,福田和安浦出来了。

"求您了!您先看一看吧,已经全好了。"安浦仍不死心,福田则满脸为难。

"我没能力雇这么多人了,你别生我的气。"

"我不在肯定不行。这里的每台机械都各有特点,除了我,没人能用好它们。"

"这些话我信了好多年,现在才知道是唱高调。行了,你就死了心回去吧,来我这儿还不如去别处看看。听说你夫人在超市工作了,你也要尽快找到新工作呀。"

"所以我才——"

"我这里不行,对不起。"福田背对着安浦,坐在椅子上。

安浦瞪了一会儿福田浑圆的后背,用力踢飞了旁边的水桶。"明白了,没想到你这么无情。"他扔下这句话便出了工厂。

前村看了看福田。"是让你再雇他?"

"嗯。他说右手已经没问题了,但一看就知道不行,就算痊愈了,我也没能力雇他。"

咣当一声,前村猛地站起来,一言不发地冲了出去,看来是去追安浦了。

福田叹了口气。"那家伙该担心一下自己。如果他还认为一直都会有活干,就真是个傻瓜。"

"老公……"

"没关系,已经对雅也说过了。"福田喝了杯大麦茶。

"安浦的手不能动吗？"

"倒也不是完全不能动，但干活是不行了。他想隐瞒，可一眼就能看出来。"

"真可怜。"福田的妻子低声说。

"是被人刺的。"福田说。

"什么？"雅也问道，他没明白，"我听说是出了事故。"

"因为太丢脸了才那么说的，实际上是被刺伤的。"

"怎么会……"

"自作自受。"福田哼了一声，"听说是在池袋买女人，然后去了旅馆，全是老一套，被灌了安眠药，睡得死沉死沉的。只是钱包被偷了还算好，手上还被刺了一刀，神经受损，就成了那个样子。"

雅也抚摸着手背。"报警了吗？"

"报了。但类似的事件太多了，警察不会认真调查，估计也觉得他不该出去乱找女人。反正我是这样想。"

"凶手没被抓住？"

"不可能被抓住。"福田伸手去拿点心。

下班后，雅也吃完晚饭就去了涩谷。他最近才基本弄清东京的地区分布，但还是有点犯迷糊。涩谷是最让他不辨方向的地方，但又无法不听从美冬的委托。

他进了宫益坂旁一家总去的咖啡店。所谓总去，是指这几天几乎每天都去。

靠窗的桌子空着。雅也坐下点了杯咖啡，然后取出烟和打火机。

马路对面建了一幢新楼，二层开了一家叫"Bouche"的美容院，玻璃结构，从下面能看到白色的天花板。

雅也看了看表，差五分八点。Bouche的营业时间到晚上八点结束，但很多情况下到了关门时间还会有客人，完全打烊一般要到八点半，再等一刻钟左右工作人员才会离开，看来离目标出来至少还有四十五分钟。雅也早已算好时间，却不敢晚来，因为也有八点整准时关门的情况。

他从衬衣口袋里取出照片，其实这张脸早已记住了，照片也已不再需要。

青江真一郎——为什么这人可能成为产金蛋的鸡？雅也一点也不明白。他问美冬，她也只说"等着瞧吧"，还加上一句："关键要看你干得怎么样。"

迄今为止的调查表明，青江住在户越银座附近一幢五层的单间公寓，没有私家车。常去喝酒的地方现在还不清楚，常在公寓旁的便利店买一大堆时尚杂志，也常在便利店买盒饭，看来几乎不做饭。

雅也边喝咖啡边吸烟。咖啡很快喝光了，他又点了一杯奶茶。快九点了，Bouche的灯还亮着，以前从未拖到这么晚。听美冬说，大型美容院定期举办学习会，让那些只能洗发的新手也能锻炼手艺。如果今天就是在开学习会，可能要等很久，雅也不禁烦闷起来。

过了九点，手表上的分针又挪动了约三分之一，奶茶已经凉透，Bouche的门终于开了，店里的年轻人陆续走了出来。雅也发现青江真一郎也在里面，赶紧起身。

青江平时总是向涩谷车站方向走，但今晚和新进店的小工挥手告别后，他留在原地没动。

雅也结完账，出了咖啡店。他以为青江要乘出租车。尽管这条路很拥挤，车行缓慢，但如果到了青山路，视行驶方向而定，也可能一路畅通。想跟踪就得分秒必争。

雅也一边注意不被青江察觉，一边过了马路，这时，从大楼里走出一个年轻女子，身穿牛仔裤配白T恤，留着褐色的短发，戴着帽子。女子走向青江。两人开始极自然地并肩向涩谷车站的方向走去。

雅也真想把女子拍下来。他有种直觉，两人绝非单纯的同事关系。

"确实想要照片，可反正知道名字了，只要去店里，随时都可以看见她。"听了雅也的话，美冬点着头说。

"地址也知道了。"他指着自己写的记录，上面有"神泉町"三个字。

"神泉町……青江住在她家了？"

"我一直等到十一点半他都没出来，估计是住下了。"

那个女子叫饭塚千绘。从门牌上只知道了她的姓，后来雅也又去了她住的公寓，从邮箱中的信件上查到了全名。以前他对偷看别人的信件很抵触，现在已基本习惯了。

"青江每周只在星期三去千绘家，看来是学习会拖得很晚时便住在她那里。"

"不像是在同居？"

"目前看来不太可能。两人住的都是单间，要想同居，必须搬家。"

"不知交往多久了。"

"感觉不像是最近才开始的。"

"哦。"美冬陷入沉思。

"喂，调查那家伙，你到底打算干什么？我已经盯了他将近十天，没觉得有什么特别的，那个美容师怎么会成为产金蛋的鸡呢？"

美冬直勾勾地注视着雅也的脸。"雅也，你的头发太长了，该去剪了吧？"

"你不会让我去 Bouche 剪吧？"

"那有什么，反正要剪。"

"饶了我吧，我从没进过什么美容院。"

"觉得不好意思？"

"那当然了。"

"哦？可彻底改变这种想法的时代也许就要来了。"

"什么意思？"

"以后男人也会理所当然地进美容院，不仅是年轻的男孩，像雅也你这样的大男人也会去。"

"不可能。"

"就算经济不景气，人们也不会在打扮自己上心疼钱。确切地说，会只舍得在打扮上花钱，其中变换发型是最简单的。"

"因此美容院就会流行？有那么简单？"

"你就看吧。我的直觉向来准确。"美冬莞尔一笑。

4

新海美冬进店时，青江真一郎正在为客人剪发。镜中映出的她和他四目相对，微笑致意。青江也冲着镜子微微点头。她今天穿了一身白色套装。青江想，肯定又是香奈儿的，总是那样。

青江知道她今天要来。预约单上有她的名字，只是剪发，上次剪是在两周前。她最近一个月来一两次，总是指名让青江剪。

做完手头的工作，助手走过来，告诉他美冬已经洗好了头发。青江默默地点点头。

美冬正在镜子前看杂志。青江从身后走近时，她似乎察觉到了，马上抬起了头，再次通过镜子与他四目相对。

"您好。"

"你好像还是那么忙。"

"托您的福。"青江双手理着她湿漉漉的头发，"今天只是剪一下？"

"嗯，和以前一样。"

"知道了。"青江小声回答着，拿起了剪刀。

美冬的头发偏棕色，虽然细，却一根根地非常挺，也有光泽。青江总想尝试着给她做个大胆的发型，但还是忍住了，担心与她成熟的气质不太相符。

"今天方便吗？"修剪刘海时，美冬说。青江停下剪刀，犹豫了片刻，正不知该如何回答时，发现美冬正用微微上翘的大眼睛盯着自己。"可以吧？"

"嗯……"

"九点，在前面那家店。"

"好。"他答道，随后赶紧确认刚才的情景是否被千绘看到了。还好，她正在专心为客人卷头发。

从记录上看，美冬是从今年三月份开始来Bouche的，从一开始就指名找青江。介绍人那一栏是空的，青江不清楚她怎么知道又为何选择了自己，也从未特意问过。

开始她每月来一次，渐渐缩短了间隔。在店里，美冬已成了大家谈论的话题。年轻女店员都说，她肯定是模特或艺人，要不就是高级夜总会的女招待，一般人没有长得那么漂亮的。青江也觉得或许是这样。

青江曾试着问过她是做什么的，美冬只回答是"普通的工作"。既然客人没有清楚回答，再深究下去就违反规则了。

"下班后有时间吗？"上次美冬来时就这样问过。当时青江正在给她整理发型，有些吃惊地望着镜子中的她。

她莞尔一笑。"放心，不是要和你约会，有事找你商量。"

"找我？"

"是的。"镜子中的她抬眼看着他。在那一瞬间，青江猛地一惊，想，估计这就是所谓的妖艳。

两人约好在离美容院步行约两三分钟的咖啡馆见面。她正在里面的桌旁等待。青江调整了一下姿势向她走去。她说有事要找自己商量，青江并没在意，觉得肯定没什么重要的事，归根结底还是想两个人见面。他很少这样被顾客邀请，以前一次也没答应过，担心如果引起纠纷会给店里添麻烦，若让千绘知道了就更麻烦。

但新海美冬就另当别论了。他想知道这位神秘美女的真实背景，内心深处当然也潜藏着男人的欲望。

但等青江点完饮品后，美冬说出的话却是他完全没有预料到的。

"开店？是……我？"

"不是你一个人，是你和我。"她唇边浮现出微笑，似乎在欣赏青江的狼狈。

"这是开玩笑吗？"

"怎么会呢。不可能为了开玩笑专门把你叫出来。"

她说她是通过各种调查知道青江的。比如，在街上碰到发型漂亮的女士，就上前打招呼，询问是在哪家店里由谁剪的，然后亲自甄别，最终选定了青江。

"有若干条件：首先是有创意，还要年轻，没有自己开店，最重要的是有闪光点。"

"闪光点？"

"是的。只凭手艺好无法在今后生存下去。如果不具备吸引顾客心理的某些东西，绝对不行。说极端点，胜负的关键就在于让客人盲目相信到何种程度。'只要找那位美容师，就能帮我剪出好发型。'以前是这样，现在则不同。'正因为是那位美容师做出的发型，所以才好看。'换句话说，美容师本身将成为品牌。我确信，你身上就有这样的闪光点。"

青江完全被美冬热情洋溢的气势压倒了。他从未这么深入地想过美容界的未来，也从未想过自己是个特别的人。有些云山雾罩的感觉，是否被耍了？这个疑问依然挥之不去。

她又说，今后的美容院仅凭干好活将无法生存，需要技术人员、经营者和制作人的综合资质。

"总之，"美冬停顿了一下后又道，"钱由我来准备。以何种理念开怎样的店，这些咱们商量决定。之后就遵循定下的概念，你来剪头发，我考虑如何让生意红火，也负责算账管钱。只要两人齐心协力，肯定能顺利发展。"

"等一等，突然对我说这些……我对你一无所知，你仅仅是来Bouche的众多顾客中的一位。"

她有些为难地皱了皱眉头，双手捂住胸口。"有这个不就够了吗？此外还需要知道什么呢？"

"比如你是干什么的、和美容界是否有关系、住在哪里……我什么都不知道。"

"知道这些就可以了？那我就告诉你，现在我在银座一家叫华屋的宝石饰品店工作，计划今后要加入美容行业，住在江东区，如何？"

华屋的名头让青江戒心稍减，但还不足以让他完全放心。"我只知道你最近频繁地来店里，没有根据信任你。"

美冬扑哧一声笑了。"你什么意思？难道说我在骗你？"

"我没那样说。"

"那我问问你，假设我是一个无恶不作的大骗子，同你商量这种事对我有什么好处呢？刚才说了，钱由我出，你一分钱都不用拿，也不让你做什么连带保证人。就算我在骗你，你也不会有任何损失，不是吗？"

青江无法反驳。确实如她所说，承担风险的是她。如果经营失败，青江低头道歉后就能再回原来的店里，而赔了的钱肯定无法再回来。

"资金真是你的？"青江别有深意地问。

似乎察觉了他的心思，新海美冬的嘴角渗出微妙的笑意。"你是担心钱的来路不正？这也难怪。"

"尽管华屋是一流的店……"

"仅靠那里的工资不可能攒出那么多资金？你说得没错。但我的钱没有任何可疑之处，尽管带有悲伤的色彩。"

"悲伤的色彩？"

"是生命保险金，我父母的。"她轻描淡写地说，"在阪神淡路大地震中去世了。"

出于和刚才不同的理由，青江一下不知该说什么了。

地震后通常很难支付的生命保险金，在阪神淡路大地震后作为特例给予了支付，这件事青江也听说过。美冬说因此手头有了一大笔钱，却不知该用在哪里。

"就算有那么几千万，如果平时生活奢侈，很快会花光。我想作为某种有形的东西留下来。如果可能，最好是能支撑我今后生活的东西，因此下定决心，想独立开创事业。"

"所以要经营美容院？为什么偏偏选择这一行……"

"很难用语言说明，大概是脑中闪过的灵感。"她以手指头。

"你的灵感也许会让你失去一大笔钱。"

"若真这样只好死心了。不过，三年后你肯定会感谢我。"她充满自信。

青江马上把这件事告诉了千绘。他们已交往了两年半，曾多次谈过两人早晚要开一家自己的店，但从未深入探讨过该如何具体操作。青江今年二十九岁，千绘二十三岁，双方都没提过结婚的事。青江想等开了店再说，估计千绘也这样想。

"什么呀，太可疑了。"这是千绘的第一反应，接着她又说道，"不正常，还是拒绝吧。"

"你不也认识新海小姐？她看上去不像坏人。千绘，你前几天不还说想成为那样有魅力的成熟女人吗？"

"可给你开出的条件未免太好了，你竟然一分钱都不用出。"

"也没好到哪里去。所谓共同经营，一切都是对半分。可实际工作的是我，她只用拨拨算盘。"

"那你不就吃亏了？"

青江摇了摇头。他在Bouche工作整十年了，也觉得该出去单干了。曾经有过各种设想，如果有自己的店要如何经营，也相信如果变成现实，自己肯定会成功。

只是，没有资金。当然，如果妥协，也不是不能解决。最简单的办法是在房租便宜的地方开店，但房租便宜就意味着远离市中心。在时尚信息缺乏的地方很难完全发挥自己的才能，是否能感到工作的意义也是疑问。

新海美冬说想在青山开店。果真那样，他没有任何意见。现在的店在涩谷，不会发生两家店抢顾客的情况，在情理上也说得过去。

"还是算了吧。"千绘像是看透了他的心思，"开店的事，还是踏踏实实地自己攒钱，靠自己的力量好。河村先生不也这样说？"

河村是Bouche的经营者兼首席美容师。

"他当然要这样说，我辞职了对他会有影响。就靠那点工资，什么时候才能攒够钱呀。"

"你想答应这件事？"千绘的目光中带有责备。

"我没这么说，正在权衡。"

"喂，拒绝了吧。"千绘不安地说，"总有一种不祥的预感。我的确觉得新海小姐很有魅力，但那终归只是外表，内在的东西太可怕了。"

"可怕？"

"嗯，我感觉她要把你带到不正常的地方。"

"什么？你是说情人酒店？"归根结底还是在吃醋。青江笑嘻嘻地望着女友，但她没有笑，而是在瞪他。

"拒绝她，求你了。"

"嗯……这个嘛，我再考虑考虑。"

千绘似乎对青江的回答并不满意。但对青江而言，女友越是反对，他越觉得眼前摆着个大好机会。

约好见面的地点依然是上次的那家咖啡馆。新海美冬正在靠窗的座位上喝皇家奶茶。凳子设计得较高，从迷你裙中伸出的双腿显得更加修长。她正轻轻地盘着那双长腿。

青江坐在对面，要了杯可乐，下班后总感觉口干舌燥。

"辛苦了。"美冬冲他微微一笑。这笑容具有消除任何戒心的力量，或许这正是千绘害怕的。

"上次说的事……"

他刚说到这里，美冬就伸出手掌制止了他。

"不用着急。我不想让你这么仓促地决定。"

"可是……"

"今天呀，和上回相反。"她调皮地缩了缩肩，"上次我不是同你约会，而是有事找你商量。今天正相反，没有任何事，只是想和你约会。"

看到她妖艳的笑容，青江心中的某种东西又开始摇摆不定。

美冬问他想吃什么，他说什么都行，话一出口，他意识到自己已答应和对方一起吃饭了。说出的话无法再收回。新海美冬拿着账单向收银台走去。

无所谓，只是吃顿饭——看着她匀称的背影，青江想。

两人坐出租车去了青山。美冬沿通往大楼地下的楼梯走了下去，青江只能跟在后面。

楼梯下有一家看上去是和式餐馆的店，店内装饰使用了竹子和木材，也有摆放洋酒的柜台。

像是已预约了。美冬一说名字，两人立刻被领到里面的屋子，是被竹子隔开的餐桌。

美冬问他有没有忌口，他说没有。菜全是美冬点的。

"喝什么？这里有各种各样的红酒。"

"随便吧。"

美冬叫过服务员，像是在说红酒的名字。青江从未听说过，他知道的红酒数量本就很有限。

"常来这家店？"

"偶尔。这里还不错，要是喜欢这里的菜，以后可以常来。"

青江边点头边把烟灰缸拿了过来。他心里盘算着这顿饭要花多少钱。如果带千绘来，她肯定会很吃惊，或许还会说，有这份闲钱还不如存起来。

"青江先生，最近去看牙医了吗？"

"牙医？没有。"这问题太突兀了。他手指夹着香烟，还没点火。

"如果你吸烟，最好一个月去看一次牙医。"

"我的牙没问题，没有蛀牙，我觉得刷得还算仔细。"

美冬露出洁白的牙齿，摇了摇头。"不是光刷牙就行。就算没有蛀牙，也不能掉以轻心。"

青江点燃香烟，小心地不让灰色的烟飘到她脸上。

"你是说会有烟渍？"

"烟渍倒没什么，主要是对牙龈不好。烟会激活牙周的病菌。"

青江没太听懂，继续吸着烟。他听说过牙周病，却不了解详细情况，也不明白她为什么会谈到这个话题。

"青江君，你是专业人士吧？"

133

"我认为是的。"

"那就好好听我的话,保持牙齿健康是一名专业美容师的义务。"

"哦?"

"想必你也不愿意为满嘴大蒜味的客人剪发。"

青江把香烟从嘴边拿开。"我有口臭?"

"目前还没事。可如果对牙齿不经心,可能早晚会这样。站在顾客的角度,眼前的美容师牙齿干净漂亮当然要比脏乎乎的强,最好是洁白的。"

有道理,青江点了点头。他平常倒也注意不吃大蒜,却从未想过这么深。

"一个月洗一次牙,一定要遵守,我就是这样做的。"

见美冬竖起了手指,青江想,看来这人已经把我当成合作伙伴了。

菜肴端来了,两人喝起红酒,感觉像是日式料理和意大利菜的混合物。

美冬没有提开店的事,主要在谈关于旅行以及各地饮食的话题。从她的话推测,她曾去过许多国家,特别是法国和意大利,曾去过多次。

"你是去这些国家观光吗?"

"也有观光,但基本上都是工作。去采购装饰品和衣服。"

"啊,是华屋的……"

美冬微微摇了摇头。"我从今年开始才在华屋工作。在以前的店上班时,就主要干这个。"

"为什么不在那里干了?"

"嗯……三言两语很难说清楚。"美冬微微歪了歪头,"简单地说,就是干烦了。"

"烦?"

"感觉能做的事情都做了。反过来说,也明白了哪些事情自己做不到，就觉得不能这样下去，必须改变。"她看着他，"这样的解释不行吗？"

"不，倒不是不行。"

"喂，青江先生，你觉得人生能重生几次？"

又是一个突兀的问题。

"我，不信这个……重生、前世什么的。"

"不是这个意思，我是问一生中会有几次转变。比如，结了婚人生就会转变，找工作也是如此，这种事大约有几回呢？"

"呃，从这个意义上讲，我放弃考大学，下决心来东京当美容师就是第一次转变，此后再没发生过。"

"那么，是不是到该转变的时候了？"

"这个嘛，不清楚。"青江呷了一口红酒，他想，看来这是步入正题的铺垫。

但美冬没有把话题转到美容院的开业上，只是夹杂着各种趣事，展示了自己从经验中获得的商业知识、谈判技巧、市场拓展方式等。这些话深深地吸引了青江。她的谈话方式巧妙极了，没有自己夸夸其谈，总在征求他的意见和感想，也并非单纯地询问，更在青江所言的基础上进一步拓展话题或深度挖掘问题。话题总也不会间断，时间过得飞快，两人喝干了两瓶红酒。

"找个地方再喝点？明天不用上班吧？"出了店后，美冬说。

晚餐是她请的。如果就这样回去，自己像在骗吃骗喝。最主要的，是青江还想和她待在一起。

"可以。"他答道。

她抬起手。从青江身后驶来的出租车停在两人身边。

5

本想把酒壶里的酒倒入酒盅,手一哆嗦,全洒在了桌子上,连裤子都湿了。他轻轻咂了一下嘴,用放在旁边的毛巾擦了擦。

酒都不会倒了——安浦达夫骂着自己,狠狠地瞪着右手。缝过的疤痕仍很鲜明。

终于习惯用筷子了,用铅笔写字也基本没问题,但前提都是要把精神集中在指尖上。稍不留神,筷子和铅笔都会跌落,因为指尖没有感觉。如果闭上眼睛,甚至感觉不到手指的存在。

对手艺人来说,指头就是命。手指废了,就和被折断翅膀的鸟一样,什么都干不了。

他最近一直在四处找工作,但没有地方雇自己。无奈之下,也在工地干过,但用惯的右手手指不听使唤,既不能搬重物,也不能挥镐,总是马上被解雇。若没发生那件事该多好。但现在后悔也晚了,手指已无法痊愈。

桌旁突然暗了下来,中川出现在面前。"还有钱喝酒?"他在对面坐下。

"最后一次。"安浦用左手抓起刚才洒了一半的酒壶。

中川叫过小酒馆的伙计,要了一份凉豆腐和一壶酒。"听你妻子说,你应该在这里。"

"哦。"

"真是个好妻子,在超市里从早干到晚,也不阻止丈夫去外面喝酒,你可要感谢她呀。"

中川的话让安浦无言以对。他心里清楚,必须要向妻子道歉。本就是因为玩女人才受了伤。然而妻子毫无怨言，很快在超市找了一份工作。如果没有她，他肯定早就饿死了。所以他才想方设法找工作，希望能挣到钱。

"阿中，听说你也被福田辞退了，现在干什么呢？"

"就在家待着，靠那点存款过日子，忍到能领养老金的那一天吧。"

"这样好吗？"

"不好，但也没办法。什么地方肯雇我这样的老家伙？"

"社长也太过分了，把我们这些做了多年的人说辞就辞了。最后留下的只有前村。"

"他也不好说。"中川拿起新端来的酒壶，先给安浦斟满，又给自己倒上，掰开一次性筷子夹了一块豆腐。

"不好说……难道连前村都要辞退？"

"昨天前村给我打电话，说已由月工资变成了小时工资，工作时间一下子缩短到两个小时。他发牢骚说连房租都交不起了。"

"这样能维持下去吗？工作少到这种程度了？"

"应该有活干，那些气枪的订单没有减少。前几天路过工厂，看他们在往里面搬钢材，估计又有新的工作了。"

"太奇怪了，那为什么要裁员？"

"工作是有，但有一个干活的就足够了。"

"一个人？那个年轻的家伙？"

"嗯。"中川喝干了酒，又倒了一杯。

没看清楚那人的脸，只记得个子很高，也看见了他干的活，就算在安浦看来，那也是一级品。当时他就想，雇了这么个人，社长当然不会搭理自己了。

"福田工厂里的机器全都会用，焊接也不错，加工的水平相当高。这样一来，那个抠门的社长肯定会选他。听说是从关西跑过来的，真是个多余的丧门星。"中川哼了一声。

"要是那家伙不来就好了。"

"我和前村是这样，"中川取出香烟，"包括阿安你，或许也会有解决的办法。"

"哦？"

"很多时候光靠我和前村干不完。就算你的手指不比以前，只要还能凑合着动就行。"

"能动，你看。"安浦用右手拿起筷子，夹住了剩下的咸菜。

中川点点头，依然面无表情。"可那家伙还在，没办法。如果那家伙也像阿安一样被人刺伤手就好了。不，也就是在这儿说说，你就当没听见。"中川环顾四周，手指放到了唇边。

出了小酒馆，和中川告别后，安浦也知道该直接回家，但他不想那样，便溜达着向相反的方向走去。

不知不觉中，竟然来到了福田工厂附近。他也不清楚自己究竟有什么目的，或许是脚自然地向习惯的道路移动。

早就闻腻了的汽油味如今却备感亲切。他想，要不要再求一次社长？如果说什么打杂的活儿都可以干，社长会不会网开一面？

但他马上摇了摇头。不可能这么顺利，上次那么恳求，最终还是被冷冰冰地轰走了。

已没有理由再站在这儿了。他刚想回家，突然注意到工厂门口的缝隙里透出一丝亮光。

把我们都开除了，难道那个人在加班？

安浦走近工厂。大门开着一点，听不到大型机械运转的声音。他又把门推开了几厘米，偷偷往里看。对面有一个高大的背影，正在用微型磨床削什么东西，削几下就查看一次，像在加工特别小的东西。安浦看不清楚。

这个不知从哪儿钻出来的人反正是在加班，在挣加班费。

如果他也被人刺伤手就好了——中川的话又浮现在脑中。

安浦环顾四周，确认没有人后，绕到了工厂后面。那里放置着废弃材料和损坏的机器。以前每年分几次雇人处理，现在不景气，没有闲钱管这些，金属垃圾堆成的山越来越高。

安浦在昏暗中凝神寻找想要的东西。那家伙个头大，该找个长一些的，最好是弯成钩子状，顶端尖尖的。

地上没发现特别合适的。最后他拿在手上的是一根五十厘米的铁管，前头又焊接了一截短管。电弧焊接得不太好。他想，这肯定是阿中干的。眼花之后，中川的手艺确实不如从前了。但只为这个原因就被解雇，真让人受不了。只要人活着，就有可能因年老而手艺退步，也可能会因事故导致残疾。互帮互助才是朋友嘛，不应该是纯粹的雇主与雇工的关系。安浦脑中浮现出福田的面孔。

他一动不动地藏在暗影里，感觉酒意上涌，但并不厉害。他对自己说，不该趁着酒醉干这种事，但已别无选择，实在被逼急了。

突然想起了数月前的那个夜晚。那天很冷，安浦穿着厚厚的夹克，在池袋一家常去的店里喝了一些酒，当时顶多比今天醉得厉害一点。

是找家有妓女的店，还是在外国女人聚集的地方转转？他边想边溜达。受阪神淡路大地震影响，建筑用部件的订单增多了，一直持续加班，那天刚领到加班补贴。钱包里有了钱，底气也足了。

"大哥。"忽听有人喊自己。

一个大晚上还戴着太阳镜的女人站在旁边，身穿低档外套，烫着极其夸张的卷发，还染成了红色。

安浦一眼就觉得这个女人不错，只见她外套前襟微敞，从缝隙中能看到白皙的乳沟和双腿。

女人默默地伸出三个手指。安浦觉得太贵，可"这个女人倒也值得"的念头在脑中一闪而过。

安浦走到女人身边,闻到了刺鼻的香水味。女人的脖子和手腕上丁零当啷地挂了一堆便宜首饰,妆化得也很浓。

"有点贵,这样?"他伸出两根手指。女人从上方摁住他的手,伸出两根手指,又摊开手掌,应该是在示意两万五千元。

"OK。"

听到安浦的回答,女人上前抓住他的胳膊,领着他向前走。

今晚真走运,他傻乎乎地想。

每次回想起这一幕,安浦都咬牙切齿地骂自己没脑子。以前从未见过有女人站在那条街上拉客,自己竟丝毫不怀疑。他被女人的姿色迷住了,只顾得乐颠颠地想,竟然能和这样的女人上床。头脑过于发热,根本没想到,这么漂亮的女人怎么会在大街上拉客?

他跟着女人进了一家低档旅馆。空气中充满了消毒水味,还有为了除味而喷洒的清香剂的气味。女人一言不发,只用手势来表达。安浦认为她不太懂日语,肯定刚来日本不久,不知该怎样挣钱,就按别人教的在那里站着拉客。安浦异想天开地自圆其说。他满脑子都想着要早点抱着这女人睡觉。

一进房间,安浦就从后面抱住了女人,撩起她的长发乱舔她的脖颈。女人的脖颈上有两颗小黑痣。

他想扯掉女人的大衣,女人却扭过身来,像是要来亲吻他似的抬起下颌。形状迷人的嘴唇就在眼前,他贪婪地将嘴唇贴了过去。之后……

记忆消失了。清醒过来时,他发现自己倒在地上,同时感到一阵剧痛,原来右手流了许多血。那场景太过荒诞,他简直无法接受事实。

他坐起身大声叫喊,现在已不记得喊了什么。没有一个人来,那女人自然早已不见踪影。

剧痛让他冒出了汗,他咬着牙来到电话旁,打外线报警。电话一接通，安浦便诉说了自己的状况：被刺了，出了血，特别疼，一个不认识的女人，不知什么时候晕过去了，池袋，妓女——他叙述时大脑一片混乱，对方颇费气力才弄明白。

接受完紧急治疗，警察开始找他调查情况。很明显，警察都把他当傻瓜，觉得他愚蠢无比，出去乱找女人，结果不光受了伤，钱包也被抢走了，提问时的话语都透着轻蔑。

安浦在叙述时有几处说了谎，却倒也并非为这一原因。他说和那女人是在公园里碰见的，聊了一会儿后发现情投意合，就去了旅馆。他不想被追究嫖娼的责任。关于失去意识前的经过，他也支支吾吾，一方面因为记不清楚，一方面也不想说出自己一进屋就抱紧了对方。

他声称那女人骗他喝了什么，之后突然感觉很困。

警察对此并没有深究。这种事经常发生，多少有些出入对整个事态也没有太大影响，总之，抓住案犯的可能性极小。

那件案子的调查进展到什么程度了，安浦一无所知，甚至不知道是否在认真调查。警方从未与他联系，估计连嫌疑人都没找到。

这对警察来说也许是件小事，对安浦来说却是毁掉一生的大事。他失去了工作，失去了交际圈。

他握着铁管的左手加了把劲儿。他想再引发一次小事件，这样也许能找回自己的人生。

工厂的灯灭了。

安浦凝神观望。他弯下腰，盯着工厂的门口，不一会儿，走出一个身材高大的人影，关上并锁好大门。这人进厂最晚，社长却把钥匙交给了他。以前拿钥匙的是资格最老的中川。

那个新来的男人穿着T恤和工装裤，一只手插在裤袋里，另一只手把上衣搭在肩上。

安浦紧随其后。为了伪装成流窜犯所为，他打算尽量在远离工厂的地方动手。如果在工厂附近，警察会看出案犯早就盯准了目标。但如果离车站太近，人又太多。他决心等那人走到住宅密集的小巷时再说。

那人在自动售货机前停下脚步，买了一罐饮料，马上打开了盖子。他两条胳膊上肌肉隆起，看着瘦，但似乎很有力气。

男人边喝边往前走，右手拿着饮料罐。安浦想，如果有刀，就能从他身后悄悄靠近，刺向他的右臂。只要在被他看到面孔前逃走，估计就不会有事。

改天准备好刀再来？这种想法只在脑子里一闪，马上又消失了。没有理由，想立刻行动的欲望占了上风。

那人拐弯了，正是路灯少的小巷。安浦加快了脚步。机不可失。

他紧跟着拐了过去，然而那人却不见了踪影。安浦停下脚步，东张西望。

"喂。"那人突然从电线杆后冒了出来。安浦吃惊地后退了几步，随即想起手里有武器，便不顾一切地挥棒打去。高个子男人轻松闪过，一脚踢中安浦的腹部。安浦呻吟着，铁管掉落在地，一句话也说不出来了。

"你要干什么？"那人问道，声音中没有丝毫恐慌。

安浦赶紧捡起铁管。他用了右手，勉强举起来了，手指却无法承受铁管的重量，铁管又掉了下去。

那人似乎明白了。"你是安浦？"

安浦用双手捂住脸，蹲了下来，眼泪夺眶而出，不一会儿竟哭出声来。他觉得一切都完了，又觉得自己真可悲，连根铁管都抡不动。

"你先站起来。"

他被那人抓着衣领揪了起来，推到旁边的墙根下。

"怎么回事？为什么要袭击我？"铁管不知何时已到了那人手中，

他用铁管捅着安浦的侧腹。

"我想……只要没有你……"安浦喘着粗气,只说了这么一句。

那人似乎没听明白,皱了皱眉头,但很快就反应过来,看着安浦的脸连连点头。

"哦,是这样。"

"你想把我交给警察就交吧,反正我也完蛋了。"安浦自暴自弃地说。

那人从安浦身边走开,长叹一声,道:"行了,你走吧。"

"可以吗?"

"我说了,走吧。"

安浦慌慌张张地想逃走,忽听那人在身后说:"等一下。"

安浦吓了一跳,停下脚步回头看。那人用铁管敲打着肩膀,走了过来。

"好不容易见次面,找个地方喝一杯吧,我想问问你的情况。"

安浦诧异地望着他的脸。

6

快中午时青江才回到公寓。风吹在脸上特别舒服,也许是因为还有点头昏。

今天早晨的红茶太好喝了。他习惯在起床后喝咖啡,不知道早晨的红茶竟能让人如此神清气爽。

不对,他又想,不是红茶好喝,而是一起喝茶的人出色。青江醒来时,美冬已经起床了。他来到飘着红茶香气的客厅,她从厨房冲他温柔地笑了笑。她已化好妆,是适合清晨的淡妆。

感觉喝了不少酒，但并没有宿醉，只觉得身体轻飘飘的。昨晚的事情似乎不是现实。追寻着记忆，他又想起了那种天旋地转般的快感。

青江想，是你主动邀请的，我可没有责任。当听到对方提议再找个地方喝酒时，他心中掠过一丝期待，对此他无法否认，却丝毫没有想过主动邀她。

记不清是如何去她住处的了，好像有这样的对话——

"还没喝够呢，再找个地方？"

"可这个时间店都关门了。"

青江打开房门，顿时察觉千绘来了。门口摆着她的鞋。

拉开隔帘，露出了千绘圆圆的脸。

"你去哪儿了？"她语带责备，好像从昨晚起就一直在这儿等他。

"六本木，陪朋友喝酒了。"

"一直喝到早晨？"

"在卡拉OK厅睡了一会儿。"青江去了洗手间。他不好意思见千绘。

"为什么不给我打个电话？休息日的前一天我一般都来这里呀。"他刚从洗手间出来，千绘就噘着嘴说。

"我也担心你会来，可一直没机会打电话。对不起。"

千绘还在赌气。廉价玻璃茶几上摆着点心和饮料，像是她买来的。青江想，怎么会有这么大的差距？没有一点品位。

"喂，陪我去买东西吧。"

"今天就饶了我吧。我都累死了。"青江躺了下来，脚尖碰到了电视柜。房子太小了，简直让人无法忍受。

"什么？咱们不是说好了吗？"千绘摇着青江的身体。

她还是个孩子，他想，这不是成熟的女人，也不是真正的女人。

他想起了新海美冬脖颈上的两颗黑痣。

第四章

1

以前曾去过多次的三宫的牛排店，现已挪到距原处约一百米的地方，好在招牌还是原来的样子，这让曾我略微松了口气。道路上依然随处可见地震后的痕迹，但终于开始显露复兴的征兆。

"只把这块铁板拿出来了。"老板娘自豪地说。她发福的体态和红润的脸色都和上次见面时一样，但她肯定用了不少时间才恢复这种表情。

"这是我们家的宝贝。"老板娘边说边抚摸银色的铁板。

"你们真厉害，只用了一年，牛排店就恢复到了这种程度。"曾我手拿盛着红酒的酒杯环顾店内。快晚上十点钟了，已经没有其他的客人。这家店本来九点半关门，曾我提前预约了，便专门为他延长了时间。

"听你这样说真是高兴。我们还是想回原来的地方，当然还要再花点时间。以前的熟客如果看到这里，肯定会感到遗憾。"

"我觉得这里也很气派。"

"谢谢。"老板娘微笑着喝了口生啤。那表情似乎在说，我知道这是恭维话。以前的店比现在大一倍，最重要的是氛围古色古香，现在已很难再现了。

她说，以前的店在地震中并没有倒塌，但四周的房子接连着火，大家都束手无策，房子最后尽数烧光，只是勉强将数十公斤重的铁板运了出来。这话应该没有夸张的成分。

"看来还是以前的房子结实。那里由老外的旧房子改建而成，四周新建的房子全塌了。"

曾我随声附和着。实际上，运用了最新的预制装配式技术的房子最结实，但没必要和老板娘争论这些。

"曾我先生，你现在去了东京，是不是再也不回这边了？"

"是啊。估计要在那边待一段时间。"

曾我就职于总部设在大阪的商社。他出生在埼玉县，此前一直在总部工作，三年前调到了东京分部。虽说是分部，可不论是公司的大小还是业务规模，都已超过总部，计划近期将把名称改为东京总部。因此，这次调动可说是荣升。

他主要负责产业机械。今天在大阪有洽谈会，工作结束后来到了神户。这是他早已计划好的。

"今天住在这里？"

"嗯，明天去西宫。"

"西宫？干什么去？"

"那里有个熟人。"他摇了摇头，"应该说曾经有。老板娘，你还记得新海吗？"

"新海？"她思索片刻，随后用力点头，"啊，你是说住在京都三条的那位……"

"对对。"

"很有气质的一个人，头发全白了，戴着金丝边眼镜。"

"他就曾住在西宫，在去年的地震中去世了。"

"哦。"老板娘皱起了眉头,却没现出惊讶的神色。对于经历过那场地震的人来说,受灾者的死亡并不罕见。"真不幸,他竟然……"

"他夫人也去世了。我想去献束花。"

"你好像说过,他曾经对你特别关照。"

"就是他教会了我如何工作。他辞职后和夫人相依为命,没想到竟然会这样。"

"去世的多半是老年人。好不容易到了可以悠然生活的时候,却……真是太残酷了。"也许是想起了什么人,老板娘用围裙擦了擦眼角。

离开牛排店,曾我去了在地震中没有倒塌的酒店。到了酒店的房间后,曾我拉开了窗帘。曾经那么美丽的神户夜景,现在却基本一片漆黑。无人居住的楼房、倒在地上的霓虹灯全沉没在这片黑暗中。

冲完澡后上了床,想关床头柜上的灯时,发现旁边的墙壁上有一条小裂纹,不知是不是地震造成的。即便是,在震后的检查中应该也已被判定没有问题。

就在前几天,在神户举行了"阪神淡路大地震罹难者追悼仪式"。首相都出席了,但对受灾者的援助远远不够,现在依然有近十万人住在简易房、学校或公园里。曾我的一个朋友刚买的房子已无法居住,却仍须支付房贷。看来政府根本没打算认真帮助他们。据说政府要为负债累累的住宅融资机构拨七千亿元财政资金,曾我想,难道就不能从里面拿出百分之几拨给受灾者吗?

他在大阪总部干了七年,这边有很多朋友,知道受灾的就有十多个,已确认死亡的只有新海夫妇。

他是从电视上得知这一消息的。播音员平淡地读出死者的姓名,其中就有新海武雄和新海澄子。

新海是曾我在大阪时的部长,因为毕业于同一所大学,对他相当关照。听说他在离退休还有两三年时突然辞职了。事情没有公开,但当时在大阪总部的人几乎都知道，新海部长是被迫辞职的。

当时正处于泡沫经济的鼎盛时期。某大型汽车制造厂要建立一家新工厂，绝大部分生产加工机械都由曾我的公司负责采购。这么庞大的项目在现在不景气的情况下几乎无法想象，相应地，好处费的金额也大得惊人，牵扯到的人越来越多。其中一个人露馅了，很可能顺藤摸瓜地查出收受贿赂的事情。究竟在哪里切断线索呢？最终，新海被选定为牺牲品。

曾我不了解详情，但社长和董事们不可能对此一无所知。每次看到这些人依然身居高位、专横跋扈，曾我就感到义愤填膺。

传言也被添枝加叶了。其中之一就是封口费，有一个说法称新海领到的金额是正常退休金的两倍，甚至有人说他辞职已算占了便宜。

传言的真伪无法辨别。就算是真的，曾我也确信那绝非新海部长希望的。新海经常说，诚心诚意、踏踏实实地工作，才是成为一名杰出商社员工的捷径。曾我能够想象，背上不正当的嫌疑被迫辞职，新海肯定万分遗憾。他答应辞职，只不过是为了公司考虑；过着隐居般的生活，也是为了逃离不正当的追究。

他却遭遇了地震。知道他死了，有些人肯定心里乐开了花。一想到这些，曾我就难以忍受。

他关上灯，闭上眼睛，却久久难以入睡，也许是想起了新海，精神有些亢奋。

第二天早晨，他离开酒店后去了西宫，上了一辆出租车。他拿着贺年卡。辞职后新海依然每年给他寄贺年卡，每次都是亲笔书写。新海写得一手好字，内容又谦恭和蔼，透着真诚。曾我拿出贺年卡，是想让司机确认地址。以前曾去过一次新海夫妇居住的公寓，但记忆如今已毫无作用，因为街道已面目全非。

司机在地图上查了查，发动了汽车。

"那一带受灾严重。我有朋友在那里,遭遇了火灾,无家可归。"

"您也是这里的人?"

"我呀……在尼崎。幸亏住的房子还没事,可车坏了。我好长时间没法工作,真发愁。"

曾我这才注意到这是辆私人出租车。

"写贺年卡的人没事吧?"

"唉,去世了,夫妇俩一起……"

"唉。"司机叹了口气,和牛排店老板娘反应相同,"说句不该说的话,夫妇俩一起死也许更好。如果只剩下一个人,就更难受了。剩下丈夫,什么家务活都不会干;剩下妻子,以后的生活也没着落,更无法忘记死去的人。"

曾我并不觉得司机这样说有什么不应该。总能看到相关报道,说地震后孤身一人的老人在临时简易房中衰竭而死。他们需要的不只是金钱和食物,关键是要重新鼓起生存下去的勇气。

得知新海夫妇死亡的消息时,曾我想马上去现场。但那种情况下根本不可能去,而且因为地震的影响,工作更忙了,最终没去成,眨眼间已过了一年。

曾我打开皮包,把贺年卡放进内袋。那里还放着一件重要的东西。他摸了摸,合上了皮包。

这次专门来到这里,除了要献花,还有一个重要的目的:把一样东西交给新海夫妇的女儿。

那东西是在去年年末发现的,整理公司办公桌的时候碰巧冒了出来。那不是曾我应该拿着的东西,是以前新海寄存在他这里的,一直没取走。

他想,无论如何要把这东西还给新海的女儿。他拿着没有什么意义,又不能擅自处理掉。最主要的,这对她来说肯定非常重要。

她好像叫美冬。曾我没见过,却曾去过她工作的那家店。

"我女儿在南青山的时装店找了份工作,是一家叫'WHITE NIGHT'的店。我也不知道卖什么,你有空的时候帮我去看看她,不用买什么东西。"以前新海在电话中曾说过这番话。

曾我想,既然店是在南青山,肯定全是高档品。下班后,他去了那里,不出所料,前面镶满玻璃的商店中摆放的都是昂贵得令他难以企及的商品。那天美冬偏偏休息了。接待他的是经营那家店的女老板,看上去年约三十岁,沉着的谈吐中透着高雅的气质。

"您专门过来,真是对不起。新海很少请假,但她说今天有件无论如何也无法抽身的事情。"那女子似乎从心底感到抱歉,"她干得很好,请您务必转告她的父母。"

"我会转达的。"曾我许诺道。当晚他就给新海打了电话。

那是他第一次也是最后一次去WHITE NIGHT。这次为了找美冬,他又去了那里,没想到已经变成了饭店。看来,那位气质高雅的女老板也没有经受住经济低迷的冲击。

曾我希望找到美冬的住所,又想不出有效的方法,只好暂且去新海夫妇居住过的地方看看。

"应该就在这附近。"司机放缓了车速。

曾我环顾四周。没有任何能唤起他记忆的景色,一切都已面目全非。"到这里就行了,接下来我走着找找。"

"哦。没帮上什么忙,真对不起。"

曾我下出租车时,和皮包一起拿出一个纸袋。这时,司机恍然大悟般点点头:"怪不得闻到一股香味。"

曾我冲他笑了笑。纸袋里装着打算放在现场的鲜花。

出租车开走后,曾我在原地呆呆地伫足良久。这里既有瓦砾被清除干净、基本已成空地的地方,也有不少尚未收拾、乱七八糟的地方。

能看见幸运地避过那场灾难的房屋，但交通依然不便。复兴之路还很严峻，看来目前是百废待兴。

行人稀少，偶尔能看见的也是施工人员。要找到新海夫妇曾居住的地方，看来相当困难。

在一栋小房子前，一名中年女子正在浇花。房子不像是新盖的，应该属于幸运的那一类，水泥墙是重新修补过的。

曾我冲她打招呼。她慢慢扭过头，曾我把贺年卡拿给她看。

"这个地址应该在那栋楼后面。"她指着灰色的大楼，"可那边的房子基本上都塌了。"

"我知道。"道谢后，曾我离开了那里。

有几家正在着手建新房。为建成抗灾能力强的城市，有些地区想整体统一规划后重建，看来这里大家的步调并不一致。但如果让那些失去住处的人们一直等到行政计划制定好，似乎有些残酷，因为每家的情况并不一样。

中年女子说的那个地方果然大多成了空地。在曾我的记忆中，有很多比住宅楼更小的楼房。有些地方已经开始打地基，头戴安全帽的工人正在操作起重机。

一块招牌倒在地上。曾我马上停下了脚步。上面写的是"水原制造所"。有什么东西刺激了他的记忆。新海武雄的声音又回响在耳边："过了红绿灯后再向前走一段，左侧有家叫水原制造所的工厂，再往前就是我住的公寓，是一栋没有任何特色的二层楼房。"

上次去的时候，新海曾在电话里这样说。就是那家工厂，没错。

水原制造所勉强没塌，尽管钢骨有些倾斜，依然牢固地立在那里，可里面除空荡荡的水泥地外别无他物。地上有各种形状的痕迹。负责销售产业机械的曾我马上看出那是加工机械的痕迹。

又走了一会儿，前面出现了空地。曾我停下脚步。那块横向的细长空地肯定就是新海夫妇曾经居住的公寓所在地。左端还残留着一部分水泥楼梯，记得当时自己就是从这里上楼的。

"呀，欢迎欢迎。比想象的远吧？"

"你能来真是太好了，我们两人都等着呢。"

脑中浮现出新海夫妇的面孔。那天晚上，他们翘首企盼着曾我的到来，这一点从新海夫人精心烹制的饭菜中就能看出。

曾我从纸袋里取出花，放在空地的一角，双掌合十，闭上眼睛。耳畔的风声，简直就像死者们的窃窃私语。

他又站了一会儿，突然感觉身后似乎有人，扭头一看，一位老人正看着他。老人在毛衣外面穿着厚厚的大衣，戴着毛线帽子。

老人似乎说了什么。声音太小，曾我没听清楚，便请他重复一遍。

"是朝日公寓？"老人说着走近。

曾我反应过来了。那正是新海夫妇居住过的公寓名字。"是的。有个熟人住在这里。听说塌了。"

"啊，已经不成样子了，本来建得就不太结实。"

"老人家，您也住在这附近？"

"我在前边住。幸好房子只是有点倾斜。"

"这公寓里住着一位姓新海的人，您认识吗？"

"新海？不认识，没听说过。"老人摇了摇头，"但我认识房东。"

"房东？"

"他姓阪本，就在前面拐弯的地方盖新房呢。"

也许就是刚才看到的正在施工的房子。

"正在建造，应该还没住进来吧。"

"不清楚，也许吧。"

曾我道谢后，沿来路返回，来到刚才看到的那栋在建的房子前。一个身穿防寒服的男人正站在路上盯着图纸。

"对不起,打扰一下。"曾我招呼道。那人抬起头。

"这里是阪本先生家?"

"是的。"

"对不起,您能告诉我阪本先生的联系方式吗?关于阪本先生出租的房子,我想打听点事情。这是我的名片。"曾我说着递上一张名片。

那人表情困惑地交替看着名片和曾我。"你是说原来建在前面的那栋公寓?"

"是的,朝日公寓。我有个熟人曾住在那里。"

"哦……你等一下。"那人走进在建的房子。很快,他就出来了,还拿着一张小纸条。"只知道电话号码。"

"啊,这就足够了。"

电话号码的区号是06,看来阪本住在大阪。

在西宫车站打了电话,幸运的是那人正好在家。曾我开门见山地说想问问关于新海的事情。

"您是新海先生的熟人?我正好也有点事。"

"什么事?"

"我在找新海先生的女儿,正苦于不知道联系方式。"

曾我大失所望,这也正是他想知道的。听他这样说,电话另一端也传来失望的叹气声。

"唉。不好意思,就像刚才说的,我也不知道。"

"去市政府能不能查出来?"

"我猜不能。我去问过了,不清楚他女儿的地址,但听说地震时她和父母一起在那栋公寓里。"

"她也遭遇了地震?"

"应该是这样。"

一家三口都遭遇了地震——真是太意外了。

"阪本先生，我现在能去拜访您吗？还想问得更详细些。"

"当然可以，可我了解的不多，也就是刚才所说的那些。"

"那也没关系，拜托您了。"曾我把话筒贴在耳边，低下了头。

大约三十分钟后，曾我来到大阪的福岛区。从大阪环线野田站走了几分钟，就看到了阪本告诉他的那栋公寓。是租赁公寓，听说是地震发生后一个做房屋中介的朋友介绍的。

"地震前刚空出来的房子，还没收拾，能住就不错了，所以赶紧搬了过来。那时候一套房子有好多人争着租。我做梦都没想到，经营房屋出租的我竟连住的地方都没有了。"阪本一边给曾我沏茶一边说。

他的住宅全烧了，经营的公寓也塌了，按说是笑不出来的，但他的语调并不忧郁。听说他还在梅田经营着咖啡店。

"我的朝日公寓都成那个样子了，必须把押金还给大家。其他人的都还了，只剩下新海先生的。"

"您就去市政府查了？"

"嗯。在电话中我也说了，最终也没查出来。"阪本摸了摸头发稀少的脑袋。他看上去处世精明，既然主动返还租户的押金，应该是个好人，也许同为受灾者，他无法做出不正当的事情。

"新海的女儿也遭遇了地震，这是真的？"

"好像曾在体育馆里带着父母的遗体一起避难。我们那天早晨在广岛，特别担心家里和公寓的情况，但电车和汽车都不通，真急死人了。"

"那么您也没有见到他女儿？"

"没有。可住在新海先生旁边的人说在避难所和他女儿打过招呼。那人还说，他女儿是在地震前一天晚上来到公寓的，当时传出了平时听不到的热闹的说笑声。"

"地震的前一晚？怎么这么……""倒霉"两个字被曾我咽了回去。他想起阪本也是受灾者。

"正因如此，目前我也在寻找他女儿的地址。您大老远跑过来，真是对不起。"

"没有没有，是我要登门打扰的。"曾我摆了摆手，"您这儿还有和新海签订的租借协议吗？"

"当然有。"阪本打开放在椅子旁边的扁平皮包，从里面拿出一个文件夹，"就是这个。"

"谢谢。"曾我伸手接过。

他希望保证人那一栏会写着亲戚的名字，但那一栏是空的，幸好紧急联系人那一栏填写了：

东京都涩谷区幡谷2-×-×-306
新海美冬（长女）
电话号码：03-××××-××××

"和这里联系过吗？"曾我看着阪本。

"打过电话，可好像已经不在那里，电话里说是空号。"

曾我从上衣内袋中取出记事本。"我能抄下来吗？"

"当然可以，但估计您去了也没用。"阪本摇摇头，"如果找到他女儿，能通知我一声吗？"

"当然。"曾我边抄录边冲他笑了笑。

2

看到预约表时，青江还以为哪里搞错了。不光这一周，连下一周的预约都满了。开张以来第一次出现这种情况。

"太厉害了，电话一个劲儿地响。"见习的浜田美香目瞪口呆地说。她负责接听电话，以前肯定没有被预约登记追得团团转的经历。

看看预约表上的名字，几乎都是青江不认识的顾客。他们为什么突然想来他店里试一试？原因很明显。

"宣传的力量果然大。"浜田美香替青江说出了心中的想法。

"是啊。"他只能点点头，再一次想，她果然厉害。

浜田美香说的宣传，是时尚杂志的报道。最近有几本杂志接连不断地登载了发型设计的专题报道，其中都介绍了"MON AMI"。当然也介绍了其他店，但那些都是在美容界早已确立稳固地位的老店，新开张的只有 MON AMI 一家。

安排这一切的是美冬。她在开店前就曾对青江说过："你设计几款有独创性、称得上得意作品的发型，做好之后要拍照片。"

"要照片干什么？"

她摊开双手露出了苦笑，似乎在说：怎么连这个都不懂？"当然是为了宣传 MON AMI。这还用说？"

青江想出了几款发型，美冬不知从哪里找来几个姑娘当模特。青江为她们做好头发后，美冬拿着相机全拍了下来。

美冬把冲好的照片送到了几家杂志社，都是面向年轻女性的时尚杂志。如果是特别青睐的杂志，她会亲自拿着照片去见主编。她已经辞去华屋的工作。

美冬这一系列努力的结晶，就是刚才说的报道。但如果各家杂志没有一致刊登发型设计的专题，那些努力也不会有任何结果。美冬冷静分析了目前社会上需要怎样的信息、信息发布方想传递怎样的内容，她的战略才成功。

MON AMI 摇身一变，成了知名美容院。青江从 Bouche 带来了两名员工，但人手马上就不够了，只好赶紧雇了几名，可依然不够，便又雇了几名临时工。

青江想，看来这一把赌赢了。

那天傍晚，饭塚千绘来到了店里。青江碰巧正站在门口附近的服务台前，与在玻璃门那边的她目光相接。

"你好。"千绘似乎有些难为情，"你好像很忙呀。"

"是啊，"他看了看表，"还有预约的客人。但都只是剪发，用不了太久，估计八点能结束。"

"那么我到八点再来吧。"

"也行。算了，这附近有家意大利餐馆，你在那里等我？"

"可以。"

青江告诉了她地址。"那就八点见。"千绘说完就走开了。

青江边为下一位顾客剪发，边想着与千绘的事。从 Bouche 辞职以来，一直没有见她。两人倒也没有吵架分手，但确实有些别扭。

原因是青江没有听从她的忠告，她自始至终反对他借助新海美冬的力量开店。

千绘的意见他也不是不理解，关系并不亲密的人竟然为自己出资，总让人感觉不踏实。如果想独立，就一步步地自己攒钱，这样才牢靠，没有丝毫闪失。

以前的青江肯定会尊重千绘的这种意见，但和美冬见面后，他觉得千绘的话都太幼稚。光靠踏实牢靠无法在这个社会上生存，努力未必就能得到回报，要想取得成功，必须在关键时刻一搏胜负——这种想法才更贴近现实。

和美冬相识后，青江的女性观也发生了变化。以前他希望自己的恋人可爱，千绘就是这样。但他从美冬身上感到了完全不同的魅力，那并不单纯是成熟女人的味道。只要和她在一起，自己就被要求拥有像面对利刃时的敏锐感，能切实感觉到，自己内部的某些东西得到了升华。

总之，青江觉得千绘在所有方面都有所欠缺。千绘不可能注意不到他这些变化，或许也在怀疑他和美冬的关系，最终导致双方逐渐疏远。

青江想，为什么现在千绘又来找自己呢？如果她想和好，该怎么办？他意识到，自己内心也希望如此。

八点整，他去了约好的那家店，是在地下。

"你的店现在真厉害。"他刚坐下，千绘说。

"杂志的影响力十分惊人。"

"还是因为阿真的实力得到了认可。"

"不知道是不是。"

两人点了店里推荐的套餐。

"这项链很适合你。"千绘说。

"啊……在六本木买的，我也挺喜欢。"青江摸了摸项链。坠饰雕成了骷髅和玫瑰花的形状，是和千绘分手后买的。

彼此通报了近况后，千绘踌躇地问道："哎，你是不是觉得我很傻？"

"为什么？"

"因为我反对你自己开店。你的店成功了，你是不是在想，瞧见了吧？"

"我没这么想，也不知是否取得了成功，一切都要看以后。"

"但你肯定在想，没有听我的话是对的。"千绘抬眼看着他。

"这个……"青江语塞，想不出能完美地掩饰的话。

"不用糊弄我，这样想是理所当然的。"

"我没想糊弄……"青江吞吞吐吐地说。好不容易点的套餐也尝不出什么味道了。

"你是为了说这个才专门跑来？"他主动问道。

"不是……就是想见见你，我也不知道为什么。"千绘拿着叉子低下了头。

青江想,她果然希望与我和好,但又说不出口。他有些犹豫,是不是应该主动提出?

就在这时,传来服务员说"欢迎光临"的声音。千绘抬头看了一眼,顿时呆住了。受她的影响,青江也抬头看了看,同样吓了一跳。

新海美冬正走过来。看表情,她似乎早就知道他们在这里。

"晚上好。"她冲千绘微笑道。

"晚上好。"千绘也打了个招呼,随后看了看青江。那表情似乎在问:是你叫她来的?他轻轻摇了摇头。

"我能坐在这儿吗?"美冬拉开青江旁边的椅子。

"请吧。"只能这样回答。

美冬坐下后,向服务员点了雪利酒。"我猜就在这里。"

"为什么?"

"我问了员工,他们说有位可爱的客人来找青江。青江喜欢这家店,我猜你们可能会在这里见面。"美冬皱着鼻子笑了。

"这位是以前在 Bouche 的……"

青江刚想介绍千绘,美冬微笑着点点头。"我知道,是饭塚千绘小姐,以前见过几次。"

千绘再次低头致意。

"你们谈什么呢?"美冬交替看着两人的脸。千绘低下了头。

"没谈什么……她碰巧来到附近,顺便来看看我。好不容易来一次,想一起吃个饭。"青江辩解道。

"哦,那我能先说件事吗?"

"可以。"

"我找千绘小姐有事。"美冬扭头望着千绘,"请问,你现在领多少薪水?"

千绘不禁"咦"了一声。

"如果你愿意，来 MON AMI 怎么样？现在店员不够，十分头疼。你肯定能和青江完美配合，如果能来就再好不过了。"

青江都听呆了。

"你先等等，怎么能这样呢？"

"怎么？"

"从 Bouche 带人，是和那边商量多次后决定的。如果现在再挖一个，不知那边会怎么说。"

"我有信心同 Bouche 谈妥此事，只要千绘小姐同意。"

"多谢您的好意，我并不打算离开 Bouche。"千绘看着美冬，干脆地说，"我打算一直在那家店干下去。"

"哦？太遗憾了，本以为你能成为青江的好助手。"美冬看着青江，意味深长地笑了笑。

"我先告辞了。"千绘站起身。

"等等，还没吃完呢。"

"对不起，我已经饱了。"千绘没有看青江，拿起包就往门口走。服务员慌忙把她的大衣递了过去。

青江本想去追，但一看到美冬的脸，腿便动弹不得了。她似乎在无言地说，不要干丢人的事。

千绘走远后，美冬慢慢起身，坐在千绘坐过的椅子上。

"啊，太可惜了，还剩这么多。"

"为什么突然说出那种话？"

"你不觉得是个好主意吗？青江，你不想要高水平的店员？"

"这倒是。"

"不过，"美冬嘴角依然带着微笑，直勾勾地瞪着他，"怎么也不好雇用以前的女朋友，是不是？"

青江吓了一跳，忽地瞪大了眼睛。美冬似乎很欣赏他这种反应。她叫来服务员，命他把桌子收拾了，随后又点了一份同样的套餐。

"喂，青江，以后再也不要干傻事了。"美冬说，"对你来说，今后才是关键时期，将决定你最终只是一个普通美容师，还是能再上一个档次。如果你总是意志不坚定，肯定一事无成。"

"难道和以前的同事吃饭就是傻事？"

"你怎么还不明白。现在的你已不是以前的你，需要扔掉过去。否则，你无法在竞争中取胜。你不想取胜？"

"当然——"

"那么，"美冬拿起桌上摆好的餐刀，刀尖对准青江，"绝不能背叛我，哪怕脑子里想一下也不行。"

美冬冷冰冰的语气让青江不寒而栗，他默默缩了缩下巴。

3

在新宿的洽谈比预想的结束得早，曾我看了看表，刚过晚上七点。办公室墙上标明去处的提示栏中，写着"洽谈完毕直接回家"。曾我住在杉并。

要不要去看看呢？他把手伸到大衣里，从西服内袋里拿出一张纸条。上面写着新海美冬的原住址。

从关西回来后，他多次想去看看，但总是工作繁忙，周末家人又要他陪着去玩，便一直没去成。他也觉得就算去了也没用，因为一年前新海美冬就从纸条上写的地方搬走了。

但他总无法释怀。如果不去一次，就无法扔掉这张纸条。

从新宿车站上了出租车，沿甲州大道直行，在高速幡谷入口前右转，正好就是幡谷二丁目。曾我下了车，打算步行寻找。那里并排耸立着大型医院和知名光学机械制造厂的楼房。曾我想起自己因工作关系曾多次来过这里。

纸条上写的地方是一栋小巧雅致的公寓，看上去不太新，也没有门禁。

走进正面的大门，左侧就是物业管理员的房间。小窗户已经关上，里面也没有亮灯。看来如果不早点来，管理员就不在。

右侧摆放着信箱。曾我看了看三〇六室的姓名牌，上面写着"铃木"，三〇五室写的是"中野"，三〇七室没有标姓名。

他犹豫了一下，坐电梯上了三楼。三〇六室在走廊的中间位置。曾我从门前走过，在三〇五室前停下脚步。

他轻轻深呼吸了一下，摁响了门铃。他希望是男子来应门，女人的戒心相对较重，但从扬声器中传出的应答声正是女子的声音。

"突然打扰，真对不起。我想问问曾住在旁边的新海的事情。"

"……您是哪位？"

"我姓曾我，正在找新海。"

"哦，这样啊……"

过了一会儿，门打开了，出来一名长发女子。门链并没有拴着，本以为对方没有戒备自己，可低头一看，玄关处放着一双男式皮鞋。

"您想问些什么事情？"女子的声音中带有几分诧异。

"是这样……"曾我把之前的情况大致说明了一番。

姓中野的女子起初还满脸疑惑，听到阪神淡路大地震的事后，轻轻点了点头。"我和新海小姐说过几次话。她刚搬过来的时候还专门来我家打招呼，现在这样的年轻人已经很少了。"

曾我点点头。在单身住户居多的公寓里，搬家的时候很少有人和邻里打招呼。但他可以想象，美冬肯定会那样做。尽管并不了解美冬，他猜测新海夫妇肯定会这样教育孩子。

"她搬走的时候是不是也同您打了招呼？"

"嗯，是的。"

"那时您听她说过什么吗？比如说要搬到什么地方？"

她满脸遗憾地摇了摇头。"那是很久以前的事了，记不太清，好像没听她说过这事。"

"哦。"尽管在预料之中，曾我还是很失望。

"我一点也不知道她竟然也遭遇了那场地震，一直以为她还在国外。"

曾我抬起头，注视着她："国外？"

"我记得她说从这里搬出去后，要去国外待一段时间，好像是……伦敦。"

"这是什么时候的事？"

"好像是……大前年的年末。"

"大前年……"

曾我很吃惊。他本以为美冬是去西宫前才从这里搬出去的。

"她在国外待了多久？"

中野歪了歪脑袋。"这个……她说要和另一个人一起租房，我猜应该是一年左右。"

"另一个人？"

"嗯，好像听她说过……要和一个仰慕已久的人一起去。"

"男人？"

中野微微笑道："起初我也这样认为，但她说是女子。"

"工作呢？"

"好像辞了……不，不对。"她思索着，"我记得听她说过工作的地方倒闭了，老板也换了人。"

曾我明白是南青山的那家时装店。

"呃……"中野开口说,"这些可以了吧。很久了,记不太清楚,现在也没有任何来往。"

"啊,占用您的时间,真抱歉。能再提一个无理的要求吗?"他递过名片,拜托她如果想到什么线索,就和自己联系。

等中野把门关好,曾我又走到三〇七室,摁响了门铃。这里住着一名男子,但他不太记得新海美冬。

"我出差较多,也许她想来我家寒暄,但当时我肯定没在家,后来突然发现旁边的房子已经空了。"身穿汗衫的男人不耐烦地说。

"这是什么时候的事?"

"记不清了。现在住在里边的人好像是三年前搬来的,估计她是在更早时搬出去的。"

说得并不清楚,但和中野的话一致。

曾我道谢后离开了那里,没有给那人名片。

出了公寓,坐出租车回家的路上,曾我想,将信息加以整理,就是这样:新海美冬从那房间搬出去是在大前年,即一九九三年。她辞去工作,和"仰慕的女子"一起去了海外。约一年后,在父母居住的西宫遭遇了阪神淡路大地震。

这位仰慕的女子究竟是谁?如果有这样一个人,地震后美冬应该第一个去投奔她,而她也不会对受灾的美冬置之不理,可能会建议美冬先和自己一起生活。但如果真是那样,美冬应该把那名女子的地址或电话号码作为紧急联系方式留给政府部门或警察。

他摸了摸右胸,内袋里放着必须交给新海美冬的东西。为了能随时交给她,他一直带在身上。

三天后,那名姓中野的女子给他打来电话,说找到了前年过年时新海美冬寄来的贺年卡。

曾我立刻动身前往中野家。

"能让我把内容抄下来吗？"曾我拿出记事本。

"不用，给您吧，我拿着也没用。"

"啊，谢谢。"

出了公寓，他再一次看了看贺卡，新年贺词是印好的，旁边还用工整的楷体加了几句话："做邻居时承蒙您的关照。我要去国外锤炼一番，祝您身体健康。"

上面还印着地址和电话号码，旁边贴着用打字机打印出的小纸条，上面写着"寄居的新海美冬"。估计是从房主那里要了多余的贺年卡，纸条下面肯定印着房主的姓名。

地址是三田，看样子也是公寓。曾我犹豫片刻后下定决心，拿出了手机。

4

今天的烤鱼套餐是盐烤鲱鱼。雅也喝了一口啤酒，用一次性筷子夹了一块鱼。他素来擅长吃鱼，鱼刺再多也不成问题。亲戚里的一位大婶甚至叫他"猫不理"，揶揄他吃鱼吃得太干净，还说正因如此，雅也才适合干手工活。

鲱鱼肥瘦适中，特别好吃。冈田可以随意加米饭，雅也很快吃完了一碗，冲有子招了招手。

"食欲很好呀。"有子拿过碗，微笑道，"工作忙吗？"

"不太忙。这里的饭好吃。"

"听到你这么说，老板肯定高兴。"有子笑着去了厨房。她在店里称父亲为老板。

其实工作相当繁忙。新年过后，小型车模的零部件订单增多了，社长福田还经常让雅也制造那些用途不明的奇怪部件，所以总要加班。但雅也感觉疲惫并非因为这些。美冬不定期地委托他干的工作已成为他最大的负担，不光费神，还要注意不被福田发现，特别辛苦。

美冬依然不时拿来戒指或项链的图纸，求他照样制造。最近，她拿来的甚至已不再是图纸，而是在电脑中立体描绘的设计图。不知是从哪里学的，美冬精通电脑操作，有时会把一些名牌产品加工得像自己原创的，然后给他一张照片，让他按上面的样子做。雅也没有正式学过首饰雕刻，只能靠反复摸索，累得筋疲力尽。

但每当看到把成品拿给美冬时她那欣喜的表情，这些辛苦全都消失得无影无踪。他确信，为了她，自己可以付出一切。

他曾经问过为什么让自己做这些东西，得到的回答总是一样的："为了我们的未来。雅也，你帮我做的每一件作品，都会支撑我们的未来。"

美冬并没告诉雅也这句话的含义。她好像打算在宝石饰品界放手一搏，但具体的步骤他并不清楚。

那个美容师的事也让雅也有些在意。在雅也毫无所知的情况下，美冬竟然开了一家美容院。得知那里的店长就是青江，雅也惊讶万分，真不知美冬是如何拉拢他的。对雅也来说，开店这件事已如晴天霹雳。

"这没什么，只是租间房子，装修一下。关键要看以后，如何让美容院出名才是取胜的关键。"

看来美冬最终获胜了。她经营的 MON AMI 现已成为知名美容院，青江人气旺盛，甚至经常接受杂志的采访。

事业取得成功固然是好事，但每次看到美冬的行动，雅也都有种莫名的不安。她究竟为何要干那些事情？她究竟想去往何方？雅也丝毫看不透。

他想到了美冬脖颈上那两颗并排的黑痣。福田工厂原工人安浦被一名奇怪女子害得丢了工作。那女人的身份至今依然是个谜,安浦唯一记住的特征就是她脖颈上有两颗黑痣。

雅也觉得不太可能,但又觉得美冬肯定干得出来。福田工厂有段时期曾以银饰加工为主,现在还留有雕刻首饰的设备,正因如此,他才能满足美冬的要求。他开始怀疑,是不是美冬得知了这一情况,才建议他去那家工厂上班?而且,为确保他能在那里工作,美冬还给安浦设下了圈套,因为安浦的工作性质和他相同——难道这只是他多虑了?

烤鱼套餐吃得干干净净,啤酒也喝干了,雅也站起身。

"今天不要饭团?"结账的时候,有子问。

"嗯。洗完澡想马上睡觉。"

"累了吧?"有子关切地问,"你一个人生活,打扫卫生、洗衣服之类的活怎么办呢?"

"洗衣服嘛,高兴的时候自己洗。从不打扫卫生。"

偶尔过来的女人帮我打扫——这种话无论如何也说不出口。

"房间太脏对身体不好。"有子皱了皱眉头,低声说道,"我去帮你打扫吧,我挺会收拾。"

有客人在招呼有子,她扭头答应一声,与雅也道别。他微微点点头,离开了餐馆。

在回住处的途中,雅也想,如果和有子这样的女人生活会怎样呢?他对有子不十分了解,但感觉如果和她在一起,肯定能过上踏实平静的生活,靠着不可能有太大变化的收入,精打细算地过日子。有子应该不会有任何抱怨,也许会在平凡的生活中找出乐趣,构建幸福的家庭——至少不会给自己施加过多的紧张感。

回到房间,发现门上的信箱上夹着什么东西,拿下来一看,是寄给他的信。雅也既困惑又惊讶。自从搬到这里,从未收到过信,因为几乎没人知道这里的地址。

收信人姓名是打字机打印的。雅也看了看下面，也是打印的字。一看到寄信人姓名，他差点惊呼失声。

上面写着"米仓俊郎"。

雅也从未忘记这个名字。不管手头在干什么，那时的情景总像幻影一样不时浮现在眼前——在发生阪神淡路大地震的早晨，他敲碎了舅舅的脑袋。

为什么会以这个名字给自己寄信？雅也对寄信人的意图作着各种猜测，打开了信封。

里面是一张信纸和一张照片。信纸上同样是打印的字：

我想出售那天早晨的证据，报价1000万元，低于这个价格拒绝成交。汇款账户为××银行新宿支行普通账户1256498杉野和夫，期限为1996年3月底。

如在期限内未汇款，则视为交易不成立，今后不会再与你联系。证据将交给包括司法相关人员在内的第三方。

雅也全身颤抖。他看了看照片，刚看了一眼，立刻头晕目眩。照片上正是那天早晨的情景。倒塌的建筑物，倾斜的水原制造所的招牌，还有身穿绿色防寒服的高个子男人。男人正挥舞着什么，他脚下还有一个男人，被压在瓦砾下。

雅也拿着照片颓然跌坐在地。他第一个想到的是佐贵子，还有她那未正式结婚的丈夫小谷。他们早就怀疑是雅也杀了俊郎，一直在竭力寻找证据。

这封信是他们寄的？终归找到了新的证据？

但他们绝不会匿名。

雅也再次仔细看了看照片，画面绝对称不上清晰。这幅影像雅也曾经见过，与佐贵子夫妇想弄到手的那盘录像带上的画面酷似，但那盘录像带中没有雅也这样挥手打人的场面。

他想和那盘录像带比较一下，但已不可能：美冬交给他后，他马上亲自烧毁了。

究竟是什么人？雅也正在思索，电话突然响了，他刹那间几乎跳起来。

是美冬，说现在要过来。雅也慌了，犹豫着是否该把恐吓信的事情告诉她。

"怎么？不方便？"

"没，没有。"

"那我现在过去，大约五分钟后到。"

挂断电话后，雅也把照片和信放回信封，塞进工作服的口袋，然后开始换衣服。当他换上运动裤和运动衣时，门铃响了。

"晚饭吃了吗？"刚打开门，美冬就这样问道。

"吃过了。"

"哦，我顺便去了麦劳。"她举了举白色的袋子。和雅也在一起时，她依然用关西方言说话。估计只有在他面前，她才会把麦当劳说成麦劳。

"怎么突然来了，又要做戒指？"雅也问道。

"别说得好像我只在有事求你时才来，我就是想见你了。"美冬冲他莞尔一笑，但马上沉下脸，诧异地皱起眉头，"怎么了？"

"没，没什么。"雅也移开了目光。

"你脸色不好，感冒了？"美冬伸手去摸雅也的额头。

"没事。"他说着把她的手拨开了。她惊讶地抬头看他。

"对不起，真没什么。"他摆了摆手，"我去冲咖啡。美冬，你吃汉堡吗？"

她没有回答。雅也一看,她正站在那里紧咬着嘴唇。

"雅也,"她冷静地小声说,"到底发生什么事了,为什么要瞒着我?我们不是一条心吗?我们不是发过誓吗,如果有什么困难,就应该彼此帮助。"

"真的是……"雅也说不下去了,他被美冬真挚的目光震慑住了。

雅也从工作服里取出信封,默默地递给她。他本不想和她谈起杀死俊郎的事,他一直觉得那是两人都避讳的事情。

读恐吓信的时候,美冬在一瞬间瞪大了眼睛。反复读了好几遍后,她端坐在榻榻米上看着雅也。"能猜出这张照片是怎么来的吗?"

"猜不出来。"

"也猜不出寄信人是谁?"

"勉强说,也许是佐贵子夫妇,但我觉得他们不会采取这种方式。"

"这不是普通的照片,是从录像带中打印出来的。"

"本以为是从那盘录像带中弄下来的,可……"不知美冬能不能明白那盘录像带的含义,不过看来他的担心是多余的。

"那上面有这样的场面吗?"美冬立刻问道。

"我觉得没有。虽然照上了我的身影,却没有这种场景。"

美冬又把目光转向照片,歪了歪头。雅也望着她的脸想,我们真是不正常,谈起杀人竟然像在谈论一件小事一般。

她抬起头:"这个,你准备怎么办?"

雅也回答不出。他正一筹莫展时,她就打来了电话。

"你想付钱?"

雅也轻轻叹了口气。"我怎么可能会有一千万。"

"如果有,你就给吗?"

"不知道……"雅也摇摇头。他不知该如何回答。恐吓信上写得很清楚,若不支付就要告诉警方。那似乎并非单纯的恐吓。

"如果你无论如何都想给钱，我可以帮你出。"

"什么……"雅也望着她的脸。

"可我认为不该给钱。"美冬用手指捏起照片，轻轻摇摆着说，"这是陷阱，而且，一旦掉下去就是地狱，永世不得翻身的地狱。如果你认为寄这封恐吓信的人会就此罢休，那你就太天真了。以后他还会提出更无理的要求，估计一生都会缠着你不放，这样好吗？"

"怎么可能好呢？可如果警察知道了就全完了。"

美冬把照片放到桌子上。"我认为那人不会这样干。至少，就算你没有在期限内付钱，他也不会立即报案。那样做对他没有丝毫好处。"

"可又不能置之不理。如果这样拖下去，那人肯定又会想出新招。"

"问题就在这里。以目前的情况，我们没有任何办法，因为不知道对方究竟是谁。要想对抗，首先要查明敌人的身份。这需要一定的线索。这次先不理他，就像你说的，这样敌人肯定会作出某种反应。对方不想再被无视，下次估计会采取更为猛烈的方式。这就是我们的目的。人呀，只要一着急，肯定会暴露缺点。"

看着她瞪着大眼睛、说话时甚至面带微笑的样子，雅也突然想，也许这女人觉得这样运用策略很好玩。

"能像你想的那样？"

"不能任其发展。我们也必须绞尽脑汁想办法，但目前什么也做不了。可以查到这个银行账户的开户人，但肯定是化名。这年头能随意开设虚假的账户。"

雅也也有同感。"看看情况再说……"

"我觉得应该这样。"美冬点点头。

"喂，美冬，有件事我早就想问你。"雅也缩了缩下巴，抬眼看着她。

她恢复了严肃的表情。"你是想问那盘录像带的事？"

"那东西你是怎样弄到手的？佐贵子他们应该也行动了。"

"那次特别危险。如果晚一步，肯定被别人捷足先登了，只能说运气好。"

"所以问你是怎样……"

"录那盘带子的是大阪的无业游民。我说要在电视台播这盘带子，轻而易举就得到了对方的信任，拿到了带子。那人应该和这封信无关。"

"嗯……"雅也没见过那人，不好说什么。

美冬拿起信封凝视。"是麹町邮局的邮戳。如果是关西人，不会只为了寄封信专门跑到东京。"

"指定的银行也是新宿支行。"

"虚假账户这东西在全国各地都能弄到。既然专门指定新宿分行的账户，那里对对方来说肯定很方便。"

雅也也有同感。"可我在东京没有认识的人。最主要的是，在东京的人绝不可能知道那次地震中发生的事情。"

"也许那人在地震发生时住在关西，现在来到了东京，或者一直就住在东京，通过某种途径弄到了照片或者录像带……"美冬似乎在眺望远方，"我去一趟西宫。"

"去西宫？"

"不论怎样，敌人为了查清你的住所，肯定四处打听过，应该在某些地方留下了踪迹。我去查一查。我现在时间正好比较宽松。"

"我和你一起去？"

"你最好别去，不知道敌人在西宫是怎样行动的。你工厂里也很忙吧，最近不是一直在加班吗？我也总让你干些稀奇古怪的活，把你累坏了。"

"没有，那倒没什么。美冬，你一个人去？"

"嗯，交给我吧。"她用力拍了拍胸口，用真挚的目光注视着雅也，

"这对我们来说是第一个难关,但绝不能因为这种事情败下阵来,必须闯过去。"

"我明白。"雅也也注视着她的眼睛。

美冬特意从麦当劳买来的汉堡已经凉透。她在炉子上烤了烤,又从冰箱里拿出啤酒。

"只要和雅也在一起,什么都好吃。"美冬咬了一大口汉堡。

雅也也喝了啤酒,然后两人在被窝里抱在一起。好久没有晒过的被子硬邦邦、冷冰冰的,但两人赤裸着紧贴在一起,不一会儿就暖和得几乎冒出汗来。

美冬将手伸向雅也的下身,但他反应并不太敏锐。她抬头探询地望着他:"还是不放心恐吓信的事?"

她说得没错。雅也明知现在想也无济于事,可信中的内容依然在脑中萦绕。

"没关系,我一定会想办法查个水落石出,看究竟是哪个家伙想让你痛苦。"

雅也用一只胳膊环绕着她的肩,空着的那只手抚摸着她的头发。她的头发散发出香味。雅也猜那是她经营的美容院里用的香波留下的。

"喂,雅也,"美冬抬起头,"如果查清了对方的来历,你打算怎么办?"

雅也无法回答这个问题。说实话,他真不知该怎么办。就算查出了对方是谁,并不意味着因此不再受恐吓,当然,更不能去报警。

美冬的手指开始在雅也的胸脯上移动,似乎在写什么。"雅也,我已作好了思想准备。"

他抬起头,和她四目相对。"思想准备……"

她看着他的眼睛点了点头。"以前也曾说过,这世上充满了战争。我的伙伴只有你,你的伙伴也只有我。为了生存下去,要作好干任何事情的思想准备。"

雅也明白她的意思。若想今后再也不用担心恐吓者出现,方法只有一个。雅也并非没有想过这件事,但那想象太恐怖,被他有意识地排除了。

"雅也,"见他默不作声,美冬说,"根本就没有两全其美的方法。"

"嗯……"

"如果避开不愿干的事情,就很难开拓道路。"

"这个我明白,但有些事情能做,有些事情不能做。"

"可那时你已经做到了。"美冬的眼睛似乎亮了一下。雅也明白她说的"那时"的含义。

"那……是一个错误。"

"你在后悔?如果那时你没有那样做,会怎样呢?"

雅也也不清楚。如果那时没有杀死舅舅,究竟会怎样?父亲的保险金肯定会被拿走,也许那样更好?

"尽管我不清楚详情,但不论是出于冲动还是什么,你肯定无论何时都能马上选择最好的道路。你能做到这一点。"

"难道那是最好的道路?"

"我相信你的判断能力。而且,道路是否正确,要看以后的行动。不论起初的选择多么正确,如果之后的做法不对,那也不行。"

之后的做法……难道是让所有碍事的人都消失?这难道就是自己应该选择的道路?雅也想问美冬,却问不出口。

"喂,你不能想着走阳光大道。"美冬的语气极为严肃。

雅也不太明白什么意思,看了看她。

"我们别无选择,只能在黑夜的道路上前行。即便四周如白昼一样明亮,也只是不真实的白昼。对此我们早已认命。"

5

过了整整一周,美冬再次来到雅也的住处,说是从东京车站直接过来的,深蓝色套装外罩着黑色大衣。以前她来这里时从未这样穿过。

美冬脱掉大衣,端坐在坐垫上。"打听到了好多可疑信息。"

"什么信息?"

"雅也,你还记得一个姓大西的人吗?以前住在你家附近。"

"大西?啊,我记得。他的房子很大,好像曾担任町内会长。我从未和那家人说过话。"

"我问过大西先生,他说,去年年末有一个男子去问有没有记录附近受灾情况的照片或录像带,而且最好能看清町工厂的受灾情形。"

"只是町工厂?"

"嗯。那人是负责推销产业机械的商社职员,想调查地震导致的机械损害情况,以备日后参考。那一带除了你们家,似乎还有好多町工厂。"

"哦……但这些听上去没什么问题呀。"

所有企业、研究机构都在对阪神淡路大地震的受灾情况进行分析,经销产业机械的商社收集受灾资料没有任何异常。

"然后问题就出现了。那人新年后又去找了大西先生,而且,这次与上次不同,这次直截了当、刨根问底地问水原制造所的情况。"

"我家的事?具体问了什么?"

"问你家的经济状况、工厂的经营情形,还问了你父亲的情况。"

"我父亲?"

"问是不是为了拿保险金才自杀的……"美冬只在这个时候微微

低下了头。

"荒唐!"雅也把脸扭向一边,"我家经济拮据,以及父亲因此自杀的事情,不用四处打听也知道。"

美冬慢慢眨了眨眼睛,睫毛的颤动清晰可见。

"我听了这件事,突然明白:寄恐吓信的就是他。"

"快给我解释一下。"

"最初,估计就像那个人所说的,是为了工作在搜集资料。当他看那些搜集到的照片或录像带的时候,也许发现了那一幕。"

"我……做那件事的场面?"

杀舅舅的场面——这句话他无论如何说不出口。

美冬点点头。"现在几乎每家每户都有摄像机。如果那时有一两个人把周边的情况录了下来,也不奇怪。"

雅也摇了摇头。摄像机他家也有,然而在那种局面下,根本想不到要拍摄。

"我想,在发现那盘录像带的一瞬间,那人的目的发生了变化。一般情况下会报案,但他没有那样做,而是决定先调查出录像上的人是谁。估计他很快就查出那是水原制造所老板的儿子,接着又调查那时死去的人。死在水原制造所的有两个人——你父亲和米仓俊郎。你父亲是自杀的,那就不用考虑了。米仓俊郎因头部受伤致死,就能断定正是那个被杀的人。"

"所以给我寄恐吓信……"

没等雅也说完,美冬摇了摇头。"我想之前那人对米仓进行了调查,自然也会去找他的女儿。"

"佐贵子?"雅也咬紧了嘴唇。他渐渐明白了。

"估计那人若无其事地探问了米仓和你的关系。佐贵子会如何回答呢?"

"肯定会说借钱的事。她怀疑我趁地震杀死了她父亲，这些话她说得出口。"

"于是，那人得到了所有的拼图：杀人动机、证据，还知道了你手上有父亲的生命保险金。这些都凑齐后，他才下定决心寄出恐吓信。"

"哦，"雅也叹了口气，"所以提出让我出一千万。扣除借款，保险金应该能剩下这么多。估计这也是佐贵子告诉他的。"

"剩下的就是查出你的住址。这并不难，在你父亲投保的保险公司留有记录，整理银行债务时留的也是这里的联系方式。我想，通过任何一种方式都能查到这里。"

雅也扭曲着脸。美冬的话合情合理，没有丝毫矛盾。

"你知道那人的姓名吗？"

"大西先生没记清楚，连公司名字都忘了。如果再四处问问，或许有人知道，但我担心行动太多会被人怀疑。"

"嗯。能查到这一步已经很厉害了。"

"只是有点累。"美冬苦笑道。

雅也抱住了脑袋。他明白为什么会突然出现恐吓者了，却完全不知道今后该怎么办。

原本正襟危坐的美冬随意地伸开双腿，脱去上衣。蓝色衬衣的两个扣子开了。她向上拢头发的时候顺势一晃，雅也看到了胸罩边。

"雅也，绝不能对那人置之不理，会要命的。"

"可连对方是谁都不知道，也没办法。"

"虽然不知道身份，但他肯定会主动接近你。那时候再犹豫就晚了，必须现在下定决心。"

"下定……决心？"

"我已经决定了。"美冬直直地盯着雅也的眼睛。那是一双能看透别人内心的眼睛。雅也不想被她看穿自己内心的动摇,避开了她的目光。

6

美冬的预言完全正确。进入四月后不久,便收到了第二封恐吓信。寄信人的姓名和上次一样,还是米仓俊郎。

上次建议您购买某种商品,但在期限内没有收到货款,对此深表遗憾。猜测仁兄或许有特殊情况,决定再给您最后一次机会。这次不再通过银行汇款,而是直接进行商品和现金的交换。

时间:4月8日晚上7点

地点:银座二丁目中央大道　桂花堂咖啡店

只准一个人来。我认识阁下,会主动跟您打招呼。之前绝对不许在店内有可疑行动。

务必严守时间。哪怕迟到一分钟,立刻中止交易。

再说一遍,这是最后的机会。衷心盼望阁下出现。

读完信,美冬用力地点点头。"正如这人所写,这的确是最后一次机会。如果错过了,将无法查明他的真实身份。"

"该如何揭穿对方的身份?就算把钱给他,他也不可能告诉我真话。"

美冬身体微微后仰,在眼前摇着手说:"怎么能给他钱呢?上次也说过,这种情况下的规则只有一条。"

"规则……"

"就是让对方急躁,让他彻底急躁。这样,他肯定会暴露弱点。"美冬的唇角翘了起来。

四月八日,傍晚六点五十分。

雅也和美冬坐在银座的咖啡店,但并非指定的桂花堂,而是路对面有着玻璃墙的一家。即便不凝眸观察,也能看清桂花堂店内的情景。

"人真多。"

雅也说的是桂花堂。对面同样是玻璃墙,靠马路这边有五张桌子,对面还有四张。八成的座位已有了客人。现在断定其中的某个男子就是恐吓者还为时尚早,那人或许在远处观察,打算确认雅也抵达后再出现。

"在西宫时听人说,那人不胖不瘦,不高不低,算是中等身材。"坐在对面的美冬低声说。

"那么,右边那个人就可以排除了。"雅也盯着桂花堂。坐在右侧桌子旁的男人比一般人胖很多。

另一名男子坐在里面的位子上,面容看不清楚。雅也拿出带来的小型望远镜,冲他对准了焦距。是个戴眼镜的人。

"没听说那人戴眼镜。"美冬摇了摇头。

"看来也不是他。"

"绝不可贸然断定。也许平时不戴,或者说平时戴眼镜,但在西宫打听情况时摘了下来。"

雅也默默点了点头,继续观察。戴眼镜的男子在桌子上摆了杂志之类的东西。

正在这时,又一个男子出现了。此人身穿灰色西装,一看就是公司职员。他一坐到唯一空着的左边的位子上,就做出了看表的动作,然后突然把目光投向外面,似乎是在看雅也他们。雅也连忙把望远镜拿开。

"又一个人登场了。"美冬说。

她看向手表,雅也也跟着把目光落在自己的手表上。正好七点。

之后的五分钟没有太大变化,除了坐在右侧的胖男人等来了和他碰面的女子。

"我去一下,"美冬站起身,"接下来的步骤就按咱们商量的。"

"你从哪儿打电话?"

"下面有公用电话,我从那里打。"

"知道了。"

美冬沿楼梯下去了。目送她离开后,雅也再次观察起桂花堂。

她要给桂花堂打电话。不知道恐吓者的姓名,她会让店员问问米仓先生在不在。这样恐吓者不可能充耳不闻,肯定会作出某种反应。美冬自然什么都不会说,在恐吓者拿起电话时就会挂断。

美冬离开座位已经过了三分钟。是不是已经打通了电话?

就在这时,桂花堂里出现了异动。服务员出现了,在对客人们说着什么,随即作出反应的就是左侧的那个男子。他站起身,被服务员领到里面,消失在视线中。

不到一分钟,男子就回来了,没有回到座位,而是拿起了桌上的账单,看样子打算离开。

雅也慌忙从座位上站起,付完账,从楼梯上下来,美冬正好出现。"怎样?"她问。

"就是最后出现的那个人,看样子要回去。"

"不出所料,他果然起了疑心。"

两人走出咖啡店时,那人也从桂花堂出来了,沿中央大道向四丁目方向走。雅也和美冬也朝同一方向迈步前行。

今天雅也穿的是藏蓝色西服配白衬衫,美冬说这种打扮最不显眼,这是专门为这一天从批发店买的。美冬则是毛衣加牛仔裤的打扮，棉帽子一直遮到眼睛，还戴着墨镜。华屋就在附近，她担心遇到熟人。

不一会儿，那人去了地下，上了丸之内线电车。雅也和美冬上了相邻的车厢。人很多，要盯住他相当困难。每到一站，美冬都走上站台，看清他没有下车才再次上车。

"他打算去哪里？"

美冬微微摇了摇头："不清楚，等他下了电车，咱们分头行动。"

"OK。"雅也点点头。

很多乘客都在新宿下了车，那人依然在车上。电车经过西新宿、中野坂上、新中野，那人都没有变化。他抓着扶手，微闭双眼，看样子丝毫没有戒备自己会被跟踪。雅也都觉得有些不对劲了。在咖啡店接到可疑电话后慌忙离开的人，难道会这样毫无戒备？

没等他把心中的迷惑整理成形，那人开始动了。电车快到达南阿佐谷时，他走到了车门附近。雅也看了看美冬，两人的眼神撞到一起。

到了南阿佐谷，那人果然下了车。看到这一幕，美冬先下了车，隔了一会儿雅也也跟了上来。

那人出了站，沿中杉马路向JR阿佐谷车站走去。美冬跟在他身后约十米处，她身后十米左右则跟着雅也。路上行人很多，不用担心会被他发现。

雅也心中再次涌出疑问。事情进展得太顺利了。连虚假账户都准备好来恐吓自己的人，为什么会这么轻易地露面？他总感觉什么地方搞错了，或许找错了人。但美冬打电话时，确实只有他有反应。

那人向左拐了。美冬加快了脚步，拐弯的时候，她看了一眼雅也。

来到小路，行人少多了。为不引起对方注意，相隔的距离比刚才远了一些。如果离得太远，一旦那人突然走进某栋楼房，可能会跟丢。雅也集中精力跟在后面。

那人突然改变了方向。雅也以为他要回头看，不禁吓了一跳，但那人走进了右侧的一栋公寓。

美冬看了看雅也，伸出手摆了摆，似乎在命令他不要跟过来。确实，既然对方认识雅也，再靠近就太危险了。

他停下脚步，在旁边的自动售货机上买了盒烟，马上燃起一根，边吸边等她回来。

约五分钟后，美冬从公寓里走出。看到她，雅也跟了过去。正好是回南阿佐谷车站的路。

来到中杉马路，雅也追上了她。

"查清他的姓名了。"

"叫什么？"雅也看着前方问道。

美冬递过一张名片。"认识吗？"

"不，完全不认识。"他摇了摇头。

上面写着"曾我孝道"。

7

烤面包加蔬菜汤、火腿片煎鸡蛋、饭后咖啡——孝道一边看报纸一边吃着固定的早餐。恭子曾多次试图让丈夫改掉这个习惯，可他每次都会辩解，根本不听劝告。最近恭子也放弃了，这样总比边吃边看电视强。他们严禁女儿遥香吃饭的时候看电视。父亲若不遵守，就无法起到示范作用。

"年轻女孩勾搭中年人发生性关系，然后索取金钱的事情好像越来越多了。这其实就是卖淫。最近的年轻人真是太不像话了，不知道在想什么。"孝道在报纸后面说。

"还是男人不好。"

"倒也是。这里登了报道,说曾经和女孩子发生关系的公司职员,有人自己就有上初中或高中的女儿。这样的人都说绝不希望女儿去干这类事情,真是太自私了。"

"这种人就该判死刑,或者把他们的小鸡鸡剪掉。"

恭子的话让孝道扑哧一声笑了。他终于合上了报纸。"今天可能会晚些回来。"

"又有应酬?"恭子抬眼看着他。

"不是。我约好和人见面。以前跟你说过,就是新海部长的女儿。"

"啊,终于能见面了。上周她不是临时变卦了?"

本来说好在咖啡店见面,但对方打电话到店里,说突然有急事没法去了。

"是啊,可说她临时变卦太不公平了,是我突然提出想见面的。"

"总之是件好事,你也费尽了周折。"

"嗯。说实话,我也没想到会这么费事,但不想办法把那东西交给新海部长的女儿,心里总放不下。"孝道站起身,穿上外套,拿起放在椅子上的皮包向门口走去。恭子跟在后面。

"晚饭在家吃吧?"

"应该是。"他边穿鞋边说。

应该是,但没法保证——身为商社职员的丈夫似乎在用后背告诉妻子。结婚七年,她早已习惯了。

"如果在外面吃,给我打个电话。"

"知道。不管怎样,八点前我都会给你打电话。"

把丈夫送走后,恭子叫遥香起床。今年已上小学的女儿依然自己醒不了,还经常抱怨太困,不想去学校。

但她今天早晨马上就清醒了,这真少见。她穿着睡衣去了客厅,东张西望地问:"爸爸呢?"

"已经去公司了。"

"啊?已经走了?我本想见爸爸的。"

"说什么呢。不是总这样嘛,所以说让你早点起床。"

遥香满脸不高兴地站着,恭子有些着急。平时父亲早点出去,这孩子根本不在意,为什么偏偏今天早晨这么说呢?

坐在餐桌旁,遥香还是怪怪的,只用叉子戳着火腿片,根本不好好吃饭。

"爸爸能不能早点回家呢?"

"怎么了?找爸爸有什么事吗?"

"那倒没有。"

"别净说些莫名其妙的话,快点吃,要迟到了。"

遥香这孩子平时和父亲并不亲近,也许是孝道工作太忙,很少和孩子见面的缘故。她大多冲恭子撒娇,几乎不在孝道面前撒娇。孝道有时还感觉有些寂寞。

送走女儿,恭子开始一个人吃早饭。遥香只吃了半片面包,蔬菜汤几乎没动。恭子把这些全吃完后,又烤了一片面包,还自言自语道:"总是吃多,才会发胖。"

恭子对现在的生活很满足。就职于一流商社的丈夫工作勤恳,没什么恶习,对谁都很体贴。独生女遥香也活泼健康。她对这套公寓也挺满意,步行到南阿佐谷只需几分钟,买东西也方便,还房贷的压力目前并不大。对于自己报名参加文化学校的事,孝道也丝毫没有反对。

恭子想,只要现在的生活能持续下去,自己不会有太多奢求。她相信会持续下去,没有丝毫迹象表明这种生活会被破坏。

吃完早饭,她开始洗衣服,然后擦玻璃,顺便打扫了阳台。她决定今天把平时不清理的地方打扫一下。她整理了厨房水槽下面,擦拭了冰箱上面，还用专用清洁剂去除皮沙发上的污垢，这是相当累人的力气活。

正当她边看电视边吃早已过点的午饭时，遥香回来了。恭子慌忙把电视关了。

遥香提出要为爸爸做蛋糕。恭子想，今天这孩子怎么老说怪话，不过这倒是个不错的主意。孝道不太能喝酒，却喜欢吃甜食。刚结婚时，恭子总为他烤制甜饼干。

母女俩忙着做蛋糕，时间一眨眼就过去了。恭子带着遥香去买晚饭的食材。

"今晚想吃什么？"在超市的食品专柜转悠时，恭子问女儿。

"奶汁烤菜。"遥香不假思索地回答道，"爸爸喜欢，他喜欢吃虾仁奶汁烤菜。"

"嗯。"

每天晚上都发愁不知该做什么，今天这么简单就定下来了，真不错。可为什么这孩子今天总惦记着爸爸呢？

回到家，恭子便开始准备，只要孝道一回来，就可以马上烤制。一切准备停当后，孝道还没有回来。遥香边看电视边一个劲地看表。电视上演着她平时喜欢的偶像节目，可她似乎看得心不在焉。

"爸爸怎么还不回来？"

"是啊，不过他说八点前会往家里打电话。"恭子看了看表。马上就七点半了。

又过了十几分钟，放在客厅收纳柜上的电话响了。

"终于来电话了。"恭子松了口气，拿起了话筒。不好意思，又要在外面吃了——她以为会听到这样的话。

但从话筒里传来的并不是丈夫的声音。

"喂，请问是曾我先生家吗？"是年轻女子的声音。

"是的。"

"突然打扰真对不起，我姓新海。"

"新海？啊，听我丈夫说过，您是新海部长的女儿吧？"恭子点了点头，心里却不明白，为什么这个人会给家里打电话？丈夫现在应该和她在一起呀。

"这次承蒙曾我先生关照，非常感谢。"

"哪里哪里，我丈夫总说新海部长对他十分关照，他这样做是应该的。"

"哦……那么，曾我先生在家吗？"

"啊？"恭子惊呆了，"您没和我丈夫在一起吗？他说今晚要和新海部长的女儿见面。"

"是的。我们是这样约好的，但到了约定时间，曾我先生还没来，我想他会不会忘了……"

"啊，太对不起了！他干什么去了呢，可我想他不会忘记的，他今天早晨还说过。"

"那我还是再等会儿吧。"

"你们约定的时间是……"

"七点。在银座一家叫桂花堂的咖啡店。"

那么说来，已经让人等了五十分钟。无论有怎样的情况，如果晚了这么久，按说丈夫会往咖啡店打电话。

"我再稍微等会儿。"似乎察觉到了恭子的疑惑，新海美冬说道。

"不用了，那样太过意不去了。"恭子快速思索着，不能给丈夫丢脸，作为孝道的妻子，一定要作出恰当的判断，"那这样吧，如果到了八点我丈夫还没去，您就回去吧。也许那之后他会去咖啡店，但也没办法……如果能联系上他，我让他给您打电话。这样可以吗？"

"没问题，我等到八点。"

"能告诉我您家的电话号码吗?"

恭子赶紧记下了新海美冬说的号码。这样就可以了吧?应该没有什么疏漏,可孝道究竟干什么去了?

挂断电话后,一丝不安迅速涌上心头。以前从未有过这种情况,就算迟到了,也肯定会联系对方。

她打了孝道的手机,打不通,也许没电了。

"爸爸呢?"遥香问道。

"好像因工作去了什么地方。爸爸真不像话,咱们先吃吧。"

女儿摇了摇头。"我要和爸爸一起吃,要等爸爸回来。"

孩子肯定饿了——恭子不可思议地望着女儿的脸。

她决定往公司打电话,但接电话的人是另一个部门的,他说孝道的部门早就没人了。

最终,还是母女俩吃了奶汁烤菜。过了十点,电话又响了,恭子赶紧拿起话筒,但又是新海美冬打来的。

"对不起,还没和我丈夫联系上。"

"哦。看来曾我先生工作很忙。"

"也许工作上出现了什么麻烦,以前从未有过这种情况……真是太对不起了。"

"没关系,您不用在意。"

"谢谢。"

本应向新海道歉,却在电话里被她安慰了一番。挂断电话后,恭子又看了看表。

两天后,恭子和新海美冬见了面。那天晚上,孝道始终没有回家。第二天,恭子往公司打了电话,得知他也没有去公司。下午,她去了警察局。警察做了笔录,但看样子不会马上采取行动,给出的唯一的建议就是让她再等等。

恭子坐立不安，实在忍不住了，晚上就给新海美冬打了电话，觉得她应该能提供一些线索。

在咖啡店见到的新海美冬比想象中的要成熟许多，与恭子的预想相差太远，就连美冬和她打招呼时，她都没反应过来，但递过来的名片上印的确实是新海美冬。听说她在经营美容院，恭子更是惊讶万分。

"您肯定很担心。"听了恭子的叙述，她皱起了修得漂亮迷人的眉毛。

"所以，不好意思，我想问问您有没有什么线索。"

新海美冬只是同情地摇了摇头。"我只和曾我先生通过电话，他说想给我一个什么东西，详情见面再说……"

"哦……"尽管恭子已有心理准备，觉得就算见面也没什么用，但听到这番话时还是大失所望，不禁叹了口气。

"不知他想给我什么东西……"新海美冬自言自语般低声说。

"是照片。"恭子说。

"照片？"

"您和父母的合影。他碰巧发现了，想一定要交给您，还说相册之类的东西肯定在地震中被烧掉了。"

"哦，为了这个专门……"新海美冬轻轻摇了摇头。

看到对方的表情，恭子这才明白为什么刚才没有认出她就是新海美冬。孝道曾让她看过一次照片。尽管没有仔细看，但当时的印象与这女子给人的感觉截然不同。

但这种事无关紧要，恭子现在最担心的是丈夫。

第五章

1

将剩下的红酒分倒入两个杯子,酒瓶正好空了。隆治端起酒杯。

"那就最后再干一杯。"

似乎察觉了他的意图,新海美冬也微笑着端起酒杯。两只酒杯发出轻轻的碰撞声。

隆治含着一口红酒,鼻子用力吸了一口气,感觉到红酒和花香的混合气味。窗边装点着鲜花,窗外正是东京繁华的夜景。这里是位于酒店顶层的法国餐厅。听说这里的主厨曾在法国多次获得勋章,看来并不是虚假的宣传,今晚的饭菜就足以证明。

"看您的表情,像是终于卸下了重担。"美冬微笑着说。

"我无法否认,确实是松了口气。和你这样狡猾的女人打交道,不能有丝毫松懈。"

"我狡猾?"

"当然。被你那漂亮的容貌吸引,人不知不觉就在对自己不利、对你们有利的合同上签字画押了。"

"我并不认为这次的合约对华屋不利。"美冬横了他一眼,当然,眼神中并无敌意。

"我需要一直小心谨慎,以防被你的武器迷惑,才弄得疲惫不堪。正因如此,这样喝到的红酒味道才别具一格。"

"我才紧张呢,没想到会做成这么大的一笔交易。"

"从你口中竟然能说出如此谦虚的话,真让我意外。你轻而易举就做出了让宝石饰品界叹为观止的事情,难道你也会紧张?"

"我也是普通人呀。"她把酒杯拿到嘴边。尽管为了吃饭没怎么涂口红,她的嘴唇依然闪着娇艳的色彩。

"我说过多次了。"隆治把酒杯放到桌子上,"看到你拿出的那个戒指,我真的惊讶万分。那绝对是常人难以想到,不,是前所未有的创意。不愧是女人。"

"谢谢。"她也郑重其事地微微低头道谢。

"更让我吃惊的,是你拿着那枚戒指突然出现在我面前的方式。强硬的商家、没有自知之明的设计者……我见过各种没有预约就直接闯进来的人,但在工作人员专用电梯里等着见我的,你是第一个。"

"我想那里是秋村社长您肯定会出现的地方,而且无法轻易逃走,就选定了那里。当时真是失礼了。"

"你曾在我的店里干过,怪不得能在一定程度上把握我的活动范围。真是服了你。不过,倒是一次很有趣的体验,在电梯里被人拦住,那是第一次,估计也是最后一次。"

"我也希望那是最后一次。"她又笑了。

这是大约四个月前的事。他要去社长办公室,便上了电梯,没想到里面有一个不认识的女子。电梯刚一启动,她提出希望隆治看看她的作品。还没等隆治回答,她就在他面前打开了盒子。

他本想说,你在这里拦住我也没用,但一看到摆放在盒子里的戒指，他就把话咽了回去。

那里放着几种他从未见过的款式，其中最引人注目的，是那款把宝石立体配置的戒指，红宝石下面有钻石，两块蓝宝石上下排列。他被这种构造吸引住了，想确认宝石是怎样被固定在上面的。

"您感兴趣吗？"她问道。

"有点。"他回答。

隆治把她请进了社长办公室，然后拿起内线电话。她却说："请您先一个人看看。"

他本想把精通宝石和贵金属的部下叫来，她却看出了这一点。这让他很为难，因为他叫部下来其实另有目的。

就连这一目的也被她看穿了。她微笑着说："就算您想把技术人员叫来，让他们记住设计的构造，也无济于事。除了我们，没人能制造这类产品，绝对不能。"

"什么意思？"

"关于这种构造，我们已经提交专利申请，并已公开展示。申请获得批准只是时间问题。"

说实话，真正让隆治惊讶的是这个时候。来推销设计的人很多，但从没有提前申请专利后再来的。

"希望您在了解这一点的基础上，仔细看看我们的作品。"美冬又一次打开了盒子。

看到她的作品时，隆治凭直觉确信，这肯定能成为商品。"你的目的是什么？"

"简单说，就是业务合作与技术合作。我认为有几种途径：其一，我们生产产品，由华屋销售；其二，我们转让这种设计的技术所有权，由华屋加以制造并创新。不论采取哪种形式，进行业务合作的相关商品，希望加上一个新的品牌名称。"

她递过来的名片上印着"BLUE SNOW董事长新海美冬"。

那天,美冬放下几款样品就回去了。隆治召集了自己信赖的部下,让他们看了看。他们的意见在两点上完全一致。第一,这是前所未有的设计,肯定能畅销;第二,和不知底细的公司进行业务合作存在危险。这两点都是隆治预料之中的。

首先对专利申请的情况进行了调查,得知该产品通过审查的可能性极高。如果想提出异议,必须证明类似产品在专利公开前就已存在。

仍有几位部下持反对意见,但隆治决定凭直觉赌一把。他决定和新海见面,此时距两人初次见面已过了整整十天。

"你还一直没告诉我呢。"隆治边喝咖啡边说。

"什么?"

"最初让我看的那些样品是谁做的?起初我以为是你,但聊了几次后发现并非如此。我听说BLUE SNOW现在有五位技术人员,但他们似乎都是最近才雇用的。我很想知道制造样品的人是谁。"

"为什么?谁做的不都无所谓?只要知道构造,有一定技术的人都能做出来。"

"当然,现在谁都能做,因为既有技术,又有实物,但你想到那种设计的时候应该什么都没有。想把你脑中的设计变成实物,我认为相当困难,能获得专利主要取决于这个部分。既然你没有雕刻首饰的技术,肯定有人帮你完成。说得极端一些,取得专利正是你背后之人的功劳。所以我才想知道这人在哪儿,是干什么的。"

隆治想起技术人员们看了那些样品后的表情。他们惊叹于那独特的创意,但更让他们震惊的,是为了将宝石立体配置所用的办法。

其中一人说的一句话给隆治留下了深刻的印象:"这应该不是专业搞首饰雕刻的人做的。"

这句话太出乎意料,隆治问他是什么意思。

"我觉得确实做得很好,但简单的地方却过于下功夫。哪怕是雕刻首饰的业余培训班出来的人都懂的技巧,这人却不知道,但复杂的地方又能完美地做出来。打个比方说,是各种手艺技巧的大杂烩。"技术人员解释道。

"今后咱们就是合作伙伴了,这种事我应该有知道的权利吧?"

美冬莞尔一笑,不知为何却将目光转向了窗外。玻璃窗上映出了一双杏眼。

"做这个的呀,"她慢慢开口道,"是町工厂里随处可见的普通工人。不是雕刻首饰的专家,本行是金属加工。"

果然,隆治想,看来技术人员没有看错。

"他已经不在这个世上了。"

"什么?"

美冬扭过头看着隆治。"他是我父亲的朋友,我委托他为我做了那些样品。如您所知,我没有雕刻首饰方面的知识,就和他一点点摸索着敲定了设计方案。"

"你说他去世了,是由于什么意外事故吗?"

她注视着他,摇了摇头。"地震,就是那场阪神淡路大地震。太悲惨了,无法轻描淡写地说是意外事故。"

隆治皱起眉头,点了点头。他知道她遭遇过那场地震。"听说那次地震夺去了许多优秀人才的生命,看来就包括这个人。"

美冬低下头,把手放到咖啡杯上,却并未端起。

"或许勾起了你痛苦的往事。咱们换个地方吧。"隆治微微抬起手,叫来了服务生。

同一层就有酒吧,但他决定坐电梯去地下。那里的酒吧很有名,里面有专为贵宾隔开的座位,但两人并排坐在了吧台边,因为美冬希望那样。

"今晚情侣真多，是不是因为圣诞节快到了？"隆治回头看了看，"平时感觉多是刚结束会谈的企业家。"

"秋村先生总是去贵宾席，也许根本注意不到情侣们的存在。"

"不。别看我这样，还是很喜欢观察人的，去哪里总爱东张西望。"他微微转了转脖子，随后笑道，"旁边的人会怎样看待我们？"

"不清楚。"

"虽然问女士的年龄很失礼，但估计我和你大约差十五岁，不，可能相差二十岁。"

美冬扑哧一声笑了。"不要恭维我了。如果和秋村先生相差二十岁，我不就成了二十岁左右的小姑娘？"

"我今年四十五岁。你从外表看也就是二十四五岁，但从你的老辣表现看，不得不认为你应该积累了更多的人生经验，所以我猜你比我小十五岁。"

"您随便猜。"

"两个年龄有如此差距的人，在世人眼里是什么样子呢？说是父女，离得太近，说是兄妹，又相差太远。上司和部下？老师和学生？"

"不论是哪种关系，都不会在这种地方喝酒吧，而且只有两个人。"

"这么一来，两人的关系就非比寻常了。而且，男人有老婆孩子，也就是所谓的婚外恋。"说到这里，他隔着肩膀用大拇指向后指了指，"我们可以打赌，这里的人每三个就有一个会这么想。"

"不会吧？"

"事实如此。人呀，就喜欢胡乱猜疑。不过，他们想得并没有全错。"

美冬默默地歪了歪头，似乎并不明白他的真意。

"他们想错了两点：一是他们认为我有老婆孩子，二是他们认为我们离开酒吧后会去酒店开房间。但此外基本上没错，至少，对于我的心情,他们算是看准了。"

似乎终于明白了他的意思,美冬的表情变得认真了。她一下坐直了身子,正好对着吧台。

"业务合作的签约事项到今天就结束了,但今后因工作关系,我们肯定会多次见面,估计也会像今天这样一起吃饭喝酒。那时,我的目的就不会只停留在工作上了。因此,我想跟你说清楚。如果你不想接受我,希望你能明说,今后我也不会再提此事,也会注意不让你有任何顾虑。"

这番话是昨天想好的。以结婚为前提之类的话,他无论如何也说不出口,但如果不坦承自己的心情,事情就不会有进展。这是他一贯的主张。

美冬深呼吸了一下,舔了舔嘴唇,扭头看着他。"太让我吃惊了。"

"是吗?你的表情看上去并不太吃惊。"

"真正惊讶的时候,反而顾不上表情的变化。难道你是为让我惊讶而开的玩笑?如果真是那样,我倒应该反应剧烈些。"

"你真是个厉害的女人。"隆治把酒杯端到嘴边,苦笑道,"这样轻松地把话题岔开,实际上脑子里在快速盘算,在这种局面下如何回答才最妥当。"

这回轮到她苦笑了,嘴唇散发出耀眼的光彩。

"说得我像个坏女人似的。"

"别误会,我恰恰喜欢你这一点。我至今没有成家,理由只有一个,就是没有遇到聪明的女人。你的聪明在我见过的女人中出类拔萃,而且,聪明的女人厉害。当然,看的角度不同,也可能误解你为坏女人。"

美冬微微歪了歪头,随后以手托腮望着他。"是在表扬我吗?或许如果我当真了,你又会蔑视我,认为这才是不折不扣的笨女人。"

"打岔的话到此为止，能给我一个答复吗？"隆治直视着她的眼睛。

美冬把托腮的手抽了回去，在膝盖上双手交叉，手指上戴着两个她引以为豪、设计独特的戒指。"您的心情我明白了，真是不胜荣幸。"

"不胜荣幸……感觉后面会跟表示转折的词。"

"嗯，请允许我在后面接'但是'。请您也站在我的角度上想想，我没有丝毫思想准备。您的心意我明白了，在这层意义上我能接受，但若让我马上给出答复，就太为难了。"

"没有希望吗？"

"这种说法与您不相称。"

隆治也觉得不好意思了。的确如此。

"说实话，我有些不知所措。现在听了秋村先生您的告白，绝不会影响以后和您见面。但如果每次见面都要我作出答复，那就另当别论了。"

隆治轻声笑了。"这么说，要在一段时间内持保留态度？"

"嗯，您这样理解也可以。"

"太好了，还有一点希望。"隆治再次端起鸡尾酒，"那我先一个人举杯庆祝吧。"

"您是不是觉得我是一个自大的女人。"

"自大？为什么？"

"听到大名鼎鼎的华屋社长的告白，竟然没有欢天喜地，太奇怪了。"

隆治笑着摇了摇头。"我承认自己很自信，我也承认，很多时候甚至在旁人眼里我会显得很滑稽，但那只是在工作方面。遇到真正聪慧的女人时，我不知道该怎么办，不知如何才能抓住你的心。"

"我也来杯鸡尾酒。"美冬对服务生说，随后冲隆治微笑道，"说实话，现在我满脑子想的都是工作。为实现梦想，我有很多要考虑，或者说必须考虑的事情。"

"梦想……你的梦想具体是什么？"

"三言两语说不清楚，但如果勉强说来，"她微微探出下巴，眼睛斜视上方，"应该是……对美的追求。"

"这话太笼统了。"

"任何人都会追求美，不少人为此不惜花费金钱，我的任务就是为这些人提供美。当然，单说美，类型也多种多样。有人认为宝石美丽，也有人认为发型美丽。我认为很多女人追求容貌本身的美，我希望能够满足她们所有的愿望。"

"你在美容行业也逐渐取得了成功。我再问你一个问题，你的梦想蓝图是什么样的？难道想把持与美相关的所有行业？"

美冬摆了摆手。这时服务生恰好把鸡尾酒放在她面前，她伸手端起酒杯。"我从未有过如此狂妄的想法。我勾画的梦想是这样的：首先有条隧道，隧道有入口和出口。入口处有个女孩子，长得并不太可爱，没有化妆，衣服也没有品位。但她手头有点钱，估计是通过打工等方式攒的。她拿着这些钱进了隧道。过了一会儿，从隧道里走出的她，通过化妆变漂亮了，发型也非常合适。过了一段时间，她又来了，拿着比上次更多的钱。她变漂亮了，所以找到了报酬更高的工作。她再次进入隧道，出来后比以前更……"

"漂亮了。"隆治和她异口同声地说。

"会不会穿着得体的衣服，或者佩戴着首饰？"

"或许减肥了，也有可能进行了皮肤护理。"

"美容整形？"

"也有可能。"美冬点点头，"每次从隧道里出来都会更漂亮。"

"这种魔法隧道就是你的梦想？"

"勉强可以这样说。"

"如果真是这样,你只满足了女人的需求,不管男人吗?"

"我认为从结果上也满足了男人的需求。他们只要在隧道出口等着就行了,变漂亮的女人会一个接一个地走出来。"

"男人对美的追求,你认为仅仅是对漂亮女人的追求吗?"

"我确信无疑。"美冬断定地说,"不是吗?"

隆治没有反驳,而是向后欠了欠身,故意从头到脚地打量着她,还叼上根香烟,点着了火。

"怎么了?"

"若真如此,在那个魔法隧道中变漂亮的女人本身就成了你造就的商品。"

"商品这种说法不知是否正确,但可以说,能提供在男人面前充满自信的美。"

隆治继续吸烟,四周烟雾弥漫。"你最初让我看的戒指样品非常漂亮,但如果按你的说法,你已经向我展示了更加精彩的样品。"

"什么?"美冬眨眨眼睛。

"你自己。"他拿起酒杯,伸到她面前。

美冬露出洁白的牙齿,呷了一口鸡尾酒。

2

看到好久没有来店里吃饭的水原雅也,有子吓了一跳。他的变化太大了,她甚至没有马上认出来。本就偏瘦的他面颊更加消瘦,眼窝深陷,脸色极差,最主要的是表情忧郁阴沉。

"怎么了?"有子都忘了递给他毛巾。

"什么怎么了?"他用深陷的眼睛望着她。

"身体不舒服吗?"

"没有……没有。"他的声音没有一点力气。

"那就好……最近你一直没来,我还担心你是不是生病了。真的没事吗?是不是工作太忙了?"

不知为什么,雅也淡淡一笑。"偶尔才见面的你都会担心我,真奇怪。"

"什么意思?"

"没什么。"他把目光转向挂在墙上的黑板,那里写着菜单。"来份蔬菜杂煮和玉子烧,还有啤酒。"

"只要这点?不要套餐?"

"今天不要了。"他开始看电视上的年末特别节目。

有子把啤酒和小菜端上来,他默默地喝啤酒,时不时地抬头看看电视。主菜端上来后,他的样子也没有变化。

他用了将近一个小时喝了两大瓶啤酒,没有再点菜。

"今天不要夜宵?"结账的时候,她小声问。

"不要了。"

"可你没怎么吃东西呀。"

"没食欲。"他拿出一张五千元纸币。

有子没有立刻找钱,而是先递给他一张纸条和圆珠笔。"能告诉我你的地址吗?想给你寄贺年卡。"

"给我?"他似乎有些惊讶,但还是马上接过圆珠笔。他的字写得相当好。有子曾听客人说过,高水平的手艺人字写得也好。

写完地址,接过找零,他头也没抬就走出了店。

冈田餐馆的打烊时间是十二点。最后一名客人走后,有子开始做饭团。母亲聪子诧异地问她这是干什么。

"我一会儿要去朋友那里。"

"啊？都这么晚了。"

"她们在开忘年会，我给她们带点吃的。这个，我可以拿走吗？"她指着店里剩下的金枪鱼生鱼片。

"不要玩得太晚了。"

"知道。"

或许是因为有子总在店里帮忙到很晚，她夜里出去玩，父母并不太管。而且，她的交往圈子主要是在当地从小玩到大的朋友或同班同学，从不去不正经的地方。

但今晚她要去的地方并不是朋友家，她大衣的口袋里放着刚才让水原雅也写的字条。

照着地址上的门牌号找到的是一栋陈旧的二层公寓。楼梯的扶手已锈迹斑斑，有子上了楼，找到房间号后摁响了门铃。

门开了，露出了雅也消瘦的脸颊。有子冲他低头行礼。他眨巴了几下眼睛。"有子……这么晚了……"

"吃的东西。"她把手上提的纸袋举了起来。

"专门给我的？"

"怎么看你都是营养不良，担心你没好好吃饭。"说到这里，她发现雅也脸上露出困惑的表情，"是不是打搅你了？"

"没有，只是有些吃惊。"

"是啊，没打招呼就来了，对不起。"有子向前推推纸袋，"不嫌弃就吃点吧。"

雅也犹豫着伸出了手，但在接过纸袋前，他看了看有子。

"外面冷吧？要不要进屋坐会儿，我给你沏杯茶？"

她也明白，他犹豫再三才说出这句话，估计是考虑到了让年轻姑娘进屋意味着什么。

没等有子回答，他又说："太晚了不好。我送你回去，这样更好些。"

"等等，"她慌忙说，"可以稍微待一会儿。"

"是吗？"

"嗯。"她点点头。

"哦。屋里乱糟糟的，那就……请进吧。"雅也把门大敞开。

一踏进房间，有子瞬间感到一股寒气。不是气温的问题，外面应该更冷，能看到屋里的电暖器发出的红光，但后背的确感到一阵寒意。

雅也拿出了坐垫。小桌子上摆着满是烟蒂的烟灰缸、空啤酒罐和装花生的袋子等，十四英寸的电视正在播放今年体育比赛的精彩片断。

有子端坐在坐垫上，环顾室内。虽是一个男人自己生活，收拾得还算干净。确切地说，房间里没什么正经摆设，她觉得缺乏生活气息。

"你在干什么呢？"

"没干什么。"雅也边把水壶放到煤气灶上边回答，"在看电视。"

"平时也这样？"

"是啊，上班、吃饭、睡觉，就这些。"

"雅也，你的家人呢？"

"没对你说过？阪神淡路大地震之前父亲自杀了，现在是孤身一人。"

"啊……"有子觉得自己问了不该问的事情，"对不起。"

"不用道歉。"雅也终于露出了洁白的牙齿。有子好久没见过他的笑脸了。

"那，过年也是一个人？"

"差不多吧，没什么特别的安排。过不过年的和我没有关系。"

"不回关西见见以前的朋友？"

雅也笑了。"就算想回，那里也没有家了。和朋友……好几年没

205

联系了,不知大家都在干什么。"

看到他于一瞬间露出眺望远方的眼神,有子感到他特别想回去,只是有什么原因让他无法回去。

"喂,如果你没有什么安排,元旦那天一起去神社参拜好不好?最近我一直没去,突然想去了。"

"哦?好啊。"

"去浅草寺吧。估计人会很多,但那样才有新年的气氛。你去过浅草吗?"

"没,没有。"

"那就这么说定了。三号那天我什么时候都可以。"

水烧开了。雅也站起身,开始用茶壶沏茶。两个茶碗是一对的,这让有子心里有些忐忑。她决定不去深想。

"你特意给我拿来了好吃的,那咱们一起吃点吧。"雅也端茶的时候说。

"嗯。你尝尝,是我们店的拿手菜。这些你应该都吃过。"

"冈田的饭菜最棒了,老板的手艺天下一绝。"雅也拿起了一次性筷子。

"谢谢。如果我爸听到了,肯定特别高兴。"

雅也把筷子伸向凉拌菠菜,随后也尝了尝玉子烧和炖菜。每吃一口,他都念叨一句:"果然好吃。"

"喂,什么时候去神社?"有子仰望着雅也。他正默默地把菜夹到嘴里。"喂。"

有子正想再问一遍,他开口了。"没法跟你约定。"

"啊……有什么事吗?"她想,刚才不是还说没什么安排吗?

"有时会突然有事。"

"那就没办法了。你给我打个电话就行,咱们可以再改时间。"

"嗯。可我还是无法跟你约定。我，不太习惯这样，不好意思，你还是邀请其他人吧。"

有子低下了头。她认为雅也不想和自己一起去神社，感觉自尊心受到了伤害。

雅也依然在吃炖蔬菜。她发现还有个盒子没有打开。"我拿生鱼片了。"

"什么？"不知为什么，雅也的脸色变得有些可怕。

"金枪鱼。连我爸都特别得意，说今天进的鱼特别新鲜。"有子打开盖子，拿到他面前。

雅也却阴沉着脸。看到生鱼片，他皱了皱眉头，移开了视线。

"怎么了？"

"没什么……"

有子连小碟子、酱油和芥末都带来了，她把这些东西摆在他面前。

雅也吸了一口气，慢慢将筷子探近金枪鱼。他夹了一片，蘸上酱油，盯了一会儿才放进嘴里。

"好吃吧？爸爸说很少能买到这么好——"她突然闭上了嘴巴。雅也的样子明显不对劲。他的脸色眨眼间变得煞白，汗都冒出来了。紧接着，他捂住嘴，站起身向厨房跑去。

有子呆呆地望着在水池边呕吐不止的雅也，好一会儿才回过神来，赶紧向他身后跑去。"没事吧？怎么了？"

吐完，雅也仍大口喘着粗气。"对不起，没什么。"

"还说没什么……你看都这个样子了。金枪鱼坏了？"

雅也头也不回地摇了摇头。"和金枪鱼没关系，可我大概不能吃了，你还是收拾了吧。"

"噢，好的。"有子收起食盒。之前她吃过一片，似乎没有变质，味道很鲜美。

雅也把水池冲洗干净,又反复漱口,用毛巾擦了擦嘴方才回来。他调整着呼吸,肩膀不停地上下耸动。"对不起,专门为我拿来,却……"

"没关系……到底是哪里的问题?好像没变质。"

"不是金枪鱼的问题。原因在我身上。"

"原因……什么事?"

雅也没有回答,他再次拿起筷子伸向蔬菜,然而,或许已毫无食欲,他中途停手,随即放下筷子。"不好意思,能拿回去吗?"

"啊,可以,对不起。"有子慌忙收拾起来。她很困惑,又开始感觉不安,怀疑自己做了什么多余的事情。

"你拿的菜都很好吃,金枪鱼……应该也很好吃。"

"雅也,是不是身体还不舒服?"有子问。

雅也伸手拿过香烟,但从他扭曲着脸的样子看,他吸得一点也不香。

"雅也……"

"没事。"他绷着脸,"我想只是胃不太好,不用在意。"

"找医生看看吧?"

"过几天我会去。"

有子意识到事情并非如此。若只是胃口不好,不会是这个样子。他在隐瞒什么呢?

雅也夹着香烟的手指在颤抖,脸色依然煞白。

"为什么在发抖?"

"没什么。"他想把拿香烟的手藏起来。

"喂,雅也……"

"太烦人了,别管我!"

有子顿时像凝固了一样无法动弹。紧张的气氛沉重得让人喘不过气来。"知道了,我这就回去。对不起,净干多余的事。"

有子拿着纸袋站起身。雅也盘腿坐着一动没动。烟慢慢地燃烧着。

她正想穿鞋,一眼瞥到小盘子落在他身边。那是她带来的,刚才在他跑向厨房时被碰落在地。

她走回来轻轻捡起小盘子。里面的酱油溅了出来,她用一旁的纸巾擦拭干净。

突然,雅也的胳膊伸了过来,抓住了她的手腕。她不禁惊呼一声,正想问他怎么了,一股猛烈的拉力袭来。有子被拽倒在榻榻米上,雅也扑到她身上。

"别这样,干什么?"

有子的嘴被他的嘴唇堵住了。紧接着,他的手粗暴地伸进有子的毛衣。

尽管脑子里一片空白,有子仍在拼命挣扎。趁雅也的嘴唇离开的一刹那,她咬住了他的唇边。

雅也的力量减弱了。她推开他,手足并用地向外逃去,拿起脱在门口的球鞋,光着脚冲出房间,来到马路上才穿上。

回到家,有子依然没有恢复平静。她没想到雅也会干那种事。如果他态度温柔,自己肯定会委身于他。他为什么要那么粗暴?难道觉得这女人对自己有意思,就不用把她当回事?

让有子备受打击的不是他对自己的行为,而是看到了他的另一张面孔。那一晚,她迟迟无法入睡。

有子消沉了两三天,另一个想法逐渐在她心中膨胀。比起他那天的行为,有子更在意他此前的变化。他身上是不是发生了什么不好的事情?他也许是为了忘记那件事才对自己那样,那或许是他拼命发出的求救信号。她甚至开始后悔自己没问缘由就逃了出来。

几天后的除夕,冈田照常营业,在红白歌会结束后关门已成了每年的惯例。

有子忙着送外卖。冈田承接年夜饭的预约,要为几位特殊的客人专门送餐。

傍晚,回到店里,她发现空餐桌上放着一个熟悉的纸袋,肯定是放在雅也那里的那个。那时她完全慌了手脚,把食盒忘在了他的房间。事后她马上想了起来,却无法再去取,正在为这事发愁。

"妈妈,这是……"

"啊,经常来的那个高个子手艺人拿来的,说是向你借的。"

"什么时候来的?"

"就刚才。"

有子扭身就出了门,在通往雅也住处的马路上疾奔。

很快,前方出现了一个身穿绿色防寒服的高大背影,手插在上衣口袋里,正漫无目的地前行。

"雅也。"

听到喊声,他站住,慢慢扭过头,原本呆滞的眼睛在看到她后蓦地睁大了:"有子……"

她跑到他身边,却想不出该说些什么。她开始问自己:为什么要追过来?

"上次真对不起,"雅也说,"我不知那时怎么了。你一定生气了。"

"说是生气,不如说是惊讶。"

"我想肯定是。"雅也深深地低下头,"对不起。"

"喂,是不是发生什么事了?不介意的话就跟我说说吧。"

雅也笑了。"谢谢。有子,只有你跟我说这种话,你心地真好。"

"别总把人当成小孩子,"她瞪着他,"我是在担心你。"

雅也的表情立刻严肃起来。他眯起眼睛,似乎在看什么耀眼的东西,避开了有子的眼神。"最好别和我有什么牵扯,我不是什么好人。"

"怎么会呢？我相信自己不会看错人。"

雅也低头看着有子，眼神中充满了真挚的光。"如果我杀了人，你会怎样？还会相信我？"

有子屏住呼吸，注视着他的眼睛，心怦怦直跳。

雅也低声笑了。"跟你开个玩笑，被骗了吧？有子，你看人的水平还差得远呢。"

雅也向前走去。有子追了过去。"只希望你告诉我一件事。前几天你那样，是因为对方是我，还是只为了发泄，谁都可以？"

雅也停下脚步，眉头紧锁。"为什么要问这个？"

"如果回答是后者，我绝不会原谅你。给我说清楚，是哪个？"

雅也眨了几下眼睛，避开她的目光，突然叹了口气。"刚才我说了，我自己不知那时怎么了，不管是谁都无所谓。"

"骗人……"她摇了摇头，"你骗我！"

"有子，原谅我，以后不要再和我来往。"雅也抬腿向前走。他的后背似乎在说，别跟着我。

3

足立区扇大桥边发现一具死于非命的男性尸体，被塞在遭丢弃的汽车后备厢里。尸体全裸，面容和指纹均遭到破坏，脖子上有被勒的痕迹。汽车是偷来的。

搜查队的当务之急是确定死者的身份。警方以东京都为中心，对最近报案的离家出走或失踪的人再次进行调查。线索只有牙齿的治疗痕迹。

搜查一科向井组的加藤亘也参与此项工作。他早已厌烦这类单调的侦查工作,虽被指派了定额任务,但他多是在咖啡店里消磨时间。

这天晚上,他同样没怎么认真调查就回到了警视厅。他没去总部,因为不愿看到上司向井那张紧绷的脸。

加藤来到座位,见年轻同事西崎正趴在桌子上写着什么,估计又是报告。前几天发现了和死于非命的男尸酷似的失踪者,但通过电脑分析,发现并非同一个人。

"头儿发牢骚了,说你不认真干活。"西崎抬起头笑道。

"不用管他。太不合理了,在信息化的时代,却要四处找人挨个打听,荒唐透顶。"加藤坐在椅子上,扯了扯领带。

"一个不漏地盘查最合理,这是上头的一贯主张。"

"他们只是想要'已全都调查'的业绩。若发现调查有漏洞,会被追究责任。正因为他们先考虑这些,才总会被坏人钻空子。那些人在熟练地使用电脑,警察至今还在用算盘。"

西崎苦笑着站起身,像是要去厕所。

加藤点着香烟,转了转脖子,关节嘎嘣嘎嘣直响。

香烟燃去两厘米时,他的目光突然落在旁边西崎的桌子上,上面放着写了一半的报告。

加藤拿起那份报告,一目十行地看了看。是和一个叫曾我孝道的失踪者的妻子的谈话记录,就是前几天确认和本案无关的那一例。加藤想,这种东西根本不用专门去写。

他漫不经心地浏览报告内容,目光突然停在了一个地方,随后睁大眼睛,仔细阅读后,又从头读了一遍。

这时西崎回来了。"怎么?"

"这是什么?"

"啊……前一段闹得沸沸扬扬,还麻烦了鉴定科,所以想总结一下。"

"我问的不是这个。这里出现的女人,你见过?"

"女人?"

"喏,曾我孝道当天去和前上司的女儿见面。就是那个女人。"

"啊,你是说约好在咖啡店见面的那个,叫什么来着?"

"新海,新海美冬。我问你见过她没有?"

西崎茫然地摇了摇头,似乎不明白加藤为何突然兴奋起来。"没有,因为不知道死者是不是曾我孝道。结果证实不是。"

"这个新海美冬,会不会就是那个女人?"

"哪个?"

"听到新海美冬这个名字,你没想起什么?这名字可不常见。"

"没有。我也觉得是个少见的名字……是谁呢?"

"华屋恶臭事件,你忘了?"

"华屋?那案子倒还记得。"西崎表情一变,张大了眼睛和嘴巴,"啊,新海……对了,跟踪狂的……"

"浜中。"加藤搜索着记忆,"那个跟踪狂姓浜中,是华屋的楼层负责人。他说新海美冬是他的情人。"

"想起来了。那女人很厉害,始终否认和浜中的关系。加藤,你当时觉得她在撒谎。"

"这个新海美冬,"加藤指着西崎的报告,"会不会就是那个女人?"

"不清楚。"西崎歪了歪脑袋,"这名字很少见,应该不会是同名同姓。就像刚才说过的,本想查明尸体身份后再……这也是头儿的指示。"

"这倒没关系,我明白。"加藤把报告放回西崎的桌上,又点了一根烟。

"如果是同一人,你觉得有什么疑点吗?"

"不，倒也不是什么疑点。"

"可看你那表情，明显是很在意。加藤，那时你不是构思了一个大胆的推理吗？你说跟踪狂有两个，跟踪新海美冬的人和骚扰其他女店员的并非同一个，另一个跟踪狂就是恶臭事件的案犯——我觉得挺有意思。"

"写小说可以，但无法让上头的人认同。"

加藤想起了当时的情况。尽管奇特，但他对自己的推理颇有自信。如果上司能认同他的观点，派人彻查，肯定能找到证据。但上司只拘泥于浜中，最后进了迷宫。

加藤清楚地记着新海美冬的脸，特别是她的眼睛，深深地烙在他脑海中。被她注视时，会有种莫可名状的不安，似乎整个人都要被她吸进去。只要回想起她的眼神，那种感觉就会再现。

那个女人又出来了……

这肯定是偶然。常年干刑警这行，当然会遇到这种事情。每次办案，会见的人数都非常庞大，虽然案子完全不同，但几年后可能又会找同一个人调查。这种情况他也碰到过。

但对那个新海美冬，加藤认为不能当成偶然。华屋一案，那女人也处于微妙的位置，而这次和她约好见面的人又失踪了。

他回过神来，发现西崎正担心地看着自己，便苦笑着弹落烟灰。

"我这是怎么了？既然死者不是曾我孝道，不管和新海美冬有怎样的关联，我们都管不着。"

西崎似乎看透了加藤的内心，什么都没说，只是咧了咧嘴角。

过了两天，扇大桥尸体的身份即告查清。在位于三鹰的口腔医院发现了与死者的情况完全一致的病历，那人是一家小型印刷厂的老板，很快，他妻子及其情夫因杀人嫌疑被捕。

这些和新海美冬没有任何关系。

4

像往常一样正和遥香一起吃早饭时,电话铃响了。最先作出反应的不是恭子,而是女儿。她停下手中的筷子,看了一眼电话。那眼神中包含的已不是单纯的期待,而是更悲壮的恳切,随即又和母亲四目相对。这是近一年来已无数次重复的情况。恭子冲女儿微笑着轻轻摇摇头,那意思是说——不是,肯定不是。她想尽量减少女儿的失望,同时也是为自己筑起防线。

恭子拿起话筒。"喂,这里是曾我家。"

"喂,我姓冈川。"传来一个异常明快的男性嗓音,"对于家里有小学生的家庭,这绝对是一个好消息。不好意思,先问问您家是否在对孩子进行某种形式的英语教育?"

"英语教育?"

"是的。如果目前还没有,您一定要尝试一下。并非传统的坐在课桌前的方式……"对方喋喋不休。

"我家就不用了,没那么多钱。"

"用不了太多费用。如果您不清楚,我能登门给您进行详细说明吗?"

恭子又说了一遍"不用了",随后挂断了电话。最近这类电话很多,有的推销房子,有的推销墓地,还有的建议投资。真不知道他们是如何得知家里的电话号码的。

回过神来,恭子突然发现遥香正悲伤地注视着自己。恭子默默地摇了摇头。女儿垂下头,慢慢地又开始吃早饭,那忧郁的表情已无法用失望这种词来概括。让孩子如此失落,仅凭这一点,就可以说那些不顾忌别人、乱打推销电话的人罪恶深重。

给忧郁的女儿鼓了鼓劲儿，总算是送她去了学校。之后，她草草收拾一下碗筷，准备出门。她只是形式上化了化妆，穿上大减价时买的素气套装，应付似的在镜子前站了站，可情绪丝毫没有好转。忧郁和空荡荡的凄惨在心中打着旋儿。

去年这个时候，恭子做梦也没想到会成这个样子。当时处于幸福的顶点。遥香即将升入小学，恭子异常兴奋，专门请朋友陪着去挑选孩子入学时穿的衣服，当时朋友还羡慕她有钱买高档名牌。她看着镜子里的自己感叹道，仅仅过了一年，怎么会有这么大的变化？她看上去像是老了十岁，脸上没有丝毫光彩。

距噩梦发生的那天，已经快一年了。

不，噩梦还将持续。那天和往常一样出门的丈夫究竟出了什么事？现在依然没有得到答案。她作好了丈夫已不在人世的思想准备，但至今依然有淡淡的期望，或许他有一天会突然回来。不光是遥香，她自己也是，每次电话铃一响，就会想是不是孝道打来的。

她是从去年秋天开始工作的，之前用孝道留下的存款应付日常花销。但还要付房贷，特别是发奖金的那个月，还贷额度相当大①。存款迅速减少，已不允许她总是这样在家里等待丈夫了。

公司对孝道是按停职处理的。他以前有没用完的带薪休假，全部算进去后，领了大约一个月的工资，去年夏天的奖金也发了一部分。拿到这些钱时，恭子切身体会到丈夫能为家里挣钱是多么值得庆幸的事情。同时，她被"今后再也没有保障"的恐惧感笼罩了。

她尽量不去考虑寿险。如果能拿到保险金，生活确实能轻松很多，也不用再担心房贷。但如果想拿到这笔钱，当然先要确认孝道已经死

---

① 日本的公司一般在夏季、冬季各发一次奖金，还贷时可选择这个时期集中还贷。

亡。恭子害怕自己会有盼着早日找到丈夫尸体的想法。

恭子最初找到的工作是服务员，在位于荻窪的家常餐馆。即使不想在可能被熟人看到的地方工作，但也顾不上挑三拣四了。参加几次面试后她明白了，像她这个年龄，再加上有孩子，找份工作实在不容易。孝道以前经常发牢骚："不景气的程度远比政府想的严重。不用多久，日本会到处都是失业者。"恭子痛切地感受到了这句话的含义。

她在那家餐馆干到今年一月，从二月开始，在银座的宝石饰品店卖手提包和钱包。在这里可能被许多人看到，比餐馆危险，但她已不会害臊，因为不是和年轻姑娘穿同样制服的餐厅服务员了。谁有这个店的东西，身价似乎就高了一个层次，应该说在这里工作是值得自豪的事情。恭子本来就对提包等小配件感兴趣，工作时看看这些东西就感觉愉快。最重要的是收入高，如果一直在这里干下去，就能维持和遥香的生活。幸亏认识了那个人——恭子从心底感谢那个安排她来这家店工作的人。

可孝道究竟去了哪里？

他刚失踪时，恭子询问了所有亲朋好友，翻看了贺年卡及通讯录，连明显没有交往的人都打了电话，问他们最近是否见过丈夫。她最初还不想让别人知道丈夫失踪，后来已顾不上在意这些。

孝道的同事也多方帮忙，详细询问失踪前孝道的状态，并把结果告诉她。但通过这些调查，得出的结论是，无论怎样孝道都没有失踪的理由。他当时正负责几项工作，进展都还算顺利，下周还将签署一个大合同。

恭子认为最有可能的原因是女人。她听人说过，如果男人的行动匪夷所思，背后肯定有女人。她也这么认为。熟悉孝道的人都断言肯定不可能，但恭子并没有完全相信。她从孝道的朋友那里打听出曾经与他交往过的女人的姓名，用尽手段查出了联系方式，不顾一切地打了电话。没人会乐意突然接到这样的电话,所有人都对恭子冷言冷语,还有人在电话里大发雷霆。恭子觉得自己特别凄惨,但也换来了对丈夫的确信:他失踪前绝对没有情人。

现在,恭子每天都在等待发现和丈夫特征一致的死者的通知。一个月前,在足立区发现了这样的死者,她还去了警视厅,作好了被问到各种细节的思想准备,但最终证明是别人的尸体。听说前几天案犯已被捕,好像是死者的妻子及其情夫干的,详情不明。在孝道的事情弄清楚之前,她尽量避开和杀人案相关的新闻报道。

得知死者是别人时,一种复杂的心情在心中上下翻滚。她确实松了一口气,但与此同时,她渴望得到明确的结果。她察觉自己竟然有种类似失望的感觉,不禁惊呆了,开始憎恶并责备自己。

对恭子来说,在店里工作的时候是能将丈夫从意识表面驱逐出去的短暂时刻。即便如此,有好几次一发现从店前经过的行人中有像孝道的人,她竟然忘记眼前有顾客,直接冲了出去,就算知道认错了人,也管不住自己的身体。她已把相关情况告诉了同事们,最初大家都觉得有些瘆人。

恭子工作到六点,收拾完离开店时已六点半。回家之前,她先去了父母家。父母和哥嫂一起住在陈旧的独栋木质楼房里。恭子上班时,就把遥香寄放在那里。

接了女儿回到自家公寓,恭子发现房门前站着一个男子。这人胡子拉碴,头发偏长,没系领带,看上去不像普通上班族,而且眼神锐利。他死死地盯着她们,恭子不禁双腿发软。

她低头想从包里拿钥匙时,男子问道:"您是曾我太太?"

听到那低沉的声音,一直心惊胆战、担心这人会跟自己搭话的恭子不禁打了个寒战。"是的……"她颤声答道,把遥香藏到身后。

"这么晚来打扰真不好意思,我担心白天您不在家。"

"您是哪位?"

"警视厅的。"男子拿出证件,"我姓加藤。"

"警察……"她以为终于找到了丈夫,或者又发现了特征类似、身份不明的尸体。

加藤连忙伸出手掌以防她误解。"并没有发现您丈夫。我只是想问您点事情,才冒昧拜访。"

"您想问什么?"

"就是您丈夫失踪时的事情。"

"噢……"她想,事已至此还有什么可问呢?

"我知道您已经把情况对我同事说了,前几天足立区的案子也得到了您的大力配合,但我今天问的和那些不太相同,想和您面谈。"警察看了看躲在恭子身后的遥香,冲她微微一笑,"不是三言两语就能说完的,我尽量不占用您太多时间。"

恭子明白了,看来不能就这么站着交谈。

"那您请进吧。"无奈之下,恭子说道。

她从没让不认识的男人进过家门。如果这人是冒牌警察,突然露出强盗的真面目,母女俩将毫无抵抗力——恭子一边这样想,一边沏了茶,好在男人似乎并没有改变态度。

正如加藤所言,他的问题集中在孝道失踪前后,特别仔细地询问孝道和新海美冬约好见面的细节。见面有什么事?和新海美冬是通过什么途径认识的?孝道失踪后,与美冬有没有联系?这些问题问得十分详细,恭子不明白他目的何在。

"请问,新海怎么了?"送加藤的时候,恭子在门口问道。

"没什么,"加藤笑着摆摆手,"我只是想详细掌握情况。打扰了。"

送走警察,恭子依然想不明白。丈夫的失踪和新海美冬没有直接关系,这个人究竟想知道什么?

她犹豫着是否该把这事告诉美冬。美冬是自己的恩人，正是她帮忙介绍了现在的工作。

也许会让美冬不快——恭子决定还是不说为好。

5

现场在港区海岸，天空中有海鸥飞来飞去，日出车站就在左近。

死者是一名年轻女子，被扔在路边，被路过的卡车司机发现，死因不明。

辖区警局姑且通知了警视厅，警视厅听了大致说明，决定姑且派人过去看看。加藤想，若干个"姑且"重叠在一起，就派到了自己头上，真倒霉。

他正吸着烟，西崎回来了，脸上带着微笑。"他们说咱们辛苦了，似乎在盼着咱们回去。"

"肯定是。这种小事还让警视厅的人出面，他们也不好干。"

两人上了停在路边的西崎的车。

加藤租的公寓在大森，西崎住在更靠前的蒲田。只要到了第一京滨国道，就可以直线行驶了。加藤猜测，上司派他们两人，也许仅仅是因为他们去现场方便，西崎还有车。另外，两人都是单身，就算大半夜被叫出去也不用担心家里人不高兴。

"咱们在这里吃了拉面再回去吧。"加藤冲左边的招牌扬了扬下巴。

"好啊。"西崎积极响应。这两人早已习惯了，就算看了死尸也不会影响食欲。

两人把车停在路边，走进了一直营业到清晨五点的拉面馆。

炸酱面吃了约三分之一时，加藤停下了筷子。"咱们说说新海美冬行吗？"

"新海？"西崎面露诧异，"啊，那个女人。当然可以，你还觉得什么地方有问题？"

"那个阿佐谷的寡妇……不对，就是丈夫失踪的那个，我去见了。"

"哦？"西崎向后一仰，"看来你还真挺重视。为什么？"

"不是同名同姓，果然就是那个新海美冬。"

"这又怎么了？加藤，你不也说这种偶然有可能吗？"

"唯独那个女人，让我觉得绝非这么简单。"

"莫非是因为那女人太有魅力了，你迟迟无法忘怀？"

西崎想开个玩笑，加藤脸上却没有一丝笑容，用筷子插住了薄薄的肉片。

"你猜现在那女人在干什么？别吃惊，她现在已成了两家公司的老板。"

西崎闻言一时不知如何回答，用杯子里的水冲下了口中的食物。"这么不景气的世道，居然有人这么能干。"

"一个是美容院，现在拥有人气极旺的美容师，生意火爆。另一个你猜是什么？原创首饰的制造和销售，而且听说在和华屋进行业务合作。"

"啊……"西崎用筷子搅着碗里的面条，"不知该说什么了。我不知道这种事情是经常有，还是非常罕见。"

"怎么可能经常有？就在两年前，她只是个普通店员，还是阪神淡路大地震的受灾者，当时能维持生活已很不容易。为什么现在会拥有什么超级美容师，又能和华屋开展业务合作？"

"人家的确做到了，有什么办法？这世上确实有些厉害角色，就是与众不同。"

"问题就在这里。"加藤用筷子指着西崎，"正因为是这种与众不同的女人，却偶然地和两起案子有关，怎么都让人觉得不对。我觉得背后肯定有文章。"

西崎边吃拉面边苦笑道："你想多了，而且，那个……曾我，就是失踪的阿佐谷的公司职员，那究竟算不算案子还不好说呢。"

"一个大男人消失了，当然是案件。"

"我无法理解这种感觉。"西崎端起碗，歪了歪头，"加藤，就算有关联，可新海本来和曾我约好见面，最后也没等到曾我。你认为她在撒谎？"

"我没这么说。"

"怕只是偶然有关系。"西崎开始喝面汤。

加藤不想再说下去了。不论怎么解释，也很难让别人理解自己心中并不清晰的想法。

曾我恭子说新海美冬为她介绍了在华屋的工作，加藤对此也觉得可疑。对于新海美冬来说，曾我恭子仅仅是想给自己送家人照片的人的妻子，在曾我失踪前与自己从未谋面。虽说曾我是已故父亲的部下，但以这种程度的关系，会帮忙介绍工作吗？

加藤委托杉并警察局的熟人要来了曾我孝道失踪的相关资料。杉并警察局并未认真调查，只在形式上向新海美冬和曾我的同事询问了情况，但他们曾去美冬和曾我约好见面的咖啡店调查。咖啡店的人作证，确实见过一名像美冬那样的女子。

出了拉面馆，加藤几乎一言不发。西崎也没主动搭话，或许他误以为自己没回应有关新海美冬的事，惹加藤不高兴了。

第二天下午，加藤坐在位于麹町的咖啡店里。三点刚过，一个身穿西装的胖男人出现了。天气寒冷，那人额头上却冒着汗，手拿一个茶色大信封——正是约好的标志。加藤站起身，冲那人点头致意。

"您是加藤先生？"那人问道。

"是的。冒昧约您，真对不起。"

"没什么。关于曾我的事情，我会鼎力协助。昨天打电话告诉他妻子了，她很高兴，说警察终于开始行动了。"

此人姓菅原，是曾我孝道的同事。听恭子说，他和孝道关系最亲密。

加藤先请他说了说曾我孝道失踪前的情况。

"估计您也听他妻子说了，工作方面很顺利，下一周要有一笔大交易，看着挺忙的。和我们聊天时，看不出和平时有任何差异。根本无法想象他会离家出走，人间蒸发。"

他睁着细长的眼睛，看得出说的并非应酬话，而是发自内心地这样认为。

"菅原先生，那天您离开公司前和曾我说过话吗？"

"说过。他罕见地收拾东西想早回去，我问他是不是有安排，他说约好和人见面。就这些。"

"当时大约几点？"

"这个，记不太清，应该过了六点，快到六点半的样子。他刚失踪时，他妻子也问过同样的问题，我记得是这样回答的。"

加藤确实也听曾我恭子说过。

"菅原先生，您知道一个叫新海美冬的女子吗？"

菅原点点头。"听曾我的妻子说过，是她约好和曾我见面的，是以前我们公司新海的女儿。"

"关于她，您还记着听曾我说过什么吗？什么都可以。"

"嗯，"菅原歪了歪头，"我们经常谈到新海部长，但没听他说过新海的女儿。"

"关于那个新海，就是美冬的父亲，你们主要说些什么？"

"曾我总说以前深受新海部长关照。"菅原缩着下巴点了点头，一这样就成了双下巴,"所以,当得知新海部长在那场地震中去世的消息,曾我十分难过。好像是地震一年后,正好他去大阪总部出差,说是要顺便去神户看看。"

"地震一年后……就是去年。"

"嗯,应该是。啊,没错没错,还不到一年呀,感觉是很久以前的事情了。"

"听曾我的妻子说,他花了很长时间都没有找到新海美冬的住所,但既然约好要见面,看来是通过某种途径找到了,连他妻子也不清楚具体过程。菅原先生,您听说过什么?"

"这些细节我也没听说过。"菅原绷起了脸,"只是多次听他说,想把新海部长以前的照片交给他女儿。"

"您见过那张照片吗?"

"没有,我没见过。曾我是个正人君子,觉得不该随便把恩人的照片拿给别人看。"

加藤点点头,听说曾我甚至不想让妻子看。恭子说她见过一次,那是一张极普通的家人合影。恭子对美冬印象不深,已记不清照片上的样子。

"菅原先生,您见过新海美冬的父亲吗?"

"没有,我一直在东京,新海部长在大阪总部。曾我说他就是在那时深受关照。"

"有没有人比较了解新海——我是指新海部长。我想问点事情。"

"在大阪待过的年龄差不多的人,估计都了解新海的情况。"菅原的眼神中流露出一丝戒备,"您为什么要问新海部长的事情?我认为这和曾我的失踪没太大关系。"

加藤想,果然探究过头了。他露出笑容。

"是这样,接下来我打算去见新海美冬,想提前了解一些背景。"

"哦……"菅原疑惑的表情并未消失，"如果只为这个，我觉得最好不要过多调查新海部长的事。"

"您的意思是……"

"我也只是听曾我说的，并不清楚详情。"菅原从桌上向前探了探身，似乎不愿让周围人听见，"前几年我们公司出过问题，新海部长引咎辞职。"

"噢，问题？"

"听曾我说，新海部长并无责任，这个就先不说了。因为有这样的背景，估计大家都不愿在公开场合谈及新海部长。"

加藤笑道："说公开场合未免太夸张了，只跟我说就行。"

菅原也笑了，笑容明显是挤出来的。"加藤先生是警察，告诉警察不就等于公开了？不对吗？"

"哦，明白了。"

"因为是这种情况，对不起了。其他事情我都会尽力协助。"

"谢谢您。我来买单。"加藤伸手去拿账单。

"不用了，这部分税金，您还是充当寻找曾我的费用吧。"菅原说着抢过账单，向收银台走去。

菅原觉察到警察关心的并非曾我的失踪，而是公司的问题，所以有些不高兴。加藤偷偷耸了耸肩。

出了咖啡店，加藤坐上地铁，乘有乐町线到了银座一丁目，沿中央大道前行。不久，右侧出现了写着"桂花堂"字样的招牌，就是曾我孝道和新海美冬约好见面的那家店。

菅原说，曾我在傍晚六点半左右离开了位于麴町的公司。和新海美冬约的时间是七点，可以推断当天曾我和现在的自己走的是同一条路线，然而曾我并没有出现在桂花堂。在这条简单的路线中，一个大男人不可能被人绑架。

既然绑架不可能，那就是说曾我出于自己的意愿去了别处。难道另有什么事情？约定的时间马上就到了，就算突然被别人邀请、突发急事，也该给新海美冬打电话。

但如果是新海美冬给他打了电话呢？

假设新海美冬说希望更换见面地点，那会怎样？曾我肯定会毫不怀疑地前往，无论在哪里。即便不是银座也没关系，哪怕是再适合绑架不过的荒郊野外。

能导演出曾我孝道失踪的人只有新海美冬，加藤对此确信无疑。

还有一个问题。就算是美冬把曾我叫到别处，单凭一个女人不可能实施行动，而且，她当时确实在桂花堂。难道有共犯？

但如果没有证据，只是为了让推理成立，假设多少次也毫无意义。正因如此，加藤才想进一步挖掘曾我孝道和新海美冬的关系。仅仅是为自己送家人照片的男人，应该没有让他失踪的必要。

过了桂花堂又走了一会儿，华屋出现在视野中，加藤走了进去，留心避开在一层工作的曾我恭子，上了扶梯。

三层卖场的员工和两年前似乎没有太大变化，只是没看到当时受跟踪狂骚扰最严重的畑山彰子的身影。

曾被恶臭气体熏晕的樱木正在店内巡视。他比两年前胖了不少，倒更显威严。

加藤刚走过去，樱木立刻反应过来。尽管面带惊讶，他依然露出文雅的笑容。"好久没见，上次给您添麻烦了。"他低下了梳得平整光滑的头。

"因其他事情正好来到附近，要说顺便有点那个，可我想问问之后的情况。"

"哦，您来这边。"樱木把加藤领到里边的桌子旁。看来他不想在客人面前谈论那件事。

加藤只想问关于新海美冬的事情，为掩饰意图，他先从其他店员开始问起，比如说最近情况怎么样，有没有受骚扰的后遗症等，还若无其事地问了她们是否有恋人。樱木说，再未出现异常情况，感觉那些女店员已经把那件事忘得一干二净。畑山彰子调到了横滨分店，但这次调动与那件事无关。

加藤假装无意地问了问新海美冬的情况。他知道她早已辞职另立门户，但听樱木说起时，他还是装出第一次听到的样子。

"真厉害。现在她和华屋有合作业务，见面时我都要对她用敬语。"樱木苦笑道。

"那么年轻，真厉害呀。还是单身吧，有没有恋人？"加藤装出一副轻浮的模样，故意色迷迷地笑了笑。

樱木却突然严肃起来，把食指放到嘴边。"在我们这里，禁止谈论这个关于她的话题，请您也不要问其他店员这个问题。如果有闲话传开，那就麻烦了。"

"怎么？"

"您是警察，我就直说了吧，听说她就要结婚了，对象并非普通人。这事只有少数人知道，希望您一定要保密。"啰唆了一大堆，樱木才说出那人是谁。

听到竟然是华屋的社长，加藤不禁愕然。

6

出租车来到了青山大道。加藤把具体路线告诉司机，快到表参道时下了车。确认地址后，他边走边抬头看鳞次栉比的高楼。

他在一栋银灰色建筑前停下脚步。设在外面的金属示意板显示，里面有若干家公司，BLUE SNOW 在四楼。

加藤上了电梯，来到四楼。

BLUE SNOW 的入口有一扇玻璃门。办公室似乎也兼作展厅，能看见里面摆放了好几个展柜。加藤走了进去。展柜对面摆放着办公桌，有七名员工在工作，全是女子。

"欢迎光临。"坐在前面的长发女子微笑着招呼，看上去也就二十岁左右。

加藤拿出名片。"我想见新海女士。"

前台小姐看到名片上的头衔后，立刻瞪圆了眼睛："您预约了吗？"

"没有。只要告诉新海，两年前华屋发生的那件事便是由我负责调查，估计她就明白了。"

她似乎有些犹豫，随即说声"请稍等"，就消失在里面的门后。

等候的时候，加藤看了看旁边的展柜。里面摆放着戒指等首饰，看来不是为销售，是用来介绍产品的。加藤对贵金属一窍不通。几天前他从樱木那儿得知，这家公司的产品运用了特殊的技术。

"有没有您感兴趣的？"旁边的女子问道。

"真漂亮。"他望着展柜说，"像这种宝石呈双层构造的戒指，我还是第一次见到。"

"这是我们公司的专利。"她自豪地说。

"这个呢？"加藤指着一枚单独放在一个盒子里的戒指。似乎只有它与众不同，感觉金属部分坚实牢固。

"这是新海最初制造的试制品，应该说是我们公司的起点。"

"制造？她自己做的？"

"不，听说制造者是和她关系密切的手艺人，并非专业人士，而是从事金属加工的普通工人，是新海委托他做的，手艺极好，听说连华屋都为之惊叹。"

"哦。"

这话题加藤本不太感兴趣，可谈话中的某一部分却让他心中一动。还没等他想明白，里面的门开了，刚才的年轻女子回来了。"这栋楼的地下有一家叫'CAPELLA'的店，社长说请您在那里等她。"

"CAPELLA对吧？我知道了。"加藤点了一下头，走出办公室。

被指定的店并非咖啡馆，而是一家意大利餐馆。他刚走进，就出现了一个身穿黑色制服的男子，问他是不是加藤先生。他惊讶地点点头。这人把他领到里面的一张桌子。看来新海美冬已作好安排。

"您喝点什么？"

"不，先不用了。要个烟灰缸。"

"明白。"

香烟燃去一半时，新海美冬出现了。刚看到她的一瞬间，加藤甚至忘记了低头致意。她变了，尽管穿着灰色的简朴套装，全身却散发着华贵的气质，脸上也神采奕奕，看上去充满自信。加藤想，如果在其他地方偶然相遇，估计都认不出来了。

"好久不见了，加藤警官。"美冬莞尔一笑，坐到对面的椅子上。

"好久不见。在您工作的时候来打扰，真是抱歉。"

"没关系。您吃过午饭了吗？如果不介意，就一起吃吧。"美冬那双杏眼闪着妖艳的光。

加藤赶紧移开视线。"不用了，只想问您几件事情，喝杯咖啡就行。"

"那就来杯加奶油块的咖啡吧。"她叫来穿黑制服的男子，点了咖啡。

加藤觉得在被这女人牵着鼻子走。这女人有意识地想牵制自己，他认为这其中必有企图。

"您取得这么大成功，真让人惊讶万分。"

"称不上成功，一切都要看以后的发展，也有不少人说我太鲁莽。"

"宝石饰品店和美容院不都取得了很大成功吗？"

"目前是，但还不能松懈。您尽管吸烟，我无所谓。"

"那就不客气了。"他点着了第二根，慢慢吸了几口，再次看了看她。她依然有能勾人魂魄的眼神。

"是这样，我正在调查曾我孝道失踪一事。"

美冬瞪大了眼睛。"加藤先生负责这件事？"

"谈不上负责，只是帮帮忙。"

她点点头。"那太幸运了，恭子这回找到了强有力的后盾。这么说，您今天是为此事而来？"

"是。"

"那确实顾不上吃饭了。"

咖啡端了上来，她喝了一口。嘴唇依然那样迷人。

"听说您约好和曾我先生见面，好像曾我先生拿着您和父母一起拍的照片。"

"是的。我有些后悔，只是给我照片的话，邮寄就可以了。"

"您为什么后悔？"

"我想，如果不是和我约好见面，那天曾我先生肯定直接回家了，也许就不会发生这种事情。"

"您认为曾我先生被卷入了什么事吗？"

"只能这样想，虽然警察并不热心为我们调查。"

"您以前见过曾我先生？"

"从来没有。"

"听您父亲提起过曾我先生吗？曾我是他的部下。"

美冬摇了摇头。"父亲从不说公司的事，好像没有太多美好的回忆。"

似乎在说菅原提到的问题。

"关于曾我先生失踪，您能提供什么线索？他有没有说过什么让您感觉奇怪的话?"

"刚才也说了,在约好把照片交给我之前,我们没有任何联系。就算让我提供线索……"

"听说曾我先生颇费周折才找到您。他最终通过什么方式才查到您的联系地址?"

"对此我也很好奇,本想见面的时候问问他。"

美冬说话没有丝毫犹豫,加藤无法分辨真假。

"约定的见面地点是银座的桂花堂,是您指定的?"

"是的。"

"为什么选在那种地方?"

"我觉得那里好找。有什么问题吗?"

"没有,只是为了慎重起见问一问。"

加藤又问了几个无关痛痒的问题。本来也没期待从她这里获得什么有益的信息,今天来,就是想通过接触观察她的反应。

加藤适可而止地结束了提问,出了餐馆。他似乎捕捉到了某种看不到触角的东西,但目前连轮廓还没有显现。

走出大楼,在拦出租车前他又一次回头看了看。在那一瞬间,他脑中一闪。

技艺高超的手艺人!

那次恶臭事件中,关于有毒气体的发散装置,科学搜查研究所得出了同样的结论,说是专业从事金属加工的人干的。

他正想再次整理思路,胸前的手机响了。他不耐烦地拿出。不出所料,果然是西崎打来的,说有案件发生,让他火速回去。

看来又要为那些无聊的事忙得团团转了。加藤歪了歪脸,冲空驶的出租车抬起了手。

第六章

1

雅也被福田叫到了办公室。制图台上蒙了一层薄薄的灰尘，桌上堆满了资料和文件夹，看样子已有段时间没动过了。放在记账单上的铝质烟灰缸塞满了烟蒂，烟灰都撒了出来。

"雅也，先把这个给你。"福田低着头递过一个茶色信封。雅也接过看了看，里面有两张万元大钞和几张千元钞。"这是……"

"到今天为止的工资。"

雅也看了看社长的脸。工资按天计算已将近半年。工作太少，就连唯一的员工——自己都没必要每天来了。每月二十五日前后发工资，今天是十一月十五日，比平常早了十天。

"您要把工厂关了？"雅也问。

福田缩缩肩膀，点了点头。"订单少到这种程度，实在没办法了。现在有活的时候才让你来工厂，但其他时间你也不能光玩吧？我这边也是，如果机器一周只转三四个小时，无论如何也维持不下去。"

雅也叹了口气，和以前自己家的情况一模一样。"您有贷款？"

"嗯。"福田挠了挠头，环顾办公室一周，"这里也不行了。"好像是说工厂和自己住的房子都被抵押出去了。

"不好意思，就这么点钱。"福田看着雅也手上的信封。

"这个月一直没怎么干活。"

"本来以为经济也该恢复了，没想到会差到这种地步。"福田摇了摇头，"这样下去，情况肯定会越来越糟。"

"今后您打算怎么办？"

"不知道。在这里能待到什么时候算什么时候吧，也没有其他地方可去。"

雅也不知该说什么。他比谁都清楚，现在说什么都没用。

"你来这里马上就三年了，真快呀。"

"多谢您一直关照我。"

"该道谢的是我。幸亏有你，工厂多撑了一段时间。如果没有你，去年就会这样了。你手艺好，应该能找到工作，好好努力吧。"

"社长也要努力呀。另外，那种事最好别干了。"

"哪种事？"

"您接的私活，让我做了不少，您以为我永远不会发现那是什么部件吗？"

福田有些尴尬地扭过头。

"尺寸差一丁点就能要人命。尽管社长您自己不会用，但发生事故时，被人恨的是社长。"

福田没有点头，脸上浮现出既像苦笑又像自嘲的表情，拍了拍后脖颈。

出了工厂，雅也径直回到住处，现在吃晚饭还太早。他换了衣服，准备洗澡，想暖和过来再出去吃饭，打算去平时去的那家拉面馆。最近一直没去过冈田餐馆。

正在看洗澡水的温度时,门铃响了。一瞬间,他脑中浮现出有子的面孔。

"谁?"他站在门后问道。

"是我。"

听到那声音,雅也全身一阵紧张,赶紧打开门。外面站着一个身穿薄大衣、留着短发、戴着黑框眼镜的女人。雅也用了两三秒才认出是美冬。"怎么这副打扮?"

"别问了,先让我进去。"美冬迅速挤到门内。她先摘掉眼镜,又拿下头上的假发,方才脱去大衣。半长的头发被一个网似的东西束住了。美冬摘下那东西,用手指挠了几下,想把头发梳理开。她映在壁橱拉门上的影子不停地晃动。

"你这是乔装?"雅也问道。

"是这么打算的,可不太理想,装扮得更像普通家庭主妇或许更不引人注意。无所谓了。"她坐在坐垫上,抬头看着还呆呆站立的雅也,莞尔一笑,"好久不见。"

"一个月了。"

"有这么长时间?"

雅也盘腿坐下。"也没个电话,你在干什么?"

"对不起,最近太忙了。"美冬双手合十,"今天也是抽空过来的。正在准备一个大的活动。"

雅也扭过头,咽了口唾沫。他没心情随声附和。

"怎么了?"美冬盯着他的脸。

他也望向她的脸:"美冬,你是认真的?"

"什么呀?"

"还问我什么……你真想和那个华屋的社长结婚?"

"那还用说!这种事情哪能随便乱说?"

雅也深吸了一口气，扭身正对着美冬："不能重新考虑？"

"事到如今还考虑什么？"

"可是，美冬，你根本不喜欢他，可——"

"且慢，"美冬双掌对着他，苦笑着哼了一声，"这种事情以前不解释过好几次了吗？我不喜欢他，但是喜欢作为他妻子的地位。想得到喜欢的东西，这不是很自然的事情吗？"

"这……太奇怪了。"

美冬恢复了严肃的表情，抱着胳膊，低声说道："雅也，你是不是想说，我为了钱结婚是动机不纯？"

见他又把头扭向一边，她无可奈何似的说："真拿你没办法。老大不小了，怎么还在结婚这件事上追求理想？结婚就是改变人生的手段。你好好看看在这世上受苦的女人，都是选错了老公，说什么认真本分是第一位，要喜欢孩子，都是把这些无关紧要的事情当成了结婚的条件。"

"彼此喜欢的人在一起，才是真正的婚姻，不是吗？"

"彼此喜欢？秋村先生喜欢我，我喜欢秋村夫人的地位，没什么问题嘛。"

"我想说的是……"

"我知道。"美冬把手伸到他嘴边，"你想说迷恋彼此的两个人。可这样的两个人需要结婚的形式吗？我真正喜欢的是雅也，雅也也爱我，是不是？"见他点头，美冬继续说道："我们不需要结婚之类的形式。我们之间有比婚姻更强的纽带在连接。即便我结婚了，咱们也永远在一起。我以前曾说过，你是这世上我唯一能信任的伙伴。对于你来说，希望我也是这样的一个存在。但我们的关系尽量不要被别人知道，当一方痛苦的时候，另一方能在舞台后方伸出援助之手，别人无法察觉，警察也不知道。这难道不好吗？"

雅也摸了摸胡子拉碴的下巴，随后挠了挠脑袋。

"可我无法忍受美冬属于别的男人。"

"就算是结婚了，我也并不属于他，只是换了名字。仅凭这种微小的变化，就能成为遗产继承人和保险金领取人。"

"可你要陪他睡觉呀。"雅也小声嘀咕道，"我知道你们已经睡过几次了，今后会一直继续下去？"

美冬有些不耐烦地叹了口气："傻瓜。"

"傻瓜？为什么这么说我？"

"喂，雅也，你好好看看这世上的夫妻。过上两年，丈夫就开始厌倦妻子的身体，再过五年，连看都不看一眼，手上有点钱的男人就会在外面找女人。在那之前忍耐一下就行了。从根本上说，做爱是什么？只不过是生殖行为，小狗小猫都在做，根本用不着在意。你也可以和别的女人随便做爱。关键是彼此的心，不是吗？"

雅也握紧双拳，咚地敲到桌子上。"我可潇洒不到这种程度。"

"求你了，就潇洒些吧。没有任何武器的我们，想跟这个社会作战，除此别无他途。"

雅也慢慢晃了晃脑袋。"美冬，你没想过我们的幸福吗？"

"幸福？"似乎听到了什么意外的字眼，美冬瞪圆了眼睛。

"不用这样偷偷摸摸见面，就算无法过得多么奢侈，但能一起安稳过日子，这样的生活，你从来就没有向往过？"

"也就是想拥有类似家庭剧中的家庭？"美冬的语气中明显带有揶揄的成分，"很遗憾，雅也，这是幻想。"

"幻想？"

"有两层意义。第一，这种家庭在世界上根本就不存在。即便看似幸福美满，任何夫妇都有见不得人的地方，只不过是戴上面具隐藏了起来。第二，即便存在这样的美满家庭，我们根本没资格去追求。

你不会忘记我们曾经做过的事情吧?"

他低下头,咬紧嘴唇,感到胃被什么东西堵住了。

"但是,我们也有自己的生存方式,有适合我们的生存方式,不能出于一时冲动忘记本来该做什么。不过——"美冬的语气柔和了许多,"见你还能追求这种幻想,我很高兴。估计在幻想中,我是你可爱的妻子吧。"不光是语气,连她的眼神也温柔了许多。

雅也叹了口气,动了动嘴唇。"美冬,你太坚强了。"

"我认为绝不能失败,还想变得更加坚强。"

"我不行,看来无法成为美冬的好搭档。现在连工作都丢了。"

"嗯?被工厂炒鱿鱼了?"

雅也说了今天的事情。美冬笑道:"这么回事呀,我还以为你做错了事被辞退了呢。工厂倒闭,那就没办法了,不是你的错。"

"我要尽快找份新工作,至少要赚钱养活自己。"

"钱的事你不用担心,我会想办法解决。这时才能体现出搭档的作用。"

"我可不想当小白脸被女人养。"

"没人让你当小白脸,今后还需要你的各种帮助,但在那之前……"她从带来的纸袋里拿出一个密封的塑料盒,"晚饭还没吃吧?我想让你吃,才专门带来的。"

在他的注视下,她打开盒盖。一看到里面的东西,雅也不禁往后一退。是生牛肉。

"这是什么……"他呻吟般地问道。

"一看不就知道?生牛肉片,还有肝。调味料有大蒜和生姜,你要哪种?"

"快收起来!"雅也捂住嘴,将头扭向一边。他感到非常恶心。

美冬根本无意收拾。她抓住他的肩膀,用力拉了过来,把他的脸推到装有生肉的容器面前。

"快吃,不吃不行!这个样子怎么能战胜以后的困难?"

雅也的胃部一阵阵痉挛,满嘴都是胃液的味道。他皱起眉头,想推开美冬的身体。

没想到她突然把手伸向了他的裤子拉链。在他发愣的时候,拉链被拉开了,短裤也被扯下,露出了生殖器。此刻缩得很小。

"干什么……"

"别管了。"

美冬开始用手慢慢摩挲。由于过于吃惊,雅也那原本萎缩的生殖器一下子勃起了。美冬见状把脸凑了过来。先舔了舔顶端,又刺激了后侧,随后含在嘴里。

雅也不由得叫出了声。

她松开生殖器,说道:"雅也,快吃肉。"

"美冬,别……"

美冬再次将那东西含在嘴里,以一定的节奏前后移动。一股快感从雅也的后背蹿过。他又喊出了声。

"雅也,快吃。你吃的时候我就这样。别总想着肉怎么样,血怎么可怕,我全都给你变成美妙的回忆。"随后她又开始卖力地刺激雅也。

飘飘欲仙的快感包裹了雅也全身。恶心渐渐退去。胃部也恢复了正常。即便如此,一看到生肉,还是浑身起鸡皮疙瘩。他拿起了筷子。虽然想把肉夹住,手腕却无法动弹。不由得又把视线移开了。美冬似乎察觉到了这一切,动作更加激烈。血液再次集中到快萎缩的生殖器上。雅也夹住肉。沾满了调料后,闭着眼睛放到了嘴里。

在那一瞬间,他的眼睑上浮现出鲜血淋漓的肉块。

剧烈的恶心和寒战以及缓解这些痛苦的快感互相交错,有时会混杂在一起，扑向雅也全身。用了将近一个小时，雅也把美冬带来的肉吃进了肚子。而且，这也是他射精所需要的时间。结束后，他仰面躺在榻榻米上，脑子里已经一片空白。

雅也闭着眼睛调整呼吸时，突然感到了美冬的气息。睁开眼睛，见她的脸就在上方。

她在他的脸颊上亲了一下，随即将嘴唇滑到他的嘴边，把舌头伸进他嘴里。他把手绕到她的头上，抚摸着她的头发。

"感觉怎么样？"

"莫名其妙的感觉。"

美冬咪咪笑了。"这样就好。不用想那些多余的。你想得太多了。"

雅也坐起身，看了看空了的塑料盒子，抚摸着自己的胸口。"感觉怪怪的，也许会吐。"

"死也不能吐，吐了就输了。"美冬轻轻抓了一下他的双腿之间，"如果感觉难受就说，我再让你痛快一次。"

"没事了。"雅也苦笑道。

美冬点点头，说去沏咖啡，站起了身。

"又要请你帮忙了。"美冬边用款式俗气的圆杯子喝咖啡边说。

"什么事？"

"嗯，有点麻烦。你还记得青江吗？青江真一郎。"

"那个美容师吧。那家伙怎么了？"

"不知那家伙怎么会有那种误解，认为能和我结婚。"

"什么？"

"最近他几乎每晚都给我打电话，昨天竟然还闯到我的住处。我没让他进屋，但费了好大劲才把他劝回去。"

雅也明白了。他喝了一口咖啡。"他是不是知道你要结婚了？"

"我没说，但他好像在 BLUE SNOW 听说了。我本已嘱咐相关人等不要说出去，可人的嘴真是封不住。不过，早晚他也会知道。"

"他生气了？"

美冬点点头，微微苦笑道："简直是火冒三丈，说我骗了他，背叛他。男人歇斯底里起来真是不像样子。"

"美冬，你也有责任吧？"雅也勉强压抑住感情，"难道不是你故意让他误解的吗？青江迷上了你，才被你拉拢过来。得知你竟要和别人结婚，他当然要生气了。"

"我并没答应要和他结婚，只是说两人要做工作上的好伙伴。"

"工作上的好伙伴需要上床吗？"

"女人使用女人的武器有什么不好？男人明明也知道。"她不耐烦地挥挥手，"这种讨论没有意义，反正要想办法对付青江，我本想和你商量这个。"

雅也拿过烟盒，抽出一根，刚叼到嘴里，美冬迅速伸过手，用一次性打火机为他点着。

"谢谢。"吸了口烟后，他又问，"青江说了些什么？"

"让我取消婚事，如果不取消，他说自有打算。就是这类话。"

"自有打算？干什么？"

"问题就在这儿，你觉得他打算干什么？"

"首先能想到的，是把他和你的关系泄露给你的未婚夫。不光是他，也可能告诉所有人。"

美冬点点头："还有呢？"

"把婚礼搅得一团糟，比如闯到现场闹，就像电影《毕业生》的主人公那样。"

"电影中倒没胡闹，只是抢走了新娘。"美冬叹了口气，"真麻烦，你说该怎么办？他是我们公司当红的美容师，又不能狠狠地教训他。"

雅也觉得她太自私了，但并没说出口。"他最有可能做的，就是马上告诉秋村。"

"这我倒不担心。"

"哦?"

"他不可能相信青江的话。"

"原来他信任你已经到了这个程度。"雅也的语气中夹杂了讥讽。

"当然也有这方面原因。"美冬哼了一声,"恋爱中的人只相信对自己有利的话,就算在旁人看来明显是欺骗,也看不穿。有些女人死活不和品行恶劣的男人分手,就属于这一类。"

估计我也属于这一类,雅也这样想着,望向美冬,但她的话语中似乎并未包含如此深意。

"所以,我不担心青江告诉秋村。秋村肯定会先向我确认真伪,我一定能彻底打消他的疑心。"她充满自信地说。

"如果没有效果,青江接下来也许会四处张扬。不知大家能相信到什么程度,但终归不是件好事。"

"确实麻烦。如果秋村的家人或亲戚听说了就糟了,今后我还要和他们长期来往。还有一个麻烦,青江是美容界名人,超级美容师如果嚷出什么怪事,好事的媒体肯定会凑过来。这样就不仅仅会影响结婚,而且有损华屋和 BLUE SNOW 的形象。"

"必须让青江闭嘴。"

"所以才找你商量,怎么办好呢?"美冬娇嗔地抬眼看着他。她的这种表情在雅也看来当真妖艳无比,她自己肯定也清楚这种效果。

雅也摇摇头:"说实话,我不知道。这不是能用钱解决的问题。"

"如果能用钱解决,那就简单了。"美冬将胳膊放在桌子上托着腮,望着雅也,"我倒是想出了一个主意。"

"什么?"

美冬垂下眼睑,微皱起眉头。"也不是什么好主意,可应该有效果，但做起来很难，而且……不好再求你了。"

"别管那些，你先说来听听。"

"嗯。"美冬端正了姿势，"只是一个想法，并不想让你绝对按这个做。如果你不愿意，就实话实说。"

"你先说说看啊，真啰唆。"

她深呼吸了一下，开始陈述。

听着听着，雅也的心情渐渐沉重起来。确实不能说是个好主意，做起来也很难，但效果应该会很好，或许能封住青江的嘴。估计今天她来之前就计划好了，说找自己商量，实际上她早已打定主意。总是这样。

"怎样？"说完，美冬窥视般望着他的脸。

"很难。"雅也说，"这主意让人提不起兴趣。"

"果然，"美冬叹了口气，"所以我不愿意说。"

"除此之外没好一些的办法吗，和这个效果差不多的？"

"比如？"

听美冬这样问，雅也默不作声了。

"没办法。"她用双手把头发拢上去，"我猜到你不愿意干，早就想到可能不行，实际上我也不想让你干那种事。看来只能再想别的办法，但没时间了。"

"青江那家伙真急了？"

"是啊，看样子说不定明天就能干出点什么。"

雅也挠了挠头。屋里温度并不高，他却出了不少汗。"只能那么干了。"

"可……你不愿意吧？"

"不愿意也不能这样拖下去了。而且，无论如何我想帮你，曾我那件事你帮了我，这回该我报答你了。"

"曾我的事无所谓，忘了他吧。"

怎么能忘呢？雅也想，但还是点了点头，嘀咕道："就那么干吧。"

"可以吗？"

"只能那么干了。那，想好对哪个女人下手了？"

"选出了几个。"

雅也想，果然不出所料。她早就筹划好了，从一开始他就没有插嘴的余地，她也早就算到他最终会答应。尽管明白这一切，但雅也依然想为她卖力。

"什么时候实施？"

"越早越好，这周或者下周，需要的东西我来筹备。"

"现在被工厂辞退了，只能去购买工具。我会想办法解决。"

雅也站起身，从冰箱里拿出两罐啤酒，一罐放到美冬面前，自己打开了另一罐。她并没有伸手拿啤酒。

"我以后不会再来这里了。"

她的话差点让雅也呛到。他凝视着她："为什么？"

"那个姓加藤的警察让我不放心，还是小心为好。"

"那警察又来了？"

她摇了摇头。"只来过公司一次，但他注意到了什么。不，并非具体发现了什么，只是嗅出了某种气味。真是个鼻子灵敏的家伙。警察都像狗一样到处闻来闻去，其中有些家伙特别敏锐，加藤就属于这种类型。"

听美冬的口气，好像她还知道其他这类警察。

"你是说，如果我和你的关系被那家伙察觉，就麻烦了？"

"肯定麻烦。不管是华屋恶臭事件，还是曾我的失踪，他都在怀疑我。他无法再深入一步，就是因为没能证明我有同伴。如果他得知了你，肯定会像饿极了的狂犬一样扑过来。"

"这么说,如果我们接下来想干的事情被他嗅到什么奇怪的气味,就麻烦了。"

"他或许能闻到。他会下大力气认真寻找我的同伴,跟踪、窃听、恐吓,不惜一切手段。"

雅也喝了一口啤酒,擦了擦嘴边的泡沫。"所以你就不能来这里了?近期不能再见面?"

"估计不能像以前那样轻易地见面了,但我会想办法。"

"真的?"

"雅也,"美冬挪了挪身子,抱紧他的腰,"如果不能和你见面,我就不能为了什么而活下去了。这些努力全是为了我们俩,为了我们能幸福。"

雅也抚摸着美冬的头发,顺势把她搂在怀中。她脉搏的跳动传到了他胳膊上。

"美冬。"

"什么?"

"实际上,我的心情和青江一样。"

她沉默不语。雅也以为她不知如何回答。

不久,从他胳膊下传来含混不清的声音:"我知道。"

2

刚过八点半,最后一名客人离开了,店员们开始收拾东西。平时收拾完就可以下班了,但星期四的晚上例外,他们大多都会简单吃完饭后再回到这里。MON AMI 一周举行一次学习会,定在周四的晚上。气氛热烈的时候,经常开完会回到家都过了十二点。

"不好意思,今天我就不参加了。"青江对旁边的男店员说。

四周有好几个人面露遗憾。看到这些,青江心生优越感——大家都想偷学我的手艺,因为我是备受喜爱的超级美容师青江真一郎。

"就这样吧,下面的事就拜托了。"

"是。"男店员点点头。

青江穿上外套,刚要打开店门,突然看到了在前面扫地的中野亚实。她是最近雇用的员工,手艺相当不错,而且特别热心学习。她个头小巧,眉清目秀,颇受客人喜爱。

"亚实,你今天又开车来的?"

"是的。"亚实眨着大眼睛。

"停在老地方?"

她用力点点头,调皮地笑了。这样的举止也是她受欢迎的秘密。

"小心呀,别因违章停车被抓。"

"我会的。"她又点了一次头。

亚实和母亲住在驹泽,父亲独自在札幌上班,哥哥已经参加工作搬出去住。亚实高中毕业后就拿到了驾照,有学习会的那天大多开父亲的车来上班。她从不用收费停车场,总是停在路边。她说,有些无人管理的好地方。店里的同事也议论过,说这种事不可能永远持续下去,早晚有一天会被牵引车拖走。

青江出了店,马上向旁边的包月停车场走去,上了自己的宝马。现在他住在位于目黑的公寓,是新建的,月租三十多万。

青江想,两年前根本无法想象会有今天的生活。若只是受雇于人,不论多么有名气,收入都不可能剧增。如果凭那点可怜的工资自己开店,首先得想着还贷款,提高生活质量的事肯定会推到后面。

那时答应美冬的邀请是正确的。自己没出一分钱就独立开店,而且在她的帮助下知名度骤然提高。不论是店名还是青江真一郎的名字,在年轻人中可以说无人不知。

但青江想,不能满足于现状。虽说开了店,但MON AMI并非自己一个人的。不,那其实只是新海美冬的,自己只不过是BLUE SNOW公司的董事。MON AMI的营业额有一半归自己,但正因美容院的这种体制,收入永远无法全归自己。

不光是收入的问题,想拥有一家名副其实的自己的店,想拥有从头到尾都由自己安排的店,这种想法最近越来越强烈。

但美冬不可能同意。如果青江真一郎不在了,MON AMI的顾客就会减半。这绝非青江的自负。

他并不想背叛美冬。她有恩于自己,最关键的是自己爱她。若能和她结婚,现在的想法很容易打消。

但背叛的人是美冬。他早就知道她在扩大BLUE SNOW的业务范围,也知道她和华屋缔结了合作关系,但做梦也没想到她竟然要和华屋的社长结婚。

就此事质问她时,她却没有丝毫歉疚。"我也三十多岁了,考虑将来的事不是理所当然的吗?难道我一辈子不能结婚?"

青江忍辱问她和自己的事怎么办,她却满脸困惑地说:"你和我不是生意上的伙伴吗?而且是合作很愉快的伙伴。我一直这么认为。"

"你和生意伙伴也会做爱?"

听到这样的质问,她依然面不改色。"做不做爱和角色没有任何关系吧?那是男人和女人的问题。那时我还没遇到秋村,把你作为一个男人来喜欢,才会那样,但我觉得此后我们的关系并未深入。你看,你对我求婚了吗?"

"我一直把你当成恋人。"青江说。

"谢谢,但我不是。对我来说,你是理想的合作伙伴,我以为在你心目中我也是一样。"

这样的解释不可能让人信服，但看来只能接受自己被人抛弃的事实。青江认为自己被放上了天平来权衡。

尽管备受追捧，自己也不过是一介美容师，那个人却是大型宝石饰品店的社长，自己不可能有获胜的希望。

但他不想就这么干脆地退出。既然对方背叛在先，那自己也有背叛的权利。

大约三周前，青江表示想出去单干。当时两人在饭店里吃饭，美冬凝视着他的脸，摇了摇头。

"看来你也是个普通人，稍有起色，马上就萌发新的欲望了？有欲望不是坏事，如果能用在其他方面就好了。"

"我一直认为你是我公私两方面的伙伴。但既然你说只是生意上的伙伴，我也只能专心想生意了。"

"和一出名就想独立的艺人一样。那些艺人基本上都失败了，这些你不知道？"

"我不是艺人，是美容师，靠手艺吃饭。"

"辅佐你取得成功的是我，你不明白吗？"

"我已不再需要辅佐，也不需要什么超级之类的形容词，我只想要一艘自己能操纵的船。"

"船？说得真好。"美冬苦笑着叹了口气，"可你连自己现在乘的船上有多么好的装备都不知道。"

"美冬，两者不可兼得。"

"什么？"

"华屋的社长和美容师青江真一郎两个你都想得到，这如意算盘打得过头了。"

"听你的口气，简直像是如果我不结婚，你就不会说这种话。"

"确实如此。如果你不背叛我，我绝不会这样说。"

美冬缩了缩肩膀,有些严厉地注视着他。那目光具有让人决心动摇的力量,但他并没有躲闪,双手在桌子底下握紧了拳头。

"我会考虑的。"她说。

此后两人还没有好好谈过。美冬有时会来店里查账,就算聊上几句,也只是事务性的。他曾经主动打电话,问那件事情怎样了,她却让他再等等。

今天手机上终于接到了美冬的电话,说今晚要去他的住处,还加上一句,说要好好谈一谈。

他想象着谈话内容。她肯定不会取消婚事,也绝不可能痛快地答应自己独立。美冬顶多会提出条件,说会发特别奖金或提高待遇。他暗暗对自己说,不论对方提出多么好的条件,都不要动摇决心。

回到公寓,刚换好衣服,手机响了,是美冬。她说正在附近的咖啡馆,希望他过去。

"不是说要来我家吗?"

"本是那么打算的,改主意了。我在这儿等你。"她挂断了电话。

青江猜测,如今正处于关键时期,她不敢轻易进男人的房间。他想,你这样耍我,那我也更容易拿出结论了。

到了咖啡馆,身穿白色套装的美冬正等着他,看样子是从公司直接来的,旁边放着与她有些不相称的公文包。

"让我想起了第一次见面,不,应该说第一次谈工作的时候。"青江坐下来。

"和那时一样,我认为今晚要谈的对你也是件好事。"

"如果对我是好事,对你应该就不太好。你应该无法保持如此优雅的表情。"

"所以说是折中方案,找到了对双方都有利的契合点。"见她拉过公文包,青江想,果然不出所料。他心里烦透了。

3

中野亚实回到车上时已经是晚上十一点多了。关于新的发型设计，经验丰富的店员给了她不少建议，就耽搁到现在。很多时候比今天还要晚，所以星期四总是借爸爸的车。爸爸也说，汽车这东西总不开反而容易坏。

车是旧款奥迪，内饰和外观都很破旧了，特别是亚实开车以来，各种伤痕更加明显，但只是些轻微剐蹭，没出过事故。

确认并未因违章停车而被罚，亚实放心地上了车。她也觉得若总这样干，早晚有一天会被抓住，但一想到深更半夜还要从车站往家走，她就不想放弃开车。她家离最近的车站有一公里多的路程。

她像往常一样驾车行驶在熟悉的道路上。学习会之前只吃了便利店的饭团，现在肚子咕咕叫，她想回家后吃碗方便面。

快到了，她从家门口开了过去，因为租的车位在别处。亚实的母亲觉得租金太浪费，总想把车位处理掉，但爸爸说他早晚要从札幌调回来，到时再想租车位恐怕就难了，还是维持现状。

停车场在离公寓约一百米处。地方不大，顶多能停放十多辆车，周围被建筑物挡着，路灯的灯光几乎照不进来。

从里数第二个就是亚实家的车位。刚开始开车时，亚实把车倒进去很费劲，最近已经习惯了，只一次就把车准确地停在了预定地点。亚实在心中为自己叫了声好，关上发动机，拿着东西打开车门。

下了车，她刚要把钥匙插进车门上的钥匙孔，突然觉察到背后有动静。

没等她回头，她的身体就被一股强大的力量拽了过去，接着整张脸被什么东西蒙住了。她没顾得上恐惧，只是惊得全身都僵住了。

她想大声呼救，深吸了一口气，却发不出声音。很快，她就失去了知觉。

4

和美冬见面的第二天，青江心情大坏，那似乎表现在了脸上，店员们也不太敢跟他搭话。他在休息室里喝咖啡，一根根地吸烟。屋里很快就烟雾弥漫。

不用说，不愉快的原因在于和美冬的谈话。没想到，她的方案只是报酬的小幅上调。

"提高报酬本来就理所应当，还用谈？"他说。

"你不知道经营的细节，才说这种话。业绩确实提高了，但收入并不像看上去那样增长得那么多。现在不能掉以轻心，不知道业绩什么时候会下滑，必须保存应对不良局面的实力。"

从美冬嘴里冒出的话，简直像老板对要求涨工资的员工说的。青江特别扫兴，他连生气的气力都没有了。

谈了不到一个小时，他站起身："再这样谈下去只是浪费时间。"

"好吧，那我再考虑一下。"

"估计你考虑多少次都一样。"青江扔下这句话，丢下美冬，走出了咖啡馆。

青江觉得这不像美冬的一贯作风。本来期待着她提出更加大胆的方案，可竟然只是提高报酬，这是什么意思？还说董事的报酬一年内不能变化，暂且采取临时奖金的方式解决。美冬竟然以为自己能同意那种条件，这完全出乎青江预料。他特别恼怒：难道自己在她眼里竟是这么容易对付的男人?

既然如此,为了争口气也要离开。他下定决心:在MON AMI待不了几天了。

"青江。"一个男店员喊他。青江刚好把烟捻灭在烟灰缸里。

"什么事?"

"刚才亚实的妈妈打来电话,说她今天请假。"

"感冒了?"

"不。"店员摇摇头,"说是出了事故。"

"事故?你看,被我说中了吧。"青江歪了歪脸,"我老让她别开车来。就连我,累了的时候开车也挺费劲。"

"不,好像不是交通事故。"

"哦?那是什么?"

"不太清楚。她妈妈也没细说,只说也许要休息一段时间……"

"怎么了?"

"不知道。"年轻的店员也很纳闷。

"行了,那今天亚实的工作大家就分担一下吧。"

"明白了。"

不是交通事故,青江暂且放心了。万一亚实开车把人撞了,这事上了报纸,很可能会影响店的形象。青江摇了摇头,真傻,马上就要离开这里了,店的形象和自己又有什么关系?反正不会有损我青江真一郎的名声。

关于中野亚实的缺勤,青江没有多想。她是新人,还没有固定的顾客。尽管忙的时候缺一个人都很麻烦,但今天并不太忙。

到了傍晚,两个长相气质与美容院格格不入的男子推开玻璃门进来。他们都在西服外面套了薄大衣,一个四十来岁,另一个看上去要年轻一轮。青江一边为女客修剪头发,一边在意地看着——这两人怎么看都不像客人。

前台的女店员来到青江身边,在他耳边低声说:"是警察。"

"警……"担心被客人听见,他没有把话说完,朝前台看去,冲那两人点头致意。"知道了,让他们在休息室稍等我一会儿。"

"好的。"

青江继续手头的工作,心里暗暗纳闷。

见他走进休息室,两人同时站了起来。烟灰缸里有两根还没熄灭的香烟。

"您这么忙还来打扰,真是抱歉。"年长的那人说。

"没关系。"青江坐在了他们对面。那两人也跟着坐下,同时捻灭了香烟。

两人是玉川警局的,年长的姓尾方,年轻的姓桑野。

"您想必认识中野亚实。"尾方问。

"是我们这里的店员。"青江想起了早晨的事,"我想起来了,她妈妈曾打来电话,说出了事故,要休息一段时间。您问的是这件事吗?"

"事故?哦。"尾方和桑野面面相觑,看上去有些发窘。

"不是吗?"

"和事故有些不同,这个嘛……"尾方看了看房门。

"没关系,外面应该听不见。"

"哦。是这样,不是事故,是案件。中野小姐昨天夜里遇到了歹徒。"

"遇到歹徒?情况怎样?"

尾方舔舔嘴唇,稍微向前探了探身。"这件事希望您能保密,这也是受害人母亲的意思。可若不告诉青江先生您,就无法进行调查。"

"我不会告诉任何人。"青江点点头。

"那就拜托了。是这样，昨天晚上，中野小姐在自家的停车处遭到歹徒袭击，钱包等价值两万多元的东西被抢。"

"抢劫？"青江从心底感到惊讶。他从未想过竟会这样。

"中野小姐刚下车就从身后遭到袭击，看样子案犯是在使她昏迷后作案的。"

"昏迷……从身后被打昏？"

"不，像是让她闻了药品。"

"你是说三氯甲烷之类的东西？"

"噢。"尾方又一次注视着青江的脸，"您还挺清楚。"

"电视剧里不是经常用这种方式吗？真的是三氯甲烷？"

"我们猜测是。那东西能让人顷刻间昏迷，受害人几乎不记得当时发生的事。"

"她还好吗？"

"听说一直在医院躺到下午。和身体相比，精神上的打击更大。而且，三氯甲烷那种东西，闻到的人苏醒过来也会头痛。"

青江想起了中野亚实亲昵的笑容，昨晚自己走的时候还看见了。亚实竟然会遭遇这样的不幸，真让人无法相信。

"听说昨天这里举行了学习会。"

"是的。店员们为提高水平，每周四晚上都要开学习会。"

"中野小姐只在有学习会的时候才开车上班？"

"听说是这样，她说车站离家太远。真没想到会出这种事。"青江把脸扭向一边，"如果我制止她开车来就好了……"

"大家都知道中野小姐开车来的事？"

"我们店的人应该都知道。"

"学习会结束的时间固定吗？昨天好像开到十一点左右。"

"没有特别规定，原则上是到十一点，可很多时候要更晚一些。

当然，会尽量让大家赶上末班车。"

"也就是说，昨天并没有延长，而是正常结束了？"

"估计是。昨晚我没有参加，不清楚详情。"

"啊，青江先生休息了吗？"尾方似乎特别意外。

"去和经营者见面了。一个姓新海的人。"

"咦，这里的经营者难道不是青江先生？"

"我们是公司运营模式，我是董事。"

回答的时候，青江感觉警察看自己的眼神似乎低了一个层次，似乎在说：原来只是个受雇的店长。

警察询问新海美冬的联系方式，青江把她的名片给了他们。

"这家店的事务全权委托给了我。所以，关于中野的情况，我肯定更了解。确切地说，新海也许都不认识中野。"青江觉得不这样说就太没面子了。

"明白了，还有一些问题。"尾方吸了口气，"关于中野小姐遭遇歹徒一事，您有没有什么线索？"

"线索？"

"嗯。"

"这个……我怎么会有线索呢？她说开车来，我一直担心她会因违章停车而被罚，真没想到会发生这样的事情。"

"那再换一种说法，"尾方想了想又说，"最近中野小姐身边有没有发生什么奇怪的事情？比如有人往店里打电话，或者在外面等着她？"

青江皱起了眉头。他没有马上明白这么问的意图，但看到警察们面带深意的表情，他逐渐明白了。"啊？不会吧？"

"什么？"

"她……中野难道不是偶然遭遇强盗？你是说罪犯从一开始就以

她为目标？"

"目前还无法下结论，也有流窜作案的可能，但那样案犯应该一直埋伏在不知什么时候会有人来的停车场。现场光线昏暗，从外面几乎无法看到车内，可歹徒在中野小姐刚下车时就从背后扑了过去。这样只能推断，在中野小姐下车之前，歹徒就知道车里只有她一个人。"

青江望着尾方的脸。这位无论如何也称不上英俊的警察，在他的注视下慢慢点了点头。

青江不知道中野亚实把车停放在怎样的地方，但他觉得警察说得很有道理。亚实的车是黑色奥迪，一般情况下，人们绝不会想到会是一个年轻小姑娘独自从车里下来。

"歹徒会不会平时总观察那个停车场，所以知道周四深夜会有一个姑娘独自开奥迪回来？"他试着问道。

"也可以这样考虑。"尾方点点头，"我们在周边进行了调查，但还是想把重点放在能详细掌握中野小姐行动的人身上。"

这说法很委婉。简言之，他认为是 MON AMI 相关人员所为。

"至少，在我身边没有干这种事的人。"

"也许只是您没注意。最近出现了一些跟踪狂。"

"她怎么说？"

"这个，"尾方有些为难地弯了弯眉毛，"以她目前的状态根本无法回答我们的问题。听她母亲说，根本猜不到是谁干的。"

平时总是笑眯眯的亚实如今竟处于这种状态，青江的心情更加沉重了。"我问问其他店员。案子的具体情况不能说吧？"

"您看着办吧。如果不说清楚，估计很难问出什么。"

"是啊，真不好办，该怎么说呢？"

"中野小姐有没有男朋友？"

"不太清楚。"青江歪了歪头，"在男店员中倒挺受欢迎，但没听说有男友,也许只是我不知道。"

"同事之间经常会谈恋爱吗?"

"这个嘛,偶尔会有,可没听说中野有这种事。"说到这里,青江又看着警察的脸,"您的意思是,我们的店员是罪犯?"

"不是不是。"警察苦笑着摆摆手,"如果有这样的人,或许能更详细地告诉我们中野小姐的情况。就像刚才所说,她目前无法冷静地与我们谈话。"

真是这样吗?青江望着尾方狡猾的笑容想。

"对了,不知您见没见过这个东西?"警察拿出一张照片。照片上是一个项链上的坠饰,雕成了骷髅和玫瑰花的形状。

青江感觉到脉搏狂跳不已。"这是……"

"您见过吗?"警察又问了一次,似乎在要求青江先回答问题。

青江的脑海中,各种思绪瞬间交织在了一起。他咽了口唾沫。"没有,从没见过。"

话一出口,他马上感到不安,这样回答好吗?"这东西怎么了?"他又问。

"没什么,如果您不知道,就忘了吧。"警察把照片翻了过来。

还有一件事让青江很在意。他犹豫着是否该问,最后还是问出了口。"那个,只是钱吗?"

把照片放回口袋的警察眨了眨眼睛:"您的意思是……"

"听说钱包等东西被偷了,她受的损失只有这些?"

"噢。"尾方点点头,和旁边的年轻警察面面相觑,似乎在犹豫,"您是问中野小姐有没有遭受性侵害?"

警察突然说得如此直白,青江有些不知所措。他暧昧地答道:"嗯,是啊。"

"目前只能告诉您,是否算得上强奸,情况还比较微妙。并非什么都没发生，但没有直接的行为——原谅我们只能说到这种程度，因为涉及受害人的隐私。"

"哦……啊。"

不知是问题已经问完，还是不愿被青江追根究底，警察们道声"打扰"，旋即告辞。

青江又在休息室里待了一会儿，一边吸烟，一边想着他们拿给他看的照片。

雕成骷髅和玫瑰花形状的坠饰——那与他喜欢戴的项链上的坠饰酷似。

5

当晚回到家后，青江做的第一件事就是查看首饰。他想确认那条项链还在不在。平时他总把它放到抽屉里，但不论怎么翻找就是找不到。他努力回忆最后一次戴它是什么时候。大概是一周或者十天前，记不清楚了。他总是心血来潮地决定当天的着装和配饰。

他想整理一下思路，便手拿啤酒坐在沙发上。突然，电话响了，是美冬打来的。

"刚才警察来了，是关于那个叫中野亚实的姑娘。"

"哦。"看来警察马上去找了美冬。

"听说遭遇了歹徒，钱被抢了，好像还被怎么样了。不过他们没告诉我详情。"

"也来我这里了。"

"我知道。我不太认识那姑娘，她为人怎样？"

"很不错，工作热心，对客人的态度也好。竟然会出这种事，我很惊讶。"

"对其他店员说了吗?"

"还没有。"

"嗯。这事不好说,也许不说更好,免得大家心神不定,影响店里的气氛。"

"警察让我问问大家,能不能提供什么线索。"

"这种事你就不用管了,反正那些人也会挨个问店员。"

青江也这样想。

"先不说这个了,警察让我看了一个奇怪的东西。"美冬的话让青江吓了一跳,"照片,坠饰的照片,雕成骷髅和玫瑰花样子的。警察问我有没有在什么地方见过。"

青江想,不出所料。事到如今,他开始后悔自己的回答。

"你是不是有和那个一样的东西?"

美冬还记得。他想起和她见面的时候戴过几次,她还曾夸奖那条项链的款式。

"你有吧?"见他不回答,美冬又问。

"……有。"他只好承认了。

"果然。警察是不是也让你看那照片了?"

"嗯。"

"你怎么回答的?说自己也有同样的东西?"

"没有,我说没见过……"担心会因此事受到指责,他接着说道,"我觉得这样说好。如果说自己也有同样的东西,我担心被无故猜疑。"

"真是这样……警察跑来问我,我就猜可能是这样。"

"美冬,你怎么说的?"

"我说没见过。我装糊涂完全没有问题,但你最好实话实说。那些警察肯定会拿着照片到处让人看,说不定会有人说那是你的东西,那就麻烦了。"

"我也在后悔。"

"那么，那条项链在你手上？"

美冬的问题正中他的痛处。他手握无绳电话，扭曲了脸。

"到底怎样？还没确认？"她有些着急地问。

"不，已经确认了。"

"在你手上？"

"这个……"他支吾着。

"没了？"

"我估计混在什么里面了。"强烈的不安又涌上青江心头。他放首饰的地方是固定的，不论多么赶时间，如果不放好心里就不舒服。

"快好好找找，找不到你就麻烦了。"

"我知道，不用你提醒。"语气不禁有些粗暴，他叹了口气，抱歉地说，"对不起。事情太突然了，有点焦躁。"

"我也说得太夸张了。并不是在怀疑你，可最好作好充分准备。"

"我再仔细找找。"

"这就好。另外，还有件事让我很在意。"

"什么？"

"你用 EGOISTE 吧？"

"EGOISTE？香奈儿的？"是男士香水。"有时会用。"

"哦，果然……"美冬似乎在电话的另一端思索什么。

"怎么？EGOISTE 有什么问题？"

"不清楚。警察问了个奇怪的问题，说和你见面时闻到一股香味，问你是不是用香水。他们没问你这个？"

"没问。这什么意思？"

"我对他们说，美容师要和顾客近距离接触，有人为了消除体臭会使用香水，估计青江也是如此。但我总有些不放心，他们像是随便一问，可也许带有什么目的。"

青江回想起今天来的警察的表情。他们似乎并未怀疑什么，实际上却在多方面细致观察。

"那条项链如果找到了，就告诉我一声。"

"嗯。让你担心了，对不起。"昨天扔下一句话就从美冬面前起身离开的青江，现在却非常感谢她的伙伴意识。

挂断电话，他又开始寻找项链。能想到的地方都找了，却一无所获。

又过了三天，中野亚实仍未来上班。

"亚实怎么样了？她家里有没有来过电话？"青江问旁边一个姓鹤见的男店员。

"好像没有。"鹤见摇摇头。

"会不会要休息一段时间？那么我们也要考虑对策……真麻烦。"

"昨天里美好像去看她了。"

"鹤见！"正在作营业准备的里美严厉地瞪着鹤见。里美是一年前来这里工作的，之前在其他店工作过三年。

"哦？"青江看着里美。

她点点头，感觉十分勉强。看样子她不想让别人说这件事。

"亚实现在干什么呢？"

"干什么？没干什么……"里美低着头。她不想直面青江。

"看上去精神好吗？"

里美没有回答，只微微歪了歪头。

"怎么了？你不是去见亚实了吗？自然知道她的情况。"

"青江，你难道不知道她出了什么事？"里美抬眼看着他。

青江犹豫片刻，点了点头。"知道。"

"那你应该清楚，她精神不可能好。"

"这个，当然……"青江语塞了。这时他才发现，周围的店员都在注视着他。

"估计亚实近期无法上班。"丢下这句话，里美就从青江面前走开了。这似乎是个信号，其他人也都继续忙起手头的工作。没有一个人过来和青江搭话。

青江昨天就发现店员们的样子怪怪的，平日欢快的气氛荡然无存，所有人都不太说话，似乎心里藏着什么秘密。他察觉到大家都已知道亚实的遭遇，或许已被警察询问过。

难道是那条项链？也许有店员想起了青江曾戴过相同的东西，猜测他和事件有所联系。

这天刚要下班时，青江的手机响了，是尾方打来的，说希望能和他见面，会在他公寓前等候。青江心里犯着嘀咕，还是答应了。

"再次打扰，真对不起。"尾方礼貌地低头道歉。对方过于礼貌，在青江看来，愈显心怀叵测。

警察们定好了谈话地点，青江默默地跟上。是附近的咖啡馆，就是前几天和美冬见面时去的那家，不知是否出于偶然。

"上次见面时，青江先生是不是有一个错误的判断，或者说是误解、武断？"要了三杯咖啡后，尾方开口说道。

"什么事？"

"这个。"看到警察拿出来的东西，青江想，果然是这个——那张项链的照片。

"对此，我正想找您解释。"

"听您这么说，您的确曾见过这个？"

"我有一个和这个相同的项链，但上次脱口说出从未见过。"

"噢，为什么要撒谎？"警察特别强调了"撒谎"两个字。

"我认为，自己有相同的东西，但和此案无关，怎么说呢，不想给警察的工作造成纷扰。"

"也就是说，您是为我们着想？"

"不，也不是这样。"青江冷汗直冒，从口袋里掏出了手绢。咖啡端上来了，青江马上喝了一口，他的喉咙干得快冒烟了。

"之后我们又问过几个人，包括您的同事。有人说曾见您佩戴过相同的项链，而且不是一个人这样说。"

"我们店的员工估计都能认出。"青江的声音变得很小。

"哦，想听您亲口解释这件事，这样我们也就省事了。"

"对不起。说实话，我是不想遭到奇怪的误解。"

"具体指什么？"

"这个……"青江看了看警察的脸，不禁打了个激灵。他们嘴角略带微笑，眼神却极其冷酷。"我猜那条项链和案件有关，如果我说有同样的东西，担心会被怀疑……"

"您说得没错，我们认为它和案件有很大关系。跟您直说吧，这件东西就遗落在中野亚实遇袭现场，链子断了。但我们并未认为那肯定是案犯遗落的，我们还没单纯到这种程度。可你有完全相同的东西，却故意隐瞒，这就有些异样了。"

"您先等一下，"青江瞪圆了眼睛，"我真的与这件事没有丝毫关系。隐瞒了项链的事，我向您道歉，可只不过是碰巧有相同的东西。"

尾方依然用冷冰冰的目光注视着他，喝了一口咖啡。"碰巧？"

"碰巧。"青江重复道。

"那么，不好意思，能去您的住处看一看吗？"

"啊……"

"希望您能给我们看看，"尾方微笑道，"那条项链。"

青江觉得浑身的血液都凝固了。"不，这个……"他把手指插到

265

头发里，用力挠着脑袋，"前几天我就开始找，可好像弄丢了。"

"丢了？"尾方睁大了眼睛，旁边的年轻警官咬了咬下唇。

"不，这个，如果再仔细找找，可能会找到。"

"现在手头没有？"

"手头是……估计在屋子里的什么地方。"

"明白了。"尾方向同事使了个眼色，后者在记事本上写了什么。青江非常在意他写的内容。

"案发当晚，您没有参加店里的学习会？"尾方问道。

"嗯，上次也说了，我去见新海了。"

"这事已向新海女士确认过了。听说是从十点开始，谈了四五十分钟，没错吧？"

"差不多。"

"听说就是在这家店。"

"是。"青江想，警察把自己带到这家店，果然不是偶然。

尾方环顾店内一圈。"和新海女士见面后，您干了什么？"

"当然是回住处了，就在旁边。"

"之后呢？"

"之后……您是问我干了什么？"

"是的。"警察点点头。他说话彬彬有礼，却流露出一种高压的气势。

"没干什么。吃了点东西，喝了啤酒，然后就睡了，可能还看了电视。"

"什么节目？"

"啊？"青江有些不知所措，"我没记住，没有认真看。您为什么要问这个？简直像在调查我的不在场证明。"

警察对此并未否认。他拿出一盒七星，叼上一根，用一次性打火机点着,动作不疾不徐,尔后慢悠悠地吐着烟。"从这里到中野亚实小姐出事的驹泽大概需要多长时间?开车也就二十分钟,不对,十五分钟吧,也许更短。"

"等一下,你们在怀疑我?当然,现场遗落了和我佩戴过的项链相同的东西,我多少有点嫌疑也没办法,但我怎么可能做那种事呢?"

"每个人都会这样说。"年轻警察不客气地说。

"别乱说。"尾方责备一声,又注视着青江,"锁定嫌疑人是我们的工作。案件发生后,这世上的人全是嫌疑人。我们会怀疑全世界的人,能相信的只有自己,然后再通过物证和案情慢慢排除很多人。从这个意义上说,青江先生,从一开始我们就在怀疑您,店里的所有员工也一样。怀疑您的程度要高于他人,就像您刚才所说,因为有项链。如果想把您从嫌疑人的名单中排除,就需要比其他人更有力的理由。唉,我这份工作真是烦人。"

"我为什么要袭击中野?她只被抢了两万元吧,我怎么可能为这点钱干出那种事情?"

"抢钱只是一种掩饰,罪犯另有企图。他想要的是中野亚实的身体,但通过抢钱,可以伪装成是流窜犯所为。我们是这样看的。"尾方说。

"我对中野不感兴趣。"

"这个别人就不知道了,至少您喜欢她是事实,对吧?面试并决定录用她的人就是您。"

"我喜欢的是她的人品和工作态度,并非对她本人感兴趣。"

"刚才不是说了吗?这种事别人不知道,只有您自己清楚。换个话题吧,青江先生,您今天没喷香水?"

"香水?"青江想起了美冬的话,"有什么问题?"

"听说您总爱喷香水。上次我们去店里时,您身上散发出好闻的气味。是什么品牌来着？"他问旁边的同事。

"EGOISTE。"

"对对，是EGOISTE，听说是香奈儿的产品。这么大年纪了才知道，还有男士专用的香水。"

"这又怎么了？"青江有些焦躁。

"第二个遗留物，"刑警说，"反正早晚也会知道，就告诉你吧。案犯好像用了香水。"

"这又能说明什么？用香水的男人多的是，EGOISTE也并非什么罕见的东西。"青江的声音有些颤抖。

"先不说这个了。遗留物不光这些，还有很多，比如现场采集到的毛发、车上留下的指纹等等，这些很快都会查清。最后再问一次，既然那条项链没在您手上，那您最后一次佩戴是什么时候？"

"大约十天前，记不太清了……"

"哦。如果找到了，就给我们打电话。当然不用多说了，那对您来说非常重要。"

尾方招呼同事一声就站起身。青江伸手去拿账单，早被尾方抢去。

"我来买单。"他微笑道。那眼神好像在说，不能让嫌疑人请自己喝咖啡。

回到房间后，青江好长时间脑子里一片空白。他什么都没做，却感觉被什么东西紧追不舍。脑海中浮现出中野亚实的面孔。亚实怀疑他就是袭击自己的人。里美听亚实这样说，便把这事转告大家，于是所有店员都在用异样的眼光看着他。

"开什么玩笑。"他不禁自言自语。正在这时，电话响了。

"喂，我是青江。"

"是我。"是新海美冬。不知为何，一听到她的声音，他轻松了许多。

"找到项链了？"

"没，反倒越来越怪了。"青江详述了刚才和警察的谈话，现在能依赖的只有美冬了。

"怎么会这样？"美冬愤愤不平地说。

"莫名其妙。先是项链，又是EGOISTE，怎么会有这么多偶然重叠在一起？"

"这应该不是偶然。当然，我并不是说就是你。"

美冬的话让青江一时张口结舌。这番话并非令他意外，他自己也隐约感到了。

"你会不会被什么人陷害了？也许有人故意遗落项链，身上喷了相同的香水，目的就是让你当替罪羊。"

"这事我也想了一下。"

"有没有这种可能？"

"不清楚，谁会这么干？"

"肯定不是店里的员工。如果你出事了，店会面临存亡危机，他们也会失去工作。"

"那会是谁？"

美冬沉默了。青江觉得她不是在思考，而是在犹豫该不该说。

"你也许过于引人注目了。"

"嗯？什么意思？"

"说到超级美容师青江真一郎，现在比那些普通艺人的知名度都高。你认为所有人都喜欢这种状况？在美容行业里，会不会有不少人想尽一切办法去打击别人呢？"

"就算是这样，会干这种事吗？"

"你根本没看清自己目前的处境，才会有想单干等不切实际的想法。"

青江手握无绳电话，扭曲着脸。"现在我不想谈这个问题。"

"是啊,现在不是说这个的时候。总之,我认为有人设了圈套,而且完全套住了你。"

青江想不出如何反驳。这种解释比认为不幸的偶然反复发生更容易让人接受。"该怎么办呢?"

"最好的办法是找到那条项链,但估计不可能了。遗落在现场的项链肯定是你的,被人从你的房间里偷出来,又故意遗落。"

"从这里……"他把话筒贴在耳朵上环顾室内。似乎没有被人闯入的痕迹,但只要找到了想要的项链,也没必要把房间弄得乱七八糟。

"等我三天。"美冬说,"三天内我会想办法解决。这几天你会很难熬,但还要去上班,一定要挺直腰板,明白吗?"

"明白。你说想办法,能怎么办?"

"这个就交给我吧。另外,你我的谈话内容绝对不能告诉任何人。"

"我知道。"

"那么,三天后的晚上我给你电话。"她挂断了电话。

放下电话,青江叹了口气。刚向美冬提出要另立门户,不想现在给她添麻烦,但自己没有信心妥善解决目前的难题。她说会想办法,不知有怎样的手段。青江根本猜不出来。

三天后的晚上,美冬果然打来了电话。

"你还记着那家叫'SIRUKI'的店吗?"

"六本木马路的那家?"

"嗯,欧式料理,大约两个月前去过,之后你又去过吗?"

"没有,就去过那一回。"

"太好了,那就没问题了。听着,你明天先去那家店,好像下午五点开门,你尽量一开门就进去,然后问店员……"

美冬的指示并不难,却让青江惊愕不已。他有一大堆问题想问,但她没有给他机会。

"不用想太多。我都安排好了，不用担心。明白了？"

"嗯。"他只能这样回答。

第二天，他按照美冬的嘱咐去了位于六本木的SIRUKI。那家店在三楼，内部装饰古色古香。

一个身穿黑色制服、瘦得颊骨突起的男人走了过来。"您一位吗？"

"不，我不是来吃饭。"青江挥挥手，"两周前我来过，好像落下了一件东西，是一条项链。"

那人似乎想起了什么。"是和您一起来的女士佩戴的？"

"不，是我戴的。"

"什么样子的？"

"银的，带有坠饰，雕成了骷髅和玫瑰花的形状。"

"骷髅和玫瑰花。"黑衣男人重复了一遍，"您稍等。"他走进里间。

等待的时候，青江坐立不安。美冬说都安排好了，但真的可能吗？这家店也许和她有某种关系。但她再三叮嘱青江，在店里千万不要多问。

黑衣男人回来了。"是这个吗？"

青江不禁瞪圆了眼睛，正是有骷髅和玫瑰花坠饰的项链。"是这个，没错。"

"麻烦您在这里写上姓名和联系方式。"

青江一边在指定的单子上填写必要事项，一边想，那女人果然厉害。

6

"是这条项链，没错。"看了尾方拿出的照片，小川板着脸说。很明显，他想尽快结束谈话，他已不胜其烦。

玉川警局的尾方和年轻同事桑野一起来到SIRUKI，接待他们的是小川经理。对于在用餐高峰时段到访的并非客人的警察，小川并未隐藏冷淡的表情。

"来的肯定是青江？"

"我记得是这个姓……您稍等。"小川走到里面，很快拿来一张单子，"是的，叫青江真一郎。请他写了姓名和联系方式。"

尾方看了看，确实是青江的名字。"青江是什么时候把项链忘在了这里？"

"应该是两周前，掉在地上，被一个店员发现了。"

"那位店员是……"

"他姓吉冈。"

"现在在吗？如果方便，想问他一些问题。"

小川的脸拉得更长了。"现在？"

"拜托了。"尾方深深地低下头，旁边的桑野也赶忙效仿。

小川叹了口气，让旁边的服务生去叫吉冈。"究竟发生了什么事？那条项链怎么了？"他又不耐烦地问。

"有点事。"尾方含糊其辞。

这好像惹得小川更不高兴了，他歪了歪嘴。

一个年轻的服务生走了过来，看上去也就二十岁左右。

"他就是吉冈。我可以走了吧？"小川问。

"对不起，还有些事要问您。"尾方双手交叉冲小川打个手势，然后把视线转向吉冈。"发现这条项链的是你？"他又拿出了那张照片。

"是的。"吉冈点点头。

"什么时候发现的？如果可以，我们想知道确切的日期。"

"呃……"吉冈挠挠头，看了看旁边收银台上方的日历，"应该是在十一月十八号或十九号。"

"听说掉在了地板上，你不知道是谁丢的？"

"不可能知道。"小川插嘴道，"每天都会来很多客人。如果掉在桌子上，还可以猜测是刚离开的客人遗落的。"

"关门后扫地时才发现。"吉冈说。

"你说是上个月十八号或十九号？"

"嗯。"

见吉冈点头，尾方扭头对小川说："您能否确定其中的一天，青江来过贵店？"

小川面露难色。"每天会有很多顾客光顾，不可能一一记住面孔。"

"那，预约人的姓名呢？这种店一般要预约吧？"

"啊，这是……提前预约的顾客的姓名倒可以查。"

"对不起，能麻烦您查一查吗？"

"现在？"小川满脸不情愿。

"拜托了。"尾方又一次低头行礼。

"您稍等。"说完，小川又消失在里间。

趁此空当，尾方向吉冈提问。"你知道青江真一郎吗？听说被称为超级美容师。"

"青江……啊，听说过。"

"遗落项链的青江就是他。"

"这样啊。"吉冈并未太惊讶。

"来了这样的名人,想来会成为你们谈论的话题。"

吉冈苦笑道:"我们店经常来艺人,不可能总是大惊小怪。而且,我知道他是超级美容师,但并不认识。"

这么轻松就被顶了回来,尾方有些失望。他想,也许只有自己这些警察才整天被媒体搞得晕头转向。

小川拿着文件夹回来了。"没有以青江的名字预约,也许是他的同伴预约的。"

"能让我看看吗?"不等小川回答,尾方便一把夺过文件夹,迅速浏览着一排排名字。很快,他发现了新海的名字。

尾方指着问道:"您记着这位客人吗?"

小川只扫了一眼,摇摇头:"刚才我说了,我们店有很多客人光顾。"

"这个人并不是常客?"

"也许。"小川的回答很含糊。

道谢后,两人离开饭店,来到马路上,向地铁站走去。尾方烦躁地咂着嘴。"难道不是青江?太奇怪了。难道真的碰巧有一条项链和落在现场的完全相同?那并非什么流行的东西。"

"但他确实找到了。"

"是啊,可……"

今天中午,青江打来电话,说找到了有骷髅和玫瑰花坠饰的项链。尾方立刻去了 MON AMI。青江满脸胜利的表情,拿出项链,说是遗落在两周前去过的位于六本木的饭店 SIRUKI。若真是两周前遗落的,不可能在案件发生后再急忙买来一条。尾方他们随即赶来查证,看样子青江没有撒谎,确实说是和新海美冬一起去的。

"不可能统一所有人的口径吧?"尾方脱口说道。

"统一口径?"

"那家饭店的人,还有美冬,难道他们都想庇护青江,才把不知从哪儿买来的项链,说成是两周前遗落在饭店里的?"

"不会吧,不太可能。"

"不好说。现在经济这么不景气,只要给钱,说上一两句谎话还不容易?就算青江没那个能力,新海肯定能做到。"

"你想太多了。"

"是吗?"下地铁站的台阶前,尾方回头看了看,"不管怎样,已经没有理由再追查青江了。这肯定会成为一桩悬案,我有预感。"

7

"怎么问那么多莫名其妙的问题,他们是什么人?"吉冈问小川。

"警察。不知发生了什么事,让长相那么恐怖的人在我们店里转来转去,会影响店的形象。真不像话,影响我们正常营业。"

"那条项链有什么问题吗?"

"应该有。听那人的口气,似乎对在咱们这儿找到项链深感不满。他好像怀疑那个姓青江的人在撒谎。"

"我不认识那个青江。"

"我也不认识。可他来取项链是事实,两周前项链也的确遗落在咱们店里。"

"嗯,是我发现的,我能作证。"吉冈用力点点头。

"行了。他们好像已经死心,估计不会再来,回去干活吧。"

"是。"吉冈答应着离开了。

小川看着手上的资料,叹了口气。他隐约记得姓新海的女客。那是个特别出众的美女,他起初还以为是女演员。他还记着那次她是和同伴一起来的，是名男子。

那名男子是否就是昨天来的青江，他已记不清了，感觉个子更高一些，或许是自己记错了。算了，反正也和我们店无关。

店门开了，进来了一对恋人。小川脸上浮现出职业笑容，投身到工作之中。

8

盛满酒的杯子碰在一起。青江耳边回响着金属轻轻相撞的声音，把酒倒进了喉咙。

"这下暂且放心了。"坐在对面的美冬微笑道。

从旁边的窗户能看到彩虹大桥。这几天一直积压在心中的乌云已完全散尽，对青江来说，今晚是最美妙的夜晚。

"多亏你帮忙。再这样被警察纠缠下去，我非疯了不可。店员们好像也消除了误解，今天大家心情都不错。"

"这比什么都好。如果你的名誉无法恢复，MON AMI 就将无法维持。"

"之后警察再没来找过我，估计他们没有发现可疑的东西。看来一切顺利。"

"我不是说过吗，交给我就行了。我办事绝对完美。"她说着啜了一口酒。

青江把酒杯放在桌子上，做了个深呼吸。"以前我就这样认为，这次更是重新认识到了这一点。美冬，你太厉害了。"

"对我有了新的评价？"

"我哪有资格……"他舔了舔嘴唇，"说实话，我一直半信半疑。

你说帮我想办法，可我根本猜不出你会用什么方式。我一直想，就算在什么地方搞到那样的项链，警察也不可能信服。可说是两周前遗落在饭店的，警察们就无法怀疑了。真是厉害。"

"嗯，但这种方法可不能老用。"说到这里，她笑了笑，"希望这种事情以后再也不要发生。"

青江也面带笑容，但马上又严肃起来，身子略微向前探了探。"你给了SIRUKI多少钱？"

美冬缩了缩下巴，抬眼看着青江。"你问这个干什么？这都是无关紧要的事。"

"我想知道。让他们对警察作伪证，一般的条件估计行不通。"

她垂下眼睑，然后再次注视着他："花钱无法解决这么重要的事情，反而会更加危险。"

"不是钱，那……"

"想利用别人，有各种各样的方法，用钱是最低级的手段。绝不能信那些可以用钱收买的人。"

"真想知道你这次用了什么方法。"

"以后再告诉你。"

第一道菜端上来了，是用海胆和虾做的冷盘。"看上去挺好吃。"美冬说着拿起了叉子。青江也跟着拿起，在吃之前先看了看她。她闭上眼睛，似乎正在慢慢品味。

青江想，这个女人也许具有深不可测的力量，就连刑事案件的重要证据都生生被她扭曲了。

"怎么不吃？"

"啊，没，这就吃。"他把虾放进嘴里，"嗯，好吃。"

"不能麻痹大意。这次的事情明显是陷害你的圈套。敌人未必就此罢休，我们无法预测下次又会出什么事。"美冬说。

"这个……我懂。"青江放下叉子,"美冬。"

"什么?"

"之前说过想单干的事,先搁置一段时间吧。不,是撤回。或许我太小看这个世界了,看来以后还要继续倚仗你的力量。而且,这次给你添了这么大的麻烦,如果危机刚过就对你说再见,那也太自私了。"

美冬哼了一声。"你不是想要船吗?想要自己能自由掌舵的船。"

"就先当成以后的一个梦想吧,我还没有当船长的能力。"

"真的?"

"等你说已经不需要我时,再另当别论。"

美冬一边的眉毛微微动了动,她端起酒杯。

"看来我们应该再一次干杯。"

青江赶紧举起杯子。两只酒杯发出清脆的碰撞声。

第七章

1

进来的那对恋人看上去二十四五岁，两人都将头发染成褐色。姑娘留着短发，小伙子却长发披肩，还留着稀稀拉拉的胡子。

两人之前在外面的橱窗看了很久，想来有意购买，但也无须过高期待，顶多会买个一两万的戒指。

"欢迎光临。"他依然笑容可掬地向两人打招呼。

"外面那镶着红石头的项链，能拿给我看看吗？"姑娘问。

"红石头，是哪个？"

"镶着红石头、外圈是小蛇的那个。"

"哦。"他从内侧打开玻璃门，伸手拿出，放在她面前，"是这个吗？"

"是的，这个真可爱。"

"这个挺好，是玛瑙石的。"

"哦。"

姑娘似乎对中央的石头并不太关心。如果她想再知道一些，他会说出这是人工着色，但他已打消这个念头。姑娘似乎喜欢围着石头的小蛇装饰。像是她男友的男子在一旁闲得无聊，很明显在盼着女友赶紧买完，买什么都无所谓。

"这个是按上面标的原价卖吗？"姑娘拿着项链问。最近的年轻人喜欢讨价还价。来到这家店，他才深切地感受到这一点，在以前待的地方根本无从感觉。

当然可以便宜一点，是在考虑到这一点的基础上定的价。究竟能便宜到什么程度，则由他斟酌处理。

"消费税那部分可以减去。"

"哎，能再便宜一点吗？"

"再便宜三千吧。"男子说。估计他担心不帮着说句话，出店后会遭女友埋怨。

"这样我们就挣不到钱了。"他笑道。

"哎，不可能。"姑娘噘起了嘴巴。

倒是可以给她便宜三千元……刚想到这里，门开了，又进来一位客人。"欢迎光临。"他条件反射般地打着招呼，但一看到对方的脸，不禁吓了一跳。

这张面孔曾经见过。未加修整的乱蓬蓬的头发、邋遢的胡子、锐利的眼神、瘦削的脸颊，似乎在哪里见过。是宝石经销商？不，不对，应该是在别处见的。只有一点他确信无疑——这个人不会带来什么好事，才吓了一跳。

"喂，大叔，那就便宜两千吧，我们付现金。"

两万元的东西，还觉得付现金有多么了不起，真没办法，但他想先把这一对打发走再说。

"好吧，真是敌不过现在的女孩子。"

那对年轻人欢呼起来。那人瞅了他们一眼。四目相对时，不知为何,那人还咧嘴笑了笑,让人有些发毛。

在那一瞬间,记忆中的某一部分鲜活地再现了。他清楚地想起此人的身份,立刻僵住了。

"大叔,你怎么了?"

"啊,没什么,对不起。"

包装商品的手指在颤抖。现在来这里干什么?找我有什么事?难道又来找碴?打算挖旧账?不祥的念头接二连三地在脑中浮现。这个男人是他再也不想见到的一个人。

那对恋人接过项链出了店,他依然踌躇着是否该和来人打招呼。很快,那人主动走到他面前。他低下了头。

"看来你还记得我。"

对,没错,他想,正是这个声音。不堪回首的过去,自己曾被这个声音恫吓、责难。

"喂,浜中先生。"来人又道。

他无奈地抬起头。目光相对时,他禁不住眨了眨眼睛。"嗯,记得。"

"好久不见。呃,有……三年了。"

"您是加藤……加藤警官吧。"

"连我的姓都还记得,真是荣幸。"加藤满是胡须的脸露出了笑容。在浜中洋一看来,那就像带来不祥之风的使者在舔嘴唇。

浜中舔了舔干燥的嘴唇,说道:"有什么事吗?按说已经没事需要找我了吧。"

"看来你是烦透我了。"加藤苦笑道,"浜中,我听你妻子说你在这里。呀,对不起,应该说是前妻。"

他是故意的,浜中在心里恶狠狠地骂道。

"本来叮嘱她不要随便告诉外人。"

浜中本想先讽刺几句,但这似乎对来人不起作用。加藤点点头,取出了烟盒。浜中想起这人是个大烟鬼,审讯室里总是乌烟瘴气。

"长野冬奥会的纪念章也在卖呀。这次日本的确卖了力气。由于日本队的活跃表现,这些东西会不会升值呀?"加藤盯着橱柜说,"我早就知道在御徒町有不少贵金属店,进来还是第一次。和有名的店相比,这里怕是便宜多了,连刚才那对年轻人都能随意进来。"说到这里,他抬起头,"恐怕和银座的华屋有天壤之别。"

"你是特意来挖苦我的?"

"不是不是。"加藤点着了烟,"三年前那件事确实让你很不愉快,但彼此彼此。对我们来说,浜中先生确实有太多可疑之处。"

浜中把头扭向一边。这是他不愿再想起的话题。

加藤吐出了烟。"关于恶臭事件,我从一开始就没怀疑过你。反正都这会儿了,就实话告诉你吧,那是做工极其精细的放气装置,外行人很难做到。"

"没怀疑?我当时可吃尽了苦头。"

"其实还是你不好,只能说时机太差,一边发生了恶臭事件,一边又出了跟踪狂,一般都会认为二者有关系。"

"跟踪狂事件也……"

"你想说那也和你无关?我明白。"

浜中叹了口气,看了看门外。他希望有顾客来,买多不值钱的商品都无所谓。

"不过浜中先生,你承认了和一个人的关系——新海美冬。跟踪她总是事实吧?"

"到现在再问这种事,你想干什么?"

"你只要回答我的问题就行了。怎么,难道想走复杂的正规程序?我倒无所谓,你恐怕会很麻烦。"加藤用指尖夹住叼在嘴上的香烟,手指咚咚地敲着柜台,"好不容易找到份工作,想必不希望再被翻出那些旧事。既然如此,就对我说实话。"

浜中想,这人肯定没有朋友。"那时我就说过了,我在和她交往。"

"我确实听你说过,也写进了报告,但新海美冬始终矢口否认。"

警察竟然对美冬直呼其名,浜中觉得有些别扭,但他想说清楚一点,便低着头说:"如果你们能细致点调查,就应该清楚,我们一直在交往。这是事实。"

"哦……"加藤又在吐烟。浜中本以为他又在嘿嘿冷笑,抬头一看,竟见他满脸严肃。

"她为什么要否认?"

"那还用说?"浜中长长地叹了口气,"因为我在跟踪事件中是嫌疑人,她不想和我有牵扯。就算是一时的,如果被别人知道她在和一个曾跟踪女店员的男人交往,不知会被大家用怎样的眼光看待,在华屋也很难立足。"

"之后和她谈过吗?"

"怎么可能?"浜中摇摇头,"有好几次想和她联系,可没那样做。如果她四处嚷嚷说我纠缠不休,那我更说不清了,只好作罢。不论怎样,最终结果也没有太大变化。"

浜中被从警察局放出来后,公司先让他回家待命,之后将他调任闲职,实际上是无言地给他施加压力,要他辞职。或许当时该坚持住,但他那时已失去足够的精力和体力,觉得能拿到退职金就不错了,便递交了辞呈。

袭击他的噩梦波浪并未结束。没过多久,妻子顺子提出要离婚,还说如果他不同意,就要雇律师。一旦打官司,他不可能获胜。他在警察局亲口说过曾和新海美冬交往。

房子和孩子被抢走了,还要支付抚养费,没有一件好事,人生发生了黑暗的逆转。他甚至想过自杀。

"浜中先生,"加藤目不转睛地望着他,"你是不是招人怨恨了?"

"我?为什么这样说?"

"我很同情你。"加藤再次浮现出令人生厌的笑容,"跟踪女人确实不好,但从后来的发展看,我觉得你很不走运。社会上干同样事情的家伙有的是,可都想方设法糊弄过去了。你的情况却不同。不仅发生了什么恶臭事件,所有女店员都遭到奇怪男人纠缠的事情也浮出水面。不过,前提是假定这些都不是你干的。"

"两件事都和我无关。"浜中使劲瞪着他。

"若真是如此,也过于偶然。不论是恶臭事件,还是跟踪狂事件,若干证据都指向你。这难道是偶然?"

"反正不是我。"

"所以说,"加藤有些焦躁地说,将香烟在烟灰缸中捻灭,"不是你干的。但假设不是偶然,就是有人要陷害你。"

浜中看了看加藤。警察没有避开他的眼神,点了点头。

"谁会这样干?"

"所以我问你,你有没有招人怨恨。"

"不记得……"

"不要这样简单地回答,好好想想。"加藤又叼上一根烟,但并未点燃,而是继续说道,"比如新海美冬。"香烟微微上下抖动。

"她?为什么……不可能……"

"你那时也说过。问你为什么要查看她的信件,你说要确认她是否有新的男人。如果你说的是真的,她想和你分手的可能性也就有了。"

"或许是,但……因为这个就要陷害我?"

"这种事不是不能考虑。"

"荒唐!"浜中摆了摆手,"她应该没必要做这么麻烦的事情。我是有家室的人,如果她提出分手,我也没办法。但她没有先提出分手,尽管最终分手了,可那是因为发生了那件事……"

"她有了别的男人?"

"这个……其实到了现在,我也不清楚。"浜中摇摇头。

"你认为新海美冬另有男人的理由是什么?"

"理由……"

"肯定有什么依据吧,才会查看她的信件,才会跟踪她。"加藤句句带刺。

浜中搓了搓脸,将目光转向店门外。依然没有来顾客的迹象。"是听华屋其他女店员说的。"他说。

"说新海有了男朋友?"

"没直接这么说。她说无意间听到美冬打电话,像是要和人约会。"

"那个女店员姓什么?"

浜中叹了口气:"畑山。"

加藤从口袋里取出笔记本,翻到其中一页,在上面指着。

"噢,记录中有,畑山彰子,提出受到跟踪狂骚扰的女店员之一。你是听她说的?"

"嗯。"

"光凭打电话,恐怕无法判断是恋人,也许是和女友约会。"

"我也曾这样想,但畑山断言美冬是在和男人打电话……那时,畑山似乎还没受到跟踪狂的骚扰,是随便聊天时对我说的。她说,女人只有在喜欢的人面前才会露出本色……"

"本色?"

"听说那时美冬打电话说的是方言,就是关西话。而且,那口气不像是对朋友,娇滴滴的。反正畑山是这样说的。"

"关西话……"加藤陷入深思,"听了这番话,你猜到是谁了吗?"

"我的确觉得奇怪。美冬在地震中失去了双亲,还说过长期离开关西,在那边已完全没有朋友。她照理不可能有用关西话交谈的朋友。"

"所以才猜测是男人。"

"反正是想确认这件事。查看她的信箱,是想看看有没有从关西寄来的信。"

一回想起当时的事,浜中就浑身火烧火燎一般。为什么会如此迷恋那个女人?如今还要坦白这种事情,他感到懊恼。

"警察先生,行了吧?尽管不知道你在调查什么,现在我与华屋以及美冬都没有关系。你就饶了我吧。"

加藤却像没听见似的继续问道:"你查看的只是信件?有没有打探过其他的事?"

"其他什么也没……"

"真的?"加藤乜斜着眼睛看他,"我无法相信,擅自偷看别人信件的人,只干那些就会罢手。"

见浜中默不作声,加藤又点了一根烟。"想必也查看了垃圾袋,还跟踪过她。"

"警察先生,我要生气了。"浜中怒气冲冲地盯着对方,"这事不是已经结束了吗?为什么现在又——"

"已经结束了,事到如今,并不想把你怎么样,所以你实话实说就行。"加藤低沉的声音甚至能穿透到胃里,"刚才也说了,估计你也想保住现在的生活。如果再被从这里轰出去,你就真无处可去了。"

"……她,到底干了什么?为什么还要穷追不舍地调查?"

加藤叼着烟咧嘴笑了笑:"你没必要知道。"

"可——"

浜中刚要开口，加藤从上衣内袋里取出一个东西放在柜台上。像是折叠起来的宣传册，印着宝石和贵金属的照片，华屋的标志立刻映入眼帘。

"这是什么？"

"听说华屋要脱胎换骨了，你知道吗，华屋和一家叫BLUE SNOW的公司开展业务合作，开始销售和以往概念完全不同的贵金属。"

不论是这家公司的名字，还是华屋推出了新产品，浜中一概不知。他一直极力避免接触与华屋相关的信息。

"从你的表情看，应该不知道。"

"我不关心。"

"哦。但如果得知BLUE SNOW的社长是美冬，你会作何反应？会不会多少有些兴趣？"

浜中望着加藤胡子拉碴的脸。"不可能……"

"这世道，总爱发生不可能的事。顺便再让你惊讶一回，新海美冬现在还是华屋的社长夫人，因此，她现在的名字叫秋村美冬。"

"什么？"浜中瞪圆了眼睛，"和秋村社长结婚……她？"

"具体经过我也不知道。不知是新海美冬在华屋工作期间曾见过秋村，还是因业务关系与他相遇，总之，新海美冬在公私两方面都成功掌控了华屋。"

浜中低声念叨："难以置信！"

"的确是让人难以置信的女人。就在三年前，她还和你有纠葛，现在已发展到这种程度。你呢，在这家小店里，整日向那些钱包瘪瘪的年轻情侣推销低档首饰。你不觉得不值吗？"

这些令人感到屈辱的话让浜中很生气，但他已无力反驳。既有在楼梯上一脚踏空的人，也有登上幸运电梯的人。他明白这个道理，但仍感觉自己真是背运。

"所以，浜中先生，"加藤的语气突然严肃起来，"多细小的事情都可以，你在多方面调查新海美冬时，有没有发现什么有意思的事情？同男人无关的也可以。"

"我什么都没发现。"

"别这样说。"

"真的。除了男人方面，我确实想更深入地了解她，因为我是真心喜欢她。"

加藤似乎十分理解他的心情，用力点了好几次头，当然，也包含了浓厚的揶揄意味。

"我曾利用休息日去过她的故乡。当时刚发生地震，重建工程还没系统开展。我四处转悠了整整一天，想找到一两个认识她的人。"

"结果呢？"加藤探过身子。

"仅此而已。"浜中摊开双手，"总算找到了她父母曾住过的地方。当时连交通手段都无法保障，我只拍了几张堆积如山的瓦砾照片就回来了。她的朋友一个也没碰到。"

"照片呢？"

"呃，"浜中摇了摇脑袋，"应该在家里，也许早被我妻子处理掉了。"

"你把这事告诉了新海美冬？"

"我想……怕是告诉了。对，没错，告诉她了。我记得让她看过那些照片，告诉她我去了她故乡看了看。"

"她反应如何？是不是很吃惊？"

"倒也没怎么吃惊，只是有点生气地问我为什么要这样做。记得当时我回答：'想知道你的全部。'也许你会觉得我很愚蠢。"

加藤并未回答，只微微笑了笑，脸上明显写着：就是愚蠢。

"我真后悔。但那时我是认真的，不想失去她，才想知道她的一切。她身上具有某种让男人发疯的东西。"

加藤闻言点了点头。不知为何，他脸上没有了刚才嘲笑的神情。

"够了吧？就算你再问，我也答不出什么了。你还是告诉我吧，为什么又开始调查这件事？她做了什么？和什么案子有关系？"

加藤看都没看他一眼，把烟盒和打火机放进口袋。"打扰了。"他边说边向门口走去。

"警察先生。"

加藤打开门，在出去之前又转过头。"你刚才也说了，她能让男人发疯。她做的就是这样的事。"他咧嘴笑了笑，说声"还会再来"，就走出了店门。

加藤走后，浜中呆若木鸡地伫立良久，或许有一种将内心深处积压的东西悉数吐出后的虚脱感。回过神来，他跌坐在椅子上。

美冬秀美的脸庞和匀称的体形现在依然能清晰地浮现在眼前。在交往过的女人中，她无疑最具魅力。

刚见面时他并未如此着迷。当她来打招呼，自称是被分配到一层皮包柜台的新海时，他只感觉她很漂亮，并没考虑将她当成婚外恋的对象。见过几次面后，他渐渐被吸引住了。她看上去很坚强，但又会在一瞬间表现得脆弱无助，让人不由得想伸手相助。但她十分顽固，坚决不接受别人的援手。她的这种态度有时让人感觉冷冰冰的，有时则感觉极其强硬，分寸把握得绝妙无比。她的眼睛具有其他女人无法模仿的魔力。如果被她注视，似乎内心的最底层都被她看透了，整个人都要被吸过去。

浜中本就喜欢拈花惹草，以前曾和打工的店员发生过关系，但从未和正式员工搞过婚外恋。新海美冬是例外。他太喜欢她了。他还感觉，美冬似乎也希望那样。他确信，只要去接近她，肯定能成。

他的预测没有错。美冬来到华屋两周后，两人的关系已发展到去酒店开房间的程度。

"我想和你在同一个地方工作。"美冬在浜中臂弯里窃窃私语,"我想随时随刻和你在一起。"

"会被店里的人猜疑。"

"现在还没事。我刚入职,不会有人怀疑我和你的关系。"

"倒也是。"

浜中当时是楼层负责人,拥有提出人事调动要求的权限。经过策划,他很快让美冬如愿调到三层的宝石饰品专柜。

在店里,两人完全装成能干的上司与新职员的关系;而在床上,为挥去平日的压抑,浜中贪婪地享受着美冬的身体。浜中很满足,他不想破坏家庭,也不想失去美冬。

"我有个梦想,将来能制造出自己独创的品牌产品。"他多次在床上搂着美冬的肩膀说,"为此,我在学习首饰制造,家里还有工作台。我还想出了几种款式。"

"我想看看你的设计。"美冬说。一天,浜中从家里拿出几张图纸给她看。看后,她的眼睛闪着兴奋的光,说:"每个都那么漂亮,全是我从未见过的!"

听上去她不像是在奉承。

"对吧?我也很有自信。"

"特别是这个,太厉害了,宝石双层重叠!"

"平面摆放宝石的款式数不胜数,但立体摆放宝石的设计从未有过。这也许能申请专利。"

实际上,浜中完全没有自信,不知自己的设计能被认可到何种程度。至于想独立单干的梦想,他觉得只是个梦想。即便如此,听了美冬的话,他还是特别高兴……

浜中于今想来,估计再也不会见到她,一切都因那一系列离奇事情而崩溃。

他不经意间看了一眼柜台，上面有加藤留下的华屋宣传册。他撇了撇嘴，想把它扔进垃圾筒。正要松手，却又改变了主意。他做了个深呼吸，翻开了宣传册。

首先是醒目的宣传语："华屋正向新的舞台发展"，下面印着最近发布的新款戒指的照片。

浜中原本漫不经心地看着画面，一看见照片，他的眼神立刻变得狰狞起来，拿着宣传册的手也开始颤抖。

"怎么会……太荒唐了！"他低吟似的自言自语。

2

第二天，浜中去了位于青山大道的 BLUE SNOW。他不愿让人小瞧，便穿上了许久没穿过的西装。说是最新的西装，却也是四年前买的。

公司在四层。他竟然有些胆怯，开始憎恶自己。就在今年之前，不论面对多么了不起的大人物，他也从未丧失过自信。但现在呢？刚乘上电梯就开始心神不定。

BLUE SNOW 的办公室兼展厅是玻璃结构的，商品向外冲着马路陈列，除了贵金属，还摆放着健康食品之类的东西。

刚一进门，前台小姐就对他笑脸相迎："欢迎光临。"他从怀里掏出名片，向前走去。这名片是进现在工作的小店后新做的，很少给人，因为没有那个必要。

"我想见你们的社长。"

前台小姐颇感意外似的诧异地望着他，但依然保持着笑脸，说了声"请稍等",便从他身边走开,对坐在附近桌子旁的一位年龄稍大的女子说着什么。

他扭过头,看了看旁边的展柜。上面写着"B.S. original No.1",陈列在里面的是戒指。看了款式后,他赶紧深呼吸了一下,努力控制自己不要出声。

不一会儿,那两名女子一起过来了。

"对不起,您没预约吧?"年长的女子问。

"嗯,是的。"

她那金丝边眼镜后闪出冷冷的眼神,只是嘴角还带着一丝微笑。"您有什么事吗?就跟我们说吧。"

"我有事想直接与新海社长谈,请您帮我传达一下。如果社长出去了,我可以在这里等。"浜中也含笑回答。他早已习惯装笑了。

女子似乎有些为难,但态度依然没有变化。"社长正在会客……您是……"她低头看了看名片,"浜中先生,我会向社长转达。"

看来她不想通知社长。这种态度并不意外,他曾经和她处于相同的处境。

浜中从西服口袋中又取出一张名片,他尽可能不想用,但这样下去不会有任何进展。他把名片递给对方。

"麻烦您马上将这张名片拿给社长。如果社长还是没有任何兴趣,我会马上放弃,离开这里。"

那是在华屋工作时的名片。尽管心里清楚早晚要扔掉,但还是一直放在抽屉里。今天拿了三四张。

对方显得有些不知所措。华屋的人确实不能随便轰出去,但从没听说过这个名字,不知该如何接待。她肯定没听说过恶臭事件。

"华屋宝石饰品专柜的负责人,好像是樱木先生……"

知道得还挺详细。听到樱木这个姓氏,浜中感到一阵不快:那个愣头青竟然坐上了我的位置!

"您拿给新海社长,她肯定会明白。拜托了。"他依然满脸堆笑地低头恳求。

对方考虑片刻:"请您稍等。"随后便消失在里面的办公室。浜中叹了口气,看了看依然站在旁边的前台小姐。她似乎不知如何是好,样子有些扭捏。

"我可不是可疑的人。"他善意地笑了笑。

她也恢复了笑脸,回到自己的座位。

"连健康食品都在经销?"他问道。

"嗯,有几种对美容有益的健康辅助食品,这里还有试用品。"

"不,不用,我是男人,也过了注重外表的年龄。"

就在这时,那个戴眼镜的女子走了出来。"社长说要见您,这边请。"

"太好了。"浜中冲前台小姐笑了笑,抬腿跟上。

办公室里面有扇门,戴眼镜的女子敲门后打开。"客人来了。"她冲浜中点点头。

浜中走进去,美冬正坐在会客沙发对面的桌子旁看资料。她抬起头,没有看浜中,而是对他身后的女子说:"我不叫你们,谁都不许进来。"

"知道了。"女子答应着退了出去。门关上后,美冬站起身,直直望着浜中,毫不客气地走了过来。

"好久不见。"

"听说你发展得不错,华屋的宣传册我也看到了。"

"您请坐,喝点什么?"她似乎根本没有听到他的话。

"不用了,只想和你谈一谈。"

"真是好久不见了,看见名片,我真的很吃惊。请坐。"她又一次请浜中坐在沙发上，自己也坐下了。

浜中目不转睛地盯着她的脸，坐了下来，随后又环顾室内。屋内没有一点多余的摆设，只有玻璃橱柜还算显眼，里面装饰的都是这个公司的商品。

"说实话，我以为你不会见我。"

"为什么？会见各种人是社长的职责，特别是像我们这样的小公司。"

"嘴上这样说，可干的都是大事。你不是已经和华屋合作了吗？对了，忘记祝贺你了。"浜中双膝并拢，低下头说，"祝贺你结婚。"

话里当然充满了讽刺意味，他本以为对方会满脸不悦，但抬头一看，美冬没有丝毫动摇，还慢慢点了点头，表现得落落大方。

"谢谢。我们两人都太忙，现在还没有已结婚的感觉。"

"听说你竟然和他结了婚，我真是大吃一惊。"浜中咬牙坚持着这个话题，"真没想到竟然是华屋的社长。"

"应该说是缘分吧。"美冬轻松搪塞过去。

看来是想彻底装蒜，我也作好了思想准备——浜中调整一下坐姿，干咳一声。"有两三件事想问你。"

"什么事？"美冬看了看手表，很明显，是表示自己没有太多时间闲聊。浜中佯装没看见。

"首先是三年前的事。估计你也不想再提起，我也一样，但我想搞清楚。也许你想问为什么又旧话重提，但原因在你，这个过一会儿再说。听说你当时对警察说没有和我交往。为什么要撒谎？"

美冬脸上的笑容消失了。她紧闭双唇，从鼻孔重重喷出一口气，随后抱起胳膊，注视着浜中摇了摇头。

"你怎么还说这种话？能不能适可而止？"

"啊，你想隐瞒和我的关系，这我不是不明白。当时我莫名其妙地成了嫌疑人，如果和我搞婚外恋的事被大家知道，连你也无法在华屋干下去了。可正如你知道的，不是我，既不是恶臭事件的制造者，也不是跟踪其他女店员的跟踪狂。所以，你能否在此对我道个歉？那时如果你肯承认和我的关系，我的嫌疑早就排除了。"

美冬用怜悯的眼神望着他："你以为我会承认这种事吗？"

"这里没别人能听见，只有你和我。希望你能向我道歉，说当时撒了谎，对不起我。"

美冬摇摇头，站起身，指着门说："请你回去。"

"喂，等等。"

"说实话，我并不想见你。但尽管时间不长，你也曾是关照过我的上司，才决定见你。万万没有想到你会说这些。"

"等等，美冬。"

"你凭什么对我直呼其名？"

美冬走到桌旁，抓起电话，像要叫人。

"话还没说完。还有件事，好像是叫 B. S. original No.1 吧，就是那款戒指。"

她的手正要去摁一个按钮，闻言停住了，但依然把话筒贴在耳边，看着他说："那戒指怎么了？"

"据我观察，那似乎是贵公司的首例试制品。"

"确实如此。"

"设计者是谁？"

"我。"美冬说着放回了话筒，"你想说什么？"

浜中靠在沙发上，跷起了二郎腿，抬头看着美冬："你竟然能大言不惭地说出这种话！那戒指是我设计的。当时你怎么说的？就是在江东区那家酒店里给你看图纸的时候。"

"你在说什么？我一点也听不懂。"

"别装糊涂。我仔细看了华屋的宣传册,里面至少有五款戒指是以我的设计为基础制成的。"

"请你不要莫名其妙地寻衅。那些全是我们公司和华屋开发的产品,根本不是第三方的设计。"

"我是说,你记住了我的设计。设计者本人说的怎么会错?"浜中站起身,向橱柜走去。那里也摆着几款戒指。"这个也是我的设计,从右边数第二个。"他回头看着美冬,"将宝石立体摆放的设计是我想出的。宣传册上说,那已经获得了专利。告诉你这种设计可能获取专利的也是我,而且是在床上。"

本以为美冬肯定会满面怒容,没想到她竟然还露出微笑,这让浜中有些狼狈。

"关于那个专利,多方来人咨询,或者说是抗议,都说自己也考虑过类似的设计,不能说这是我们公司的独创。"

"我想说的是——"

"针对这些抗议,我们是这样回答的:关于专利,如果有异议,请去专利局走特定手续。另外,如果你以往想出过类似的设计,请出示证据。当然,就算拿出几款图纸和制成品,也没有任何意义,只能认为是在模仿我们公司的产品。"

美冬在让浜中拿出证据。她当然知道,自己是剽窃了枕边话中出现的构思。但确实如她所说,没有证据。

"我并不是想说专利怎么样,也不想让你支付设计费用。你只在这里对我说就可以,希望你说——靠我的设计取得了成功,却作为自己的东西使用了,很感谢我。如果同时向我道歉,说当时隐瞒了两人交往的事实,对不起我,这样我就满足了,我会马上心满意足地离开这里。"

美冬摊开双手,像是在说已无法交谈下去。她伸出右手拿起电话。

"美冬。"

"不是对你说过了吗，你没有资格直呼我的名字，也没有理由这样刁难我。"

"你敢说这种话？我会把和你的事情告诉秋村社长。"

有人敲门，那个戴眼镜的女子探进头来。

"客人要走了，送客。"美冬干巴巴地说。

"等等，我还有话说。"

"够了！我没时间听被华屋辞掉的人说话。"

"你认为被辞退是谁导致的？"

"你自己，"美冬平静地说，"因为你做出了跟踪别人的卑鄙行为。"

戴眼镜的女子表情马上僵硬了，露出似乎在看什么肮脏的东西的表情。"请回吧，社长很忙。如果您不听，只好叫警卫了。"

"你记住，肯定会让你后悔的。"浜中一把推开她，离开了办公室。

3

"……关于专利，如果有异议，请去专利局走特定手续。另外，如果你以往想出过类似的设计，请出示证据。当然……"

听到这里，加藤关掉了录音机的开关。他挠着长满胡须的下巴，叹了口气，抽出一根烟。

"怎么样？"浜中问。

加藤没有马上回答。他往外吐着烟，望着装饰在店内的观赏性植物。两人正坐在位于霞关的咖啡店的角落，是浜中把加藤约出来的。

"喂，加藤，你快说话呀。"

加藤无精打采地望着浜中："让我说什么？"

"我问你是怎么想的。这回你该知道我没撒谎吧？"

"我不认为你撒了谎，三年前也一样。"加藤弹落烟灰，"可这样的磁带毫无用处。"

"为什么？我已经向她抗议了。"

"你确实抗议了，但那女人并没有承认。磁带作为证据的能力本来就差，这就更不用说了。"

"美冬确实否认了，但……但是，如果我在瞎编乱造，就不可能这么理直气壮地去找她理论。曾交往过的事也是如此。如果真的没有任何关系，我不可能质问她为什么要隐瞒和我的关系，否则就成了脑子不正常的人了。"

加藤冷冷地望着拼命解释的浜中，微微晃了晃肩膀，嘴角挤出一丝微笑。"没错，你就是个脑子不正常的人。"

"什么……"

加藤把烟吐向张口结舌的浜中。"如果光听这盘磁带，只能这样来判断。喂，浜中，假设你怀揣着录音机，真的把新海美冬说的真话录了下来，你打算怎么办？"

"想当证据……或许作为证据的能力不足……如果在法庭上对峙，或许会输，但如果让媒体知道了，肯定能成为话题……"

"啊哈，你想借此敲诈美冬。"加藤微微一笑。

"怎么能说是敲诈呢……我只是……"

"行了，这些都无所谓。"加藤不耐烦地挥了挥手，"你认为她对这些事完全没有预料吗？"

"什么……"浜中眨了眨眼睛。

"你是穿成什么样去找的她？带包了吗？"

"包？没有，空着手去的，衬衣、领带、穿着西服……"

"不愿让她看到你落魄的样子。"

"倒不是……"浜中低下头吞吞吐吐——被说中了。

"这样绝对不行。"加藤说,"她知道你身上藏了录音机,或者说,怕你万一会那样,她和你说话时每句话都很小心。"

浜中把手放到胸口,那时把录音机放到了西服的内袋。他想起了当时的感觉。

"不会吧……"

"我相信你说的,才听了录音,也才发现那女人从头到尾都在演戏,而且没有丝毫漏洞。正如你反复说的,当时的谈话不会被别人听见,也就是说,那女人连自己的话有可能被录音都算计到了。"

浜中呆若木鸡地盯着咖啡杯中的黑色液体。

"喂,浜中,你还是收手吧。"加藤平静地说。

浜中抬起头。"收手?什么意思?"

"我是说你不是这女人的对手。再纠缠下去,倒霉的肯定是你。"

"我不会就此罢休。我失去了一切,说到底都是因为她,连我设计的戒指方案也被窃取了……绝不可能就这样忍气吞声。无论如何想报复,否则咽不下这口气。"

"那你就全交给我吧。浜中,你只要给我提供信息就可以,像今天这样。以后也按照这种模式,拜托了。"加藤的语气既像在蛊惑浜中,又像在讨好他,同时也像把他当傻瓜。

浜中双手放在桌子上,握紧拳头,重重地敲了一下。"我无法接受。"

"怎么还不明白?"加藤不耐烦地说,"像你这样的外行,整天瞎晃悠对我们是一种干扰。那女人本来防护得就很严密,你再惊动她,人家非但不会露出尾巴,还会藏到洞穴里,可能让我们无从下手。"

浜中翻着眼睛瞪着加藤,加藤也毫不客气地回瞪。

"你无法理解我的心情。"浜中从钱包里取出自己那份咖啡的钱,放在桌子上,顺手拿起录音机,站起了身。

"喂,浜中,你发火有什么用?"加藤抓住他的胳膊,"我不是说让你交给我吗?先坐下。"

浜中坐下后,加藤满意地点点头。"设计戒指的事是什么时候对新海美冬说的?在交往后还是交往前?"

"以前对你说过了。"

"我想再确认一遍。"加藤微笑道。

浜中叹了口气:"是在交往后。"

"确定?"

"没错。设计戒指的事,我连最亲近的人都没说过。"

"哦。"

"警察先生,你刚才就说让我把这事交给你。难道你真的能报复那个女人?"

加藤晃了晃肩膀,苦笑道:"我并不恨新海美冬,谈不上报复,勉强可说成想剥掉她的伪装。"

"可你也不能逮捕她,她没犯什么罪。"

加藤没有回答,只是咧嘴笑了笑。

"上次你说过为调查新海美冬去了神户,对不对?"

"不是神户,是西宫一带。"

"这都无关紧要。你调查到了什么?"

"上次对你说了,找到了她父母家在地震中倒塌的房子,还在那附近转了转。"

"另外呢?"

"在西宫看到的就是这些。本来也想去京都看看,可没时间了,只好作罢。"

"京都?"

"听说她父母原本住在京都,她是在京都上的小学和中学。那时的事情我也想知道。"

加藤认真地注视着他。"知道她在京都生活时的地址吗?"

"不知道,但知道学校。简历上写了。"

"你偷看了她的简历?"

浜中撇了撇嘴。加藤也不管这些,继续问道:"现在还有她的简历吗?"

"怎么可能?早扔了。"

"至少还记得她是哪个学校毕业的吧?你那么迷恋她。"

"记得又能怎样?"

"告诉我。"加藤说着从内袋里取出记录本。

和加藤分手后,浜中回到店里,发现百叶门半开着。他吓了一跳,出门前应该严了。浜中跑上前,向上推起百叶门。店里有人影。看清是小泉,他才放下心来。小泉是他的雇主。除了这家店,还经营了另外三家。

小泉像是在检查账单,看见浜中后不太高兴地问道:"你出去了?"他穿着褪色的破衬衣,外面是件皱皱巴巴的外套。浜中总是想,老板应该注意一下穿戴,但吝啬鬼小泉从来听不进去。

"去买了点东西……"

"哦。"小泉依然绷着脸,"听说你去华屋冲人家的商品找碴了?"

浜中呆住了:"你怎么知道?"

"果然。"小泉放下账本,"你怎么想的?不是说好了不要和华屋产生纠葛吗?因为你有这样的承诺,我才答应把这家店委托给你。"

浜中明白了。肯定是美冬把他的事告诉了丈夫秋村隆治,估计说他去胡搅蛮缠。

303

"我没去找华屋理论，而是去了那家所谓开发新产品的合作公司——"

小泉摇头阻止了他："这都无关紧要。你说你的设计被剽窃了，去找碴是事实吧？"

"不是找碴，"浜中舔了舔嘴唇，"你听我说，小泉。那些新产品原本是我想出来的，BLUE SNOW 的社长却擅自剽窃。"

小泉开始摇晃双手。"这种话我不想听。你给我听好了，如果同华屋对立，像我们这样的小型宝石店还能生存下去吗？如果遭到所有批发商的排挤，马上就得关门。"

"他们……说什么了？"

"倒很婉转，说这回就先饶了你。我这次也就睁一只眼闭一只眼了，再有第二次，别怪我不客气。"小泉喋喋不休地说着，不停地用手指点着浜中的脸。

望着小泉那塞满脏东西的指甲，浜中想起了刚才加藤对他说的话："再纠缠下去，倒霉的肯定是你。"

4

和浜中分手后，加藤迎着夜风向车站走去。各种思绪在脑中卷起旋涡，慢慢地显露雏形。

新海美冬勾引浜中的时候，应该还不知道他在戒指设计方面有独特的创意，只是为提升在华屋的地位，以浜中为踏板向上爬。事实上，在浜中的努力下，她进公司不久就被调到华屋的中枢部门——宝石饰品柜台。

在和浜中交往的过程中，她发现他具有更高的利用价值——划时代的戒指设计。以此为基础，她甚至想到要自己创业。

她决定窃取浜中的设计，这样就需要把原本是靠山的浜中驱逐出去，而且事后也得摆脱他的纠缠。

于是，她筹划了那一系列事件。

对所有女店员的跟踪行为，亏她想得出来！如果只是针对美冬一人，浜中不会被免职。正因为是对所有店员的行为，华屋才不能视而不见。而且，美冬自始至终都坚持自己是众多受害者中的一员，彻底否认与浜中的关系。

但就算浜中被华屋解雇，也无法保证他不再纠缠美冬。因此，有必要再引发一场事件——恶臭事件。

当时，地铁毒气事件使所有警察都处于高度紧张状态。若听说散发了恶臭气体，公安部都会尽全力侦查。即便是模仿地铁毒气的案件，搜查队都信誓旦旦地说一定要抓住案犯，对可疑的人不惜长时间进行监视。结果，别说美冬，浜中连华屋的相关人员都无法接近。这正是美冬的目的。

新海美冬是个可怕的女人，为达到目的，不论对谁，绝不手软。不论别人遭遇怎样的不幸，她都毫不在意。

可有必要把浜中害到那种程度吗？难道不能巧妙控制他来继续利用吗？

让加藤比较在意的，是浜中说曾专程去过美冬的故乡，还说那时她生气了，而且，此后就发生了一系列的事件。

那时我是认真的，不想失去那个女人，才想知道关于她的一切。那女人身上具有让男人发疯的某种东西——加藤又回想起浜中瞪着眼拼命表白的样子。在旁人看来，那似乎有些滑稽，但也并非不能理解浜中的行为。但这对美冬来说，或许非常讨厌。

加藤又记起另外一件事情——曾我孝道的失踪。曾我想把新海美冬与父母的合影交给她。但就在交给她之前，曾我却神秘消失了，至今下落不明。

浜中和曾我都想触及新海美冬的过去，又在她面前消失了。至于曾我，还不知是生是死。

或许我该当一次跟踪狂。

加藤对着夜幕笑了。

第八章

1

一九九九年元旦。

秋村宅邸按惯例举行了新年会。一层的起居室和客厅之间相隔的墙壁原本就设计成可以拆除，两个房间合并起来，就变成了一个约四十叠大的宴会厅。里面摆放着桌子，桌上的新年料理都是常年往来的高级和式料理店送来的。围坐在桌旁的都是亲戚，其中还有在华屋担任董事的人。

有人在大声说笑，是秋村隆治的舅舅。只要喝点酒，不管对谁都会高谈阔论，这是他的老毛病了，上了年纪后越来越严重。

"以前以为进入二十一世纪后，就会步入汽车在空中飞的时代。漫画书中就是这样描绘的。不仅是漫画，连那些伟大的学者也说，任何人都能在宇宙中旅行。可实际怎样呢，只不过发展到了每人一部手机的程度。汽车依然在地面上爬着，对破旧的气象卫星也是束手无策。所谓的文明进步，最终也就这样了。"

刚才他还在说，做梦也没想到自己能活到这个岁数，这多亏了平日注意健康。大家正都敷衍着附和,他好像又改变了演讲主题。

美冬替他拿来了酒,还帮他斟满了酒杯。他发红的脸立刻笑逐颜开。"呀,隆治也真是能干,老大不小也不成家,一直让大家为他着急,看着没什么动静,是因为藏着这么一个佳人呀。有这么出色的美女,不论我们给他介绍怎样的对象,当然会不屑一顾。"

有人点点头表示赞同,大部分人只是苦笑。隆治和美冬结婚已近一年,从结婚那天起,这位舅舅总是说相同的话。

"这种话已经听腻了。新的一年了,咱们说点别的吧。"作为一家之主的隆治有些不耐烦地摆摆手。他穿着新定做的和服,听说面料是美冬选的。美冬也身穿和服,她特别擅长穿和服,似乎也习惯于这样行动。

于是,其他亲戚开始聊孩子的话题,说隆治不快点生个继承人,大家就无法放心。周围人意见一致。"就算你们这么说,唯独这件事不是想怎样就怎样。"隆治答道。美冬则略显羞涩地低下头,随后便去了厨房。

"别说了。开人家新媳妇的玩笑,真是。"舅母责备道。

"不是在跟美冬开玩笑,而是在说这位华屋的年轻社长,娶了个比自己小十五六岁、还这么漂亮的媳妇,真是幸福。"

"隆治的确幸福。美冬不仅长得漂亮,工作上也能干,还丝毫不摆架子,嫁给隆治真是可惜了。"比隆治小两岁的表弟说,"早知如此,我也不该那么着急结婚,真应该再耐心等等。"

"说什么呢!隆治等到这个岁数也没关系,像你这样挺着啤酒肚的人,谁会嫁给你呀。"坐在旁边的妻子说,引得大家哄堂大笑。

对一年前突然嫁到秋村家的新媳妇,家族成员都比较有好感。去年夏天因法事聚集的时候,对于她妥善的安排、待人接物时礼貌的态度,大家都赞佩不已。大部分人觉得,她那么年轻,真是了不起,作为隆治的伴侣确实无可挑剔。

今天也是，虽有两名女佣，但美冬从一大早就开始麻利地工作，细心指挥她们。在和陆续到来的亲戚们寒暄时，也不忘随时维护隆治的面子，让人感觉十分舒服，真是无懈可击。大家当然会给她很高的评价，只有仓田赖江冷冷地望着这一切。她见弟弟被大家嘲弄着，却一副喜形于色的样子，心想，那孩子不论多大都不成熟。

赖江比隆治大三岁。不论在学习方面还是在领导才能方面，从不觉得自己比弟弟差，可她从未有过继承华屋的念头。父母早就定下隆治为继承人。因此，她从高中时代就开始向喜欢的绘画方面发展。上大学的时候，还曾去巴黎留学一年，但很遗憾，没有成为画家，毕业两年后就和人相亲结婚了。

"赖江，现在你没有担心的事了吧？"坐在旁边的表妹搭话道，"光一成才了，隆治也终于成家了。"

光一是赖江的大儿子，今年二十五了，医学院毕业后，就职于大学附属医院。

"光一还不能说已经成才，而且，我也从未担心过隆治。"

"你相信他早晚能找到意中人？"

"倒也不是。我觉得如果找砸了，还不如一直单身。反正有女佣，也没什么不方便的。"

"可这样总算放心了吧，娶了这么一个既年轻又能干的人。"

"是啊。"尽管赖江的感想与表妹的意见完全不同，她还是附和了一声。

他们的父亲于七年前去世。父亲去世不久前，曾将她叫到身边，叮嘱她以后多多照顾隆治。父亲已察觉自己身患癌症，去日无多。

"那孩子工作上没问题，估计能把华屋经营好。"父亲抖动着枯瘦的喉咙说，"主要担心他的家庭。我只顾教他如何工作了，没教会他如何拥有家庭。如果你母亲活着，也许就不是这个样子。"

赖江的母亲比父亲早去世将近二十年。

"我会帮他找到好媳妇的。"赖江对父亲说。

父亲点了点头。"拜托你了。那孩子没自己想象的那么严肃而厉害，我总担心他会被坏女人缠上。女人的事只有女人才懂，只能拜托你。"

"我知道。爸爸也要快点好起来，咱们一起给隆治找媳妇。"

听了她的话，父亲无力地笑了笑。他的眼睛似乎在说，这句话只是形式上的安慰。

直到临死前，父亲最大的担心就是没有继承人。父亲靠自己的努力创办了华屋，想让直系子孙继承下去。

为遵守父亲的遗言，赖江经常给隆治介绍对象，但隆治根本听不进去。"我的爱人我自己找，不想让别人帮忙。"

"总是说这种话，可不知不觉你已经四十多了，别到最后没人嫁给你。"

姐姐的恐吓也毫无效果。

"如果找不到喜欢的，那就算了。朋友还是有的，足以避免老了后一个人寂寞。总之，我不会妥协结婚，那太愚蠢了。"

"可如果你没有孩子，华屋怎么办？"

"到时就有办法。又不是皇室，就算没有血缘关系，也可以委托给优秀的人。一个家族持续控制企业的想法太落后了。"

不光是赖江，给他介绍对象的人全被这样反驳过。后来，再没人对他提这件事，连赖江也快放弃了。就在这时，隆治突然提出要结婚。

到了傍晚，亲戚们陆续回去了。每个人第二天的日程都安排得很满，新年会早些结束是多年的惯例。

送走最后一位客人后，赖江揉了揉肩膀。按说她也该回自己的家，但做事时总是有意无意地觉得自己是娘家人。

"哎呀呀，终于从新年的任务中解放出来了。"

隆治正坐在起居室的沙发上伸着腿休息。尽管他酒量很大，这时脸也有些红了。桌子上已大致收拾完，厨房里传出了刷碗的声音。

"美冬呢？"

"在收拾，本来告诉她这些事让用人们干就行了。"隆治脸上表现得不耐烦，可语气明显是在夸耀妻子贤惠。

赖江也坐了下来，看着墙上的置物架。她很关心放在上面的东西。

"那是贺年卡吗？"赖江问弟弟。

"什么？啊，是的。"

"这么多，有多少张呀？"

"不清楚，没数过。应该有一千多张。"

"全是寄给你的？"

"放在那儿的都是。我几乎没看内容。总算没有寄给爸爸的了。"

直到两三年前，还会收到几张寄给父亲的贺年卡。

"也收到寄给美冬的贺年卡了？"赖江压低声音问。

"当然。转寄手续已经办好了。"

"工作相关的是不是都寄到公司去了？"

"估计是。"

"哦……有几张？"

"什么几张？"

"我是问寄给美冬的贺年卡。"

隆治皱起了眉头。"我怎么会知道？我只看了看邮寄人是谁，如果有寄给美冬的，就放在一边。数量太多，光看邮寄人就够费劲的了。"

"确切的数量无所谓，至少你应该知道是多还是少吧？"

"当然比我的少。"

"有五十张？"

"应该没那么多。为什么问这个？"

见弟弟眼神乖戾地瞪着自己，赖江想，这表情和他小时候比没有丝毫变化。

"我想知道她收到多少朋友或以前熟人的贺卡。"

"怎么又说这个？"隆治歪了歪嘴，伸手拿过烟盒，"姐，你怎么没完没了呀。"

"可我总觉得不对劲。"

"所以我才说你想法怪异。你知道她家遭遇了阪神淡路大地震，父母也因此去世，从那以后，所有的人际关系都回到了起点。这有什么不对劲的？"

"确实听她说父母的家全都塌了。但美冬原本不是在那里长大的，难道会因为地震断绝了和以往所有熟人的交往？"

"以前不是说过了吗，她回去本来是打算和父母同住，却遇上了地震，地址和相册全部丢失，无奈来到东京，以前和她交往的人不知道这些，想联系也联系不上了。"

"别人确实是这样，但如果美冬想联系，应该有办法，就算地址簿被烧毁了。"

"喂，姐姐，你到底想说什么？"隆治把拿到嘴边的烟又放了回去，声音有些不耐烦。

"没什么，只是觉得有些奇怪。"

隆治叹了口气，摇着头站起身。"去哪儿？"赖江问。

"穿着和服行动不方便，我去换衣服。"他向房门走去，中途又停了下来，扭过头说，"我可提醒你，刚才说的话绝对不要对美冬说，对其他人也不要提。"

"不会。"

隆治紧闭着嘴走出房间。

房门关上后,赖江站起身,走到置物架旁,低头看着那堆贺年卡,随便看了几张,果然都是寄给隆治的。她环顾四周,连抽屉都拉开了,但没发现寄给美冬的贺年卡。

前年秋天,隆治突然告诉她要结婚了。当时赖江只是发自内心地感到高兴。如果弟弟能自己找到理想的爱人,那再好不过了。当她得知女方是最近与华屋建立合作关系的公司经营者时,也没有特别反感。日本今后会有更多女企业家出现,只不过弟弟的对象碰巧是这样一个人。确切地说,作为华屋的社长夫人,对业务一窍不通,绝对不如精通些好。她只担心若女方太忙,不利于维持家庭。隆治只是付诸一笑。

"对不起,姐姐,我没有建立家庭的意识,只是因为想尽量和她在一起,才选择了最单纯的办法。我并不想让她干家务,也不想把秋村家那些陈旧的规矩强压给她。和她结婚后,依然希望保持良好的伙伴关系。"

这的确像隆治的一贯作风。赖江想,如果父亲还活着,不知会说些什么。她没说什么,只要弟弟想结婚,就是件值得高兴的事。

又过了几天,约好了和那个女子见面。从弟弟的话推断,那应该是一个干劲十足的职业女性。既然那么年轻就自己开公司,应该性格比较强势,或许会浑身散发出一种气息,想表明自己绝不会墨守成规。赖江决定不多说什么。

但隆治带来的女子和赖江的想象完全不同。

新海美冬看上去文静、内向,谈话时又应答如流,而且有自己的见解,看得出是一个很有主见的人。但是,从她那自始至终以隆治为主的态度,以及尽力不张扬的姿态中,丝毫看不出她是个企业家。本以为是因为她有些紧张,但聊了一会儿,赖江发现并非如此。她从新海美冬身上感到了一种从容，那表明：见未婚夫的姐姐这件事根本就是小菜一碟。她故意后退一步，在同未婚夫姐姐的交谈中得到乐趣。

但说难听点，她看上去是在演戏。诚然，这种时候人多少会有点表演成分，但美冬的表现并非单纯出于本能，而是精心勾画出了会被大家喜欢的秋村家媳妇的形象，并完美地演绎了出来。至少在赖江看来是这样。

后来赖江问过隆治，她平时是否也那样。

"好像有些拘谨。平时话稍微多点，肯定是害怕姐姐。"隆治欢快地说。

赖江想，新海美冬根本没有拘谨，而且肯定不怕自己。见弟弟连这点都看不出来，赖江想起了父亲的话："那孩子没自己想象的那么严肃而厉害。"出于女人的直觉，赖江觉得那个女人并不适合隆治。

但隆治的婚事在一步步推进，赖江无法过多干预。如果被问到反对的理由，自己回答是直觉，肯定会被隆治嗤之以鼻。

现在赖江有些后悔，当时至少应该对新海美冬进行身世调查。倒不是没想到，只是听说她父母家遭遇了地震，便认定那样就无法调查了。结婚仪式结束后，过了一段时间，她才得知美冬是在京都长大的。

作为华屋的社长，隆治的结婚仪式却办得很低调，规模也小。据说是隆治的意思，但赖江感觉，那主要反映了美冬的意向。新娘那边的出席者少得出奇，而且全是 BLUE SNOW 的相关人员，别说亲戚了，学生时代的朋友都一个也没见到。

就是从那时起，赖江加深了对美冬的不信任。就算是因地震和以前的朋友失去了联系，但完全断绝以往所有的人际关系还是让人无法理解。她觉得美冬像是在隐瞒过去。

"想多了。"对于赖江的担心，隆治露骨地表现出不悦，"低调办婚礼是我们两人商量后决定的。我都这个岁数了，不想搞那些花哨东西，她只是听从了我的想法。"

"即便如此，也应该叫上亲朋好友吧？难道美冬没有一个能称得上朋友的人？如果这样，我觉得还是有问题。"

"她已经通知了想邀请的人，这样不就够了？"

"可以前的老朋友——"

她的话被隆治打断了。"别说话这么不注意。我不是对你说过她在地震中所受的痛苦吗？这世上也有不愿被过去束缚的人。"

不论赖江说什么，隆治根本听不进去。

婚后，美冬完美地发挥了秋村家媳妇的作用，但赖江心里总有个疙瘩：关于美冬的怪事太多了。

几年前华屋发生恶臭事件的时候，时任楼层负责人的浜中被逮捕了。他的嫌疑与恶臭事件之间并没有直接关系，而是因为偷了部下的信件。而且，华屋还发生了一件事，多名女店员受到身份不明的男人跟踪。

那时被偷信件的女店员正是美冬。最终浜中被查明与恶臭事件无关，被释放，但不用说，自然被从公司里赶了出去。他偷美冬的信是事实，但他曾向一些上司解释，美冬是他的情人，其他跟踪行为与他毫无关系。美冬全盘否认，上司们也认定那是浜中迫不得已之下编的谎言。

赖江听到这件事，是在隆治和美冬结婚后。说话者只是作为笑话讲的，赖江却很在意。最近又听说了一件怪事——浜中在去年春天曾在 BLUE SNOW 出现过。

难道美冬和浜中之间真的没什么吗？赖江曾试着问过隆治此事。不出所料，他异常激愤："现在又提这些陈年旧事，你想干什么呀？那件事我也听说了，美冬说这让她十分头疼。是浜中对美冬的单相思，美冬完全没那个意思。那人在 BLUE SNOW 露面，纯粹是为了找碴。为了不让他再接近美冬，我已经采取了措施。"

当赖江指出美冬说的未必是实话时，隆治更加愤怒了。

"那时警察进行了大规模的调查，你觉得能在那种情况下一直撒谎吗？浜中对其他女店员采取怪异行为是事实，他声称和美冬有特殊关系，是因为他是在偷美冬的信时被抓住的。如果对其他女店员的骚扰行为被发现，他肯定又会提出另外一种说法。总之，我相信美冬，对她没有丝毫怀疑。姐姐，你再也不要说这种话了。关于那件事，她已经很受伤害了。"

尽管这番话是隆治在发怒时脱口而出的，还很有道理，但赖江依然无法认同。也许对美冬的第一印象歪曲了她的感觉，她觉得美冬身上总有一种来路不明的恐怖。

她有时想再重新调查美冬，但也只是想想，并未付诸实施。结婚前还行，结婚后就不能再雇私人侦探了。如果因此引发一些流言蜚语，那就麻烦了。

就这样，一天天过去了，赖江总是对自己说，现在弟弟都结婚一年了，想什么也没用，但还会时常遇到让她奇怪的事情。贺年卡也是如此。难道美冬真的只是因为联系不上，就中断了和以前所有朋友的来往？

正当赖江坐在沙发上想这些时，美冬从厨房回来了。她在和服外套了件围裙，看到大姑姐，正要解围裙的手停了一下。"啊，姐姐。"

"美冬，你今天真是辛苦了，累了吧？"

"姐姐才辛苦，还要招呼各种客人。可惜今天姐夫没来。"

赖江的丈夫仓田茂树是航空工学博士，现在正在美国西雅图参加和当地飞机制造商共同推进的一项研究，很早就说过年也不会回来。他去那边工作，到今年已经是第三年了，一年回国一两次。

"我一点也不累，反正都是早已熟识的亲戚。隆治也应该多关照一下你。"

"不用，我没关系。"美冬也坐在沙发上。

"美冬，你不回京都看看吗？"赖江试着问道，"在那边应该也有朋友吧？至少过年应该回去看看。"

说是去换衣服的隆治总也不露面，说这种话现在正是机会。

"您说……京都？"美冬把目光从赖江身上移开，似乎在望着远方，"好久没回去了。就算想回去，我家的房子也没有了。"

"那就回去看看。上学时的朋友应该还住在那边吧？"

"不太清楚，完全没有联系了。"美冬看着赖江摇了摇头。

"结婚这么大的事情，如果谁都不通知，未免太寂寞了。特别是京都，对你来说应该是值得怀念的地方。"

"嗯，那倒是。"

"如果是这样，我觉得应该回去一趟。"赖江语气略微强硬地说道，观察着美冬的反应。

"是啊，"她毫不犹豫地说，"我也想找机会回去看看。工作太忙，总是往后推，不过现在也许是个好机会。"

她的态度看不出丝毫动摇。

"对了，我也正想去趟京都。反正都要去，一起去怎样？咱们在那儿好好玩上两三天，我也想看看你长大的城市。"

赖江想，假设美冬在过去有什么不可告人的秘密，肯定会讨厌这样的提议，应该会婉言拒绝。

然而美冬的表情竟一下变明亮起来。"真是个好主意。如果和姐姐一起去，我就不会寂寞了。"她的反应让赖江颇为失望。"有段时间没回去，估计京都也大变样了，但一些历史悠久的老店应该还在。我领您四处转转。"

从她的话语中，丝毫感觉不出想避开这个提议的意思。

"那，现在就定了吧，什么时候去？我什么时候都行。"

"这个嘛，日程安排表没在手头，不太好说。"美冬思索片刻，"这个月月末应该能空出时间。"

"哎，过年期间不行吗？"

"过年要陪隆治。"

"哦……"

"年假刚结束时，我们公司也会忙乱一阵，估计很难空出两三天时间，不过到了月末应该可以。那时您不方便吗？"

"不，就像刚才说的，我什么时候都行。那就定月末吧。"

"好的，太让人期待了。"

正当美冬微笑着回答时，传来了下楼梯的脚步声。赖江赶紧对美冬说："刚才说的要对隆治保密，千万不能让他吃醋。"

美冬显得有些诧异，但随即笑逐颜开地点了点头。

赖江想，这样就好了，一起去美冬的故乡或许能发现什么。如果真的一切正常，那再好不过了。

"你们俩在说什么悄悄话呢？"隆治走过来问道。

"没什么，是吧？"赖江看着美冬的眼睛说。

2

雅也往车站走时，发现前面几米处站着一个人。低着头走路的他只能看到对方的脚，但他凭直觉知道那人是谁。他抬起头。穿着短外套的有子正站在那里注视着他，手上拎着超市购物袋。

雅也再次垂下视线，微妙地改变了前进的方向，打算从她身边走过。

"雅也！"她喊道。

雅也停下脚步，但仍低着头。

"你要去哪儿？"

隔了一会儿，他答道："去哪儿都和你没关系。"

"去工作？"

见他默不作声，有子走到面前。

雅也死了心，抬起头，望着她的眼睛。"你把头发留长了？"

她没有回答，而是问道："你还好吗？好好吃饭了吗？"

雅也微笑道："简直像是我妈在唠叨。"

"你最近一直没有来店里，还以为你搬家了呢。"

"为什么要搬家？我也没有那个钱。"

"现在你在哪儿吃饭？在别的店？"

"嗯，是的，有时也自己做。"

"哦。"她低声说道，看样子不知道接着该说什么，或许她希望雅也能邀请她一起去喝杯茶什么的。雅也很久没有见她，也想和她坐在一起聊聊，但又想，那又能怎样？关键是没有时间。已经下午五点了，再磨蹭就来不及了。

"不好意思再来我们店了？"她问。

"倒也不是。"

"那为什么？"

有子的追问让雅也不知如何回答。他有些后悔，不如刚才直接说"就是不好意思去"。

"我要告诉你，我根本不在意。"

雅也马上明白了有子说的是什么意思。两年前，她把饭菜送到他家时，他突然扑向了她，还说当时就想那样，什么样的女人都无所谓。这些深深伤害了她。

"如果你还在意,你来店里的时候,我让妈妈接待你,我尽量不靠近你。"

雅也露出苦笑:"没必要那样。"

"可如果不那样做,你就不会来吧?"

"我一个人不去吃饭,对你们店也没有影响。"

她有些焦躁地摇摇头。"我不是说店里的生意。你应该明白,我是担心你才这样说的。你不是说过我们家的饭菜好吃吗?说正因为有我们家那样的店,才不担心吃饭问题。可是,如果因为我,你不能来,总感觉对不起你。"

"有子,你没必要道歉,本就是我不好。"

"你还是放不下上次的事。"

雅也只能保持沉默。

"喂,我真的不在意了。不用客气,来吧。我爸也注意到了,总说最近那个手艺人怎么不来了。"

雅也想,餐馆老板不可能惦记自己。"过几天我去。"他总算说出这么一句话。

"真的?真的会来?"

"嗯,我去。"雅也看着她的眼睛答道,随后马上移开了目光。

"太好了!咱们说好了,如果等几天你还不露面,我也许会直接去你家。"有子似乎又恢复了往日的笑容。

雅也也情不自禁地笑了。"过几天肯定去。"

"那我等着。不好意思,耽误你时间了。"

"没什么。"他摇了摇头,一动不动地站在那里目送着有子的笑脸渐渐远去,心情复杂极了。

从曳舟到浅草,又乘地铁去人形町。站在车门边上,雅也一边注视着外面闪过的黑色墙壁,一边回味着刚才和有子的交谈,既像高兴又像难过的心情像钟摆一样在他心中摇晃。当摆动幅度大一些时，他会突然想，和这样的女子或许能构建幸福的家庭。

平时总是控制着自己不要想，想也只是徒劳，自己已经结束了人生的选择。之后不论会怎样，只能闭着眼睛沿着现在的道路一直向前走。一定不要多想。这是美冬总爱说的话。

"你要相信我，绝不会让你不幸，我会努力让你幸福。所以，现在不要多想。"

这是新年后第一次相见的那个晚上，美冬对他说的话。那之前，有一次他在她嘴里射精，有一次在她手掌中射精。美冬依然不允许在她体内射精。地点是市内的CITY酒店。正如结婚前她宣布的，现在她再也不来他的住处了。

电车抵达人形町，他来到站台。手表的指针即将指向五点半，和计划的一样。他向连着出口的楼梯走去。

出站后，他步行来到新大桥路，站在十字路口旁，望着马路对面的一栋楼。三楼的玻璃窗上写着"三船陶艺班"字样。

他在书店里站着佯装看了十分钟的书，同时注意观察对面的情况。从一楼走出了六名女子。他凝视着其中之一。她穿着白色大衣，戴着淡色太阳镜，染成栗色的头发垂到肩头。

那几个人年龄相仿，好像都在五十岁左右。只有雅也关注的女子看上去年轻些，或许是因为体形没怎么走样。

其中两人和另外四人告别，分头走开，穿白色大衣的女子是四人小组中的一员。雅也放下手中的杂志，站在十字路口，注意不令视线离开她们。信号灯总也不变成绿灯，他有些着急。

幸好她们直接进了旁边的家常餐馆，雅也这才松了口气，穿过终于变成绿灯的十字路口。

走进餐馆，马上看到了占据了最里边那张桌子的她们。在服务员的引领下,他在离她们不远的桌旁坐下。

他一边喝着淡咖啡吸烟,一边观察她。她脱掉了大衣,里面穿的是灰色针织衫,脖子上戴着项链,下面坠着的闪光的东西肯定是真正的钻石。他推测,那肯定是华屋的商品。

她脸上浮着微笑,看上去却显得有些无聊,在四人中也最寡言少语。她对面的女子最胖,却打扮得最为花哨。几乎都是胖女人在说话,其他三人只是随声附和上几句。

过了大约一个小时,雅也关注的女子站起身,拿过大衣,像是要离开,其他三人似乎还没打算起身。他觉得这样正好。

雅也手拿账单,比她早一步去了收银台。付钱的时候扭头一看,发现她还在和那个胖女人说着什么。看来胖女人就是不放她走。

出了餐馆,雅也在不远处盯着。过了几分钟,她出来了,向水天宫十字路口走去。

如果她要乘出租车,自己也必须马上打车。想到这里,雅也紧跟其后。但他感觉今天又会毫无收获,她也许会直接回到位于品川的家。之前三次跟踪的结果都是这样。

今天她好像没打算乘出租车,过了十字路口,向水天宫的方向走去。

雅也紧紧跟在后面,发现她从水天宫前走了过去。不一会儿,前方出现一家酒店。她从正门进去。他踌躇片刻,也跟了进去。

一进大厅,雅也首先看了一眼前台,以为她会办理入住手续,但那里没有她的身影。他赶紧环顾四周,发现她正往左侧的开放式茶室走去。

雅也一边注意着她的行动,一边在大厅里慢慢走动。大厅内放着沙发。他发现从那里能对茶室一览无余,于是决定先不进茶室。

她脱下大衣,坐在靠边的一张桌旁。那是张两人桌,雅也看出她在等候什么人。她瞥了一眼手表,可能是对方迟到了。

他满心期待地想,终于要有收获了,脑中浮现出美冬喜悦的面庞。

前几天见面时,美冬让雅也看了一张照片。那是一张抓拍的照片,上面的女子身穿和服。

美冬说,这人叫仓田赖江。"是我的大姑姐。丈夫是大学教授,现在去了美国。"

她想让雅也调查此人。

"什么事情都行,比如兴趣、钱,最希望知道的还是她与男人的关系。"她嘴角露出一丝微笑。

"为什么要调查她?"

美冬脸上的微笑消失了:"太烦人了,她在怀疑我。"

"怀疑……怀疑什么?"

"很多事情,比如和浜中的事,或许还察觉到了你的存在。"

"我?不会吧?"

"我想她还不知道你的具体情况,但或许怀疑我在搞婚外恋。不管怎样,都挺烦人的。如果放任不管,可能会雇侦探什么的。"

"这……就糟了。"

"所以要先采取措施。"美冬用手指咚咚地点着赖江的照片,"这世上任何人都有弱点,如果能掌握对方的弱点,不管她如何挑衅,我们都不用担心。"

说这番话的时候,她浑身散发着一股寒气,待在她身边的雅也甚至不寒而栗。

"你的目的我明白,可我能发现她的弱点吗?"

"这么没自信怎么行?没关系,雅也,你肯定能找到,因为你是我看上的男人。"

"可……"雅也没有自信。照片上的女子看上去精明干练,面对任何事情应该都不会慌乱。

"如果找不到她的弱点,造出一个来就行,没什么大不了的。"

"怎么造?"

"这要看具体情况再定,不过,这并不太难。哎,雅也,相信我——"

雅也确实想帮助美冬。如果自己在背后拼命协助,她能够获得幸福,他就满足了。但和从地震灾害后逃跑似的来到东京时相比,现在情况明显不同了。美冬所说的"幸福""成功",在雅也看来仅仅是虚构的。

另外,她的要求很快变得过激,这也是事实。如果仅是给别人设圈套,还勉强可以接受,在现在的社会里,这也是无奈之举。然而,后来逐渐升级,对她的提议,雅也每次实施起来都会心痛。

因为你是我看上的男人——雅也琢磨这句话的含义。如果她说的是真话,那她究竟"看上"了什么?答案只有一个。

他脑海中可怕的记忆又复苏了。地震刚发生时,他砸碎了舅舅的脑袋,美冬肯定目睹了当时的情景。看到这些,她非但没有恐惧,还萌生了另外的想法。这个男人或许可以用。她会不会是这样想的?

难道被她看上了,我就只剩下这一条路了吗?雅也心中带着这种疑问,继续监视着仓田赖江。

赖江有了变化。她抬起头,望着入口处。一个男子正往茶室走去。他身穿藏蓝色西装,手里拿着黑色大衣,年龄应该在五十岁上下,中等身材,梳着大背头。从远处也能看出那西装很高档,雅也推测此人应该是公司董事之类的人。

男人走到赖江的座位旁,低下头说了什么,然后坐在她对面的椅子上,也许是因迟到而道歉。雅也感觉那不像是对恋人的态度。

男人拿出笔记本,不停地说着什么。赖江边点头边听,偶尔插上一两句。雅也想听听他们在说什么,又担心离得太近太危险。今后还要继续监视赖江,不想给她留下印象。

那个男子突然站起身,好像是手机响了。他把电话贴到耳边走出了茶室,向雅也坐的地方走来。

出于刹那间的判断,雅也从沙发上站起身,藏到旁边的柱子后面。考虑到以后的行动,他也不想让那人看到自己的脸。看情况,也许还需要跟踪此人。

柱子旁边有烟灰缸,雅也装出要吸根烟的样子离开座位,从大衣口袋里取出了香烟。随后,他从柱子后面探出头想观察男子的情况,但马上缩了回去。那人就站在旁边。

"……现在正和那个客人会面……目前还不好说什么,但看样子她没有怀疑,只是有些慎重。金额太大了。"

那人的声音飞了过来,似乎没有注意到柱子另一侧藏着一个人。

"……催我也没用,出钱的是对方……别乱说,一千万是最高限度。如果因为太贪心而失败,最终会白忙活。你想让好不容易碰上的肥鸭子跑掉吗……嗯,总之,你就交给我吧。行了,挂了。"

那人似乎走开了,雅也也离开柱子。那人又回到茶室,对赖江讨好地笑着。

雅也想,这下有意思了。和赖江见面的人似乎向她推荐了某种投资方案,但并非想给她带来收益,而是恰恰相反,因为她是他们的"肥鸭子"。

一千万投资的事,她对丈夫说了吗?雅也猜肯定没说。男人一般对这种事情不感兴趣,而且她丈夫是科学家,习惯理论性地考虑事情的人,对轻松赚大钱的事根本持怀疑态度。

假设瞒着丈夫投资,结果钱被人骗了,那会怎样?一般情况下会隐瞒，而且她丈夫长期出差，应该不会马上被发现。这正是抓住美冬所说的弱点的机会，问题是那个男人的真实身份。

谈话似乎告一段落，男人拿着大衣站了起来。赖江仍坐着，男人拿着账单向收银台走去。

雅也迅速思索着。赖江还在喝茶，看来是想喝完后再离开茶室。男人付完钱，向朝下的扶梯走去。赖江和男人，该跟踪谁呢？

雅也大跨步地向扶梯走去。不知赖江下次什么时候再和这人接触，错过今天，也许再也没有机会查明男人的身份了。

下了扶梯，是通往地铁水天宫前站的通道。如果对方坐地铁就很容易跟踪，但男人在通道中途拐弯了，那里有停车场的标志。雅也烦躁地咂咂嘴，跟在后面。

地下停车场摆放着一排排高级汽车。雅也望着向其中一辆走去的男人的背影，躲在了旁边的车后面。

男人坐上一辆灰色奔驰。雅也从口袋中取出记事本和圆珠笔，记下了车牌号。忘了什么时候美冬曾说过，除了警察，还有人能通过车牌号查出车主的身份。她对用电脑网络进行的幕后交易特别熟悉。

传来了汽车发动的声音。雅也弯着腰，等待奔驰车启动驶出。再也听不到声音了，他才站起身，想向酒店门口走。突然，他吓了一跳——赖江就站在那里。

她好像看到了雅也这一系列不自然的动作，表情充满疑问。

雅也把目光从她身上移开，举步前行，尽量不表露出狼狈的神色。当务之急是先过了这一关。

他默不作声地从赖江身边走过，打开了通往地下通道的门，正想进去，却听到了她的喊声："喂，你等等！"

他本想假装没听见，又觉得装也没用，干脆扭过头。赖江表情僵硬地走了过来。

"你是山神先生的朋友？"她语带指责。

"山神？什么呀？"

"你刚才不是藏在一边看山神先生的车吗？"

"没有呀。"雅也装出诧异的神情，腋下冒出冷汗。

赖江注视着他的脸，随后一言不发地从他旁边走过，先进了门，沿着通道一路小跑。能看到她手上正攥着手机。

直觉告诉他，糟了，她打算和山神联系。如果现在逃跑，更会被怀疑，以后再也不可能接近她了。

雅也向她追去。或许是注意到了他，她加快了脚步。

"请等一等，请等等！"

赖江并不像要停下来，雅也态度的转变似乎加深了她的怀疑。乘上扶梯后，她依然没有停下脚步。

"请等等。"无奈，他使出了最后的手段，"仓田女士。"

赖江停下脚步，惊讶地扭过头。雅也乘上了扶梯，抬头仰望着她。

赖江在扶梯的尽头等着他。"你怎么会知道我的姓氏？"

雅也必须在瞬间编出理由，而且能让她完全信服，还不能对美冬的计划有影响。

"这里说不太方便，咱们坐下谈吧。"雅也指了指大厅。

她的戒备丝毫没有缓和，摇了摇头："这里就行了，快给我解释。"她的目光中充满了指责。

雅也舔舔嘴唇，垂下了视线。介绍酒店内餐馆的指示板在闪光。在旁人看来，他们或许像是一对年龄悬殊的男女在考虑去哪里吃饭。

"怎么了？快说，为什么要监视山神先生？"

赖江似乎认定雅也在跟踪山神。这还勉强有救。要摆脱此时的困境，只能利用她这一误解。

雅也下定决心，开口说道："是受人之托。"

"受人之托？谁？"

"一个朋友，是以前我所在工厂的老板。"

"他让你跟踪山神先生？为什么？"

"这个嘛……"雅也小心翼翼地抬起头。赖江严厉的眼神正对着他。他望着她的眼睛说："那人是骗子，老板委托我搜集证据。"

"骗子？"一丝不安从赖江脸上掠过。

"我老板的妻子被他骗了钱，老板让我调查。"

赖江的脸色明显黯淡下来，眉头紧锁："真的？"

"真的。"雅也感觉到了她内心的动摇，"在和您谈话的时候，那人离开了座位一会儿，因为有人打他的手机。"

"嗯。"

"我偷听到了那人打电话的内容。他说现在正和一位姓仓田的女士会面，还说您是肥鸭子。"

肥鸭子……她的嘴唇动了动。

"他说让您出一千万以上的资金很困难。仓田女士，您打算把这么一大笔钱交给他？"

"这和你无关。"赖江不像刚才那么从容了，声音有些发颤。

"不能相信那人，您被骗了。"雅也说。

赖江挪开视线，随后紧转了几下眼珠，似乎拿不定主意。

突然，她抬头看着雅也，眨了眨眼睛问道："还没问你的名字呢。"

"我是个微不足道的小人物。"

"还是想问问。如果方便，能让我看看你的驾照吗？"她伸出手。

雅也颇为吃惊。她竟然能在头脑混乱的状态下保持冷静。"我姓水原。"他取出驾照。

3

雅也说话的时候,美冬一直托着腮,目光朝着窗外。或许是为了乔装,她戴着平光镜,穿着不起眼的灰色毛衣和黑色裙子。

两人正在面向葛西桥大道的家常餐馆里。现在是下午三点,时间不早不晚,店里客人很少。

"她让我拿驾照给她看,不能随便瞎编一个名字。就算说没带着驾照,估计她也会用其他方式确认我的身份。当时没有其他办法。"望着还是默不作声的美冬,雅也继续说道,"反正,这次确实干砸了。对不起,真对不起。"他低下了头。

美冬依然默不作声。她拿起茶杯,喝了一口奶茶,又放下杯子,叹了一口气,才终于开口道:"行了,这也没办法。"

"你没生气?"

"生你的气有什么意义?总是让你干走钢丝似的危险工作,早就作好了会出现这种情况的思想准备。已经发生的事情就不要在意了。"

"你能这样说,我心里还好受点。"

"再说还有收获,你不用这么沮丧。"

"可估计现在也没用了。仓田赖江肯定会调查山神,如果知道自己受骗,绝对不会出资。"

美冬注视着雅也,嘴角露出微笑。"我知道那人整天搜寻赚钱信息,想多方投资。我能感觉出,她对自己经济实力不够强的现状十分介意。估计就是这种自卑感让她痴迷于投资,想趁着丈夫不在家大赚一笔。"

"如果投资失败了,是个绝好的把柄。"

"嗯。但是否会轻易被那个姓山神的男人骗还不好说。她做事相当谨慎,出资前,我想她会让华屋用的调查公司进行调查。"

"哦。那么说,仅仅是我的名字被她知道了,此外没有任何收获。"雅也咬紧了嘴唇,至今他还在懊恼自己被赖江发现的事。

"看你怎么想了,我说的收获完全是另外的意思。雅也,你不是接近她了吗?而且完全没有被怀疑。"

"接近了又能怎样?"

"有些事情只靠跟踪无法把握,你就努力和她搞好关系吧。你知道她热衷陶艺,也许你和她一起去学陶艺是个不错的方案。"

"别开玩笑了。"

美冬的眼神严肃起来:"我没开玩笑。"

雅也正想问是什么意思,外套口袋里的手机响了。从前年开始,他买了手机。

"真稀罕!你的手机竟然响了。"

的确如此。这手机只是专门用来和美冬联络,除了美冬,只有几个人知道号码,而且,那些都是最近一年多都没联系过的人。

看了看屏幕,雅也眨眨眼睛,上面显示的是前几天刚输入的"仓田赖江"。那时彼此还交换了手机号码。

"真是说到谁谁就来了。"她微笑着说,"快接呀。"

雅也摁下通话键:"喂,我是水原。"

"喂,我是仓田。前几天真是失礼了。"赖江的声音似乎有些亢奋。

"让您见笑了。"

"Neo Water 的情况我仔细调查过了,果然如你所说。"

"没错吧。"

赖江说的是那个姓山神的人给她推荐的投资方案,好像是建议她为一种叫 Neo Water 的奇异水的制造销售项目出资。

"我手头有那家公司的相关调查资料，如果你想要，可以拿给你看。你不是说过受人之托也在调查山神先生吗？"

"把那么重要的东西给我看，合适吗？"

雅也打电话的时候，美冬拿出记事本快速写着什么。

"对我来说，那东西拿给谁看都无关痛痒。我觉得应该进行这样的信息交换。"

"啊，是啊。"

美冬把记事本翻过来给他看，上面字迹潦草地写着："如果有机会见面，不要拒绝。"

他冲她点点头。"好，如果有这方面的信息，我确实想看看。您说个时间吧，地点随意，我过去。"

"明天怎么样？明天中午一点钟？"

"可以。"

"那就定在一点，还是在上次那家酒店的茶室。"

"好的。"

挂断电话后，雅也将谈话内容告诉了美冬。她点了点头。"有意思。"

"是吗？不就是让我看看资料吗？"

"我感觉快要有意思了。这种时候，我的直觉一般不会出错。"她的眼神中闪着充满企图的光，"明天好好努力吧，穿整齐些，头发也理一下。"

雅也苦笑道："去见一个五十岁的大婶还打扮什么。"

美冬缩了缩下巴，低声说道："就算五十岁，也是女人。这一点千万不要忘记。"

第二天，雅也约提前了十分钟来到约定地点。他一边喝咖啡一边等，没多久赖江也来了。她穿着淡紫色毛衣和黑色裤子，手上拿着大衣和一个大袋子。

"让你久等了。"看到雅也，她微笑着招呼。

"谢谢您特意给我打电话。"雅也低头行礼。

"我才该谢谢你呢，差点儿就倒了大霉。我来杯皇家奶茶。"向服务员说完后，她马上扭过头来看着雅也，"那时你提醒我，真是救了我。"

"只要我做得不多余就好了。"

"什么多余呀。"她摇摇头，"说实话，我完全相信了那个人。获取专利的事确实是真的，说明功效的资料上有权威研究机关的名字，公司董事中还列了一堆大人物的名字，里面还有前议员。"

"那都是骗人的吧？"

"能否断言是欺骗，还有些微妙。公司确实存在，要生产这种水也不是谎言，问题是能否作为真正的公司实际运营。"

"那种叫 Neo Water 的水能作为商品流通吗？"

她苦笑着摇了摇头。"我试着问了好几家化妆品公司和药品生产厂家，都说从没听说过什么 Neo Water，只是早就听说过使用分子构造发生变化的水。"

"这么说，并非完全在撒谎。但在这种情况下让人出资，打算干什么呢？如果只是为了卷钱逃跑，我感觉太花本钱了。"

"那些人另有目的，只是对我说希望投资，但他们还通过其他途径吸引了许多小额度会员，对那些人说，只要能增加会员，就能分红。"

"哦，我明白了。"雅也用力点点头，"就是所谓的非法集资吧。"

"我不清楚 Neo Water 今后能否在市场上销售，但肯定会在一停业马上就倒闭的经营状态下分发红利，借此取得会员的信任，让他们再介绍亲朋好友,由此集到巨额资金。从调查公司调查到的资料看,已经有几百名会员了。"

雅也缩了缩肩膀:"已经有了这么多受害者!"

"他们还并不觉得自己是受害者。在这个投资股票也未必能赚到钱的时代,很多人在寻找可靠的投资渠道。"说到这里,赖江自嘲地笑了笑,"我没有资格说这些话。"

"您最终还是取消了投资计划。"

"所以说,这次真是多亏了水原先生你。"

赖江从包里取出调查资料。雅也大致看了看,只是对刚才她所说内容的补充,况且,不管是山神、Neo Water,还是受害者,他都不在乎。

"明白了,我会把这些情况告诉委托我调查的社长。"雅也把资料还给赖江。

"这样就好。"赖江把资料放回包里时,里面露出一件像是运动服的衣服。

"您要去健身俱乐部?"雅也试探着问。

"啊,你说这个呀?不是,接下来我要去陶艺班,提前准备好了,因为要摆弄泥坯,会弄脏衣服。"

"您在学陶艺?"

"刚开始,还不到一年。"

雅也一边望着正在喝奶茶的赖江,一边想起美冬对他说的话:"我没开玩笑。"

"陶艺……真不错。"雅也端起咖啡杯,"那一圈圈转的拉坯机,我一直也想试试。要先做雏形,然后再加工吧?听说还有吹制法。"

"咦?"赖江的眉毛向上一挑,"你知道这么多。"

"以前稍微学过一点,本来也想去学,可最终因没有时间放弃了。"

这当然是撒谎。因为猜到谈话中会涉及陶艺,昨晚赶紧恶补了些这方面的知识。不用说,都是美冬的指示。

"现在还想学吗?"赖江把脸凑过来看着雅也。

"想是想,可没有机会。现在又不景气,哪顾得上去学这个呀。"

"人生并不只是工作,偶尔也要放松一下嘛。"

"这么说也是。"

上次见面时对赖江说过,自己的本职工作是金属加工,最近没活干,才帮人调查事情,就算是打工了。

"陶艺班从两点半开始。如果你愿意,一起去怎么样?能先体验一天。就在附近,走着也就五分钟左右。"

"可我没有准备。"他先婉拒。

"不需要什么准备。一开始就是揉泥团,专业叫法是捏菊。"

"我听说过,就是把泥捏成菊花的形状。"

"你本来就是干手工活的,肯定很快能学会。去吧,也花不了多少钱。先试一次,如果觉得无聊,不再去就行了。"

"像我这样的人去,会不会太显眼呀?"

"最近年轻人也不少,而且,大家都专注于自己的作品,根本不在意别人。"赖江十分热情,似乎并非只在形式上邀请一下。

"那,要不然我就去看看。"

赖江的表情一下明亮了许多。"就这样吧,这也是一种缘分。"

"好的。"雅也答道。

赖江看了看表,站起来,同时伸手拿过账单:"就让我请吧,多亏你才避免了一场大损失。"

望着飒爽地向收银台走去的赖江的背影,雅也感觉到自己又踏上了一条无法回头的路。

4

下午两点，冈田暂时关门，晚上的营业时间从五点开始。有子挂出了"准备中"的牌子，突然看到一个中年女人笑眯眯地走了过来。此人是住在附近的家庭主妇，和有子的母亲关系很好。以前听她发过牢骚，说孩子们都长大成人了，自己每天无聊得很。

"您好。"有子招呼道，"妈妈刚好出去了，估计很快就会回来，您进屋等会儿吧。"

没想到对方满脸笑容地摇了摇头："我今天是来找你的，打算过会儿再听听你爸妈的意见。"

她腋下夹着一个大信封。有子一看就猜出她干什么来了，又不能露骨地表现出不悦，只好勉强保持着笑脸说："大婶，是不是又来给我提亲？"

"这回你绝对会中意。人在建筑公司上班，今年三十岁，在家是老二，家境也好，再也找不到这么合适的了。"

"可上次我也说过，还不想考虑这个问题。"

"你要是老这么不着急，岁数会越来越大的。先别说别的，你先听我说说，听完你肯定想见面。"

大婶抓着有子的胳膊进了店门。或许是闲极无聊，这位大婶总是来介绍对象，以前有子曾两次被逼着看她拿的照片。每次母亲都会婉拒，说孩子还小。

"你看，说是三十岁了，看上去挺年轻吧？听说上学时打过乒乓球，身体绝对棒。男人嘛，关键是内涵和体力，不要光看外表。"大婶喋喋不休。

有子心不在焉地望了一眼简历和照片。怪不得大婶强调男人不要光看外表,照片上的男人长得确实不讨姑娘喜欢。尽管靠衣服遮掩了一些,看上去还是挺胖,个头应该也不高,但看上去倒是认真本分。光从简历上看,应该是那种踏踏实实过日子的人。

有子漠然地想,如果和这样的男人结婚,或许能过上所谓的平凡却幸福的生活,但实在无法将这种空想和自己联系起来。

有子一个劲儿地敷衍时,母亲终于回来了。大婶又开始向母亲推荐照片上的男子,母亲苦笑着随声附和。看准这个时机,有子起身说:"我要去买东西。"

"啊,等一下,听我把话说完。"大婶慌忙说。

"我必须去日本桥买木鱼花,下次再说吧。"有子说着解下围裙。尽管大婶想留住她,她还是出了店。她想,今天妈妈应该还会婉言谢绝。但是,早晚有一天妈妈就不会这样做了。

几天前,关店后,有子正擦桌子时,父亲走过来说:"那个手艺人果真不来了。"

"手艺人?"有子当然知道说的是谁,可她故意装糊涂。

"就是叫雅也的那人,会不会搬走了?"

"这个嘛……不清楚。"

"现在这么不景气,也许搬到其他地方了。说这些搬走了的人也白说。"说完,父亲就进了里间。

总是从厨房望着店内的父亲,不可能注意不到女儿的样子。他早就看出女儿喜欢上了雅也。对于雅也的消失,以及女儿或多或少的落寞,父亲肯定有些在意。出于对女儿的担心,父母完全可能对提亲的事感兴趣。

或许因为想着这些事,她的脚不知不觉地向雅也的住处走去。从路边抬头看,能看到他房间的窗户,偶尔还能看到挂着晾晒的衣物。

通过这些东西，她能确认雅也还没有离开这里。

从窗户里看到了雅也的身影，有子藏在了停在旁边的卡车后面。雅也似乎没有注意到她，像是刚把衣物收了进去，正在关窗户。不一会儿，灰色的窗帘也拉上了。看样子是要出门。

她绕到那栋楼的正面。过了一会儿，雅也从二楼走了下来，手里提着运动包。有子又藏了起来。他似乎要去车站，有子跟在后面。

注视着雅也的背影，她猜想着他要去的地方。刚才本想跟他打招呼，可一看到他又说不出话来。他的样子和平时差别太大了，头发罕见地梳理得整整齐齐，皮夹克是从未见过的，鞋和裤子也是崭新的，打扮得很时髦。

有子想，他或许要去见什么人，肯定是女人。尽管没有证据，但她想不到别的答案。

雅也到了曳舟站，买了票，过了检票口。有子在离他有些距离的售票机前随便买了一张票。

雅也坐上了去浅草的电车。有子猜他会从那里转乘都营浅草线。如果真是这样，就方便了，自己本就打算去日本桥。

不出所料，雅也在浅草换乘了都营浅草线。有子跟着上了旁边的车厢，伸长脖子望着他。他站在车门旁，目不转睛地望着外面。

看着他的这种表情，有子渐渐觉得他并不是去和女子会面，至少不是约会。如果去和喜欢的人见面，应该高兴一些。从雅也身上不仅感觉不到兴奋，还像是在去一个本不愿去的地方。

雅也在人形町下了车。犹豫片刻后，有子也下了车。她问自己为什么要这样做，不管雅也有没有恋人，都和自己没有关系。只有一点是明确的——不论怎样，他都不会选择自己。倒也不是为了让自己死心，失恋是常有的事，她并非没有这种经历。

我想知道他到底是什么样的人。

有子终于想到了这一层。如果最终不知道雅也的真面目，就放弃这份感情，她无论如何做不到。

从地铁站来到地上，雅也毫不犹豫地迈步前行，偶尔看一眼手表，说明他确实和别人约好了见面。

很快，他过了十字路口，走进一栋楼房，然后上了电梯。有子也疾步跟了进去。指示灯显示电梯停在了三楼。从墙上的指示图看，三楼是"陶艺班"。

雅也去陶艺班？为什么？

正当有子呆呆地站在那里时，一名中年女子走了进来。她发现有子没有摁电梯按钮，脸上闪过诧异的神情，随后自己摁下按钮。

"请问……"有子开口问道，"您是去陶艺班吗？"

"是的。"中年女子点点头。

有子本想问班上有没有一个叫水原雅也的人，但又咽了回去。她不想让雅也知道自己追到了这里。"上课从几点到几点？"她改变了提问内容。

"看是星期几了，不太一样。今天从三点到五点，我来得有点晚了。"

"哦。"怪不得刚才雅也一个劲儿地看表。

"您也想报名参加吗？"

"啊……我还在考虑。"

"是吗？一定要试试，很有意思的。"

电梯门开了。中年女子看了看有子，歪着头问："您上吗？"

有子挤出一丝微笑，挥了挥手。

走出大楼，有子抬头望着三楼的窗户。窗户上写满了"陶艺班"的字样。雅也和陶艺班——无法将二者联系起来。

她想先去日本桥买木鱼花，再回来看看。就算这样也到不了五点，她盘算着该去什么地方打发时间。

"刚才下面有个想报班的女孩子。"
"哦？怎么没带上来？"
"好像还有点犹豫，估计还会再来。"
"什么样的女孩子？漂亮吗？"
"嗯，长得挺好看的。"
"如果那样的女孩子报名参加，老师又会光关照她了。"

旁边两个中年女子在窃窃私语。雅也来了两次就发现，她们来这里就是为了聊天。今天也是，她们面前的泥团一点也没成形，只是在摆弄着玩。

雅也坐在电动拉坯机前，左手支撑着转动的泥坯外侧，用右手的手指压着内侧让黏土向外扩展。如果不用力，泥坯不会有任何变化；但如果用力过大，又会突然变形。千万不能动作过猛。

手指肚的感觉有些不对劲。雅也停下拉坯机看了看，发现一部分泥坯表面鼓起了一块。

"这是小泡。"赖江在一旁说。看来她一直在看他操作。
"泡？"
"泥坯里残留着空气，在上拉坯机之前需要好好地揉泥坯。"
"这就算不行了？"
"倒也不是，有一个好的补救措施。"

赖江从自己的操作台拿来一根细棒，顶端是一根针。她在他面前弯下腰，用针刺向"土泡"。她身上的香水味从雅也鼻子前飘过。

"行了，这样就可以了。"她站直身子，冲他微笑道。她的脸和他贴得特别近。

雅也摸了摸她处理过的地方，突起的部分确实消失了。

"效果不错。"他又开动了拉坯机。赖江并未马上离开,在旁边目不转睛地望着他的动作。

"不愧是干手工活的,做得这么好了。像我这样的水平,马上就会被你赶超。"

"单纯制造还可以,问题是设计方面。我没有设计的才能。"

"是吗?看来你擅长按图纸制造。"

"嗯,是的。"

"那个,"赖江微微压低声音,"下课后有什么安排吗?"

"没有。"

"那就再陪我吃饭吧?有家餐馆的意大利菜做得很好。"

"好的,可总让您请客太过意不去了,今天我来请。"

"不用在意这些,你还没找到新工作吧。"赖江轻轻拍了拍他的膝盖,回到自己的操作台。

雅也耳边又回响起昨天美冬在电话里说的话。她低声笑道:"看来你已成功接近她了,而且,还很让她喜欢。"

雅也说还不太清楚,然而美冬的语调并没有改变。

"今天我见到赖江了。一眼就能看出来,那绝对是一张女人的脸。"

"女人的脸?"

"女人呀,只要遇上喜欢的男人,马上就表现在脸上。不是总说女人有了男朋友会变漂亮吗?说的就是这个。"

"就算如此,她喜欢的人未必是我。"

"除了你还有谁?她根本没有什么恋人,你不是一直跟踪她吗?这一点你应该最清楚。"

确实如此,他不再说话了。美冬继续说道:"喂,雅也,接下来才是最关键的。咱们要钓大鱼,绝对不能失败。"

钓大鱼?难道是让仓田赖江迷上自己?雅也感觉这只是荒谬的空

想。对方已年过五十，而且还有丈夫和儿子。

"年龄差距根本不是问题，介意年龄的是她自己。另外，有丈夫也没关系，有丈夫反而容易积怨，更需要寻找发泄口。"

"美冬，假设如你所说，那你想让我怎么办？就算那个人喜欢上了我，对你也没有任何好处呀。"

美冬在电话那端沉默片刻后接着说："如果光让她迷上你，确实是这样。"

"什么意思？"

通过话筒能听到她呼气的声音。"你忘了？我求你调查那人是有原因的。"

"抓住弱点……"

"对了。"她简短地说，"趁丈夫不在家时和年轻男子发生婚外情——如果能抓住证据，这就是强有力的武器。"她抿嘴笑道。

"你先等等，婚外情是怎么回事？我没打算和那人发生不正常关系，自始至终都是为了掌握她的弱点才接近她的。难道你让我捏造婚外情现场？"

美冬的话让雅也浑身直起鸡皮疙瘩。"捏造的就没有意义了，必须是真正的把柄。"

"喂，难道你要……"

"雅也，"美冬低声说，"以前也说过，无论如何要抓住她的把柄。如果找不到，只能造一个，而且，现在你处于绝好的位置。"

"饶了我吧，"雅也握着电话摇头，"千万不要让我干那个。难道你想让我和那么一个大婶上床？"

"不行吗？"

"这还用说。美冬，让我干这种事，难道你就不在乎？"

美冬又开始沉默。雅也本以为她理解了自己的心情，而并非如此。

343

她平静地说:"我也不想让雅也干那种事,但没有其他办法。这全是为了咱们两人的幸福。我和并不喜欢的男人结婚,你不是也默默忍耐了吗?这次轮到我忍耐了。我明白,让你和她睡觉会很痛苦,但我也被迫和那个男人睡觉呀。我们只能通过这种方式生存下去。"

雅也无法反驳,但心里并没有想通。"都说过好多次了,那个人未必喜欢我,不知有没有机会和她上床。"

"没问题,雅也,你绝对能行。"美冬照旧以鼓励结束了谈话。

没有其他办法吗?雅也一边用手捂着在拉坯机上不停旋转的泥坯,一边问自己。要想获得幸福,真的只有美冬说的这条道路吗?从根本上说,幸福到底是什么?应该不仅仅是获取财富和力量吧?

对于美冬所说的爱情,雅也也开始产生疑问。虽然她那样说,但对于她结婚的事,雅也并没有想通,不仅如此,还忍受着死一般的煎熬。不论有怎样的理由,自己爱的人要和别人发生性关系,实在难以忍耐。

雅也回过神来,发现身边的人已准备离开。赖江来到旁边,微笑道:"真认真呀。咱们也该收拾一下回去了,你做的茶碗已经基本成形了。"

"嗯。"他点点头,拿起放在旁边的割线,先减慢拉坯机的速度,双手与轮盘平行拉紧割线,轻轻靠近相当于茶碗底部的部分。当嵌入底部一半的时候,左手松开,用右手迅速一拉,任割线卷入,茶碗部分从下面的泥坯中脱离开了。这就是所谓的割线步骤。

"真不错。"赖江半开玩笑地说。她以前经常在这个步骤上把好不容易做好的作品弄飞了。雅也微微一笑,小心翼翼地拿起茶碗。

把拉坯机周围收拾妥当,他在更衣室脱下脏衣服,换完衣服后在教室外面等赖江。以前跟踪时见过的那群女子已不见踪影,估计早就去了那家餐馆。

"不和你的朋友们一起走，是不是不太好？"

赖江苦笑道："以前经常一起去喝茶，说实话，感觉无聊极了。总是说一些不正经的八卦话题，比如哪个演员又拈花惹草了，某某又离婚。因为不愿在班里太孤立，才不情愿地同她们来往。"

两人一起上了电梯。赖江穿的白色高领毛衣很显身材，光从外表看，体形好像还没走样，作为这个年龄的女子，身材算是很匀称，但如果光穿内衣就不知是什么样子了。雅也想，她把内衣脱掉，不知能否激起自己的情欲。或许因为妆化得好，光看面容，怎么也看不出赖江都五十多岁了。她长得很端正，如果再年轻十岁，应该没有任何问题。

全是为了咱们两人的幸福——耳边又回响起美冬的声音。他在心中又一次回答道：饶了我吧。

电梯到了一楼，雅也和赖江并肩走出大楼。他视野的角落里捕捉到一个正在走近的身影。向那边看了看，他不由得轻轻"啊"了一声，是有子。她穿着粗呢短大衣，右手提着白色的大袋子。

"有子……"

"……你好。"她看了看雅也，然后把目光转向赖江，接着又转回他身上。她的眼神显然游移不定。

"你怎么在这儿？"

"嗯，刚去买了点东西。"她又瞅了一眼赖江。

"你朋友？"赖江问道。

"嗯——附近餐馆老板的女儿。"

"是吗？噢。"赖江瞪圆了眼睛，露出笑脸。她上下打量着有子，雅也感觉那目光中充满了蔑视。

"雅也，你呢？"有子问道。

"啊，我去这楼里有点事。"他指着身后的大楼，实在不好意思说出陶艺班的事。

"哦。"她低下头,似乎在犹豫什么。

"如果方便,一起去喝杯茶吧?"赖江说,随后向雅也征求意见,"你说呢?"

"一起去吗?"雅也问有子。

有子摇了摇头。"我得回去了。"

"哦,那替我向老板和老板娘问好。"

"嗯。"她点点头,微微一笑,然后冲赖江致意,说了声再见,就小跑着离开了。

"这样好吗?是不是找你有事?"

"怎么会呢,只是碰巧遇上了。"

"是吗?"

"嗯,纯属偶然。"

赖江脸上浮现一丝怀疑的神情,但只"哦"了一声,点了点头。"那咱们走吧,坐出租车去。"

坐上出租车,雅也还在想有子的事。她看见自己和赖江在一起会怎样想?会如何猜测两人之间的关系?她应该看得出年龄的差距,或许不会以为是恋人关系,但赖江很显年轻,而且,如果是以金钱为目的的交往,和年龄差距就没有关系了。

思绪竟然能绕这么远,他感到惊讶,但不论有子怎么看他,按说他都没必要介意。

不想被有子厌恶——意识到这种想法时,他动摇了。这种感情才是实实在在的,才是对喜欢的人持有的感情。那,对美冬怎样呢?害怕被轻蔑,想成为对她有用的男人,希望满足她的期望,做一个配得上她的男人……总是有这样的想法,但从没有过不想被厌恶这种质朴的心情。

"真是个漂亮的女孩子。"赖江突然开口说。

"什么?"雅也看了看她。

她依然面朝前方。"刚才的女孩子。如果有那样的女孩子在,去餐馆吃饭肯定是件高兴的事。"她的语调中没有丝毫抑扬顿挫。

"最近没怎么去。"

"哦。啊,或许是因为这个。"

"什么?"

"见面的机会少了,才去那里找你。"

雅也轻轻笑道:"不是说了吗,在那里遇见纯属偶然。"

赖江也微微一笑,扭头冲着他说:"她,一直在那里等着你。"她的语气很肯定。

"不可能,她不知道我去那个培训班上课的事。"

"那就是听别人说的。如果你谁都没告诉,她就是跟踪你来的。"

雅也笑着摇了摇头:"绝不可能。"

"在街上偶然遇上,绝不会有那种表情。她刚才没有丝毫惊讶。"

"是吗?"

"行了,反正都无所谓,"赖江又脸冲前方,"看来那个女孩子喜欢你。"

"别这样说。"

"你应该也知道,从你脸上能看出来。"她斜了雅也一眼。

"真麻烦。"他把目光转向窗外。

出租车正行驶在昭和大道上。赖江告诉司机要去的地方,他也不知道究竟在哪里。来东京好几年了,但下町之外的地方,他依然分不清东西南北。

"你和她说话的时候用的是关西方言。"

"啊?是吗?"

"和我一起的时候,你尽管带有关西口音,但方言的感觉并不是那么明显。"

"就是改不过来。"

"我觉得没必要改,和我在一起的时候也是。"

雅也舔了舔嘴唇,奇怪的紧张感逐渐笼罩了全身。赖江的语气明显带有吃醋的成分。

5

雅也和比自己大十余岁的赖江交往得颇为顺利。但能否称得上交往,他自己也不太清楚:只是一周在陶艺班见两次面,之后再一起吃饭。

他清楚赖江对自己有好感,却没有十足的把握判定那种好感究竟属于哪一类。当他在电话中将这事告诉美冬时,美冬觉得他的担心根本不值一谈。"雅也,你经常和她见面,怎么还说这种话?我只是偶尔和她见面,就能感觉出她的表情和态度与以前截然不同。难道见面越频繁越看不出来?"

"我并不了解那人以前是什么样子。"

"跟踪她的时候看清楚了吧?总之,我不会看错。赖江已经迷上你了,不然怎么总和你约会呢?"

尽管明白美冬所言,雅也仍无法以这种眼光看待赖江,即把她作为一个女人来看。美冬却要求他这样。

"没关系,时机已经成熟,就等机会了。雅也,你主动邀请她吧,没必要耍小聪明,生硬一些或者笨一些都可以,试着邀请她去酒店怎样?"

"我不认为这样做那人会上钩。她自尊心极强,我担心她会生气,会觉得自己被小瞧了。"

"绝不会。正因为自尊心强,她才相信自己还具有女人的魅力,认为还能靠自己的魅力吸引年轻男人。如果被你邀请,她肯定心中暗暗得意。"

"会这么顺利?"

"没问题,我相信你。"

不论美冬怎样打保票,雅也依然没有自信:一是觉得赖江不可能接受邀请,二是不知能否下决心和赖江上床。

"没有必要和她上床了。她的注意力从你身上转移了,不就算是达到目的了吗?"

"目前是这样。"美冬冷冷地说,"的确,因为交了个年轻男朋友,整日乐颠颠的,但过一段时间反而更会考虑别的事情。如果那个年轻男朋友仅仅是陪她吃吃饭,她的注意力肯定又会转向其他方面。为了不让她这样,现在是关键时刻。"

雅也默不作声,美冬娇嗔道:"哎,和她上床吧。"

雅也无法回答,只说了句"再想想",便挂断了电话。

和美冬聊完,他的脑海中浮现出一个人的面庞——有子。前几天在陶艺班楼前见面以来,他一直放心不下。

开始想见她了。只要去冈田,这个愿望很容易实现,但现在还没想好。他不知道和有子见面后该做什么。

"怎么表情这么严肃,因为还没找到工作?"赖江在一旁说。刚才一直透过出租车车窗望着外面的雅也,扭过头看着她。

"是啊,存款也快用光了,在这种状况下,不能这么一直去学陶艺了。"

"以前不就告诉过你了吗,上培训班的这点费用我帮你出。现在放弃太可惜了，连老师都对你的进步速度刮目相看。刚开始学，却几乎超越了所有学生，老师十分吃惊。"

"可靠陶艺无法养活自己，而且，我也没有理由让仓田女士您替我出钱。"

"别这么见外，我只是说要做你的投资人。"

"所谓投资人，是给那些有望赚到钱的人投资。可我现在连工作都没有，只是个无业游民。"

"你有这样的手艺，不论干什么都会成功，你只是没有机会发挥能力——笑什么呢？"

"没什么，我是在想，您还不知道我的手艺呢。"

"看你的陶艺技术就能明白。别看我这样，在分辨陶艺品好坏方面还是有自信的，尽管自己做不出来。"赖江说着微微一笑，随后眼睛一闪，像是突然想起了什么，接着说道，"你在雕金方面怎么样？"

"雕金？什么怎么样？"

"会吗？就是做戒指、项链什么的。"

雅也绷紧了脸，努力不让对方觉察到内心的动摇。他一时不知该如何回答，最后点点头："这个嘛，会一点，可只是能模仿着做。"

"是吗？"赖江睁大眼睛，"那，下次我找我弟弟谈谈。"

"您弟弟，就是华屋的……"

"华屋有自己的加工车间，也在外面订货。如果你会雕金，或许能给你介绍个地方。"

雅也挥了挥手。"会的并不多，还没达到制造成品的水平。"

"是吗？练习一下也不行？"赖江像少女一样歪过头来问。

"一朝一夕恐怕不行。谢谢您的好意，工作还是我自己去找。"

"哦。"她微微翘了翘鼻子，像是不高兴了。

出租车到了位于赤坂的酒店。两人从车上下来时，门童毕恭毕敬地上前迎接。穿过看上去历史久远的威严正门时，雅也轻轻地吸了口气。他担心自己的打扮在周围人看来会很怪异。他身上的崭新西装是专门为了来这里买的，赖江出的钱。当雅也说自己没有与这种一流酒店相符的衣服时，赖江说干脆作为礼物送给他。她还为雅也买了衬衣、领带和鞋。

听说今天酒店要举行和服展销会，前几天赖江就邀请雅也陪她一起去。这是两人第一次在陶艺课之外的日子见面。

二层的宴会厅被用作展示会场，入口设有接待处，聚集着许多身穿和服的女子。赖江今天也身穿黑色的和服，听说是叫捻线绸，雅也不知道究竟值多少钱。

一个富态的中年女人满脸堆笑地向赖江走来，她是赖江经常光顾的和服店的老板。她夸张地对赖江的光临表示欢迎，省去了接待处的手续，直接将赖江领到会场。她对雅也也笑容可掬，没有询问他的身份，但从那充满好奇的眼神中能看出，她对雅也颇感兴趣。

展厅里铺了榻榻米，多家和服店在各自的场地展示着得意之作。中年女人将赖江领到她们店设在会场中央、面积很大的展区。雅也跟在后面。看到那些和服上的标价时，他微微摇了摇头。他无法理解世上为什么有些人要把钱花在这种东西上。

中年女人开始向赖江推荐几种款式，雅也几乎听不懂两人在说什么。

"喂，这个怎么样？"赖江展开布料问雅也。那是一种带有光泽、有些暗绿色的布料。

"什么？"

"你觉得我穿这个合适吗？"

"我可不懂。"雅也苦笑道。

"就说你看到的感觉就行，为了这个才请你来的。"

"可……"

"非常合适，是吧？"一旁的中年女人说。她似乎希望他表示同意。

雅也觉得太麻烦了，便微微点点头："我觉得不错。"

"不明朗的说法。你的意思是不差，但也不好？"

"倒也不是。"

雅也把手放到头上，这时，背后突然传来一个男人的声音："这不挺好吗？"

赖江回头一看，脸上露出惊讶的表情。"咦，你怎么……"

雅也回头看了看，马上瞪圆了眼睛。在一个身穿双排扣西装、体格魁梧的男人身边，站着穿和服的美冬。

美冬只瞥了他一眼，马上把视线转回赖江身上，表情没有丝毫变化，像只是偶遇一个素不相识的人，演得没有丝毫漏洞。

"你们怎么在这儿？"赖江问道。

"美冬非缠着我，让我偶尔带她去一次和服展销会。我想喜欢和服的姐姐肯定会来，果然不出所料。"

"美冬，你知道这里有展销会？"

"朋友告诉我的，我也想来看一看。"美冬环顾四周，视线只在雅也脸上扫了一下。

雅也依然有些混乱，突然，发现有人在叫自己。

"怎么了？发什么愣？"赖江问。

"啊，没什么。"雅也摇了摇头。

赖江向他介绍道，这是弟弟和弟媳美冬。

秋村隆治咧嘴笑道："真没想到，姐姐的陶艺伙伴中有这么年轻英俊的小伙子。真有两下子。"

"说什么呢！来这种地方，一个人太尴尬，这才请他一起来。是不是?"

见赖江征求意见,雅也暧昧地点点头,随后看着秋村,低头致意道:"久仰大名。"

秋村也郑重其事地点点头:"我也是,今后姐姐还要请你多多关照。"

雅也咽了一口唾沫。这人就是美冬正式的丈夫——能堂而皇之地带着美冬走来走去,晚上能完全拥有她的身体。那时美冬会允许他在自己体内射精吗?雅也攥紧了双拳,脑中思绪翻滚起伏。美冬依然一副漠不关心的样子,像是对大姑姐的朋友没有任何兴趣。

雅也想,美冬为什么会在这里出现?他曾把赖江今天邀请自己来这里的事告诉过美冬,她于是也和丈夫一起来了。她的目的是什么?难道是为了展现和丈夫亲热的样子?

"哎,咱们去那边看看吧,我想买腰带。"美冬用纤细的胳膊挽住了丈夫的胳膊。

"什么?你不是说光来看看吗?"秋村装腔作势地说,"算了,今天就陪你陪到底吧。姐姐,待会儿见。"

目送着手挽手走开的两个人,赖江轻轻叹了口气。"年纪不小了,还在大庭广众下……真是不成体统。"

"他妻子很年轻呀。"雅也说道,同时观察着赖江的反应。

"因为长期独身,也许便暗下决心:如果结婚,就要令大家羡慕,至少要找个年轻的……"赖江意识到自己话中带刺,遮羞似的微微一笑,"行了,咱们也该选东西了,你一定要提出意见呀。"

"嗯。"雅也点点头。

出会场前,赖江订了几样东西,总额应该不低于两百万。即便如此,在酒店的休息室,她还是颇为遗憾地抱怨说没买什么正经东西。雅也随声附和着,脑子里却在想美冬的事。

"你的老家也在关西吧?"赖江突然问,"是神户吗?"

"西宫,但也差不了太多。"

"那,你对京都熟悉吗?"

"京都?去过几次,谈不上熟悉。"

"交通路线之类的应该知道吧?"

"嗯,差不多。"

"哦……"赖江似乎在思索什么。

"怎么了?"

良久,赖江默不作声地喝着茶,表情既像在策划什么,又像在犹豫。终于,她看了看雅也。"有件事想求你。"

"什么事?"

"和我……"说到这里,她先垂下眼帘,喝了一口红茶,然后用严肃的眼神望着他,"能陪我去京都吗?"

刹那间,雅也惊得差点没喘上气来。他无法不表露出惊讶,各种思绪顷刻间在脑中飞舞。这个邀请意味着什么?京都当天就可以来回,她是否打算住下?如果住宿,房间是分开的吗?另外,她为什么要去京都?

"冬天的京都,不错呀,可为什么突然想起这个?"他拼命让表情恢复自然,"去京都有什么事吗?"

"京都有好多名胜古迹,比如金阁寺、清水寺,还有嵯峨野等。"

"确实是,可……"

见雅也满脸困惑,赖江似乎觉得很有趣。"说实话,我想去调查一件事,想让你陪我去。"她又恢复了严肃的表情。

"调查什么?"

"可以说去查一个人,不过并非历史上的人物。"

"是我不认识的人?"

"是……"赖江思忖片刻,"可以说你对她一无所知。起初想和她本人去,还是算了吧。对不起,跟你故弄玄虚。"

"您不想说,就不用说了,但我确实想知道。"

"你和我一起去,早晚会明白,可现在还不能说。在一定意义上,这会让自家人出丑。"

"是您的家人?"

"这个嘛,不太好说。"赖江手拿茶杯微笑道。

雅也确信,赖江肯定是想调查美冬。"去京都的什么地方?"

"呃,问题就在这儿,我想先去三条附近看看。"

"三条?"

雅也回忆着。他听说过美冬的出生地是京都,但详情一无所知。以前也多次谈到过类似话题,但她好像不愿意多说,雅也就没有深究。三条这个地名记得听她说过。

"怎么?不愿和我这样的老太婆一起去?"赖江抬眼问。

从她的表情看,雅也感觉一个重大抉择就摆在面前。她在试探自己。如果这次婉言拒绝,必定伤害她的自尊心,今后她再也不会提出类似的邀请。不仅如此,连陶艺课结束后的小约会估计也要取消了。

"要看时间。"他犹豫再三后说,"正如您知道的,我现在处于失业状态,每天都要去职介所,如果他们说有公司可能录用我,我肯定得立刻赶去,其他的事只好先放一放。"

"真是那样,我可以改变日程,这样也不行吗?"

"不,倒不是不行。"

"那么……"赖江用试探的眼神望着雅也,尽管嘴角在微笑,眼神却极其认真。很明显,此次京都之行,除了调查美冬,她又发现了其他的目的。

已经没有退路了。雅也下定决心,微笑着点了点头。"那,就一起去趟京都吧。"

"太好了。"这时赖江的目光中才充满笑意,眼角笑出了皱纹。

和她分手后,雅也坐电车回家。在曳舟站下车后,他本想直接回住处,中途又改变了主意,向另一方向走去。

看到了冈田的招牌。到了门口,他又停下了脚步,因为意识到自己的装束和平时太不一样了。

下次再来吧——刚想到这儿,店门哗啦啦被拉开了。身穿毛衣的有子出来了,看样子是想改写放在店门口黑板上的菜名。她一眼就注意到了雅也,本就很大的眼睛瞪得更大了,还用力眨了几下:"雅也?"

"噢。"他招呼道。

"怎么这副打扮?太厉害了,简直认不出来了。"有子向雅也跑过来,从头到脚打量着他,随后扑哧一声笑了,"感觉不太像你了。"

"不适合我?"

"倒也不是……感觉平时的打扮更好。"

"果然是这样。"他解开了领带。

"骗你的,穿这身很好看。你这是干什么去了?面试?"

"嗯,差不多吧。"他把揉成团的领带塞进西服口袋。

"哎,你是来我们店的吧?"有子抓住了他的袖子,"快进来呀。"雅也被有子连拉带拽地进了冈田。

店里只有三桌客人。角落里的桌子空着,他坐在了那里。有子去了厨房,好像在说着什么。她的父亲走了出来,冲雅也低声打了个招呼。雅也无言地低头致意。

有子把毛巾和小菜放在托盘里端了过来,雅也点了蔬菜杂煮和啤酒。她会意地点点头,又进了厨房。见她的背影消失在里面,他一边用一次性筷子夹小菜吃,一边环顾店内。写着菜名的黑板、有年头的桌子、摆在角落里的电视,一切都和以前一模一样。一个像是工匠的男子正在自斟自饮,看样子工作刚结束。就连这幅场景都让雅也感觉亲切。

他想,这种地方才属于自己。没有特别大的野心,为了每天那小小的幸福而流汗工作,用一杯啤酒冲走一天的疲劳——这样的生活才适合自己。这衣服算什么?这种东西不是我的衣服。又不是小孩子过节,这种花哨衣服要穿到什么时候——雅也脱下上衣,揉成一团,放在旁边的椅子上。

有子端来了啤酒和菜。"哟,雅也,你不冷呀?"

"没事,肩膀有些发酸。"

见雅也拿起杯子,有子为他倒满了啤酒。他仰视着有子的脸。

"怎么了?"她有些害羞地问。

"没什么。"

"雅也……你开始学陶艺了?"她手拿啤酒瓶问道。

刚把啤酒倒到嘴里的雅也差点呛到。"陶艺?"

"上次你不就去那地方了?"

"啊……"

那时,雅也只字未提陶艺的事,她却知道那里有陶艺班,还知道他就在那班里。赖江说得果然没错,看来有子一直在外面等着雅也。

"想去换换心情。"雅也笑着搪塞道,"有人邀请我……"

"哦,是和你一起的女人?"有子用试探的眼神看着他。

"嗯,是。"

"没想到雅也认识那种类型的人,感觉像是什么地方的阔太太。"尽管是开玩笑的口气,她的脸颊却有些生硬。

"不太熟悉。"

"看上去可不那样,给人感觉很好。"

"别这样说,那可是个比我大很多的大婶。"

"可感觉很有气质。"有子又为他斟满啤酒,"但也没什么。"她说着去了厨房。

雅也夹了口菜,蔬菜杂煮的味道和以前一样,有家庭的香味。他边吃菜边喝酒,想着刚才有子的反应。也许她在忌妒,这和女方的年龄没有关系。他和一个陌生的女人亲密地在一起,在有子不知道的世界中相会,有子感到了忌妒。

雅也想,有子的反应很正常。看到喜欢的人和异性亲密地在一起,心里不可能痛快,肯定会痛苦,会浮想联翩。美冬却从未有过这种表现。

结账的时候,有子又过来了。雅也边付钱边问道:"有子,你就是在这里出生长大的吧,小学和中学也在这一片?"

"嗯,小学就在旁边,中学也只用步行五分钟。家里没有钱,没能让我上私立学校。"

"你也没有上私立学校的脑子。"从里面飞来了母亲的声音。

有子吐了一下舌头:"为什么问这个?"

"没什么,只是有点想知道。"雅也付完钱,道声谢便出了店。

有子马上追了出来。"雅也,以后可要常来呀。"

"我会的。"他又一次道谢。

回到住处,他马上脱掉西装,换上了平时的运动衣,打开电视,点上了烟。他一边吸烟,一边呆呆地望着画面,却对画面中的内容漠不关心。

有子什么都告诉我。

雅也想,比起美冬,也许自己更加了解有子。有怎样的父母,在怎样的家庭长大,生在怎样的城市里。尽管不是特意打听出来的,却都一清二楚,连她做饭的水平也能猜个差不多。

美冬又怎样呢？他知道的，只是她曾在那场地震中受灾的事。去世的父母究竟是怎样的人？她长大的城市是什么样的？对此一无所知。尽管如此，却要一生和她同命运共甘苦。

我们不正常，疯了——雅也把吸了一半的烟捻灭在烟灰缸里。

这时手机响了，并没有显示号码。

"你回去了？"雅也知道是谁打来的，直接问道。

"嗯，刚回来。"果然是美冬，"今天让你吃惊了，对不起。"

"确实吓了我一跳，你想干什么？"

电话那端传来美冬抿嘴笑的声音。"我觉得该采取点措施了，就是伏线。"

"伏线？什么的？"

"接下来她会和年轻男人发展亲密的关系，我偶然得知了此事。具体地说，两人从酒店出来时碰巧遇上了。那时，如果我认识那个男人，对赖江应该有更大的威慑效果。"

雅也哼了一声。他也觉得这番话的确有道理，同时再次惊诧于美冬冷静透彻的分析。

"你那边怎样？有没有什么进展？"美冬问。

如果告诉她赖江邀请自己去旅行的事，她肯定会高兴，说千万不要放掉这个机会。若知道要去的地方是京都，她又会作何反应呢？她应该能察觉到旅行的目的在于自己，或许会采取相应防范措施。

雅也很清楚，应该把赖江邀请他的事说出来。美冬就是为了这个才打电话的——

美冬给自己打电话，不是因为想和自己说话。

"喂，怎么了？没有任何进展？"美冬催促道。

雅也调整了呼吸，尽量注意令语气没有变化。"去和服展销会之后，在酒店的咖啡厅喝了咖啡。就这样。"

"哦，那定了下次约会的时间吗？"

"没有，说是等她电话。"

"没想到她这么谨慎。既然都带你去了和服展销会，本以为她胆子已经很大了。"

"或许因为见到了你，才变得谨慎起来。"

"也许，不过，只是时间问题，绝对会主动邀请你的，到时一定不要错过机会。"

"如果她邀请的话。"

"当然会，你要相信我说的话。那，再联系。"美冬挂断了电话。

雅也注视着无声的手机良久，随后把它扔到一边。

第九章

1

停在路上的车让本就狭窄的道路显得更加拥挤,可卡车仍能若无其事地和出租车擦肩而过,自行车车筐里装了一大堆东西的中年女人还想从出租车左侧挤过去,出租车司机则泰然地踩着油门。

"路可真窄。"加藤忍不住脱口而出。

"就这样,这算正常的。"司机绷着脸说。加藤在天王寺车站上的车,若从那里坐电车,也就两站路。本来以为司机嫌路途太近而不高兴,下车时才知道并非如此。

"尽管抄了近道,却花了不少时间,对不起。"司机一边找钱一边说。

"没什么。"加藤说着下了出租车。不知为何,总感觉心情真好。他看了一眼开走的出租车所属的公司名,苦笑了一下。大阪人会做生意就表现在这些地方。

按照地图所示向前走了几步,发现了要找的那栋二层公寓。一层是便利店。没有停车场,店前停满了自行车,估计是从桃谷站坐电车的人寄放的。

爬上二楼,摁了二〇五房间的门铃。门上涂的油漆多处脱落,露出的地方已生锈,门牌上写着"长井"。

屋里传来女人的应答声。门开了,一个脸色发黄、四十四五岁的女人从门缝里抬头看着加藤。下方的门链还没解开。

"我是昨天给您打电话的加藤。"他拼命挤出一丝微笑,"没听您丈夫说吗?"

"从东京来的吧?"

"我是警视厅的。"加藤让她看了看证件。

"听说了,可我们家和新海家关系并不亲密。"

"昨天您丈夫也是这样说,但还是想……"他继续满脸堆笑。

"哦,是吗……"长井家的主妇有些犹豫地先关上门,解开门链,然后再把门打开。她似乎不想让加藤进屋,站在玄关处俯视着他,"到底有什么事?"

加藤进到玄关后顺手把门关上了。他不想让别人听见,但主要还是因为冷。听说大阪的夏天比东京热得多,看来冬天也冷得多。

"您在朝日公寓住过?"

"您是说在西宫的时候?是的。"

"旁边就住着新海夫妇?"

"是的,可没怎么说过话,顶多是碰面打个招呼。"

"地震发生前呢?和新海先生……或新海太太说过什么话吗?"

"您是说地震发生前……"她的脸沉了下来,也许是嫌回答太麻烦,但更主要的是对地震这个词的反应。公寓全部倒塌,他们无家可归,目前好像是在这里安顿了下来,但肯定吃了不少苦。

"让您想起了不愉快的往事,真对不起。"加藤发自内心地道歉。

"已经忘了不少,很多人比我们惨多了。公寓虽然塌了,但不是我们自家的房子，损失很小。"主妇的目光中充满了对他人的同情。"对了，听说新海夫妻俩都去世了。"

"是。"

"真不幸……在那种时候，连给他们上炷香都没顾上，只顾得四处避难了。"

"估计是这样。"

"说到这儿我想起来了，和新海太太说过话，尽管记不清是不是在地震前一天了。听到她去世的消息时，我曾想，那就是最后的对话了。"

"说了什么？"

"她女儿的事。我记得她说女儿当晚要回来，今后要同住一段日子，请多多关照之类的，记得她还说会让女儿第二天去跟我打招呼。"

"当晚回来？那她找您打招呼了吗？"

"没有，这个嘛……"主妇似乎望着远方，不一会儿用力点点头，"对，没错，第二天发生了地震，最终也没能见到她的女儿。"

"那么，她女儿是否回来了，您也不知道？"

"不，我想应该是回来了。我丈夫说在避难所见过面，我还记得前一晚他们家时不时地传来说话声，似乎在有说有笑地聊天。新海夫妇平时非常安静，之前他们家从未传出过说话声。"

加藤的脑海中浮现出一家三口其乐融融地谈笑的场景。

"本来那样幸福快乐，第二天竟然发生了地震，也不知道上帝和菩萨都跑哪儿去了。"主妇歪了歪脸，"他们的女儿也真惨，只和父母相处了一晚就失去了双亲。"

"对新海家的女儿，您听说过其他事情吗？"

"其他的没有……"她似乎想起了什么，"对了，好像听新海太太说过女儿是从国外回来。"

"国外？哪里？"

"没问那么详细，好像是去旅行了好长时间。"

"旅行？"

"哎，警察先生，"主妇微微缩了缩下巴，翻着眼珠，"新海他们家出什么事了？"她眼神中充满好奇。

"没什么大事，我在调查和新海先生没有直接关系的案件。在您百忙之中打扰了。"不等主妇再问什么，加藤打开了门，想，幸亏没让我进屋。

加藤从公寓出来，刚想从大衣里拿烟，放在一个口袋里的手机响了。他咂着嘴拿出来。不出所料，是西崎打来的。

"喂。"他心不在焉地接起电话。

"你在哪儿？"西崎明显着急了。

"你可以先回去。"

"怎么能这样？必须和大阪府警察本部及曾根崎局打个招呼。"

"我不在也无所谓吧。"

"如果事后上头知道你没在，肯定会挨骂。这次给大阪这边添了麻烦，上头本来就不高兴。"

"这有什么办法，谁让罪犯死在大阪了呢？"

"反正请先来梅田，碰头的地方知道吧？"

"知道。"

"拜托了。"西崎扔下这句话就挂断了电话。这个年轻人平时对加藤一向很顺从。加藤想，如果让他再火起来可不妙。

这次是借工作之便来到了大阪。一个在江户川区杀人抢劫的男子冻死在了大阪的马路上，携带的物品中有偷盗的东西，很快查清了身份。案犯来大阪，估计是因为被害者有去大阪的新干线车票。这人应该也没什么目标，只是想逃远点。碰巧加藤所属的小组负责此事，他就主动申请来大阪出差。当然，他另有目的。

他去年来过两次关西，都是利用休假时间。

首先，他查找了新海夫妇曾居住过的朝日公寓的原住户。咨询房屋中介后，得知那些人几乎都搬到了大阪。租房子住的人比有房子的人容易流动，与其留在找不到什么好工作的西宫或神户，还不如搬到基本没有受地震影响的大阪。

找了几个人问了问情况，都说新海夫妇是非常老实低调的人。每个人都说，夫妇二人碰上楼里的住户，肯定会礼貌地打招呼，但都没听说过他们女儿的事。

加藤也去过新海工作过的大阪总公司。考虑到警视厅的人突然造访，对方肯定会十分警惕，加藤决定把曾我孝道的失踪案件放在前面。一个和曾我在同部门工作过的姓神崎的人接待了加藤，听说神崎比曾我早进公司两年。神崎知道曾我失踪的事情，却提供不出线索。加藤装出失望的表情。他早料到会如此，心里并不觉得怎样。

第二次休假，加藤去了京都，想看看新海一家住过的地方。京都也发生了很大变化。他从西宫市政府查出了新海的原住址，但找到那个地方还是颇费周折，因为十多年前新海一家就已离开那里。

加藤在京都查出了惊人的事实。

2

雅也在东京车站的银铃[①]等了约十分钟，刚想吸根烟的时候，赖江提着 LV 包从柱子后面出现了。

[①] 东京车站标志性的相约见面等候地点，于 1968 年首次设立。

"对不起，要出门时想起了好多事。"

"您将旅行的事告诉别人了吗？"

赖江摇摇头。"平时我也是一个人生活，没有必要告诉别人。就算我两三天不在东京，也没人能注意到。这样倒也轻松随便。"听起来像在暗示自己和丈夫基本没有联系。她看了看手表，"坏了，必须快点。"马上就到新干线发车的时间了。

坐上已经开进站台的"光"号列车，两人并肩坐在座位上。对雅也来说，这是他生来第一次坐头等车厢。本来他旅行的经历就少得可怜。

赖江看上去已习惯旅行。虽然比约定的时间晚到了，她却已备齐在车内吃的盒饭、饮料等，还为雅也买了罐装啤酒。

"人还挺多。"列车启动后不久，雅也环顾四周低声说。车厢内的座位坐满了八成。

"上午公司职员多，下午不早不晚的时间就没人了。"

"经济不景气，坐头等车厢的人还是很多。"

"也没多少钱，肯定是想稍微奢侈一下。"赖江为雅也撑好小桌板，摆上食品和饮料。

雅也想，旁边的人会怎样看待我们？上年纪的女人和年轻的男人。男人没打领带没穿西装，大清早就买啤酒喝。女人看上去家境富足。阔太太和年轻的情夫——雅也脑中浮现出这句老掉牙的话。周围的公司职员似乎不在意别人怎样，就连过道对面的人也是一个在看工作资料，另一个靠着椅背闭目养神。

雅也不禁想起了初中及高中时成绩好的同学的面孔。他们如今或许也成了这样的公司职员，估计很多人已经成家。裁员、降薪——尽管他们总是被类似的事情纷扰，但也能在现代社会中生存下去。雅也感觉只有自己生活在异样的世界里——没有工作，却不愁吃喝，因为有美冬的援助。

"啤酒,喝吗?"赖江歪着头问。

"现在不喝了。"雅也拒绝了。他其实想喝,又担心开易拉罐的声音会传到四周男人的耳朵里。

"你跟我说话还是那么彬彬有礼。"赖江突然莫名其妙地说。

"哦?"

"你看,跟我说话,你从来都用礼貌体。"

"没有,这个……"他微微一笑,"仓田女士您是我的长辈,而且在各方面都承蒙您的照顾。"

"什么长辈,应该说是比你年长的人。"赖江抬眼瞪着他,但似乎并未不高兴,"到了京都,希望你尽量用关西方言说话。"

"啊?"

"向人打听事的时候,如果使用当地的方言,对方就不会警惕。"

"京都和西宫的方言有微妙的差异。"

"是吗?哪里不一样?"

"我也说不清楚……反正有些不同。"

"可终归都是关西,总比东京人更容易被人相信吧。"

"这个嘛……"雅也歪了歪头,他觉得没这么简单,但嫌麻烦便没有反驳,"到了之后要向很多人打听?"

"也许吧,没有其他调查方法。"

"您说过要调查一个人,那人住在京都的三条?"

"好像以前住在那里,想先找到那时住过的房子。"

"知道当时的地址吗?"

"只知道在三条。"

"等会儿,您想在三条一家家地找?这不可能。而且,想必现在已不住在那里了。三条也很大。"

"我有线索。"她从包里取出一个小记事本，打开后低头看着上面的记录。"昭和五十四年毕业于新三条小学，昭和五十七年毕业于新三条第一中学……"

"是那个人的简历？"

"对。"她点点头，"高中和大学的情况也知道。如果想确定家庭住址的范围，还是要看小学或中学。从名称上看，好像都是公立学校。"

"你是说要查学校所属的那一片？"

"我知道这样也不容易查，"赖江合上记事本，放回包里，"可没有其他办法。"

"不知道这个人的现住址吗？如果知道，能不能从那里倒着往回查？"

"现住址倒是知道，但想倒着查也是有限度的。如果搬上几次家，就很难查了。居民证上只登记前一次的地址。"

雅也点点头。美冬确实搬过好几次家。和秋村结婚前，她住在门前仲町的公寓，之前曾一度搬到父母在西宫的公寓，但雅也听说过她的居民证是幡谷一带的。赖江竟然想到从小学和中学入手，真厉害。估计她是通过华屋弄到了美冬的简历。

"还不能告诉我那个人的名字吗？到了后，如果要多方打听，肯定得说名字。"

赖江叹了口气："倒不是不能告诉你。"

"如果只需要我在房间里等候，那就另当别论。"

"你的力量是不可缺少的。"她微笑道，"先告诉你姓氏吧，新旧的新，大海的海，新海。我要找新海曾经的住处。"

"姓……新海？"

"姓氏较为罕见，我想应该好找。"

"是啊。"雅也点点头,把视线转向车窗外。尽管是预想中的名字,听到时依然感到一丝紧张。他不想让赖江察觉自己表情的变化。

看来赖江并不知道美冬的父母曾居住的地方,顶多知道在西宫曾遭遇地震,并不清楚详细住址,否则这次就会去西宫。

烧毁倒塌的公寓残骸突然浮现在眼前,旁边站着美冬。已过了四年。刚见面的时候,做梦都没想到会和她一起来东京。这么想来,来东京后,这还是第一次坐新干线。

两个半小时后,雅也和赖江出了京都车站,把行李寄存在投币式储物柜里,向出租车站走去。

"上次来是好几年前了,变化可真大呀。"赖江环顾着车站四周,"你多长时间没来了?"

"十年了,"他答道,"所以无法当向导。"

"没办法,咱们俩商量着走吧。"赖江看上去心情不错。

坐上出租车后,她拿出京都地图给司机看,从对话中得知她想去新三条小学。她好像事先调查了小学的位置。

"问题是,学校所属的区域还不清楚。"出租车开动后,赖江说,"所以,我想先以学校为中心慢慢扩大范围。"

"这是个问题。该怎样问呢?总不能碰到一个人,就问人家是否知道新海家的地址。"

"是啊。我想先问问开店的人,比如寿司店,那里要送外卖,或许能记住老主顾的名字。"

"那也要看具体时期。那个姓新海的人住在那里是几年前的事?"

赖江微微歪了歪头:"十年……或许是十五年前。"

"十五年……"

"到了我这个岁数,十五年一眨眼就过去了。"她缩了缩肩膀,"对年轻人来说,那也许是很久以前的事。"

"倒也不是。"

雅也觉得不那么容易。美冬的父亲是公司职员，同做生意的人相比，和街坊邻居的联系少。十几年后的今天，很难说是否有人还记得。

雅也的心情极其复杂。如果为美冬着想，最好赖江在此次调查中受挫，但他确实也有借此机会了解美冬的想法，没有把来京都一事告诉美冬。

出租车驶入远离繁华街道的住宅区。不久就看到了一所小学，校舍不大，操场看上去也很小。车在校门前停下。

"像是还在上课。"雅也探头往里看了看，校园里有一些像是三四年级的学生在练习跳箱。

"学校里有没有毕业生名册呀？"

"当然会有，可我想不会给外人看。"

"是啊，肯定是。"赖江马上放弃了，"刚才咱们路过了一条小商店街，先回那里吧。"

她手拿地图向前走，雅也跟在后面。望着她苗条的背影，雅也想，看来要作好心理准备，今天肯定是漫长的一天。

两人最初问的是一家肉店。或许是过了午饭时间，中年女店员正闲得无聊，见他们走过来，马上浮现出热情的微笑。"欢迎光临，两位来点什么？"

"不是，我们想问您点事情。"雅也用关西方言说，"您知不知道这附近有一家姓新海的？"

"新海？"

"应该是十五年前住在这里的。"

"十五年？那么早的事情，我不记得了。姓新藤的我倒是认识。"看样子她并不想认真回忆。

雅也道谢后出了店，忍不住叹了口气。"以这种方式到处问，估计够呛。"

"我从没想过能轻易找到。"

四处走了大半天，最终也没有找到知道新海家的人。

"我觉得那个小学所属的区域基本上找遍了。"赖江望着铺在桌子上的地图说。他们刚在京都车站附近的饭店简单地吃了晚餐。

"店里的人一般都不知道客人的名字。"

"也问了好几家寿司店了吧？"

"问了五家。就算新海家经常叫寿司外卖，寿司店也未必就在小学所属区域内。"

赖江露出一丝苦笑。

"怎么了？"他问道。

"我是想，你怎么不能说点肯定性的看法呀。"

"啊，对不起。"

"没关系，去酒店再研究具体方案吧。"赖江手拿账单站起了身。

两人取出寄存的行李，进了车站旁边的酒店。赖江办理入住手续的时候，雅也一直心神不定，只能靠吸烟来稳定情绪。如果美冬目睹了这种情况，肯定会鼓励他：雅也，今晚是机会，千万不要放过！

赖江走过来递给他一张门卡："给，这是钥匙。"

"谢谢。"他接了过来，心里刚想着不会在同一个房间吧，赖江又拿出了一张门卡。

"我就在隔壁。"

"啊，嗯……"

"这是机会。"他似乎听到了美冬的耳语声。

进房间前，赖江问："咱们在哪儿商量？"

"噢，哪儿都行。"

"来我的房间也可以，去你那儿也行。要不咱们去酒吧？"

"我想想,"雅也觉得抓住了救命稻草,"好不容易来一次,咱们去酒吧好了。"

"行,那过会儿我去叫你。"她先进了自己的房间。

雅也打开门,是单间。这时他才松了口气,感觉赖江并没那种意思。但是,躺在床上盯着天花板时,他突然想,隔壁未必是单人间呀。

是否该去她的房间?雅也犹豫了。他不想这样做,感觉赖江也不希望那样。美冬有超乎常人的洞察力,唯独这次也许只是空想。

有人敲门,雅也抬起头应了一声。

"我准备好了,你怎么样?"是赖江的声音。

"我也好了。"他下了床。

酒吧位于酒店最顶层。两人被领到靠窗的位子,面对面地坐下了。赖江点了马提尼。雅也看了看菜单,点了 Jilime。他几乎不知道鸡尾酒的名字。

"赶上了好天气,真不错,夜景也这么美。"赖江望着外面说。

她换上了白色连衣裙,裙摆较短,纤细的膝盖对着雅也。她好像又补了妆,感觉五官的轮廓比吃晚饭时更分明。

雅也刚抬起视线,马上和赖江的眼神撞在了一起。他赶紧点着香烟。

"没有收获,真遗憾。"他把火柴放进烟灰缸。

"我根本没指望进展会多么顺利,线索太少了。"

"还有明天呢。"

赖江点点头,这时酒端了上来。她把酒杯伸了过来,雅也也跟着端起酒杯迎了上去。玻璃杯发出了碰撞声。

"你怎么什么都不问?"她喝了一口酒说。

"问什么?"

"关于我调查的人。虽然名字问过了，可你根本不问她和我之间的关系。"

"我应该问吗？"

"倒也不是。"她把酒杯放在杯垫上，"这种事情一般很难无条件地合作，你却在默默地帮我。"

"我一直受到仓田女士您的关照。"

她微笑道："好生硬的说法。不过，这也没办法。"

起初雅也以为是"受关照"的说法惹她不高兴，但马上意识到问题在于"仓田女士"的称呼上。这个女人或许希望自己叫她的名字。

"是我妹妹。"赖江低着头突然说。

"啊？"

"是弟妹，我弟弟的妻子，上次在和服展销会上你也见过。她旧姓新海，我就是为了调查弟妹才专门跑到京都。"

雅也呆住了，他没有想到赖江会对自己说这些。"为什么？"

她微微一笑："可以说这是思想陈旧的家族的不良习惯，如果长子要结婚，就必须仔细调查女方的情况，但还没等我们调查，弟弟就和她闪电般结婚了。我也曾劝自己，反正木已成舟，没办法了，但让我感觉怪异的事情太多了，才决心靠自己的力量重新调查。"

"感觉怪异的事情多？比如？"

"各种各样的事，简单地说，就是觉得她没有过去。"

"没有过去？"

"是啊。听说她遭遇了上次阪神淡路大地震，但那之前的事情完全不清楚，连我弟弟好像也不知道，而且她父母也在地震中去世了。"赖江像是突然意识到了什么，凝视着雅也，"地震时你在哪里？"

"我……"嗫嚅片刻后，雅也说，"那时我在大阪，没有因地震受损。"

"哦，那就好。"

"有很多人在地震中失去了一切。不光是财产和亲人，也包括过去。过去其实就是人和人的联系。"

"就算如此，我觉得也应该有一两个以前的亲朋好友，可过年时她连一张贺年卡都没有收到。"赖江似乎有些动气。

雅也想，确实从未听美冬提过以前的朋友。

赖江抿了一口马提尼，看着他苦笑道："就算这样说，估计你也不会理解。说到底，是一种感觉。第一次见面时，我就感觉她身上有些莫名其妙的地方，说不清楚理由，如果用通常的说法，就是女人的直觉。"

雅也附和着笑了笑，心中却对她的慧眼惊叹不已。

"不过，刚才在房间里一边补妆一边想，我来这种地方究竟想干什么？"赖江对着灯光拿起酒杯，"难得来到这么美丽的地方，品尝着美食，观赏着如此迷人的夜景，为什么还要干这种像侦探的事呢？"

"可你不是为了这个才来的吗？"

"确实是……但不知为什么，突然感觉很空虚。别人的事管那么多干什么，似乎更应该考虑一下自己的事情，还给你添了这么多麻烦。"

说"你"的时候，赖江抬眼看着雅也，雅也感觉到她的瞳孔里闪出了娇媚的光。

"那，明天不调查了？"

"不，明天继续，后天就不知道了，也许会直接回去。"

两人又各加了一杯和刚才一样的鸡尾酒，然后离开了酒吧。赖江的脸颊比进店前红多了，但步履依然很稳健。

两人在赖江的房间前站定。她手拿门卡，抬头望着他："要不要在房间里再喝点？"

她说得若无其事，但雅也能感觉出背后隐含着重大的决定。

美冬的面庞从雅也脑中掠过。"不了，"他微笑着摇了摇头，"今晚就到这儿吧，明天还要出去调查。"

赖江的表情没有特别的变化，她微微一笑，轻轻点了点头。"是啊。那就明天见。"她插进门卡，"晚安。"

"晚安。"雅也也从口袋里取出门卡。

3

第二天早晨，雅也正在卫生间剃须，电话响了。接起来一听，是赖江的声音："早上好，是我。"

"去吃早饭吗？"

"嗯……我有些不舒服。"声音有气无力。

"怎么了？"

"好像感冒了，估计是这里的空气太干燥了。"

"发烧吗？"

"可能有点。不好意思，你能一个人去吃早饭吗？"

"那倒没关系……没事吧？"

"没什么，休息一下就好。"

"哦。那，今天怎么办？"

"你先去吃早饭吧，然后过来敲我的门。如果没人答应，你就打电话。"

"知道了。"

房间预订了两个晚上，不用考虑退房的事。估计今天的调查要泡汤了。

在酒店的茶园里吃完自助早餐,雅也向咨询台询问附近有没有药店,随后在位于酒店地下的药店买了感冒药、营养液和体温表。他敲了敲赖江的门,里面马上传来低低的答应声,门很快打开了。她在T恤外面罩了一件酒店的睡衣,脸色不好,但好像化了淡妆。

"感觉怎样?"

"有点乏力。"赖江把手放到额头上。

"我买了药,还有体温表。"

"啊……谢谢,一会儿给你钱。"

"不用了。别管这些了,你还是先躺下吧,最好把药吃了。"雅也从冰箱里拿出矿泉水。

赖江坐在床上。那也是张单人床。她用雅也递过的水服下感冒药,又喝了营养液,躺在床上,把毛毯一直盖到肩部。

"最好量一量体温。"雅也把体温表从盒子里拿出,递给赖江。

"对不起,不光让你陪着我干这种不正常的事,现在还这样,真是糟糕。"

"不用在意,昨天走了不少路。"

"就那点路……"赖江叹了口气,"还是因为岁数大了。"

雅也装作没有听见,把手伸进口袋里拿烟,但马上又抽回来。

"没关系,抽吧。"

"不,不是特别想抽。今天你最好卧床休息,如果硬撑着加重了感冒,明天回去的时候就麻烦了。"

"可今天无论如何想去见一个人。不能去见,至少要跟人家说一声。"

体温表发出了声音。赖江在毛毯下动了几下,把它拿了出来。"三十七度三……只是低烧。"

"你应该也知道,人在早晨体温低,接下来也许还会升高。"

"可是，好不容易来到这里了。"赖江摇了摇头。

"昨晚你不是说今天就结束调查吗？这样只是比预定早了一天。"

"可……"看样子她依然不死心。

"那，那我一个人去调查，你好好休息，这样行吗？"

赖江面带犹豫地抬头看了看雅也，随后把目光转向窗台。"帮我把包拿过来行吗？"

她打开包，从里面取出一张纸条。"我想和这人取得联系。"

"姓……中越？"

纸条上写着"MITSUYA工艺中越真太郎"，还有电话号码、地址和网址。

"我在网上搜索了新三条小学，结果找到了这个人做的主页。一看他的简历，也是毕业于新三条小学，是昭和五十年毕业的。"

"哦……"雅也点点头，原来还有这样的办法。"你的意思是，如果见到这个人，或许能掌握什么线索？"

"也没抱太大希望。"赖江无力地眯起眼睛。

"那我试着同这个人联系一下。"

"你帮我联系？"

"嗯。我找这个人问问就回来，总不能长时间让病人一个人待着。"

赖江眨眨眼睛，从毛毯下伸出了手。"谢谢，你真体贴。"

"快点好起来吧。"雅也轻轻握了握她的手。

MITSUYA工艺位于四条河原町，主要经营陶瓷制品，柜台上还摆放着染布、纪念饰品等商品。经济不景气，看样子只能靠来这里旅行的学生维持生意。店主正在为一名女中学生包钥匙坠，那钥匙坠也看不出像什么东西。中越个头矮小，体形偏胖，再加上长着一张圆脸，特别适合微笑。就算是对只买了几百元东西的少女，也是一个劲儿地点头哈腰，礼貌周全地为她找钱。

"让您久等了。真是的，平时总是闲着没事，偏偏这个时候来顾客，真奇怪。"关上收款机后，中越对雅也说，"您是水原先生吧，来找人的？"

"在电话中对您说过，找的人曾就读于新三条小学，是昭和五十四年毕业的，比您低四届。"

"嗯，如果是住在附近的人，我基本上都知道。"

"是一个姓新海的女子，叫新海美冬……您有印象吗？"

"新海？好像听说过。"中越抱起胳膊，嘴里念叨着，"不知您是否了解，我们学校的学生并不多，但低了四届……这个，您问学校了吗？"

"不知道该找谁，而且，当时的老师估计已经不在了，听说学校的毕业生名册不会轻易让外人看。"

"这年头对个人信息的管理严格了。"中越搓了一下脸颊，然后嘀咕道，"没准那个老师能知道点什么。"他拿起身边的电话。

没等雅也说什么，中越就开始与什么人通话。看样子他想对看到自己的主页后大老远从东京赶来的陌生男人鼎力相助。

"喂，是荒木老师吗？我是中越，MITSUYA工艺的那个。好久没和您联系了。"打电话的时候，他的声调一下高了许多，"先问您个奇怪的问题，昭和五十四年的时候，您在哪所学校……什么，噢，是吗？果然还在新三条。哈哈，原来如此。"他朝雅也看了看，微笑着点点头，"是这样，有人来我这里找一个昭和五十四年从新三条毕业的人……是看了那个之后来找我的，我的主页……您这是什么话，有不少人看呢。我想，您或许有那个时候的毕业生名册之类的东西，就给您打电话了……啊？这个嘛，好像是遭遇了阪神淡路大地震，之后就下落不明。"

荒木似乎在问为什么要找这个人，中越把雅也的话原封不动地复述了一遍。

"除了知道昭和五十四年毕业于新三条外，没有任何其他线索，才专门来找我，从东京来的。您能想想办法吗？"中越很有耐心。

雅也在他耳边低声说："请您问问他，记不记得有个叫新海美冬的学生？"

中越点点头，问了一下，荒木似乎也想不起来。

"您以前不是总自豪地说，学生的名字过多少年都不会忘吗……噢，原来只是说自己教过的班级呀……虽说年级不同，但那个学校没几个学生。老师，您有什么办法吗？大老远来了，让人家空着手回去多不好呀。您能从别处弄到五十四年的毕业生名册吗……嗯，什么？"

不停滔滔不绝说话的中越，开始倾听对方的谈话。不一会儿，他用手捂住话筒，扭身对雅也说："他说帮着问问以前的同事，您在这里待到什么时候？"

"打算明天回东京。"

中越在电话里告诉了荒木，嘱咐他尽快查一查，这才挂断电话。

"那位荒木老师是谁？"

"原来是我的班主任。现在都是老头儿了，退休已有十多年，是个很好玩的人。同学聚会的时候，还是我们的开心果。"中越似乎想起了什么，"对了，我挨个打电话问问同学，也许会有一两个人知道新海这个姓氏。"

"不用了，您这么忙……"

"您一看就明白了，根本不忙，而且，听您说和地震有关，我就不能不管。"中越表情严肃地说，"我表妹在尼崎，刚结婚，小两口甜甜美美的，按说幸福的日子还在后面，可刚买的公寓塌了，可怜的表妹结婚刚两个月就成了寡妇。"

雅也垂下眼睑。当时死了几千人，肯定会有这样的事情。不愿想起的场景又清晰地浮现在眼前，他不禁颤抖了一下。

"我先问一问，有消息就和您联系。"

"拜托了。"雅也把手机号告诉了中越。

离开MITSUYA工艺，雅也信步走在四条河原町。他犹豫着是否该把整个过程告诉赖江，最后还是决定不说了。尽管中越很合作，但未必有好结果，而且，如果查出了关于美冬的事情，自己想先确认一下。

他刚想进咖啡馆，手机响了，没有显示是谁打来的。中越应该不会这么快就打来，他边想边摁下通话键。

"喂，是我。"

雅也吓了一跳，竟是美冬。"嗯。"他含糊应道。

"我想问你点事，现在说话方便吗？"

"嗯……什么事？"

"是关于赖江，她好像从昨天开始就没在家。你听说她要去哪里吗？"

"没，没听说。"雅也心跳加速了。

"哦，那你给她打个电话吧，问问她。"

"估计出门了，或许和朋友去旅行了。"

"肯定是去旅行了。她就是这样对儿子说的，但没说具体去哪里。"

"这怎么了？"

"觉得有些怪。那人应该满脑子想的都是你，却没跟你打招呼就去旅行了，有点无法想象。"

雅也低声笑道："你未免太绝对了，赖江肯定也有自己的安排。"

"即便如此，对你也什么都没说，绝对不正常。她应该每天都盼着和你见面才对。"

美冬的话过于肯定，但她认定的事情往往准确无误，这正是这个女人令人恐惧的地方。

"美冬，你这么在意，自己打个电话不就行了？"

"我没有打电话的理由，所以才求你呀。如果你打，她肯定不会撒谎。"

"美冬，你到底在害怕什么？赖江几天不在家有什么值得大惊小怪？"

"别问这么多了，反正你打个电话吧。如果知道了什么，就和我联系，明白了吗？"

"嗯，明白了。"

"那就拜托了。"美冬说完自己的事就挂断了电话。

雅也把手机放回口袋，挠了挠头。这下麻烦了。就算隐瞒自己同行的事实，如果告诉美冬，赖江在京都，感觉也不太妙。他没心情进咖啡馆了，直接乘出租车去了酒店。

到了酒店，他先回到自己的房间，吸了两根烟后，拨通了赖江房间的电话。电话铃响了两下后接通了。

"对不起，是不是在休息？"

"没关系，只是有点迷糊。从哪儿打的电话？"

雅也回答就在房间里，赖江让他来她的房间，声音似乎有些娇嗔。

门一敲就开了，赖江的打扮和早晨一样。

"吃东西了吗？"

她笑着摇摇头："没有食欲。"

"至少要补充水分。还发烧吗？"

"刚才量了，三十七度六。"

"果然升高了。"

"本以为休息一下就会好，可这房间太干燥。"赖江皱着眉，抬头

383

看了看天花板,随后看着雅也问,"知道什么了吗?"

雅也摇摇头。"见到了中越先生,但没有什么特别的收获,还是因为年级不同……"

"哦……"或许早已有心理准备,赖江并没有表现得很失望,"不好意思,还让你专门跑了一趟。"

"没什么,可有件事让我不太放心。"

"什么事?"

"你说这次来京都没告诉任何人,但你没在家,回去后肯定会有人问起。"

"平时就我一个人生活,我不在对谁都没有影响,而且,我告诉儿子去旅行了,只是没说去哪里。"

"但如果有人问……比如你弟弟。"

"他不会问……如果问起,嗯,我就说去关西转了一圈。"

"关西?"

"我没撒谎吧。如果问是关西的什么地方,我就不客气地说这和他没有关系。"赖江笑道。或许是发烧的缘故,她的脸颊有些发红。

雅也一边附和着笑了笑,一边在脑子里盘算着,那就这样告诉美冬吧:她好像在关西,但没告诉我具体地方。

就在这时,手机响了。雅也凭直觉觉得是中越打来的,不能在这里接听。

"东京的朋友打来的,那一会儿见。"他慌忙拿着手机离开房间。

"老师帮我联系了,就是荒木老师,说找到了教过昭和五十四年毕业生的老师,听说住在上京区。"

"上京区……"

"在同志社大学一带,姓深泽,深浅的深,经常用的那个泽。听说现在不当老师了,继承了家里的书店。我替你问了联系方式和地址。"

"太好了,真是太感谢了。"雅也记下了中越说的地址和电话号码。

雅也没跟赖江打招呼就离开了酒店,上了出租车,想先看看获得的信息,之后再告知她。

正如中越所说,深泽书店在距同志社大学正门约二百米处。书店并不太大,但有大学教材专柜,前面聚集着不少年轻人。杂志专柜也内容丰富,盈利额度较大的漫画只在角落里有一点,或许是出于当过老师的某种信念。

里面的收银台后有位女店员。雅也走过去,问她深泽在不在。女店员指了指人行道,一个胖墩墩的男人正在那里卸杂志。

"是深泽老师吗?"雅也在男人身后问道。

男人蹲着扭过头,表情柔和了不少,估计是因为很久没有人称他老师了。"现在是开书店的了……我是深泽。"

"我姓水原,就是找新三条小学毕业生的人。"

"啊,刚才荒木老师给我打电话了,就是你呀。"深泽站起身,伸了个懒腰,"没想到这么快就来了。"

"对不起,突然造访,因为我明天就要回东京。"

"哦,那就来这边吧。"

深泽打开收银台旁边的门,里面是一间小办公室,放着桌子和橱柜,到处都堆着书。"你想问昭和五十四年毕业的孩子?"

"是的。太久了,也许您已经忘了。"

"你想问哪个孩子?"

"新海,新海美冬。"

"啊,新海……"深泽原本柔和的表情好像猛地阴沉下来,"那个人怎么了?"

"曾经住在西宫,因为那场地震下落不明了。"

"这个荒木老师已对我说过,现在我也不知道她在哪儿。"

"您还记得新海?"

深泽显得有点犹豫,随后轻轻点了点头。"大致还记得。"

"是个什么样的学生?"

"什么样的……我感觉就是个普通女孩,不怎么突出,也没有什么问题。我记得成绩还说得过去。"说到这里,深泽翻着眼睛看着雅也,"你……水原先生,是吧?"

"是。"

"你是警察?"

雅也睁大了眼睛,身子微微后仰:"不是。为什么这样问?"

"没什么……"深泽皱起眉头,脸上露出一丝犹豫,"大约三个月前,有一个人来打听新海的事。那人是东京的警察。"

"警察?叫什么?"

"好像是……姓加藤。"

雅也猜应该是警视厅搜查一科的加藤。他为什么来这里?

"和那个警察调查的不是一件事吗?"

"不是,我不明白为什么……警察会来。"

"是吗?"深泽似乎仍有些难以释怀。

"请问,那个警察问了些什么?"

深泽揉了揉下巴,抬头看着雅也,目光中充满疑问。"就是上小学时的事,我也没说太多。另外,那人还问我有没有新海脸部照得比较清楚的照片。"

"然后呢?"

"我告诉他当时的照片没有了,但有后来拍的一张。学生们听说我要辞职,就组织了同学聚会。那时那群孩子已经是高中生了。"

"您把那照片给警察了?"

"没有，对我来说，那是很珍贵的照片。我只让他看了看。"

"警察看后说了什么？"

"没说什么。"深泽明显有些烦躁，或许他感到自己被卷进了一桩风波。

"那照片还在吗？"雅也问。

深泽叹了口气，拉开旁边的桌子抽屉。应该是在加藤来的时候，他将照片从家里拿来，之后就一直放在里面。"就是这张。"深泽递过照片。

雅也接过照片。比现在年轻许多的深泽坐在正中央，周围是一群年轻人。

"这个就是新海。"深泽指着右边的一个女孩。

雅也点了点头。他觉得该说点什么，却一个字也说不出来，因为他只顾得拼命保持镇定。

那不是美冬，而是完全不同的另一个人。

4

浜中把几个戒指摆在柜台上，正用布挨个擦拭。加藤确定里面没有顾客才进店，刚堆出笑容的浜中马上沉下了脸。

"用不着把脸拉这么长吧。"加藤笑嘻嘻地说。说实话，浜中作出这种反应让他有种快感。浜中做高级宝石饰品店楼层负责人的时候，肯定整日道貌岸然装腔作势，背地里却贪婪地在年轻女人身上寻欢作乐。加藤觉得这种人就算因此断送了人生，也丝毫不值得同情。

"有什么事？该说的我都说了。"浜中移开视线，擦拭戒指的手又动了起来。

"想问问简历的事。"加藤拉过为客人准备的椅子坐下,直直地仰视着浜中的脸。

"简历……"

"那个女人的,就是新海美冬。你怕是看了简历才知道她的经历。"

"那又怎么了?"

"简历上当然会贴着照片喽?"

"那还用说……简历嘛。"浜中抬起头,似乎不明白加藤在问什么。

"看到照片,你注意到什么了吗?"

"注意?注意什么?"

"是她普通的照片吗?"

浜中似乎没有理解问题的主旨。"我不明白你到底想说什么,那照片确实没什么特别。"

"哦,是吗?"

"加藤,你——"

加藤打断了浜中的话:"你能告诉我新海美冬进华屋的经过吗?你当时是楼层负责人,应该知道。"

浜中撇了撇嘴,然后舔了舔嘴唇。"详细情况我不知道,因为她被录用后我才认识她。以前对你说过,她最初并不在我负责的卖场。"

"见到她之后,你很快就提拔了她。"

浜中闻言紧闭双唇,收拾戒指时动作明显有些焦躁。加藤观察着他的反应说:"不用太详细,应该听她说过是怎样被录用的。既然浜中先生你想知道关于她的一切,这种事肯定不会落下。"

浜中把戒指放回柜台里,瞪了加藤一眼,然后点燃香烟。

"没怎么打听,就是普通的中途录用。"

"就是这个问题,中途录用很常见吗?"

"不怎么稀罕。根据经济环境而定,有时会突然人手不足。像华屋这样的大店，不能靠临时工或钟点工来维持。"

"是因为不想降低店员的素质？"

"如果没有一定的经验，绝对不行。"滨中露出遥望般的目光，"对了，她有工作经验。"

"什么意思？"

"有首饰和宝石饰品方面的丰富经验，这是被录用的条件。她以前好像曾在类似的店工作过，才被录用。"

"以前工作的店？这在简历上有吧？"

"店名早忘了。"

"为什么？你连她的小学和中学都想调查，对她以前工作过的店不会不感兴趣。"

滨中叹了口气："听说倒闭了。"

"什么？"

"听说倒闭了，对那家店感兴趣也没用。"

"倒闭……"

"所以才重新找工作。喂，行了吧，都说过好几次了，我想忘掉她。每当我好不容易平静下来，你总是来让我想起那些可恶的往事。别再来烦我了！"滨中严厉地说，把香烟捻灭在烟灰缸里。

加藤微带笑容，慢慢站起身。滨中还在怒气冲冲地瞪着他。加藤搓了搓鼻子下边，突然一把揪住滨中的衬衣前襟，隔着柜台用力往前揪。滨中脸上露出一丝胆怯。

"别在这儿冲我横。受女人摆弄、被人家利用来利用去的人到底是谁？如果你不这么窝囊，别人也许就不会遭殃。"

"别人？"

加藤没有回答，撒开了手，又一次坐在椅子上，盘起了腿，仰望着滨中整理衬衣。

"能不能帮我想想那家店的名字？也不是一点都不记得吧？"

"不，真没仔细看。如果听到那家店的名字，或许能想起来……"

"哦，算了吧。那什么时候决定录用新海美冬的？"

"什么时候？应该是那年年初，一九九五年。"

加藤摇摇头："能更确切些吗？记不记得是阪神淡路大地震之前还是之后？"

"地震？"浜中微微张开嘴，"想起来了，美冬说过是地震后来东京找的工作。"

"地震后？果然。"

"怎么了？和地震有什么关系吗？"

加藤假装未听见。

"浜中，能给我介绍人事主管吗？"

"啊？"

"华屋的人事主管，我想见见录用新海美冬的人，你能想办法替我安排吗？"

"我不知道你的目的究竟是什么。"浜中叹了口气，又把手伸向烟盒，"我这张脸对华屋的人不可能管用，那些人见到我肯定会吓得躲着走。"

"是吗？也许。"加藤挠了挠头。

"喂，加藤，"浜中压抑着情绪，低声道，"为什么光问简历和录用时间之类的问题？以前一次也没问过这类事情，到底是怎么了？能不能告诉我一点实情？我应该有知道的权利。"

加藤犹豫了一下，觉得可以告诉此人，但随即打消了念头，还不能对任何人说。他下定决心。"新海美冬是哪所大学毕业的？"

看来自己的问题又得不到回答了，浜中的肩膀无力地垂下来。"应该是……西南女子大学，在大阪，好像是文学系。"

"嗯。关于那个时候的事,你没调查过?"

"没法调查。"浜中显得有些不耐烦,"毕业生名册不可能轻易搞到手。"

"哦。"加藤慢慢站起身,"既然要做跟踪狂,就该更彻底地把这些情况调查清楚,那么我也就不用费劲了。"

浜中无法理解这句话的意图,莫名其妙地注视着眼前的警察。加藤也望着他那呆滞的脸。"喂,你迷恋的女人的名字是什么来着?把你害得这么惨的女人叫什么?"

浜中有些不安地歪了歪脑袋。

"快告诉我她的名字。"加藤又说了一遍。

"美冬……呀,新海美冬。"

"对,新海美冬,确实是这个名字。"加藤点点头,"打扰你工作了,对不起,好好擦你的戒指吧。"走出店的时候,加藤感觉到浜中一直盯着自己的后背。

不对,加藤一边向御徒町车站走,一边在心里嘀咕道,不对,浜中,把你的人生搞得一团糟的女人不叫这个名字,是和新海美冬完全不同的另一个人。

加藤是在三个月前去的京都。他先去了美冬毕业的中学,询问有没有昭和五十七年毕业生的相关资料。他随便编了一个理由。只要说是为了调查,一般不会遭到拒绝。

校方给他看的毕业生相册,除了集体照外,还有不少体育活动、文化节、修学旅行时的照片。加藤在名单中找到了新海美冬的名字,但不论反复看多少次,在本应有她的集体照中,就是没有找到像她的少女。照片太小了。

加藤想同美冬的班主任和同班同学联系,但相册中没有联系地址,中学里已经没人了解当时的情况。于是，加藤又去了小学，在那里得知有个姓深泽的男老师，曾经是新海美冬所在的六年级三班的班主任，后辞职继承了家里的书店。很容易就找到了他的地址。

深泽并不怎么记得美冬，看样子又不会有太大收获。但是，看到他拿出来的一张照片时，加藤感觉心跳加速。叫新海美冬的姑娘也参加了毕业几年后举办的同学聚会，但她并不是加藤熟悉的那个女人。

那女人是冒牌的——只能这样想。她在某个地方替代了真正的新海美冬，然后一直作为新海美冬活着。那么，是在何时何地替代的呢？真正的新海美冬又消失在哪里？

解除这些疑问的答案只有一个。加藤彻查了阪神淡路大地震的相关资料，发现了能证明自己的假设的数据：死者六千四百三十四人，其中身份不明者九人。

这九人的遗体都是在火灾严重的区域发现的，或者受损严重，或者发现时有多人的遗骨混杂在一起，无法用科学手段来判定身份。这九人虽被算入死者人数，罹难者名单中却没有记载。今年一月，在位于神户市北区的市立鸭越墓园的无主墓地立了墓碑。加藤通过调查发现，身份不明的尸体发现的地方，现在已无法确定。

那九个人之中，是否就有真正的新海美冬？在西宫朝日公寓的旧房子里，会不会也发现了一具身份不明的尸体？如果那是新海美冬，为什么无法确认身份？

理由只有一个。另外有人自称是新海美冬，而且，美冬的父母已双双去世。

加藤脑海中浮现出倒塌烧毁的建筑物。从那里发现了三个人的遗体，那或许就是真正的一家三口。但是，另一个人出现了。一个和那家女儿年龄相仿的女人，指着其中的两具尸体说，这两个人是我的父母，我叫新海美冬。然后，她看着剩下的那具尸体，说不认识这个人，和我们没有关系……

加藤一回到警视厅，就面临着一堆待写的报告。西崎正趴在桌子上写着什么。加藤想，如果告诉这个小伙子，新海美冬是冒牌的，他会露出何种表情呢？

加藤想认真调查此事，但觉得上司不可能批准。就算新海美冬另有其人，只要不涉及案件，刑警们不可能参与调查。尽管华屋恶臭事件尚未解决，曾我孝道的失踪事件也没查清，但上司已不可能对这两起案件再感兴趣。曾我那件事甚至不清楚究竟能否立案。

如果能发现曾我的尸体，事情就会另当别论，会成立调查总部，也会投入大批警力，加藤手上掌握的信息就有价值了。

得知新海美冬冒用别人身份时，加藤脑中最先跳出的想法就是"总算明白动机了"。当初他怀疑曾我已被杀，而且肯定是美冬在暗中操纵，最头疼的是找不到动机。然而，若她是冒牌的，一切就合乎逻辑了。

就是那张照片！

曾我孝道手上有美冬和父母一起拍的照片，还想把照片交给她。照片上肯定是真正的美冬。站在冒牌的美冬的角度，比起和他见面这个麻烦事，曾我的存在本身就是一个大麻烦。

但是有一个必须解决的疑点，美冬有不在场证明。她一直在约定地点等曾我，最终空等了一场。

还有一个疑问，尸体是怎样处理的？一个女人很难做到。

结果又得出了有共犯的推论。谁可能是那个共犯，加藤还没有目标。

如果发现了尸体，侦查员都调动起来，就能公开对美冬身边的人进行调查，但加藤一个人能查到什么程度，就不好说了。

说实话，加藤不想把关于新海美冬的调查委托给别人。她的过去、目的,以及她背后的真正面孔,这一切他都想亲手查清,不想被任何人干扰,调查继续下去,最后对决的时刻肯定会到来,他不希望那时有其他人在场。

为什么会有这种想法?难道是出于自负?因为自己注意到了其他人都没留意的女人新海美冬?当然有这方面因素,但绝不仅仅是这样。

我或许迷上那个女人了。

加藤冲着毫无进展的报告笑了笑。

5

新干线列车窗外的景色不断向后流动,但对雅也来说,仅仅是映入眼中的影像。各种思绪交织在一起,处于怎么都无法理清的混沌状态。

突然意识到有人在对自己说话,雅也慌忙扭过头。赖江露出了苦笑。

"又发呆了。从昨天开始就感觉你怪怪的。"

"没什么,想到回到东京后的事,心里有些烦闷。"

"不是说把你介绍到我弟弟的公司吗?"

"加工首饰的工作?我干不了。对了,你刚才说什么?"

"我是说,让你专门陪我去了京都,到头来我却生了病,光让你照顾我了。"

"不用在意,好久没去京都了,正好借此机会去看了看。不说这个了,感觉怎么样?"

"没事了,早晨按时吃了早饭。"赖江眯起了眼睛。

昨天,雅也在京都转到深夜。他想尽量找到认识美冬的人,但时间太短,又没有任何线索,不可能有任何成效。他回到酒店时已筋疲力尽,可担心赖江起疑,还是去她的房间看了看。或许是吃了药的缘故,在他敲门之前赖江一直在睡觉,甚至没有问他去了什么地方。

"你弟妹……是叫美冬吧,今后还打算继续调查她吗?昨晚你说不想再调查了。"

赖江歪了歪头。"不好说。这回准备不充分,关键时候我又病倒了,什么都没法干。"

"我说这些话也许不太合适,但我觉得你最好不要调查了。现阶段你弟妹没什么问题吧?所以我觉得你应该相信弟弟的眼光。最关键的是……"雅也调整了一下呼吸,接着说道,"把时间浪费在这种事情上太可惜了,因为你有自己的人生。"

赖江原本低垂的睫毛猛地抖动了一下。她抬眼看看他,眨了眨眼睛。"谢谢,你真体贴。"

"哪里。"雅也摇了摇头,目光再次转向窗外。

现在雅也满脑子依然是深泽拿给他看的照片。照片上的姑娘和美冬不是一个人,但她才是真正的新海美冬。

从地震发生那天早晨起,和我共患难的女人,到底是谁?

雅也仍无法接受她是假冒者的事实。对雅也来说,她不是别人,就是新海美冬。

昨晚他几乎一夜未眠,心中动摇了多次,想给美冬打电话,问她究竟是谁。他的手最终没伸向电话。还是调查清楚再说吧。但这不过是让自己信服的借口。听到自己的质问,她究竟会有何种反应?说实话,他害怕知道。

雅也第一次见到她,是地震发生的那个早晨,随后,在接二连三运进尸体的避难所里知道了她的姓名。她在父母的尸体前接受警察的询问。那时她向警察出示能证明身份的东西了吗?雅也推测肯定没有,至少没有出示的必要。从那场空前的灾难中逃生的人们，如果说没有带身份证件，绝不会被怀疑。警察也没有要求雅也出示类似的证件。就算是有这种要求，肯定也无法满足。

如果想替代别人的身份，肯定是那个时候。

雅也依然鲜明地记着美冬当时的样子。只穿着那身衣服，没有行李，冻得浑身直颤地抱着膝盖，在黑暗中差点被人强奸，后来被他救了。她完全是突然遭遇不幸的受灾者的模样，和周围人没有丝毫区别。

但是，即便因寒冷在颤抖，她在想的也不是如何逃生，而是其他事情。她想赌一把，想利用这次灾难冒充别人的名字，并彻底成为那个人。

她为什么要这样做？变成新海美冬有什么好处？难道是觊觎新海夫妇的财产？他们应该没什么财产。难道是保险金？

雅也心中还有一个疑问。就算美冬假冒了别人，为什么不把这件事告诉自己？这四年多，两人克服了各种各样的苦难，不择手段。两人都隐藏了本来的面孔，只有独处时才表露出来——应该是只在黑夜中才向彼此暴露本性。

但她并没有在我面前展现真正的面孔。我和她度过的夜晚难道都是幻影？

回过神来，雅也发现赖江已在旁边睡着了，也许还有点低烧。到东京还要将近一个小时。

赖江今后还打算继续调查美冬吗？这次京都之行让她的想法有所改变，但没有消除怀疑。以后因某个契机，她很可能再次对美冬萌生戒心。

由于突然发烧，赖江没有察觉到美冬的秘密，下次不可能再这么幸运，那时也无法保证自己能跟着一起去。

雅也注视了一会儿熟睡的赖江，闭上了眼睛，暗暗下定决心。

到东京车站时，刚过下午五点钟。

"怎么办呢？吃晚饭还稍微早了些。"出站后，赖江看着表说。

"今天最好早点回去，再烧起来就麻烦了。"

"已经没事了。"

"不能这么大意。上出租车吧，我送你。"

听到雅也的提议，赖江的眼神中夹杂了惊讶和喜悦。

"你送我？"

"嗯。"

"咱们方向正好相反，太麻烦了，不用了。"

"不把你送回家我放心不下。"雅也从她手中夺过提包，向出租车停靠站走去。

"等等，那还是找个地方先吃饭吧，家里什么吃的都没有。"

"我会想办法解决。"

"想办法？"

雅也没有回答，迈步向前走去。

赖江的家在品川，是建在一条窄坡道边上的西式独栋楼房，以前雅也跟踪她时曾去过附近。从外观看，这房子一个女人独住太大了。

"这房子真漂亮。"下了出租车，雅也抬头望着房子说。话一出口，他不禁打了个寒战。这句话会令赖江发觉他早就知道是哪栋房子。担心她起疑心，但她似乎没有怀疑。

"完全按设计师的建议盖的，住起来并不太方便。"赖江苦笑着从手提包中取出钥匙。

雅也手拿行李，跟在她后面。踌躇、犹豫、自责的想法在他的脑海中打着旋涡。赖江把钥匙插进了锁孔。必须作出决断，他对自己说。

开门后，他站在赖江身后。屋内一片漆黑，路灯的亮光照着她的后背。

"好像来送货的了。"赖江捡起原本夹在门上的单据。

雅也拿着包,推着她似的进了屋。门在身后咣当一声关上。

"哎呀,这么黑。"赖江在墙上摸索着开关。

雅也放下包,马上伸出双臂,把赖江纤细的身体完全环抱住。

她像是发出了什么声音,或许在说什么,但雅也顾不上听。他紧紧抱住她的身体,随后用嘴堵住了她的嘴唇。

这应该是完全出乎意料的举动,但赖江没有丝毫抵抗。雅也闻着香水味对自己发誓:不论发生什么事情,都要保护美冬,即便和她一起度过的夜晚只是幻影。

第十章

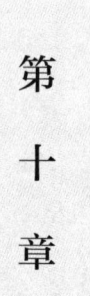

1

"我从未想过自己比普通美容师优秀,现在偶尔会在电视上露面,但我希望观众看到的只是技术和设计灵感,从未想过用顾客的头发来自我表现。最关键的是让顾客满意,仅此而已。说实话,'超级'这个词我也不喜欢。我认为美容师和厨师一样,不应该过多地抛头露面。"

青江一边有意识地让摄像机对准自己左侧,一边口若悬河。事先已经说好,照片也要从这个角度拍。他自己并不觉得,但美冬说这样拍出来效果最好。

负责采访的女记者边记录边点头。听说要登载在下个月的女性杂志上,题目好像是"备受瞩目的超级美容师专访"。

青江不太会说话,同顾客聊天还行,但极不擅长针对某个主题扼要地谈论,可美冬说绝不能拒绝这类活动,上电视也一样。

"现在的时代,只有畅销的东西才卖得出去,只有人多的地方才有人去。总之,不占据首位是不行的,不论使用何种手段都要出名。

面向大众的店如今无法流行，在老百姓有条件奢侈的泡沫经济时期，那种店才会被接受。"这是美冬的一贯主张。

她说也不能过多地露面，那样会冲淡神秘性。要给人留下自己并不想抛头露面，只是出于各种原因迫不得已才为之的印象。她告诉青江，在接受采访时，一定要在回答中包含这种色彩。

不擅言辞的青江不可能把握好这么微妙的语感，一般都由美冬事先准备好底稿。刚才他便是把她的稿子背了一遍。

"您在百忙之中接受采访，谢谢您。"女记者满足地说，"读了其他采访报道，我就能感觉到，青江先生有特别明确的想法。今天我再次感到了这一点。"

"过奖。"青江在心里吐了吐舌头，简短地答道。美冬提醒过他，如果不知该如何应对，就尽可能简短而含糊地回答。

记者和摄像师回去后，青江来到休息室吸烟，店里的实习生突然满脸困惑地进来了。"老师，警察来了。"

"警察？"青江皱起了眉头，"来干什么？"

青江的脑海里浮现出不快的记忆——中野亚实被歹徒袭击一事。难道警察还要问那件事？

他来到店里，看见休息区坐着一个与周边环境格格不入的男子。此人三十四五岁，头发和胡子都没有修饰，黑色西服脏兮兮的，没有打领带，衬衣一直敞到胸口。尽管眼睑微闭，但从远处也能看出眼珠在不停转动。两名等候的女顾客或许觉得这人太可怕，都躲得远远的，正显得有些拘束地坐在那里。青江想，这样会影响美容院的形象。

男子看到他，站起身走过来，脸上浮现出瘆人的笑容。"您是青江先生？在您百忙之中打扰，真是抱歉。"

"有什么事吗？"

"想问点事情，能占用您点时间吗？十分钟就行，五分钟也可以。"

"现在？"青江没有隐藏不快。

"马上就完。"男人依然面带笑容，像在盯着猎物般舔着嘴唇。

青江环顾四周，这个恐怖的男人明显已吸引工作人员的注意。他叹了口气。"那，只有十分钟。"

"谢谢您。"男人低头道谢。那过于礼貌的态度都让人毛骨悚然。

MON AMI 二号店位于表参道，于去年十二月开张，目前青江每周有两天来这家分店。这位警察肯定已掌握这些情况。

"进那样的店让我很紧张，四周全是年轻姑娘。"在附近的咖啡店点了咖啡后，警察笑道。他自称是警视厅的加藤。

"您有什么事？"青江感觉脸颊有些发硬。

"去年底就开了第二家店，发展真快。这么年轻，太了不起了，不愧是超级美容师。"

"请问……"青江看了看手表，想表明自己没有太多时间。

"决定在这个地方开店，也是新海女士的主意吗？"

青江一下懵了，张大了嘴巴。他没想到会听到美冬的名字。

"说错了，现在不姓新海了，应该叫秋村夫人。"

"不，我们依然称她为新海。"

"哦。关于美容院的经营，还是那个人的影响力最大？"

"这个嘛，是……"

既然知道美冬的名字，看来他了解 MON AMI 的经营状况。"您想问关于新海的事吗？"

"嗯，算是吧，想多方面问问。"加藤拿出红色的香烟盒，"您和新海女士会频繁碰面商量事情吗？"

"嗯，有时会。请问，您在调查什么案子？和新海有什么关系吗？"

加藤意味深长地点了点头，点着了叼在嘴上的香烟，慢慢吸了一口。"这个目前还不能说，属于办案秘密，随便说了，给您添麻烦就不好了。"

"可这样总让人不舒服。"

"您是通过什么关系认识新海女士的？"加藤似乎没有听到青江的话，接着问道。

"她主动和我打招呼，说正考虑这么创业，问我要不要一起做。"

"之前没有任何来往？"

"她是我以前工作的那家店的顾客。听说为了挑选人才，她去过好多家店。"

"这是什么时候的事？"

"开店前不久，应该是三四年前。"

"哦。"加藤吸着香烟，时不时地喝口咖啡，"您有女朋友吗？"

"什么？您说什么？"

"女朋友。您长得帅，人气又旺，肯定被很多姑娘追求。"

青江这才明白是在说自己，却不清楚他目的何在，便莫名其妙地答道："现在没有。"

"您的意思是以前有过？分手是在开店之后？"

"您为什么要问这个？有什么关系吗？"

见青江提高了嗓门，加藤挥了挥夹着香烟的手。"只是出于兴趣。您看，如果是艺人，总是听说出道前被逼着和以前的恋人分手。新海女士是否给您下达过类似的指示？"

"没有。"

"哦。换个话题吧，您知道新海女士的经历吗？"

"经历？"青江皱了皱眉头，这个警察的问题总是跳来跳去。"知道一点，比如曾在华屋工作过。"

警察摇了摇头:"更早的呢?"

"更早?"

"比如在华屋工作之前干什么,您听她说起过吗?"

青江缩了缩肩膀:"那么早的事情,不知道。"

"您对新海女士的过去不太了解?"

"您这话太奇怪了。她的过去有什么问题吗?"

加藤没有回答,在烟灰缸中捻灭烟蒂,拿起了账单。"您这么忙,真对不起。对了,"他望着青江的胸口,"今天没戴?"

"啊?"

"是叫坠饰吧?雕成骷髅和玫瑰花的形状。听说您以前爱戴。"

青江心里咯噔一下,下意识地把手放到领口。

"我听说了,那次真是场灾难,听说差点被当成嫌疑人。"

青江想咽口水,嘴里却干巴巴的。

"差点让你陷入困境的坠饰,最终还是救了你。玉川局的警察很纳闷,竟然会有那样的偶然。"

"偶然……"

"和你喜欢佩戴的坠饰一模一样的东西落在现场了?而且,据玉川局调查,那东西并非随处可以买到,听说必须去葡萄牙或西班牙进货。这样的东西竟然碰巧落在了现场,只能说是罕见的偶然。"

青江终于明白了,警察的真正目的是提出这个话题。为什么事到如今又要重提此事?有一点可以确信,警察正在观察青江的反应。绝不能惊慌失措,但他无法阻止全身变热。

"听说在玉川局的警察中,有人怀疑你从一开始就有两条坠饰。其中一条故意丢失,以备日后作为不在场的证据,另一条遗落在现场。"

"太荒唐了!我为什么要那样做?"

"是，你没有理由那样做。不想被怀疑，根本就不用遗落在现场。这种偶然太难以想象了，以至于连警察都说出那样荒唐的话。"

那是竞争对手为了陷害自己故意策划的——青江想这样说。但要说明这一点，就必须承认遗落在现场的坠饰就是自己的。

"对于你遗忘坠饰的那家饭店，玉川局也进行了彻查，因为怀疑提前统一了口径。结果没有发现任何可疑之处，也没有被收买的迹象。"

"我不会那样做的。"青江瞪着警察说。美冬也说过，没有收买饭店的人。至今连青江也不知道她究竟用了何种手段。既然她断言，那就没错。

"真是太不可思议了。"加藤终于站起了身，"坠饰还在家里吗？"听那口气，像是如果在家，就希望青江拿给他看看。

青江摇了摇头："已经扔掉了。"

"噢，为什么？"

"那东西会勾起我不快的记忆，而且，已经戴腻了。"

"是吗？我倒觉得那是给你带来幸运的东西。"加藤犀利地望着青江，"会不会又是新海女士要你扔的？"

"什么……"

"只是开个玩笑。"加藤笑着向收银台走去。

2

果然不是他——和青江分手后，加藤边向表参道的十字路口走边想。这么懦弱的人不可能成为新海美冬的同谋。

想追查新海美冬，单纯证明她在阪神淡路大地震发生时替代了真正的新海美冬还远远不够，必须证明在和她相关的各种事件背后，隐藏着一个帮凶。因此，加藤首先盯上了青江。

青江和美冬是工作上的合作伙伴，这是公开的事实。两人利害关系一致，很可能不仅在表面上做生意，更在暗中进行了各种密谋。

在见到青江之前，加藤作了一些调查。他是在与美冬联手开办MON AMI之后取得成功的，目前是顶级美容师之一，多方争抢的红人。不过，他也并非一帆风顺。从相关传言中得知，在女店员遭袭击一案中，他差点被当成嫌疑人。

加藤对该案进行了详细调查。玉川局的警察态度冷淡，但仍毫不犹豫地把当时的资料拿给了他。

案件内容和调查经过引起了加藤的注意。从当时的情况看，青江被怀疑是理所当然的，但是，随后发生了大逆转。青江一直咬定早已丢失的坠饰，在其他地方被发现。警方查明青江丢失坠饰是在案件发生之前，他的嫌疑马上消除了。

玉川局的警察推测，也许有人故意陷害青江。加藤也这样认为，但他的推理与他们有一点不同。他认为陷害青江的并不是他的敌人，而是他的同伴。

让他萌发这种想法的，就是那个骷髅和玫瑰花的坠饰。

就像他对青江说的，很难想象特殊的坠饰在同一件案子中碰巧出现两个。一般会猜测，想陷害青江的人又从什么地方买到了一条。特殊坠饰怎么可能那么简单地买到手呢？

加藤曾经咨询过首饰加工的专业人士，也出示了从玉川局借来的照片，询问制造同样的东西是否很麻烦。那人说，如果是熟练工，一天就能做好，但想做得一模一样，就需要相当高的手艺。

搞金属加工的手艺高超的人——这个关键词已经是第三次出现了。不用说，第一次是在华屋恶臭事件中，散发毒气的装置部件中有熟练工作业的痕迹。第二次是去BLUE SNOW的时候，工作人员对放在展柜中的试制品也是这样评价的。

给青江布下圈套的人肯定是美冬，想不到其他答案。

如果从头构架故事，内容如下：

首先，美冬命令同伙从青江房间中偷出骷髅和玫瑰花的坠饰，并让他制造出酷似的复制品。然后美冬拿着复制品去了饭店，同伙也许一起去了，饭店的记录中会留下预约人的姓名和用餐人数。悄无声息地吃完饭后，美冬把复制好的坠饰故意扔在饭店里，店方则作为遗失物保管。

上述准备工作结束后，那个同伙又行动了。他按照美冬的指示袭击了MON AMI的店员中野亚实。那时，此人肯定在身上喷了青江平时用的香水。确认亚实晕厥后，那人将坠饰留在现场。

细节部分或许有些偏差，整体上应该是按上述步骤进行的。这样就能明白，青江为什么能抓住绝妙的时机去饭店找坠饰。听说青江对玉川局警察解释道："绞尽脑汁地想坠饰丢失的地方，终于想到了那家饭店。"但那么喜爱的饰物丢了，按理说早就会发现。估计是他接到了美冬的指示，说就当成在那家饭店丢失的，赶快去取。

问题是美冬为什么要陷害工作伙伴青江？加藤也无法进行详细的推理，但有一点可以想象。

故意陷害他，在他身处困境的时候救他——这种害人后还要充当好人的策略会产生怎样的效果呢？

就是青江的绝对服从。青江肯定觉得美冬抓住了自己致命的弱点，更由此知道了她具有多么强大的能力。他肯定发自内心地想，再也无法违背她的意愿了。

加藤想，也许那时青江想和美冬分手。得知他下定决心后，美冬选择的方式并不是恐吓，而是卖人情，以此让他知道，自己的存在是多么重要。那个女人肯定能干出这种事情。

　　根据这种推理，美冬的同伙就不是青江。加藤见过青江后，对这一推断更有自信了。青江也许是被美冬操纵的木偶，但只是在工作方面。就算不考虑擅长金属加工这一条件，他也没有能力去协助犯罪。

　　加藤见青江其实还有一个更大的目的。

　　关于新海美冬的过去，刚才也问了青江，但他从未期待会有大的收获，他的目的是让青江把今天的事情告诉美冬。这样，她就能知道，有一个姓加藤的警察在四处调查她的过去。不知她会采取何种对策。

　　要揭露美冬的真实身份，捷径就是先查出她的同伙。幕后的那个帮凶什么时候才会行动呢？

　　回顾以前发生的事件，能简单地得到答案：对美冬不利的人出现的时候，比如浜中、曾我，甚至对青江，美冬用的都是这一招。

　　她计划如何对付我这个麻烦的警察呢？一想到那个时候，加藤便浑身颤抖，不是因为害怕，而是期盼着能揭开那个魔女真正面目的一瞬间。

3

　　照片中的赖江戴着淡紫色的墨镜，穿着米色西服套装，身旁的雅也在灰色毛衣外面套了一件白色夹克。

　　背景是东京知名酒店的大厅。另外一张照片上是赖江开房间时的背影，连两人一起上电梯的瞬间也被拍了下来。

　　"虽然是偷拍的，倒还算清楚。"美冬心满意足地微笑道。

　　和往常一样，两人在家常餐馆见面。或许不愿被店员看到脸，她选择了背对他们的地方。

"我一点也不知道被人拍照了。"雅也说。

"如果提前告诉你,你总想着有相机,行动会不自然。那样就没有意义了。"

"美冬,这是你拍的?"

"当然,我又不能委托侦探对赖江的行踪进行调查。"

上周一,美冬问雅也下一次约会定在什么时候,雅也方才明白她的用意。

"你已经极顺利地抓住了那人的把柄。"雅也端起咖啡杯,"丈夫出差的时候和年轻男子发生关系的证据——这样,就算赖江再厉害,恐怕也撑不住了。"

"本想说这样就万事大吉了,但很遗憾,感觉还差那么一步。"

美冬的话让雅也从嘴边拿开了咖啡杯。"为什么?"

"这无法成为决定性证据。"

"还差什么?两人一起进了酒店,还有开房间的照片。"

她摇了摇头。"其实完全可以推脱,比如说住酒店的是她一个人,只是让你帮忙把东西运到房间。或者干脆否认开房间的事实,说只是在服务台问了点事情,没有办理入住手续。"

"这太不自然了吧?"

"不论是否自然,只要可以辩解,就不能说是决定性证据。我想要能让她不得不承认婚外恋的证据。"

"你想让我干什么?不会让我把做爱的情景拍下来吧?"雅也瞪着美冬。

她似乎以为雅也在开玩笑,微微晃着肩膀笑了。"如果在网络上播出去,那些有癖好的人肯定喜欢。"

"我是认真的。"

"你什么都不用做,只要和她约会,再去酒店就可以了。"

"我这不是去了？"

"这样的酒店不行。"美冬用指尖敲打着照片，"就算是打官司，这些出入普通酒店的照片也不会被认定为搞婚外恋的物证。"

"你的意思是……"

美冬环顾四周。"最好是情人酒店。"

雅也皱了皱眉，摇摇头说："这不太好办。"

"为什么？"

"她，"他压低了嗓门，"怎么可能去情人酒店？"

"能否让她去就看你的本事了。"

"我没有这样的本事，不要高估我。"

"没有高估你。正如我期待的，你不是完全抓住那人的心了吗？我觉得你很厉害，雅也，就算你去做面首，肯定也能成功。"

美冬的语气听不出是认真的还是在开玩笑。

雅也望着她的脸，"我已经烦了，这件事就到此为止吧，有这些照片足够了。就算打官司无法取胜，也具有让赖江沉默的效果。"

"为了小心起见。"

雅也摇了摇头："要抓住赖江的把柄，就是因为她四处调查你和浜中的关系，还怀疑你是不是有其他男人。但据我观察，她根本没怀疑你，而且今后也不用担心。"

"那可不知道，不能掉以轻心。"

"没问题。难道还有什么其他理由？"

"其他的？你指什么？"

比如说自己的真实身份，自己并非真正的新海美冬——雅也心里带着这个问题注视着她。

美冬没有避开他的视线。"总之，她想把我从秋村家赶出去，她也许会不择手段，是为了提防那个时候。"

"真的仅仅因为这个？"

"你认为还有什么？"美冬睁大了眼睛。

雅也扭过头。他无法正视她的脸。

你究竟是谁——这个问题已经涌到嗓子眼了，却又被他咽了回去。

"你和她是怎么做的？"美冬问道。

雅也一时没明白，注视着她说："你指什么？"

"就是，"她回头看了一眼，然后把脸凑到他面前，"做的时候用避孕套吗？"

雅也一惊，不禁身子向后一仰。"还以为你想问什么呢……"

"我在认真问你。究竟是怎样？"

"还用说，当然是用了。"

"哦，这么说来，那个人还有月经呢。"

雅也一个字都懒得说，连随声附和都让他感觉不快。

"每次肯定都用吗？"

他扭着脸，托着腮说："也没有多少次。"

"是吗。那么，偶尔你试着别用了吧？"

听到她嘴里很随意似的冒出的这句话，雅也移开了手。扭头一看，她那妖艳的眼睛正望着自己。

"偶尔直接做爱怎么样？"

"直接？你的意思是体外射精就可以了？"

美冬微微一笑，慢慢地眨了一下眼睛。"以前曾求过你一件事。就是做爱时的约定。还记着吗？"

"没忘。"

和谁做爱都可以，不过不许在插入的状态下射精，就算是用了避孕套也不可以——这就是当时的约定。

"那个约定，仅限这回可以不遵守。"

雅也一惊，顷刻间屏住了呼吸。"为什么？"

"我是说可以直接做，就在那个人的体内射精。"

"说什么呢！这样做，如果……"雅也瞪圆了眼睛，他突然明白美冬想说什么了，"你是说……要让她怀孕？"

"已经五十多岁了，估计不太容易。"

"喂，你不是在开玩笑吧？"

"我是认真的。"她的表情变得极其冷漠，甚至让人不寒而栗。

雅也摇了摇头。"亏你想得出来！"

他伸手去拿桌子上的香烟，但还没抓到，美冬先伸手拿起，放到了他手上。她的手掌很温暖。

"我也知道在提过分的要求，但如果没有绝对的证据，实在无法放心。我什么都不相信。除了你，我在这个世上谁都不相信，只能委托你。"

"那么……"他想说，为什么不告诉我实情？为什么不告诉我，你并不是新海美冬？为什么不告诉我你的真实身份？

但他问不出口，他感觉一旦提出，和美冬的关系会马上崩溃。

"怎么了？"美冬歪了歪头。

"没，没什么。"雅也摇摇头，"有些不舒服。说实话，这事连想都不愿意想，竟然要让她怀孕……"

"看来我提的要求太过分了。"美冬拿起桌上的账单，"走，找个地方调整一下心情吧。"

几十分钟后，两人来到台场的一家酒店，美冬好像用雅也的名字提前预约了。一进房间，两人马上抱在了一起。雅也贪婪地抚摸着美冬娇嫩的胴体，用全身体味着那迷人肌肤的感觉。象征兴奋的部位被允许插入她体内，但最后还是在她口中射精的。当然，那同样伴着飘飘欲仙的快感。

雅也抚摸着美冬柔软的头发，想起了和赖江在一起的情景。两人已经发生过四次关系，第一次留下的印象最深。

进入赖江的卧室时，她恳求他不要开灯，她不好意思让他看自己的身体。雅也答应了。他也担心，看到了她的裸体，也许就无法和她上床了。不过，在黑暗中接触的感觉并不像他想的那么差。赖江的身体依然具有弹性，而且，两人融为一体的部分，虽谈不上充分，也有一定的湿润度。当把手放到她的腋下时，发现那里竟然被收拾得干干净净。雅也那时才意识到，看来去京都前，她果然在一定程度上作好了思想准备。最初的行为后，他用已适应了黑暗的眼睛重新打量着赖江的裸体。说身材没有走形那是撒谎。乳房已萎缩得很小，但是，他并不觉得难看。

发现雅也在看自己，赖江慌忙盖上被子，小声说"不要看"，然后扭过身子。她的样子简直像经验不多的少女。做爱时她几乎没有出声，身体僵硬。

"和我这样的人……愉快吗？"赖江问。她既没有问"好吗"，也没有问"感觉怎样"，而是选择了"愉快"这个词。雅也能感觉出她的羞涩。

"我很高兴。"

听雅也这样说，赖江骨碌一下转过身，双手搂住他的脖子。

"你在想什么？"美冬在雅也胳膊下问。

"没，没想什么……"

见他含糊其辞，她抿着嘴咻咻地笑了。"我知道，是在想她。"她把手放到他胸口，"你在想赖江，确切地说，在想和她做爱的事。"

雅也皱皱眉头："别瞎说。"

"用不着生气。是我不好，这我知道。让你和不喜欢的人，而且是年龄大那么多的人干那种事，我一直觉得对不起你。"

"不是说没有想吗，真唠叨。"雅也把她的手从胸口拿开，身子转向床头柜，从烟盒里抽出一根烟，点着了火。他假装不高兴，同时暗暗对美冬敏锐的洞察力感到不寒而栗。

她慢慢直起上半身，拉过毛毯裹住身体，露在外面的肩膀闪着妖艳的光。"昨天，青江告诉我一件奇怪的事情。"

雅也把吸入肺中的烟吐了出来。

"警察去找他了。你还记得警视厅的加藤吗？"

"他？"雅也一惊，"他去干什么？"

"据青江说，他是去追查那次美容院学徒遇袭一事。是不是很奇怪？都到这时候了。"

雅也把还剩下很长一段的香烟掐灭了。"他发现什么了？"

"似乎在怀疑那个骷髅和玫瑰花的坠饰，估计是在调查我的周边情况时知道了那件事。对于华屋恶臭事件，他似乎仍在怀疑什么，关键是……"美冬缩了缩下巴，注视着雅也，"曾我的失踪……"

雅也扭过头，叼了一根香烟。他不想让美冬揣摩自己的表情。

在京都发生的事情在脑中闪过。加藤知道美冬是假冒的，正因为这一点，他才去青江那里探问。

"不论怎样，如果对那个警察放任不管，对我们绝不是什么好事。"

雅也扭过头："你想怎样？"

"所以找你商量这件事。"

"美冬，你不会又……"

"那个警察，"美冬打断了他的话，"看出我背后有一个男人，察觉出那个男人是同谋。包括华屋事件，他也是用这种思路解释的。不过，对那个案子没必要太在意，就连加藤也不会对没有死人的案子感兴趣。问题在于曾我。"

雅也倒吸了一口冷气，注视着自己的手。烟灰越来越长，他赶紧抖落在烟灰缸里。

"他认为曾我被杀了。自然,他应该没有证据,但如果总是这样推理,还四处寻找我的伙伴,对我们来说无疑非常危险。"

"但……"

"目前只有他一个人在行动,警察中也只有他盯上了我,现在下手还来得及。"

烟头在一点点地抖动。雅也意识到自己的手指在颤抖。

加藤的存在确实麻烦。除了美冬说的理由,他还知道美冬的秘密。若他把秘密揭露出来,结果会怎样?之后的事情简直无法想象,但雅也与美冬肯定都会毁灭。

难道要再干一次?!

刚想到这里,大脑深处突然弥漫了一层厚厚的黑云,顷刻间覆盖了他的整个思维,同时,剧烈的呕吐感涌了上来。他咬紧牙关,忍受着胃部的抽搐,用食指尖掐灭了香烟。

"怎么了?"美冬把手放在他的肩膀上。雅也默默摇了摇头,用放下烟蒂的手捂住了嘴。

美冬似乎察觉到了,她从背后抱紧雅也,就像要把他罩起来。他那因冷汗变得冰凉的后背感觉到了她肌肤的温暖。

"再也不让你干那种事了,"她在他耳边喃喃道,"我再也不想看到你痛苦的样子。"

雅也反复深呼吸,等待着突然袭来的痛苦渐渐消去。"我……"他喘着粗气说,"为了咱俩的幸福,什么都可以做,不论什么事情,不论多少次。如果真的能幸福……"

美冬抚摸着他的头:"绝对能幸福。"

雅也扭过头望着她:"真的吗?"

"我是这样相信的。所以,雅也,你也要相信。"美冬的眼睛里充满了真挚的光,红红的,有些充血,还有些湿润。

"知道了,我也相信。不过你要向我保证,不能背叛我,绝不能!"

"不会背叛,我保证。"美冬看着他的眼睛点点头。

4

让到场者签名的笔记本第一天就基本写满了。赖江想,准备一个大些的笔记本就好了,可若剩下许多空栏,会给人留下没有人气的印象。听说准备了两册笔记本,御船孝三想必也会高兴。

赖江看了看表,刚过下午六点半,闭场时间是七点。在会场中心设置的谈话区里,御船正和画廊老板谈笑风生。

赖江离开接待处,走到会场的一角。虽然是御船的个人展,也摆放了一些学生的作品。御船的说法是为大家提供向公众展示作品的机会,而培训班的人都清楚,他用来举办个人展的作品不够。

学生的作品共十七件,其中有三件出自赖江之手,一件是点心钵,另两件是用拉坯机做的茶碗。

她拿起自己做的茶碗。釉子用的是白荻。本来想让颜色更浅些,但烧好后比预想的要深。尽管如此,她还是喜欢那个茶碗的形状,双手拿起时感觉能和手掌完全融在一起。她开始浮想联翩,如果用这个茶碗喝茶……

把茶碗放回去时,她的眼睛转向了摆在旁边的酒壶。这是雅也展出的唯一一件作品。他刚学习陶艺不久,但用起拉坯机来比谁都好。赖江能理解御船为什么最先选择了这件作品。和茶碗或茶杯不同,壶口部分比躯干细很多的酒壶不是初学者能做成的。

"因为我喜欢喝酒。"赖江眼前浮现出雅也一边说话,一边不好意思地转动着拉坯机的样子。一想起他,感觉身体从中心开始发热。最近几乎每天都见面,尽管如此,依然想看到他的面孔,想听到他的声音。

赖江也觉得自己这么大年纪了,怎么还会这样,爱上了比自己年轻十多岁的人。她并非不知如何处理感情,也没有焦躁。尽管知道这非常危险,也很麻烦,但身处这种旋涡中,她确实很快乐。

并非只是因为想起了自己还是个女人。从这个意义上讲,"女人"的部分一直存在于赖江的心底,她一直等待着有人敲那扇门。但她也作好了心理准备,今后这样的日子也许不会来了。期待和放弃这两种想法保持着绝妙的平衡,就这样,岁数越来越大。

和雅也见面时,从未想过他会成为敲门的人。她确实觉得他是个出色的小伙子,但她以前对别人也有过类似的感觉。不同的是,他发出了要靠近那扇门的信号。

赖江不想自己打开那扇门,害怕那样做会失去许多东西。这也许是最后一次机会,她却选择了在门内等待的方式。雅也或许最终会从门前走过,她却无法自己靠近那扇门。所以,那一天他突然敲门时,她根本没有萌发自制心的余地,只是在门内茫然地看着他走进来。

这么大年纪了,还痴迷于年轻男子——有时她这样进行自我分析,从而确认自己依然保持着冷静。她清楚这种状态不可能永远持续下去,但又想尽情享受从梦中醒来前的短暂时刻,哪怕只有一秒钟。但也正因如此,不想留下遗憾的愿望更加强烈,想充实和雅也度过的每时每刻,为了他可以做任何事情……

"打扰一下。"

突然听到有人说话,赖江不禁吓了一跳。右后方站着一个男人,胡子拉碴,看样子三十多岁,身上倒是穿着西服,也系着领带,但赖江感觉他土里土气的,并非因为这人个子矮,或许是因为他眼睛上翻看着自己。

"您是仓田赖江女士?"

"是的。"

男人递过一张名片。赖江看后皱起了眉头,不明白警视厅的人为什么来找自己。

"我可以问您点事情吗?"姓加藤的警察问。

"可以,不过七点前我不能离开这里。"

"那就在这里谈吧。"加藤走到展品前。他也许想装成一位散场前刚来的客人。"真好看。就算是学生们的作品,也完全具有交易价值。不好意思,您学陶艺多长时间了?"

"一年。"

"嗬?一年就能做得这么好。"加藤看过赖江制造的点心钵,把手伸向旁边的酒壶,"这个也很厉害,是经验丰富的人做的吧?"

赖江微微一笑。雅也的作品被人表扬,她很高兴。"他最近刚开始学。"

"是吗?"加藤看上去很惊讶,他凝视着酒壶,又放回原处,"这世上还真有手巧的人。"

"他是个手艺人。"

"手艺人?"

"他的本行是金属加工,制造各种精细的零部件,不能说完全是个外行。"

"噢,原来如此。"加藤点点头,再次望向酒壶。他的侧脸看上去异常认真,赖江感觉有些怪异。

"您想问我什么?"

"啊,对不起。"加藤似乎回过神来了,"是这样,我正在调查一九九五年华屋发生的恶臭事件。"

"啊，那件事，"她当然知道，"还在调查吗？"

"零零碎碎的，因为至今还没有解决。"警察扭头笑道。

"我以为肯定成悬案了……"

"您这样想也是理所当然，调查总部早就解散了。当时刚发生地铁毒气事件，上头特别重视，但……"

"关于那件事，想问我什么？"

"不知您是否记得，当时还发生了一件事，就是跟踪狂事件。案犯是宝石饰品专柜负责人，姓浜中。"

"听说过，但不知道详细情况。不是说那件事与跟踪狂没有关系吗？"

"这种意见是主流，但还无法断定。"

"可……"

"浜中跟踪的女子中，有一个叫新海美冬的。通过调查，发现他曾跟踪过多名女子，但他本人只承认对新海美冬的行为。而且他声称，新海是他的情人。"

赖江环顾四周，想确认刚才这番话是否被别人听到了，幸亏旁边一个人都没有。"我很难理解，为什么如今又旧事重提？"

"我十分理解您的心情。叫新海美冬的女子现在是您的弟媳，也就是秋村社长的夫人，但正因如此才来问您。关于那一系列事件，包括您在内的秋村家族应该都知道，却依然将她作为社长夫人迎进了家门。对她是否进行了相应的调查呢？"

"当然进行了一系列调查，不过，最后还是由本人决定，旁人如果过多干涉——"

"您说进行了调查，那是何种程度的呢？是否对新海的过去也进行了详细调查？"

"我为什么要告诉你这些?"

"因为这很重要。就算是为形势所迫,既然那个案子的嫌疑人坦白,她是他的情人,警察当然会在意。"

"你……是姓加藤吧,"赖江深呼吸了一下,冲着警察挺起胸脯,缩了缩下巴说,"不知你是否清楚自己在说些什么。就算是有所谓的为了调查的名目,也无法容忍你对华屋的社长夫人进行诽谤。把我们惹急了,可以要求你的上司对你提出警告。"

赖江不客气地瞪着加藤,但他没有流露丝毫惧色,倒像在清醒地观察她发火。看到他的样子,赖江突然感到一丝不安,也许正中了这人的圈套。

"对不起,这样站着随便聊天,不由得说过火了,还请您多多包涵。"和他的表情相反,加藤礼貌地道歉。

"仓田太太,到时间了。"身后有人喊赖江,是一起负责接待工作的山本澄子。平时和她并非特别合得来,今天倒像是救了赖江。

"好的,马上就去。"赖江对她说。

山本澄子交替看着加藤和赖江,"您是仓田太太的朋友?"

"我是与华屋有关的人。我该告辞了。"加藤答道。

"有没有您中意的东西?"

"有很多,特别是这个。"他拿起那把酒壶。

"啊,这个,"看山本的表情,似乎对此早有预料,"水原先生的作品。他是仓田太太选拔出来的,眨眼间就超过了我们。"

赖江嫌她说得太多了,但她还笑嘻嘻地无意离去。

"是仓田女士选拔的?"加藤问道。

"他好像对陶艺感兴趣,我只是邀请了他。"

"听说原来是干手工活的手艺人,看来江户手艺人的水平在这里也体现出来了。"加藤看了看手表,似乎想告辞。

但还没等他开口,山本澄子便道:"水原先生不是东京人,是关西人。"

"关西?是大阪?"加藤问赖江。

"听说是神户。"赖江答道。

"神户……噢。"加藤再次把目光转向酒壶,目不转睛地注视着标有"水原雅也"的牌子。过了一会儿,他低头道声打扰,就向出口走去。

5

听说那个姓加藤的警察出现在个人展上,雅也差点把手里的酒杯扔到地上。酒杯里晃动的红酒洒出了一点,把他的手弄湿了,他赶紧舔干净。如果落到白色的浴袍上会十分醒目,还好没有沾上。

"警察为什么会来?"他小心翼翼地问。

"我也不太清楚,难道现在还在调查恶臭事件?"她歪了歪头。

"问你什么了?"

"就是恶臭事件的事。确切地说,"她把目光转向窗外,"问的是关于美冬的事。"

"……什么事?"

"简单地说,我一直在意的地方,那个警察也在意。"

据赖江讲,加藤询问了秋村家对美冬的身世及过去作过何种程度的调查。"我告诉他已经认真调查了,但他似乎在怀疑。"赖江伸手拿起桌上的酒杯。

两人正在距六本木不远的一家酒店的房间里。这是他们第一次在这里秘密相会,约会地点总是由赖江决定。

"本来我不想再追究美冬的过去，但既然警察都找上门来，我又开始在意了，尽管这样会挨你批评。"赖江含了一口红酒，抬眼微笑着。房间里灯光昏暗，但依然能看出她从浴袍接缝处露出的胸口微微有些发红。

加藤出现在赖江面前的原因，雅也完全能猜出来。那个警察知道美冬是假冒的。正因如此，他才感到不可思议，为什么大名鼎鼎的秋村家族竟然没有发现什么，还将她作为一家之主的妻子迎进了家门？

雅也想，对那个警察不能放任不管了。听美冬说，他也去美容师青江那里打探了情况。加藤正在追查她的过去，想揭开她的面具。

雅也不知道美冬的真正面目，但仍下定决心保护美冬。同时，他还有一种自负：只有我才有资格知道她的真正面目。

他想，一定要想办法赶在加藤之前查出美冬的身份。不能追问她本人，那样会导致关系破裂。即使查出了她的身份，他也想保持沉默，直到她自己坦白。

但有没有方法查出美冬的真正身份呢？她戴着多重面纱，而且每一层都无法轻易揭开。

"怎么了？发什么呆？我刚才的话惹你生气了？"赖江不安地望着他的脸。

雅也苦笑着喝干了红酒。"你知不知道谁和美冬私人关系比较密切？"

赖江露出意外的神色："干什么？"

"如果有这样的人，那个姓加藤的警察或许会去找。"

"啊，也许会，可我不太清楚，不知道她在和什么样的人来往……"赖江把右手放在额头，微微歪着头，过了一会儿，她似乎想起了什么，把头扭向雅也，"虽然不知道关系亲密到什么程度，但在华屋的工作人员中，好像有一个人和她有私交。"

"是她在那里上班时的同事？"

"应该不是，听说那人就是靠美冬的关系才得以在华屋工作。"

"咦……"

这事没听美冬说过，雅也不知道还有人和美冬关系密切到这个程度。

"以前听我弟弟说起过。听说现在她还在华屋的一层，她丈夫好像失踪了。"

"失踪？"一条信号从雅也脑中划过。

"是的，就是所谓的蒸发。"

"你知道那人的名字吗？"雅也感觉心跳加速。

"那人好像……"赖江把手指贴在嘴唇上，"姓曾我。嗯，应该没错。"

"曾我……"

"怎么了？"

"啊，没什么，姓什么都无所谓。"雅也勉强挤出一丝笑容，把红酒倒入空酒杯。他知道自己的脸变僵硬了，想努力掩饰过去。

无疑是那个曾我孝道的妻子。

难道是美冬帮曾我的妻子找的工作？从没听说过这件事。美冬为什么要这样做？曾我孝道是恐吓自己的人，是掌握了不能被任何人知道的秘密的人。正因如此，才作出了那个令人毛骨悚然的决定。

"怎么了？"

"没，没什么。"他用手盖住嘴巴以隐藏表情，"好像有点醉了。"

"真少见，你竟然会醉。"赖江站起身，来到雅也身旁，手绕到他的脖子上，抚摸着他的脸颊，"去躺会儿吧。"

雅也穿着浴袍直接躺在床上，赖江也靠了过来。就这样一直睡到早晨，就算完成了两人的约会，不做爱的时候居多，赖江似乎并不感觉不自然。

"能不能见一见那个姓曾我的人？"雅也说。

"咦？为什么？"

"向那个人打听美冬的情况，或许她知道美冬的过去。"

"你不是说过不让我再去追查美冬了吗？"

"确实说过，可你还是在意那件事，我觉得最好能让你了却这桩心事。专门跑到京都调查确实有些过头，但找美冬的朋友谈谈还是可以的。而且，警察来过的事情总让人放心不下。"

"是啊……"赖江的手指像弹钢琴一样在雅也的胸口移动，"知道了。那咱们明天就去华屋。她总是在店里，若只是想见面聊几句，随时都可以。"

"尽量不要引起她的猜疑。"

"是啊，如果她在美冬面前瞎说就麻烦了。"赖江再次躺下来，手指像刚才那样在雅也的胸口跳动，"谢谢，看来你是真想帮我。"

"因为给你添了不少麻烦。"

"不是说过不要说这种话吗？"赖江拧了一下他的胸口。

雅也抚摸着她的头发，脑子里却已开始考虑，应该问曾我孝道的妻子哪些问题。

第二天，两人将早饭和午饭一并吃了，随后乘出租车去了银座。雅也感觉有点头痛，因为昨晚没有睡好。自从听说了曾我妻子的事情，痛苦的记忆便涌上心头。同时，对美冬的疑惑也加深了。

两人在晴海路下了出租车，华屋那散发着优雅氛围的大楼就在马路对面，雅也跟在赖江后面进了店。一楼的装饰用品和箱包专柜挤满了女顾客。

雅也意识到身体有些僵硬，那时的紧张感再次袭来。

四年前。他穿着毫不起眼的衣服走进这家店，手里还提着一个纸袋——一个印有华屋标记的纸袋，里面放着装有次氯酸钠和硫酸的气球，还有应用了电磁石的装置。那是他引以为豪的作品，利用福田工厂的机器做的，构造极简单，还能确保运作。那构造运用了水平器的原理。

直到现在，雅也依然对那件事感到疑惑：真的有必要制造那样的事件吗？

赖江刚走到箱包柜台附近，一个身材矮小的中年女子马上慌张地跑了过来，脸上浮现出类似畏惧的神情。"仓田太太，"她的脸涨红了，"今天是……"看来她知道赖江的身份。

"来到附近，顺便过来看看。陶艺班有事要商量。"赖江说着朝雅也看了一眼，"上周我们老师的个人展就是在附近的画廊举办的。"

"哦。"中年女子看了看雅也，又把视线转向赖江，"如果您要找什么东西，我可以帮您。"

"不用这么兴师动众的，我有时也想随意逛逛。"

"明白了。有什么事，您就招呼我一声。"

"谢谢。另外，我来这里的事不要向上面汇报，不然弟弟又该抱怨我没事来店里瞎转悠了。"

"哦，好的，我知道了。"中年女子毕恭毕敬地行了个礼。

赖江丢下依然站在那里一动不动的女店员，径直在柜台间穿行。雅也默默地跟在后面。

"你一露面，店内的气氛马上就不一样了。"雅也小声说。

赖江微微一笑。"你可以想象平日我弟弟是怎样摆臭架子的。"

不一会儿，赖江停下了脚步，看向前方。一个女店员正在挪动架子上的提包。那人看上去三十岁左右，体形瘦小，染成棕色的头发束在后面。

"是她？"雅也问。

"嗯，应该是，戴着胸牌呢。"

雅也朝女店员的胸口看了看，四方形的牌子上写着"曾我"。

赖江走到她身边。曾我的妻子停下手，脸上浮现出接待顾客的笑容。

"是曾我太太吧？"

听到赖江的提问，她满脸困惑地说："嗯，是的。"

"听我弟妹说起过你，怎么样，工作习惯了吗？"

"那个，请问……"她似乎还不知道眼前的女子是谁。

"我姓仓田，是秋村的姐姐。"

曾我的妻子顿时目瞪口呆。

"不要紧张，我和华屋没有关系，今天也只是去陶艺培训班顺便过来看看。这位是和我同班的水原先生。"赖江对她微笑道。雅也也仿效着冲她微微一笑。

"啊，是吗，这个，我，美冬……不，秋村社长的夫人对我特别关照，真不知该如何表达谢意。"曾我的妻子语无伦次地说。

赖江慢慢点点头。"那，现在怎么样了？你丈夫有消息了吗？"

忧愁立刻爬上她的脸庞。"还没有……"

"警察也没和你联系？"

"偶尔会。如果发现了身份不明的尸体，他们会和我联系，可每次都是别人。"

"呃……如果不是别人，那就麻烦了。"

"可是，"她垂下眼睛，"说实话，我已经不抱希望了。这么长时间都找不到，绝对不正常。"

"不能说这种话，不到最后绝不能放弃希望。既然没找到，就说明有可能藏在什么地方了。"

曾我的妻子没有点头，只是嘴角露出落寞的微笑。看来她早已听腻了这种宽慰话。

看到她的样子,听到她的声音,都让雅也感到痛苦。她是无辜的,并不想让她痛苦。他想,或许美冬也是出于同样的想法,想帮助突然失去丈夫的她,才给她找了一份工作。美冬是通过何种方式接近她的呢?

赖江替他问出了心中的疑问。"没听美冬详细说过,你和她是什么关系?"

曾我的妻子似乎先整理了一下思路,随后说道:"美冬的父亲是我丈夫以前的上司。"

雅也倒吸了一口凉气,差点喊出声来。

"哦,是她的父亲。这么说,你早就认识美冬?"

"不是,因为我丈夫失踪,才和美冬见面。本来我丈夫和美冬约好要见面,却没有去,就那样下落不明了。"

"啊?"赖江发自内心地露出惊讶之色,看来她没想到美冬和曾我失踪有这么密切的关系,但赖江的惊讶与雅也受到的冲击根本无法相比。

"请问,两人为了什么事约好见面?"他忍不住问道。尽管知道自己插嘴很不自然,却实在无法保持沉默。

不出所料,对方的眼神显得有些困惑。于是赖江说:"我也正想问这个问题,到底是什么事呢?"

"听说是想交给她以前的照片。"

"照片?"

"美冬和她父母的合影。我丈夫碰巧在公司里发现了,千方百计想还给美冬。他说,美冬在阪神淡路大地震中失去了父母,相册之类的东西肯定全烧光了。"

"嗯。"赖江用力点点头,像是完全明白了,"所以,失踪事件之后，你和美冬就认识了。"

"是的。仅仅是这种关系，她却帮我找了工作，真是非常感谢。"

"和美冬时常见面吗？"

"最近基本上没有。她工作太忙了，和我这种人也不在一个层次……"

"估计还要忙着照顾我那任性的弟弟。"赖江扭过头，她的表情似乎在说，看来从这里问不出什么来了。

雅也默默地点点头，这已让他竭尽全力，心中波涛汹涌。他有一大堆问题，想抓住曾我妻子的肩膀问个明白。

"在工作时间打扰你，真是对不起。虽然痛苦，但还要坚持下去。"赖江对曾我的妻子说。

"谢谢，请代我向美冬问好。"她低下了头。

"看来又是白跑一趟。"离开柜台后，赖江小声说，"不过，以前并不知道有这样的经过，这也算是收获了。"

"是啊。"

"怎么了？怎么阴沉着脸？"

"没，没什么，想起了阪神淡路大地震。"

"哦，那和你也没关系。"

从华屋出来后，赖江沿着中央大道向前走去。"还不太饿，要不找个地方喝点茶吧。"

"嗯……啊，可是，"雅也看了看表，"我要顺便去一个地方。不好意思，今天我先告辞了。"

"嗯？什么事？"她面带责备地问。

"不是什么重要的事，可我想今天处理完。"

"哦。那，再联系吧。"

雅也对微笑的赖江轻轻挥了挥手，扭身走开。他从第一个拐角拐了过去，然后扭过身，偷偷地观察赖江。

赖江拦下了一辆出租车。确认她乘车离去，雅也又沿来路返回。不用说，他想去的地方是华屋。

进了店，雅也开始寻找曾我的妻子。她正在招呼一名女顾客看包，他在不远处观察了一会儿。

这件事也许会被赖江知道，或许会质问自己为什么要对她撒谎，为什么还要问那些问题。他没有考虑该如何辩解。无论如何，现在要找曾我的妻子确认一些事情，这比维持跟赖江的关系更重要。确切地说，也许连和赖江见面的意义也将不复存在。

等那位女顾客走开后，雅也走近曾我的妻子。她也注意到了雅也，惊讶地瞪大了眼睛，"忘什么东西了吗？"

"不是，想问您几件事情。"他看着她的眼睛。

"噢……"

"失踪前，您丈夫去过神户或西宫吗？"

"这个嘛，"她面带困惑地点点头，"地震后刚好一年的时候，他去了西宫。正如刚才所说的，他想把那张照片交给新海部长的女儿，为查找美冬的地址便去了那里。"

"那，在西宫查出来了吗？"雅也心里清楚绝不可能，但还是问道。

她摇摇头，"没有。他回到东京后又多方调查，终于取得了联系。"

"决定马上见面……结果下落不明了？"

"是的。此前也曾有一次约好了要见面，但在约定地点突然接到美冬的电话，说有急事不能去了，这才说好过几天再见面。"

在约定地点接到了电话？！

雅也脑中清晰地浮现出那时的情景。那是一家叫桂花堂的咖啡店，当时雅也在对面的店里，睁大眼睛想确定恐吓者的真实身份，打电话的是美冬。

"那，最后再问一个问题。失踪前，您丈夫是否给别人写过信？"雅也一边回想着恐吓信的内容一边问道。

"信？没有，就我所知没有……"

"知道了。工作时间打扰，实在抱歉。"

"请问，刚才说的这些有什么问题吗？是不是仓田太太有些介意？"看来她以为是赖江让雅也过来问的。

"没什么，您忘了这件事吧。"雅也说完便转身离开。

从华屋出来后，雅也走在中央大道上，努力想让混乱的心情平静下来，四周的景象根本没有进入他的眼睛。回过神来，他发现已来到桂花堂前。他看了看对面的咖啡店，穿过马路，走了进去。那天和美冬一起坐的位子正好空着，他又在那儿坐了下来，和那天一样注视着桂花堂。

曾我妻子的话合情合理，看样子绝非谎言。雅也正在面对他绝不想接受的事实，但似乎已经无法逃避。

写恐吓信的人难道是美冬？她确实做得出来。用来恐吓自己的照片呢？就是雅也正要把舅舅俊郎打死的照片，那好像是从录像带上打印出来的。当时确实有一盘表姐佐贵子曾千方百计想弄到手的带子，上面有雅也打死舅舅之前的镜头，但没有录到杀他时的场面。

但是，使用电脑可以对图像进行加工，或许把雅也站在那里的图像改成了他正挥舞着凶器行凶的样子。寄来的照片很不清晰，并不需要太高的画面加工技术。美冬会用电脑，不知道是跟谁学的，但雅也知道她的水平相当高。

录像带的母带被雅也处理了，可最初弄到录像带的是美冬，无法保证她在交给雅也前没有复制一份。

他想起了第二封恐吓信。那封信里，恐吓者提出要直接见面，约定的地点是桂花堂。但仔细想来,这太奇怪了,为什么没有像第一次那样命令他通过银行汇款呢?

如果这全是美冬一手策划的,逻辑就能理顺了。她的目的是使曾我孝道被当成恐吓者。这样做的原因很清楚——为了让雅也杀了曾我。

点的咖啡没怎么喝,雅也就离开了咖啡店。他漫无目的地走在银座大街上,没有看任何东西,思绪早已飞到了遥远的过去。

为什么美冬会选择我?这个疑问位于意识的最表层。他想起了和她第一次见面的时候,就是那场前所未有的大灾难发生的早晨。

刚杀了舅舅,雅也马上意识到眼前站着一个年轻女子。她那时的表情,雅也一辈子也不会忘记——就像是亲眼目睹了地狱的凄惨场面。

雅也已作好了她报警的思想准备,但她并没有那样做。她肯定目击了杀人经过,却没有告诉任何人。雅也起初还以为她是因父母丧生的打击而失去了记忆,或者是意识极度混乱,然而事实并非如此。她外表上像是被灾难击垮了,心中却在筹划着周密的计划。

计划之一,是利用这次地震完全成为另外一个人。

雅也能清晰地回忆起她变成新海美冬的那一瞬间。在昏暗的体育馆里,遗体接二连三地抬了进来。其中有一对老年夫妇的遗体,她就在旁边。对警察的问题,她回答道:我叫新海美冬。

那是她成为新海美冬的起点。从那时开始,她演绎了一个冒死的、无法回头的故事,但她并没打算自己去演绎。为了实现远大的野心,她需要一个搭档。

第二个计划,就是培养能够信任的搭档,一个能为她豁出性命的搭档。她在受灾者中发现了合适的人选——雅也。

震灾后的各种往事重新浮现在雅也的脑海中。她曾差点被歹徒强暴,是他救了她。那应该不是她特意安排的,但肯定是她选择雅也为搭档的决定因素。之后,佐贵子来了,和丈夫一起想勒索他。是美冬救了他，那时，她心中对未来的筹划应该已经基本成形。

从结果看，美冬的眼光是高明的。连雅也都觉得，自己绝对是她忠实的搭档。从利用华屋恶臭事件将浜中陷害为跟踪狂的圈套开始，他接二连三地完成她的指示。但是，那样做并不是想保护她的假面具，只是因为爱她，是为了她总是挂在嘴边的"两个人的幸福"，没有其他理由。正因如此，自己才必须逃离令人恐惧的过去。自称米仓俊郎的人寄来的恐吓信，感觉就像从过去伸来的黑手。

"我们别无选择，只能在黑夜的道路上前行。即便四周如白昼一样明亮，也只是不真实的白昼。对此我们早已认命。"美冬的话具有强烈的说服力，也可以说是魔力。只要是从她嘴里说出的，不论是多么恐怖的事情，似乎都是无可逃避的唯一的路。

查出了恐吓者的真实身份，是一个名叫曾我孝道的人。得出这一结论的晚上，她在雅也的房间里淡淡地陈述计划，他则默默地听着。现在想来，他简直像被施了催眠术。

于是，到了那一想起来就毛骨悚然、噩梦般的一天。

那天，雅也在市内一家位于日比谷的酒店，一边在单人间里吸烟，一边竖起耳朵听着动静。预约房间的是美冬，她同时还订了一个房间，就在雅也隔壁，也是单人间。

时针快指向七点了。雅也感觉心脏在剧烈跳动，不论怎样深呼吸，都无法平静。考虑到接下来要干的事，他也不太可能平静下来。

旁边传来了轻微的声响。雅也掐灭香烟，打开房门，看了看隔壁。那个房间的门完全关紧了，而刚才还一直处于夹着门锁的状态，没有完全关闭。

终于到时候了，他又一次深呼吸。

美冬说："我把曾我叫出来，地点最好选在市内酒店，越大越好。"

"以什么理由呢？"雅也问。

美冬轻轻一笑。"这个嘛，随便编点就行，太简单了。"

现在想来，确实很简单，因为曾我希望能和美冬见面。那天，两人已约好在桂花堂见面，这样，想把他再叫到酒店易如反掌，说希望变更见面地点就可以了。

但那时雅也对这些一无所知。发现曾我果真来到隔壁时，他还佩服美冬果然厉害。

很快，电话铃响了。是外线，自然，是美冬打来的。

"曾我呢？"她简短地问。

"刚进房间。"

"那，终于到时候了。"

"嗯。"雅也低声答道，消极情绪已经渗透到声音中。

"雅也，绝不能犹豫。"美冬似乎看透了他的内心，"该干的时候就要干。我们能活到今天，就是因为行动果断。"

"我知道，我没有犹豫。"

"没事吧？我能相信你吗？"

"交给我吧。"

"知道了，那一切按计划。"

"嗯，按计划。"

挂断电话后，雅也再次拿起话筒，先拨零接通外线后，按照桌子上的一张纸条上写的号码拨了出去。那是一部呼机的号码。

那部呼机就藏在隔壁房间内的床头柜下面。它既不会响铃，也不会震动，而是能够让连接的装置启动。那个装置能发出麻醉气体，原理和放在华屋的装置相同。

挂断电话后，雅也盯着手表，过了十分钟再次拿起了电话。这次拨了隔壁房间的号码，马上听到了电话铃声。如果曾我接了电话，计划就要中止。

但电话铃一直在响，响了十几下后，雅也挂断了电话。

他打开放在床边的包，从里面拿出防毒面具和晾衣绳，然后伸手拿起放在桌上的两张门卡，一张是这个房间的，另一张是隔壁的。

他轻轻打开房门，先看了看走廊的动静，四下空无一人。他快速出了房间，来到隔壁房间门前，戴上防毒面具后，用门卡打开房门。防毒面具也是美冬提前准备好的。

"那次恶臭事件后，公司决定在店里放上几个防毒面具。现在大家都不记得搁在哪里了，就算少一个，也不会有人注意到，用完后再放回去不会有问题。"美冬若无其事地说。

雅也透过防毒面具看了看室内的情景。曾我孝道俯卧在床边，罐装咖啡落在旁边，还没有打开。

雅也看了看床头柜下面，里面藏着小纸箱。他把纸箱拽出来，打开盖子，看到了两个用软管相连的小容器。他取下软管，这样化学反应就停止了，能阻止气体继续散发。然后，他推开浴室门，打开换气扇。

雅也低头看着曾我。他后背有节奏地上下起伏，像是喝醉了酒。

雅也曾问美冬："不用麻醉气体，用能直接致死的气体不行吗？"

"方法倒是有，就是用氰化钾。将氰化钾和硫酸混合，就能散发致命毒气。但那太危险了，哪怕只从门缝里漏出一点点，路过的人碰巧闻到了也会当场晕倒。最好用能先让他睡着的气体，这样安全。"

她的解释很有说服力，雅也却感到不可思议，她怎么会通晓这些？

他用晾衣绳缠住俯卧着的曾我的脖子，双手抓住两端。他全身开始颤抖，防毒面具下传出牙齿碰撞的声音。

绝对不能犹豫！仿佛听到了美冬的声音。雅也闭上眼睛，双臂用力，用尽全身力气勒住绳子。曾我的身体顿时弓了起来，但他并未恢复神志，看来只是反射性动作。

雅也不记得勒了多久，但手上确实感觉什么东西砰的一下断了。他松开手。曾我已经变成单纯的物质，呼吸的迹象已完全消失。为保险起见，雅也摸了摸他的颈动脉，完全没有跳动。

死了。

这是雅也第二次杀人，但恐惧感远远超出了第一次。第一次是他一时冲动，又置身于震灾那种非日常、非现实的状况下，才会有异常行为。然而这次不同，一切都是有计划的，定好了步骤，按照计划行动，结果眼前就产生了一具尸体。因此，"我杀了人"的意识也远比第一次强烈。做了无法挽回的事情，已经无法退回去了，这种意识在心中迅速膨胀，大大超出了原本的预想。

雅也一刻也无法在那里待下去了。本来还有该干的事情，而且非常重要，不早点干就会来不及，但他连防毒面具都没摘就出了房间，用颤抖的手打开自己房间的门，进去后马上倒在床上。他心脏狂跳，跳得心口都疼，呼吸急促。过了好几分钟，他才意识到自己还戴着防毒面具。

突然响起的电话铃声差点让他从床上蹦起来。他不禁低低呻吟一声，战战兢兢地走到电话旁。安在墙上的镜子照出了他苍白的脸。

电话是美冬打来的。"你果然回到这里了。"

"果然？"

"我猜你会惊慌失措，所以……干了吗？"

"嗯，"雅也呻吟似的说，"干了。"

"哦。那，接下来还有一项工作。"

"我先休息一会儿再干。"

"嗯，这样好。晚上时间长，过会儿我也去。"

"知道了。"

挂断电话后,雅也再次看了看提包里面。那里放着大小各异的刀,还有折叠式的锯子。一想到接下来要做的事情,他就感觉头晕目眩。

但现在绝不能晕过去。雅也提起放着刀具的包,站起身,往门口走去,感觉脚步异常沉重。

他又一次进了隔壁房间,曾我的尸体还保持着刚才的样子。

雅也抓住他的脚踝,开始用力拽。幸亏曾我并不魁梧,体重估计还不到七十公斤,把他拽到浴室并不费劲,倒是接下来的事需要消耗大量体力。

雅也环顾浴室,把浴巾和毛巾拿了出去,又把洗发水、护发素、肥皂等备用品统统移了出去。浴帘取不下来,只好先系到帘杆上,用自己带来的塑料袋仔细包好。这样,浴室里就只剩下曾我的尸体。雅也开始脱衣服。只剩下短裤后,他戴上浴帽,还戴上了手术用手套。

雅也想起美冬曾问他是否看过电影《死前一吻》,他回答没有,她说一定要看一看。"饰演主人公的是位英俊的演员,叫马特·狄龙。他处理尸体的场面应该具有参考价值。"

"有处理尸体的场面?"

如果真有,那就太恐怖了。美冬摇了摇头。"怎么会有呢?不过可以用来参考,能明白主人公是怎样做的。"

于是,雅也看了《死前一吻》,那确实具有参考价值,令他相当明确地掌握了在酒店浴室处理尸体的要领。脱得只剩短裤,戴上浴帽,这些都是从电影上学的。

但正如美冬所说,电影中没有血淋淋的分尸场面,只给出了暗示。因此,最残酷不过的行为,雅也只能从头摸索着做起。

他把自己的衣服放到浴室外面,然后把包里的刀子和塑料砧板拿了进来。

他先用裁剪衣服用的剪刀将曾我的衣服从腋窝处剪开,然后又从大腿根处剪开。他让尸体平躺在地上，胳膊垫在砧板上，然后拿起切肉的刀。这是在合羽桥的百货店买的，崭新的刀锋发出令人毛骨悚然的寒光。

刚剪开的衣服缝里露出尸体白皙的皮肤。腋下露出体毛，再次告诉雅也，这是刚才还活生生的人的肉体。他发觉自己的手指在颤抖。

但这种时候不能犹豫，已经无法回头了，无论如何要在今晚将尸体处理掉。

雅也反复做着深呼吸，然后双手握住刀把，冲尸体腋下全力砍去。

雅也的胃突然开始剧烈痉挛。走在银座大街上的他不顾一切地沿着通往地下通道的台阶跑了下去。他想找厕所，却没有找到。无奈之下，他蹲到柱子后面，手刚从嘴上拿开，胃液就从嘴里喷了出来，与此同时，下腹部一阵剧痛。

呕吐停止后，他扶着柱子站起身，但已没有力气走路。他呆呆地低头看着散发着恶臭的液体。

好久没有这样剧烈地吐过了。他一直尽量不回想那个悲惨的夜晚，尽管不可能忘记，却努力想将其从大脑中赶出去，但现在不能不想起。一切都是在美冬的欺骗下做的，要重新回忆一遍，来验证这究竟是怎样的圈套。

分解尸体比预想中需要更多的体力和时间，最需要的是超乎想象的精神毅力。雅也中途好几次差点晕过去，想扔掉这一切逃出去。但每次他都要告诉自己，如果不完成这件事，他和美冬就无法得到幸福。如果他因谋杀落网，美冬也会成为共犯。他拼命鼓舞着自己：无论如何不能让她陷入不幸。

把双臂和双腿切断后，雅也用提前准备好的塑料布包了起来，尽量包得紧凑一些。包完后，用胶带一圈圈地缠起来。身体也是用同样的办法。

当两个异样的包裹出现在面前时,他顿时跌坐在地,感觉所有的体力和精神都已耗尽。他的眼睛已看不到任何东西,精神似乎已从肉体中游离出去。

让他回过神来的是敲门声,而且是从浴室门前传来的。

"雅也?在里面吗?"是美冬。

"啊……我在。"他呻吟似的答道。

"尸体呢?"

雅也闻言重新看了看四周。浴室里已经被血染红,脏东西溅得到处都是。他全身都被汗水和血污糊满。看了看镜子,里面是一张连自己都认不出来的脸,丑陋地扭曲着,眼睛混浊无神。在那张脸上,粘着像出荨麻疹似的异样的血点。

"喂,雅也……"美冬又喊了一声。

"等一下。"

"怎么了?没事吧?"

"没事。"他勉强挤出声音,"尸体……用塑料布包好了。"

"有什么需要帮忙的吗?"

"先别开门。这里黏糊糊的,必须清洗一下。"

"我帮你。"

"不用,我自己一个人来,你在床那儿等我。"雅也不想让她看到这么凄惨的场景。更重要的,是不想让她看到自己现在的样子。

"有那么严重?"

"嗯,和《死前一吻》一样。"电影上的场面与这儿根本不能相提并论,雅也为了让美冬放心才这样说。

"是吗……马特·狄龙确实也清理现场了。"

"所以,你等我一下。"

"嗯，知道了，有洗涤剂吗？"

"有。"

雅也把洗涤剂挤到带来的海绵上，开始清洗浴室。如果不快点弄完，血会凝固住。血飞溅到了许多意想不到的地方，比预想中用的时间更长。

全部干完后，雅也打开浴室的门。正坐在床上的美冬一看到他的下半身就惊呆了：他的短裤已被染得通红。

"终于完了。"

"……辛苦了。"美冬点点头，"稍微休息一下吧。"

"我也想休息，可现在躺下，恐怕就再也起不来了。我想一口气干完，而且，估计也没有太多时间了。"

"嗯……"美冬把目光转向床头柜上的表，已经过了凌晨两点。

房间的角落里放着两个旅行箱，都相当大，一看就知道不是新的。

"我在折扣旧货店买的，付的是现金，不会留下线索。"

"车呢？"

"在地下停车场。"美冬把车钥匙放在身边。

那辆车是今天早晨雅也租来的，白色的客货两用车。普通轿车装不下两个大旅行箱。

把尸体塞进旅行箱也是雅也独力完成的。本来美冬想帮忙，但他拒绝了，他不希望她的手被这么肮脏的事玷污。

装好后，他冲洗了身体，穿上衣服。在分尸的地方洗淋浴，心里确实很抵触，但总比被血液和体液糊满全身强。

两个旅行箱都是底部带轮子的。两人离开房间，拉着旅行箱步入走廊。因为是深夜，不用担心被人看到，就算被看到了，除了两人的脸色异常苍白外，看上去就像一对普通情侣，没有任何不自然的地方。

两人在地下停车场将旅行箱装到车上，然后上了车，发动引擎。在夜色中沿车道行驶的时候，两人一直默默无语。

"这位小兄弟，你怎么了？"

雅也向旁边看了看，一个身着灰衣的男子正满脸诧异地站在那里，花白的头发留得老长，扎在脑后，胡子也像许久没有剃过。那看上去发灰的衣服只是因为脏得变了颜色。

"没什么。"雅也摇了摇头。

"看你吐得很厉害，大白天就喝酒了？"

那流浪汉似乎还想说什么，雅也扭过身，摇摇晃晃地向前走，但全无目标，只能暂且先回住处。但他想，回到那个地方，从明天开始应该如何度过每一天呢？

美冬曾说过，像我们这样的人如果想抓住幸福，用普通的手段绝对不行。雅也也这样认为。他杀过人，不可能靠正当方式过上普通人的生活。所以，每次他都没能违背美冬的提议——诬陷浜中、给青江设圈套、杀害曾我。

为了我们两人——雅也终于注意到，这样想的只有他自己。美冬希望的只是她自己的成功。隐瞒身份，冒充别人，成为人生的胜利者，这些才是她的野心。为此她会不择手段，不惜利用所有人。

雅也浮现出自虐性的笑容。没什么大不了的，就像别人被陷害了一样，自己也只是被她欺骗，被她玩弄摆布，甚至为她杀人。尽管他把脚底下都吐满了，依然坚持着把尸体切开，结果从此再也吃不下肉和鱼。

雅也继续在地下通道里走着，周围的场景根本没有进入他的眼睛，他自言自语地嘟囔着。

突然，脚下绊到了什么，他摔在地上，趴着一动不动。水泥地面冰冷的感觉渗透到了全身。

美冬,你让我杀了曾我!你以为自己没有动手吗?不,你也杀了人!你杀了我!杀了我的灵魂!

第十一章

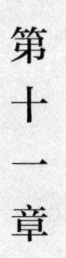

1

大得连人的脑袋都能塞进去的大碗在拉坯机上旋转，赖江用双手夹住大碗的侧面，从上面慢慢地向外侧压。她想做一个大盘子。

东西大，需要相当慎重，但如果不鼓足勇气用力，形状就无法改变，需要慎重而大胆，分寸很难把握。

泥坯开始在她的手中失去平衡，她拼命地扶着。突然，前方伸过一双手协助她工作，将快走形的泥坯完美地调整归位。

在那一瞬间，赖江产生了错觉，以为是雅也在帮自己。以前曾经多次出现过这样的场景。然而，眼前的人却是御船老师。御船见拉坯机上的泥坯稳定了，便冲赖江点点头，走开了。

雅也怎么可能会在这里呢？赖江拿起毛巾，擦了擦额上的汗。

出了教室，刚走了几步，突然听到身后有人喊"仓田太太"。回头一看，一个似曾相识的男子笑嘻嘻地走了过来。此人满脸胡须，穿着脏兮兮的西服，但目光犀利。

"曾在银座的画廊和您聊过几句，我是警视厅的加藤，您还记得吗?"

"加藤……啊。"赖江清晰地记起来了。

"想找您谈点事情,可以吗?"

"嗯,可以。"

"不好意思。"

两人进了位于水天宫前站的CITY酒店,大厅里已早早地装饰了圣诞树。两人在一层的茶室面对面坐下。赖江心里充满了怀念之情,和雅也第一次见面就是在这家酒店。

"那位先生,现在依然在上陶艺班吗?"

听加藤开口询问,赖江才回过神来:"什么?"

"就是酒壶的制造者,是姓水原吧。听说是位手艺人。"

"哦……"赖江很惊讶,没想到加藤还记着雅也,她以为自己的内心被对方看透了,"最近好像没来陶艺班,也许是工作太忙了。"

"最近您没见过他?"

"嗯,最近一直……"

"哦。"加藤把咖啡杯端到嘴边,同时眼睛上翻注视着赖江。那审视般的眼神让她很不快。

"半年前,你们一起去过华屋吧。"

"啊?"

"华屋,您还在一层的箱包柜台与曾我恭子交谈过。"

赖江顿时呆住:这个警察怎么会知道这件事?"确实去过,怎么了?"

"能请您详细回忆一下当时的情形吗?离开华屋后,您做了什么?"

"离开华屋后?"

"对,您和水原去吃饭了?"加藤笑嘻嘻地问道。

赖江摇摇头。"那天直接和他分开,我一个人回家了。"

"肯定?"

"肯定。"

赖江想,怎么可能记错呢?后来才发现那一天具有重大的意义——那是见到雅也的最后一天,从此就和他完全断绝了联系。赖江仍不明白为什么。她甚至还去过他的住处,但那里房门紧闭,敲门也没有反应。

"这有什么问题吗?"赖江问道。

加藤并没有痛快地回答。"您和那个姓水原的人是在什么地方认识的?我咨询了陶艺班的人,听说是您把他拉进培训班的。"

"怎么能说是拉进去的呢……只不过邀请了一下。"

"所以我才问您,和他是怎样认识的?"

"我完全不明白,为什么要问我这些问题?"

"为什么要隐瞒呢?难道和他的相遇无法对别人说吗?"

赖江感到脸颊变得异常僵硬,她眼含怒意地瞪着警察。

"对不起,失礼了。"加藤轻轻举起双手,"不过,现阶段还不能对您详细说明。我们要保守调查中的秘密,也有保护个人隐私的义务,请您谅解。"

"你的意思是水原和某起案件有关?"

"刚才说了,现在还不能告诉您,日后也许能向您说明。"

赖江拉过茶杯。难道雅也和什么案件有牵扯?这件事与他隐蔽行踪有什么关系?

"和他就是在这家酒店见面的。"她缓缓说道。

"这里?"

"嗯,但当时我并不认识他。"

赖江尽量详细地对加藤描述了和雅也相遇时的情景,加藤认真地在记事本上做着记录。

"也就是说,那个姓山神的人建议您投资一个新项目,您也颇感兴趣。"

"确实有投资的倾向。"

"但那时水原出现,警告您被人欺骗了。从此,你们开始交往。"

"谈不上交往……关系比较亲密的确是事实。"

加藤似乎没有听见她的辩解,眼睛望着远方,用圆珠笔头咚咚地敲着桌子。"和他见面前,有没有出现什么不正常的事情?"

"不正常的事情?"

"比如被人监视或者跟梢,就是所谓的跟踪。"

赖江摇摇头。"没感觉到。为什么我要遭遇这种事情?"

"没有更好。我再问一次,您现在和他没有联系?"

"没有。"

"您能不能告诉我他的手机号码?"

"当然可以。"

就算你打这个电话也打不通——赖江本想告诉警察,最终还是没说。他打一次就会明白。

警察记下号码,合上记事本,低头道:"在您百忙之中打扰,真抱歉。"

"你在找水原?"

"嗯,是啊,应该会找他。如果找到了,要不要通知您一声?"

赖江禁不住想点头,但还是打消了念头。"估计他没什么事情找我。我也是,也没什么事找他。"话一出口,她就后悔了,这听起来肯定像凄凉的逞强。

2

从酒店茶室出来后,加藤上了出租车,告诉司机去处后,合上了记事本。

没错,终于找到了。

新海美冬的同伙就是那个水原雅也,他符合所有的条件。

转折点就是前几天去见了曾我恭子。没有特别的理由,只是想问问关于曾我孝道的失踪有没有什么消息,却意外地得知了一个情况。

恭子说,大约四月份时,仓田赖江来了,针对曾我孝道的失踪,以及恭子以此为契机和美冬变得亲密的事,提了几个问题。若仅仅是这些,加藤也不会在意,但恭子之后说的话却引起了他的注意。

"两人本来都离去了,可过了一会儿,那位姓水原的先生独自回来了,更详细地问了些问题。我心里纳闷为什么他会问,可还是如实回答了。"

自从在画廊里知道了水原雅也后,加藤一直在意这个人。吸引他注意的是其金属加工从业者的身份,而且还是关西人。新海美冬在华屋工作的时候,同事曾听到过她打私人电话,那时美冬说的就是关西方言。

听了曾我恭子的话,加藤对那个水原更感兴趣了。

按照从陶艺班打听到的地址去了水原的住处,却发现他已不在那里,不知道是什么时候消失的。咨询了房东,说是他已预交了半年的房租,所以房东认为没有必要声张。

加藤请求房东打开了房门,看了看里面。屋子里空落落的,只有最低限度的生活必需品,如家具、电器、日用品及衣物,也没有发现手艺人一般持有的自用工具。

加藤还趴下看了看冰箱底下，拽出了一张纸，他的后背顿时有种电流穿过的感觉。纸上用铅笔画着戒指的构造图，还标有详细尺寸。

加藤整理了仓田赖江的话。赖江感觉似乎是偶然和水原相遇的，但应该并非如此。水原对赖江的行动进行了彻查，窥探接近她的机会。当然，这肯定又是美冬的指示。不清楚他们究竟出于何种目的，或许是想掌握能够制约在秋村家族具有强大实力的赖江的资料。

出租车停下了，水原雅也的公寓就在眼前。加藤明白来也是徒劳，但依然无法放弃期望。也许水原已经回来了。

他为什么会隐蔽行踪呢？是觉得自己的身份快暴露了？几个月前究竟发生了什么？

水原找到曾我恭子，详细询问了孝道失踪时的情况，加藤对此有些想不明白。如果水原是美冬的同伙，他应该清楚这些事情，为何要再次找恭子确认呢？

加藤边想边上了公寓的楼梯。雅也的房门前站着一个身穿牛仔裤和夹克的年轻姑娘，她正把一张小纸条夹到门缝里。

加藤走到门前，她低着头想从边上走过去。

"你找水原有事吗？"他问。

她似乎一惊，抬起头来："什么？"

"是不是找他有事？就是水原雅也。"

"倒没什么事，只是想看看他回没回来……"

"你知道他去哪里了吗？"

"不知道。"她摇了摇头，抬眼看着他，"请问您是……"

"我想先知道你是谁。"加藤抽出了夹在门缝里的纸条。上面写着："回来后请和我联系。有子。"

"你叫有子？和他是什么关系？"

450

"我为什么要回答?"她毫不示弱地瞪着加藤。

"我想这对我们俩都好。我也在找他,咱们是不是该齐心协力呀?"加藤慢慢地取出证件。

一进餐馆,就闻到一股鲤鱼汤的味道。一个客人也没有。晚上的营业时间是从下午五点开始,现在刚过五点。

"您喝点什么?"有子语气生硬地问道。

"不,不用了。"加藤摆了摆手。

有子微微皱起眉头:"您还是要点什么吧,否则我父母会觉得奇怪。"

"噢,那就来瓶啤酒吧。"

有子绷着脸点点头,进了里间。加藤望着她的背影,又环顾店内一圈。这里是典型的平民小餐馆,听说水原下班后常在这里吃晚饭。

有子端着一个托盘回来了,上面放着啤酒、酒杯,还有盛着小菜的小盘子。里面的厨房传出了说话声。

盘中的凉菜是小鱼和裙带菜。加藤吃了一口,又喝了一口啤酒。有子抱着托盘站在桌旁。

"别嫌我啰唆,你真的猜不出他去了哪里?"

"猜不出。如果知道,就不用那样做了。"好像是说在门上夹纸条的事。

"从什么时候开始和他交往的?"

她摇摇头:"没有……和他交往。"

加藤苦笑道:"我是问你什么时候认识他的?"

"应该是五年前,春天。"

加藤明白了,是一九九五年春天,和新海美冬来东京的时间一致。

"能告诉我你们是怎样变得亲密的吗?"

"我不是说了吗,关系并不亲密……"

加藤笑着摇了摇头:"如果关系不亲密,应该不会等着一个下落不明的人的消息。"

有子紧闭双唇,对加藤怒目而视。"没有什么特别的契机,只是在店里见面次数多了,不知不觉地……"

"是这样啊。"加藤又喝了一口啤酒,"知道他在哪里工作吗?"

"以前的?"

"是。"

"听说是千住新桥附近的铁制品加工厂。"

"工厂叫什么?"

"好像是福田,也可能是福电。"

加藤记了下来。"他下落不明之前,有没有什么异常?"

"没注意。那之前基本上没有见面,他一直没有露面,我很纳闷,就去他的住处看了看,发现已经没人了。"

加藤猜出这姑娘对水原有好感。"你能否感觉出有和他关系不一般的女人?"加藤知道这个问题对有子有些残酷。

不出所料,有子垂下眼睑,说:"不知道。"

"你没感觉出来?"

"从没听他说过,也没见过。而且,我对他的情况不太了解。"

"这个我也清楚。"

如果你知道了那人的真面目,估计连笑眯眯地给他上菜也无法做到了——加藤在心里嘀咕道。他从上衣口袋里取出一张照片,是他偷拍的,上面是刚从公司出来的美冬的身影。他把照片拿到有子面前。"你见过照片上的女人吗?"

有子望了照片足有十秒钟,然后摇了摇头。"没有。"

"真的?也有可能改变服装或化妆的风格。"

有子把照片还给加藤。"您是想问雅也身边是否有这样的女人？我一次也没见过他和什么人在一起……"突然，有子似乎想起了什么，移开了视线。

加藤没有放过："怎么了？"

"不，只有一次见过雅也和女人在一起，但不是这个人，是年纪更大……虽然也很漂亮。"

"五十岁左右的？"

"嗯，或许不到五十岁。"

加藤明白，那人是仓田赖江。

店门开了，进来两个穿工作服的人。有子看到有客人来，立刻面带笑容地迎了上去，高声招呼道："欢迎光临！"

两人看来是常客，随口开着玩笑，然后点了两瓶啤酒。有子步履轻快地去了厨房。

加藤把酒钱和消费税放到桌子上，站起身来。看来从有子这里已问不出什么。

他刚走出餐馆，就听到身后有人喊自己。"请稍等……"回头一看，有子一路小跑追了过来。她看了看身后，然后说："刚才的照片，能让我再看一次吗？"

"照片？可以。"加藤再次递过美冬的照片。

有子瞥了一眼照片，抬头看着加藤。"这张照片能给我吗？"

加藤有些惊讶："不行，这可不行。这是办案资料。"

"哦……"

"为什么想要这张照片？"

"为什么……她是雅也的恋人吧？"

"这个嘛，我不能说。"

"没关系，我知道。我一直觉得他心里有人。"

"女人的直觉？"

"也许。"有子低着头递回照片，"她，是什么人？警察先生，您应该知道吧？"

"当然知道，但不能告诉你。"加藤取过照片，放回口袋，"你最好把水原忘掉。"

有子抬起头，睁得大大的眼睛里充满敌意。"雅也究竟干什么了？虽然我不太懂，但搜查一科不是负责调查凶杀案的部门吗？"

加藤叹了口气，对她笑了笑。"刚才不是说了吗，详细情况还不能讲。如果他回来了，你可以自己问问。"估计这一天不会到来了——加藤把这句话咽了回去，"我再说一遍，最好把他忘掉，这样对你好。"

有子似乎不知该说什么了，呆呆地站在那里。加藤扭身快步前行，心里想道，如果水原雅也选择了这样的姑娘，估计人生会截然不同。

3

当天下午八点多，加藤找到了福田工厂。无论如何，他都想趁今天不值班的空闲去探访那里。

福田工厂的车间里没有亮灯，但相邻的住宅窗户里流出了灯光。加藤绕到房子门口，摁响了门铃。

等了好一会儿也没人答应。加藤以为没人，但一拧把手，门竟然轻易就打开了。

刚进屋的地方是一间办公室，办公桌和橱柜上落满灰尘，可见这家工厂已好久没有开工。

"有人吗？"加藤冲里面喊道，"有没有人在？"

不一会儿，从里面慢吞吞地踱出一个六十上下、个头矮小的男子，他面无表情地望着加藤。

"您是……福田社长?"

那人闻言哼了一声,用沙哑的声音嘟哝道:"工厂都没了,哪来的社长。"

加藤明白了,看来福田工厂已经倒闭。"我是警察,想问些事情。"

福田皱起眉头,歪了歪头。"就算还不起钱,也用不着警察来吧。从没听说过这种事情。"

"我想问的不是您的事,是以前曾在这里工作的人。"加藤向前走了一步,"您还记得水原雅也吗?"

福田那双似乎被皱纹掩埋的眼睛微微睁大了一些。

"他也出事了?"

"也?另外还有谁?"

福田又冷哼了一声:"并没指谁。世道这么不景气,失业的人可以干的只有两件事:犯法或者等死。"福田拖着腿慢慢地走过去,坐在满是灰尘的椅子上。"他怎么了?"

"现阶段只是发现可能与某桩案子有关。我去找他调查时,他已下落不明,我才来到这里。"

"他说不定也被债主追得四处逃窜呢。"

"最近他和您联系过吗?"

"怎么可能?从他两年前辞职后一直没有联系,确切地说,是我把他辞退的。"福田从夹克口袋里拿出烟盒,但里面已经空了,他烦躁地把盒子在手中攥瘪。

加藤把自己的烟盒放到桌子上。福田交替看了看他的脸和烟盒,然后把手伸向烟盒。"谢了。"

"水原是个怎样的人?"

福田美美地吸着烟。"待人冷漠,手艺却无可挑剔。如果没有他,我这儿会早倒闭一年。"

"什么意思？"

"他什么都能干，车工、研磨、焊接样样精通，听说是从关西漂过来的，应该受过严格的训练。正因为有他，其他工人全被辞退了。尽管招人恨，可世道就是这样，没办法。"

"首饰加工呢？"

"嗯？什么样的首饰加工？"

"比如做戒指或项链什么的。"

"我这儿不承接这样的活儿。不过，如果想干也能干，工具一应俱全，以前我们工厂是以银制品加工为主，只是，那是很久以前的事了。"

"哦，银制品加工？"

"做过首饰、酒盅之类的东西。那种活儿需要技术，将一块圆板，仅靠敲打来做成酒盅。但手艺最好的工人突然离开了，后来就不做了。"

"在银制品加工方面，您的工厂有名吗？"

"怎么说呢，圈里的人都知道吧。这些事情和雅也有什么关系吗？"

"雇用他的经过是怎样的？"

"根本谈不上什么经过，没那么夸张。他突然找上门来，希望我雇他。"

"马上就痛快地录用了？"

"是的。不，不对。"福田马上改了口，手指夹着香烟，眼睛斜视着上方，"阿安突然不能用了，才雇了他。"

"阿安？不能用了？什么意思？"

"有个人姓安浦，原来是这里的工人，因为受伤无法工作了。他被妓女刺伤了手,手指不能动弹了。对他本人当然是沉重的打击,对工厂的影响也很大,因为有一些机器只有他才会用。在这种世道下,如果无法按时交货,马上就会接不到订单。"福田轻轻晃了晃肩膀,又道,"其实接不到订单也是早晚的事情。"

"您为了摆脱困境就雇了水原?"

"是这样。刚才也说了,他的手艺无可挑剔,可以说因祸得福,阿安出了事,我们厂倒是向好的方向发展了。当然,这话可不能让阿安听到。"福田恋恋不舍地盯着快烧到手的烟蒂,然后在烟灰缸里捻灭了。

"水原在这里时表现怎样?"

"表现?什么意思?"

"什么事情都可以。关于水原,只要您记得的,希望都告诉我。比如,他和什么样的女人交往?"加藤走到福田面前,拿起桌上的烟盒,打开盒盖对他说,"再来一根吧。"

福田抬头看着加藤,又抽出一根香烟。见他叼上香烟,加藤从口袋里取出打火机。福田的眼神中充满戒备,但还是微微点了点头,把烟凑到火上。

"到底是什么案子?他干了什么?"

"详细情况不便说,可以先告诉您,和一个女人有关。"

"哦,女人?他长得还不错,"福田用力吸了几口,"可在这里时没有提过。他话少,只顾埋头工作,几乎和谁都不说话。"

"那么,有没有和他关系特别亲密的同事?"

"别说关系亲密了,估计还遭到了那几个人的憎恨。正因为有他,其他人才没活儿干了。"

加藤点点头。完全可以想象,水原雅也尽量避免和他人建立联系,一旦关系密切,他的真面目就有可能被人发现。

"能让我看看车间吗?"

福田眉头紧锁。"当然可以,但没有照明,机器也不能动。"

"没有电?"

"线路被掐断了,为了避免有人擅自使用。"

"擅自使用?"

"意思就是不让我们随便用。这里的一切都不是我的了,都属于银行。"福田吸完第二根香烟,揉着腰站了起来。

正如福田所说,车间的灯已经不亮了。透过窗户射入的一丝亮光映出一排排加工机械。

"会越来越糟,"福田说,"这世道会变得更糟。那些只想着损公肥私的家伙在掌管国家,当然会是这个样子。以前是老百姓地位高,所以问题总能解决,可现在不行了,努力也是有限度的。"

"水原一直在这里工作?"

"嗯,是的。"

"水原工作的时候,总有人在旁边看着吗?"

"根本用不着看。只要提供图纸,全都指示清楚后,剩下的就交给工人了。只要能按照要求做出东西,我就没有任何意见。"

"这么说,就算他干别的事您也不知道?"

"你这是什么意思?"

"我是在问,如果水原用这里的设备做别的东西,是不是别人都不知道?"

福田脸上又浮现出戒备的神情。他不耐烦地翻着白眼,抬头盯着加藤。"你是说他在这里干别的事?"

"我想知道是否有这个可能性。"加藤盯着他的眼睛。

"这个嘛,如果想干,应该能做到。工作都委托给了工人,根据需要,用哪台机器都可以。倒是有几名工人,但大家都不留意别人在干什么。"

"您刚才说把水原之外的工人都辞退了,那么,后来这里就是水原的天下了,想必可以在这里随心所欲。"

福田什么也没说,只是歪了歪嘴。

这时,身后突然传来了声响,一个五十岁左右的瘦小女人提着便利店的袋子站在那里。

"来客人了?"女人问。

"不,是警察。"福田答道。

"警察……"那女人像是福田的妻子,她向加藤投来透着胆怯的目光。

加藤冲她笑了笑。"我来打听以前在这里工作的水原的情况。"

"啊,你说阿雅……"她这才放下心来,交替看了看加藤和丈夫,"对了,像是两个月前刚来过吧。"她像是在征求福田的同意。

"来过?两个月前?"加藤凝视着她的脸,"水原来过?"

或许加藤的语气过于严厉,她脸上又现出惧色,缩了缩下巴,小声说:"嗯。"

"真的?刚才怎么没提?"加藤回头看了看福田。

"是这样吗?"福田有点怄气似的嘟哝着,并不正视加藤。

加藤把目光又转回到女人身上。她像是在后悔自己多嘴了。

"水原来干什么?"

"没什么……只是来看看……是不是?"她对丈夫说。

"碰巧来到附近,顺便过来打个招呼,稍微聊了几句,马上就回去了。"福田说。

"噢。"加藤抱起胳膊,打量着两人。

福田依然把脸扭向一边,他妻子则低着头。

"福田太太。"加藤喊道。

她似乎吓了一跳,身子一动,抬起了头。

"可以占用您点时间吗?"加藤丢下这句话,没等对方回答就先走出工厂,又穿过办公室,打开了入口的门。

不一会儿,福田的妻子惴惴不安地出现了。

"咱们到外面说吧。"加藤把她带到了外面。

她吓得直哆嗦,在昏暗中也能看出她的脸色变得煞白。

"您丈夫像是在隐瞒什么。水原来的时候,有没有发生奇怪的事情?"

"没什么特别的事情。"她发觉加藤正在注视自己,显得有些狼狈,"没有撒谎,就算您说我丈夫在隐瞒什么,我也想不出。我觉得水原来过的事根本没有必要隐瞒。"看上去她并不像在撒谎。

"水原来有什么事吗?"

"这个……不太清楚,他和我丈夫在车间里说的话。"

"当时您没在场?"

"我只是给他们端了茶。"

"水原回去后,没问您丈夫,他这个时候来有什么事?"

"这个……"福田的妻子低下头,嗫嚅着。

"太太,如果您知道什么,最好现在就实话实说。"加藤用上了告诫的口吻,"如果现在隐瞒了什么,也许日后会更麻烦。"

她抬起头:"麻烦……"

"请告诉我实情,我不会为难你们。"

福田的妻子先看了看身后的动静,然后才说:"我丈夫说把图纸卖了。"

"图纸?卖给水原了?"

她点点头。"是几张以前加工过的产品图纸……我丈夫说,在家里放着也没用,就卖了。"

"为什么现在水原又要买那些东西？"

"这是常有的事。"身后突然传来了声音，福田从办公室中走出，"图纸中蕴含了各种技术。所以，如果工厂倒闭了，会有一大堆人来要图纸。我们工厂也是，来买图纸的不止雅也一个人。这样做需要先得到客户的许可，所以我都拒绝了。可雅也本就是我们厂的人，我觉得不会带来什么麻烦，就给他了。"

"卖给他的？"

"要了点钱，这是理所当然的——你快进屋吧。"福田对妻子说。她逃跑似的进了屋。

"卖给水原的是什么图纸？"加藤再次问福田。

"各式各样的，我们曾加工过各种零部件。水原说，为了找到新工作，想把那些图纸作为自己手艺的宣传资料。可以了吧？水原只在那时来过，之后再也没有见面，没打过电话，也没问他的联系方式。我不知道他干了什么，但和我没有任何关系。"

福田开始不耐烦了。加藤心中仍有疑问，可又觉得再问下去，这人也不会说什么了。

"是姓安浦吧，就是在水原之前在这里上班的工人？"

"他怎么了……"

"能告诉我他的联系方式吗？"

"他不认识阿雅，你去找他也没用。"

"我自有打算。"加藤取出烟盒，打开盖子，递到福田面前。

福田板着脸伸出了手，还没够到烟，加藤一把抓住他的两根手指头，用力一捏，福田的脸立刻扭曲了。

"不要让我太费事，我没那么多时间，而且，也不一定总能保持好心情。"加藤笑道，然后松开了手指。

福田把手抽回，揉着指头，再也不想去拿烟了，只默默地走进办公室。加藤叼上一根烟,点着了火。

图纸……

水原雅也究竟为何要买图纸?不可能是因为福田说的理由。水原有新海美冬这个搭档,就算找不到工作,也不会马上生计无着。

和隐藏行踪的事不可能没有关系。难道水原雅也想用这些图纸干什么事情?

还有一件事情让加藤在意。水原雅也来这家工厂难道纯属偶然?会不会是因为这里曾是有名的银制品加工厂,判定这里的环境适合首饰加工?毋庸置疑,这对新海美冬来说正合适。

福田说,前任工人受了伤,才突然雇了水原。真的会如此巧合?被妓女刺伤了手,手指不能动弹。这事有些可疑,那个妓女究竟是什么人?

福田从办公室里走了出来。加藤扔掉香烟,用脚踩灭。

"最近一直没有联系,也不知道现在是不是还住在那里。"福田递给他一张纸条。加藤瞥了一眼,放进上衣口袋。

"你说安浦被妓女刺伤了,他认识那女人吗?"

福田哼了一声。"在大街上撞见的,不知道是什么人。安浦在酒店被灌了安眠药,不光钱被拿走了,最后还被刺伤了。警察也不会认真调查那种事,他曾发感慨,说警察不把他当回事。"

"为什么手会被刺呢?"

"这个嘛,就要问那个女人了。"

加藤点了点头,道声"打扰了"。福田将脸拉得老长,表情像是在说再也不想见面了。

离开福田工厂后,加藤开始发挥想象力。一个工人被偶遇的女人刺伤了,水原随即取而代之,而且,那里对水原和美冬来说是最合适的工厂。难道这些可以简单地归结为巧合?

他又觉得不太可能。就算是那个女人，恐怕也不至于这样做。

但加藤马上又打消了这一想法。他边走边摇了摇头：正因为是那个女人，才会连这种事情都干得出来。

4

夕阳覆盖了西面的天空，下面的高楼大厦鳞次栉比，周围又挤满了大小不一的各类建筑。这里是怀着野心和希望的人造就的城市。而在现实中，人们像是在这些建筑物的缝隙中爬行一样生活着，整日疲惫不堪。

雅也想，我也是其中之一。

他正在隅田川的岸边。小船在眼前慢慢驶过，船尾勾画出几条涟漪。

雅也想，我究竟在这里干什么？为什么要来到这里？那场噩梦般的大地震之后，眨眼间已过了五年。一想起这期间自己干过的事情，他就有种被寒风吹透全身的感觉。

难道我是为了杀死自己的灵魂才来到这个城市吗？

不，不是这样。来这里之前我的灵魂已经死了，大地震发生的那个早晨就已经死了。砸碎舅舅的脑袋时，我就已经不是从前的我了。

她主动接近了这个空皮囊一般的男人。现在才明白，正因为我是这样的男人，她才会接近。失去灵魂、迷失了前进方向的人，才有可能成为她手中的玩偶。

雅也突然自嘲地笑了笑，从怀里掏出太阳镜戴上。被夕阳染红的天空顿时变成了灰色。

雅也想，这世上再没有比自己更傻的人了。疯狂迷恋的人，仅仅是为了利用自己才和自己在一起,这真像荒唐的喜剧。她所有的爱情表白都基于周密的考虑,她的话只不过是让她操纵的玩偶任其摆布的咒语。

看了看表,已经下午五点了。一对男女从他面前走过。河对岸走着拎着超市袋子的三个人,像是母亲带着两个孩子去采购晚饭的食材,看上去很幸福。

右侧走过一个男人,身穿黑夹克,看样子二十出头,黑色的毛线帽一直拉到眉毛。那人看到雅也,明显放慢了脚步,然后像在观察周围动静似的四下望了望,才慢慢走过来。

"可以坐在旁边吗?"男人用下巴指了指雅也坐的长椅。

"请。"雅也稍微挪了挪。

男人坐下后,再次环顾四周,看来相当慎重。他似乎确认周围没有可疑的人,才对雅也说:"是杉并先生?"

"嗯。"雅也轻轻点了点头。

"说好的东西呢?"来人问道。

雅也把纸袋放到男人身旁:"在里面,请查看。"

来人表情紧张地拿起纸袋,还未打开,雅也说:"不要拿出来,不知道会不会被人看见。"

"嗯,当然。"男子又一次东张西望,然后慢慢打开纸袋。雅也听见他小声"哟"了一声。

男人把手伸进纸袋检查时,雅也一直在吸烟。隅田川波光粼粼。顺着这条河向前走,就能回到那栋公寓,那个曾遭遇各种噩梦的房间。或许房东已经注意到那里已无人居住,但应该不会弄得沸沸扬扬,会找个合适的时机把屋子收拾一下再租给其他人。在东京这个地方,不论是有人消失,还是有人死亡,都没人在意。

他突然想起了有子。她现在怎么样了?会不会仍然在店里帮忙,还等待着那个寡言少语的人到来?

"太棒了。"旁边的男子说。

雅也扭过头。那人两眼放光,表情中充满惊奇,"这是你做的?到底在哪……"

雅也淡淡一笑,摇了摇头:"不是说好详情免谈吗?"

"确实是,可……"男子再次瞧了瞧纸袋里面,轻轻摇了摇头,"大大超出了预想,本以为会做工粗糙……"

"你那边怎么样?不会给我拿些糊弄人的东西吧?"

那人闻言似乎颇感意外,生气地闭紧嘴巴,把手伸进夹克口袋,掏出一个方形小包。

雅也接过后踩灭烟蒂,一言不发地站了起来。

男子诧异地抬头看着他:"不检查一下?"

"没有必要,需要检查吗?"

"不用,东西绝对没错。如果你无所谓,我也没有意见。"

"那咱们以后不会再见面了。"雅也走了几步,又停下脚步,回头看了看那人,"我的邮箱地址已经不再用了。"

"知道,我的也一样。"

雅也点点头,开始向前走。他把小包放进短风衣的口袋。

太阳已渐渐隐藏在地平线下,城市慢慢地被夜色笼罩。

雅也走到茅场町,上了地铁日比谷线,坐在靠边的座位上,呆呆地抬头看着广告。其中有一条映入了他的眼帘。

世纪之交开业!The HANAYA 2000。

这条广告并非今天第一次见到,大约一个月前就随处可见了,电视上有时也会播出。

这么不景气的世道下，这真是大手笔。华屋在进行大胆的大规模革新，听说收购了附近的大厦，扩大了营业面积，和以往一样，依然从事宝石制品和装饰品的销售，但另设了以美容沙龙为代表的美容部门。极其普通的女人，只要进入华屋的魔匣，出来时就会变成高雅迷人的美女——这就是电视广告的内容。社长秋村也曾在接受电视台采访时说，今后要把业务范围扩大到所有与美相关的领域。

通向美丽的魔匣。

这句话雅也听另外的人说过。不用说，那人就是美冬。她经常说，她的梦想是追求美，希望涉足所有和美相关的领域，并制成将其系列化的魔匣。

雅也再次意识到，她肯定对丈夫秋村说了同样的话。这一项目并非秋村提出的方案，肯定是美冬在幕后操纵，看来秋村也是受她操纵的玩偶。

她为什么要这样做？是什么力量在推动她？为什么她能自始至终冷静镇定，精打细算，而且异常残忍？

电车到了银座。雅也站起身，摸了摸短风衣口袋里的小包。

来到地面，雅也沿着银座中央大道慢慢向前走。天已经黑了，但各家店铺的灯光把街道照得像白昼一般，几家店的灯饰已带有圣诞色彩。这条步行街上人流熙攘，大多是公司职员或女白领的身影。

雅也停下脚步。那里能看到马路对面的华屋。

当发现和她在一起的日子都是幻影时，雅也决定从美冬面前消失。再也无法和她共同生活下去了，但他又不能将一切变成白纸。他内心受到的伤害极深，经历的过去太肮脏，根本无法变成白纸。

离开住处后，他首先想到要探究新海美冬的过去，但不是那个美冬，而是被她替代的真正的新海美冬。

她究竟是谁？

必须调查清楚，而且刻不容缓。警视厅的加藤也知道美冬是假冒的。在加藤真正行动前，雅也想把这一切作个了断。

5

离开公寓的第一个月，雅也得知网络上有寻人网站，那是他在便利店站着翻阅杂志的时候知道的。他买了一台二手电脑，当天就上网了。

寻人网站有好几个。他在所有网站上都上传了如下内容：

> 我在寻找妻子生前的朋友。如果您在1989年或1990年毕业于私立西南女子大学文学系，请与我联系。

他一度犹豫是否标明新海美冬的名字，最后还是决定不写，以免被美冬通过某种途径得知此事。当然，是指那个假冒的美冬。只写这么几句话，就算她再敏感，应该也不会想到与自己有关。

说实话，雅也并没有抱太大希望。他觉得虽说网络已逐渐普及，但经常使用的人并不太多。另外，即便符合条件的西南女子大学的毕业生看到了，与他联系的可能性也不大。在不清楚对方身份的情况下发邮件，总感觉心里不太舒服。

但他完全估计错了。上传资料后还不到一周，他就收到了三封提供信息的邮件。他一一回信，内容如下：

> 谢谢您为我提供信息。我要找的是一名叫新海美冬的女子，应该是1989年毕业的。除了知道她是文学系的学生外，其他一

无所知。如果您知道她的工作单位或丈夫的情况，烦请告诉我。

在此，不可避免地要说出新海美冬的名字，雅也还写下了自己的手机号码。他希望尽可能地直接通话。

很快，三人都给他回了信。有两个人不记得有叫新海美冬的人，另一个人知道，说自己和美冬都是英美文学专业的学生。

> 很遗憾，我和新海不太熟悉，不清楚她毕业后的情况。但如果问问当时的朋友，也许有人知道，到时我再和您联系。

刚收到这封邮件时，雅也想马上写回信，请求对方从当时的相册或集体照中扫描下美冬脸部的照片发给自己，但最终没这样写。他担心对方会起疑心，而且，就算看到那样的照片，也没有太大意义了。现在的美冬是假冒的，这一点确定无疑。

又过了大约两周，收到了素不相识的人的邮件，内容如下：

> 我是前几天为您提供新海美冬信息的人的朋友。从她那里得知了情况，我觉得还是直接给您发邮件更好，就问了您的邮箱地址。
>
> 我和新海也不太熟悉，但曾同属一个课题组，说过几次话。我还记得她的工作单位，好像是经销进口家具的公司，公司名好像是BBK或DDK。对不起，记得不很清楚。听说您夫人已经去世，她也是西南女子大学文学系毕业的吗？如果可以，能告诉我她的姓名吗？

读邮件的时候，雅也感觉到体温在上升。他切身感受到，自己确实正一步步地触摸到真美冬的过去。他马上回了信。

　　谢谢您为我提供了珍贵的信息。您能再详细告诉我一些新海美冬的情况吗？如果可以，我想和您直接通话。我不好意思请教您的电话号码，能否麻烦您拨打我的手机？当然，费用由我来出。（很遗憾，我妻子并不是西南女子大学的毕业生。）

三天后，雅也的手机响了。

没有显示是谁来的电话，但雅也确信肯定是信息提供者。他现在使用的手机号码从未告诉过其他人，以前用的那部手机现在一直关机。

打来电话的是一位姓小篠的女子，果然是信息提供者。

她首先更正了新海美冬的就职单位。"邮件中写错了，实际上是WDC，听说是 World Design Corporation 的简称，总公司设在赤坂。"

"新海现在仍在那家公司吗？"雅也问。

"这个不清楚，毕业后再没见过面。我想最起码要告诉您确切的公司名，才给您打了电话。在您百忙之中打扰了。"

对方似乎想挂电话，雅也赶紧说："您请稍等，能和您见一面吗？我想知道更多关于新海的事情。"

对方似乎很困惑地沉默片刻。"对不起，正如我在邮件上所写，我也不太了解她，就算见面，也无法告诉您太多情况。"

"可……"说到这里，雅也意识到再强硬地请求下去，会适得其反。对方能给素不相识的人打来电话已经算是奇迹了。"知道了。那，能在电话里再聊一会儿吗？是这样，我妻子去年去世了，她曾给新海写了一封信，我无论如何想把信交给她本人。这是我妻子的愿望。"雅也说出了准备好的谎言。他想扮演一位尽力实现亡妻愿望的可怜丈夫，让对方无法轻易拒绝。以前他很不擅长这些小把戏，现在却能轻易做到。讽刺的是，这些都是假美冬培养的成果。

演技似乎有了效果。沉默片刻后，那女子说："稍微聊一会儿没问题，可我说过多次，我也不太了解她。"

"只要告诉我您记得的事情就行了。新海是怎样的人？"

"怎样的……这个很难回答，是个很普通的女孩子。我记得她曾经说，选择英美文学专业，并非因为喜欢文学，而是对欧美的生活感兴趣。"

"她引人注目吗？"

"我感觉很普通，属于不太起眼的那种类型。"

"您知道她和谁关系较密切吗？"

"好像有几个，可我不知道联系方式，她们和我们不是同一组的。"

"她有没有男朋友？"

"这个嘛，"对方笑道，"也许有，但我不知道。"

看来此人和新海美冬确实没有太多来往。

"知道了。占用您这么长时间，真对不起。我想再提一个无理的要求，您如果想起了什么，能否麻烦您再告诉我？"

对方停顿片刻后说："我刚想起来，她的论文相当独特，很有意思。"

"论文？是毕业论文？"

"嗯。她选择了美国女作家玛格丽特·米切尔的《飘》为研究课题。"

"哦……"雅也听说过这部作品，但不是通过书，而是电影——但他连电影也没看过。

"女主人公叫郝思嘉·奥哈拉，新海衷心钦佩这位主人公，论文中对她的生活方式大加赞赏。老师也说，那样写太过了。"

"是吗……"

雅也不知道故事情节，也不了解那位主人公，不知该作出何种反应。对方似乎也察觉到了这一点。

"对不起，这应该没有关系。如果想起更有价值的事，我再和您联系。"说完，她没等雅也表达完感谢，就挂断了电话。

这是那位姓小篠的女子第一次也是最后一次打来电话。雅也早已料到，没有太失望。并非一无所获，终于获得了真美冬的相关信息。尽管尚未抓住轮廓，只是朦朦胧胧的，但已经是很大的进步。

有个地方必须去——WDC公司。那里肯定留下了新海美冬的足迹。他事先观察了几次，编好周密的计划，在一个工作日的早晨去了位于赤坂的那家公司。他身穿西服。这是以前赖江送给他的礼物，当时根本没有想到会在这种时候派上用场。

刚进入展厅，一位三十岁左右的女店员马上走了过来，面带微笑地说着套话："您今天需要点什么？"

"我想找意大利制的梳妆台，是叫Dresser吧？"雅也笑着回答，"想要某种款式，听说只能在这里买到。"

男顾客来找梳妆台，女店员心里肯定觉得不可思议，但她依然面带微笑。"哦。您第一次来本店吗？"

"对。可以前在此工作的店员曾让我看过商品目录，我想亲眼看一看实物。"

不出所料，听了这句话，女店员马上作出反应。"那，您说的店员叫什么名字呢？"

"一名姓新海的女子。那……已经是好几年前的事了。"

"新海……"女店员显得有些茫然，看来她不记得这个姓氏。

"新海女士拿给我们看的商品目录上有一款梳妆台，我妻子特别喜欢，一直想要，但总也没机会过来买。最近终于空出时间了，就下定决心买回去，可和她联系不上，才直接过来。"

471

"哦……那,请您在这边稍等一下。"

雅也在为顾客准备的大厅等候,腋下已经冒汗了。

不一会儿,又出来了一名女子,看上去也是三十岁上下,身材小巧,脸孔浑圆。她先向雅也道歉,说让他久等了,然后递过一张名片,上面印的名字是"野濑真奈美"。

"您说的新海七年前已经离职了。我来帮您找可以吗?"

"什么?她辞职了?哦……"雅也装出困惑的表情。

"新海美冬让您看的目录是什么样子的?现在目录早已更新了,但我们依然保存了一部分老目录。"

"这个记不清楚了。是我妻子看的目录,我也不清楚是哪一款。我妻子好像和新海联系过,我想她应该知道。"

"那能不能请您夫人来一趟呢?"

这个问题雅也早已预料到,他按计划开始表演:"如果可能,我也希望这样,但我妻子去年去世了。"

野濑真奈美的嘴唇张成了O形。雅也望着她的脸继续说:"前几天刚过了一周年忌辰,那时我想起她曾经想要梳妆台。或许您觉得现在再买很奇怪,但我无论如何想把那梳妆台买到手,我妻子直到临死前,都说想坐在那款梳妆台前。"

他尽量自然地放低了声音,但说话时嘴角依然留着一丝微笑。

"原来是这样。"野濑真奈美似乎被他的表演打动了,垂下眉毛,满脸都是同情的神色。不过,这也许同样是在演戏。

"这回麻烦了。如果不问新海,根本不知道是什么样的家具。"雅也说。

"您和新海完全联系不上吗?"

"拨过她告诉我的电话号码,可根本打不通。本来我和她的父母关系比较好,但两人在五年前都去世了,因为那场阪神淡路大地震。"

"哦，"野濑真奈美用力点点头，"她确实说过老家在神户一带。"

"您和新海熟悉吗？"

"我们是一起进公司的，但所属部门不同。她先在展厅待了一段时间，然后调到其他部门，又过了一段时间就辞职了。"

"是吗……这可怎么办呢？"雅也故意抱着脑袋说，"我只记得是意大利生产的，看来只好算了……"

"您要不要先看看目录？虽然当时的商品不全了，但也许看着看着您就会想起什么……"野濑真奈美说。看来她想为雅也提供最大限度的服务。

"是啊，尽管没有把握，但总比什么都不做就回去好。这样可以吗？会不会给你们添麻烦？"

"以防万一，我先跟上司说一声，估计没有问题。"说完，她去了办公室。

她的上司好像认为没有什么问题。于是，雅也坐在大厅角落的桌前浏览所有登载意大利产家具的目录。一切都按计划顺利进行。

展厅的营业时间到晚七点。快关门的时候，野濑真奈美来到他身旁。"怎么样？"

"不行。"雅也无力地摇摇头，"越看越不明白了，我再次认识到，其实我根本不了解妻子。"

"不好意思，请问您的夫人是因生病还是……"

"白血病。她还很年轻。"

"哦。"她点点头。

雅也合上目录，揉了揉眼睛，然后看着她说："给您添麻烦了。如果能联系上新海，我再过来。"

"新海的联系方式，我们也查了，得知她从这里辞职后，又在南青山的时装店找了份工作。"

"南青山的时装店？在这附近？"

"听说那家店现在已经没有了，所以之后的情况就完全不清楚了。对不起，没能帮上您的忙。"

"您知道她当时的住址吗？"

"应该有记录，您稍等。"她走进办公室，很快拿着一张纸条回来了，"但应该已经不在这里住了。"

雅也接过纸条，上面写着"幡谷二丁目"。

"您知道那家时装店的名字吗？"

"不知是否准确，听说是叫 WHITE NIGHT。"

"WHITE NIGHT……"

"意思是无法入睡的夜晚，听说也被翻译成白夜。"

"白夜……"

雅也在纸条上写下店名。

第二周，雅也去了青山。见到时装店，他就进去问是否知道一家叫 WHITE NIGHT 的店。可以想见，每家店都没有给他好脸色，幸好他只找了三家就听到了有用的信息。

"不就是那家在南青山的店吗？现在改成意大利餐馆了。"一个约三十岁的女店员征求一旁同事的意见。

"有过这么一家店吗？"同事歪着头说。

"有呀，里面全是高档品，窗户上还有彩色玻璃似的装饰……"

同事似乎也想起了什么。"啊，是那里呀。那家店是叫这个名字吗？"

"听说换名字了。好像曾在市内开了三家店，听说还在大阪开了分店。可泡沫经济崩溃后，经营状况远比预想的差，就改了店名想重整旗鼓，但还是不行，最后倒闭了。那家店的老板当时才三十四五岁，这个你知道吧？是个大美女。"

关于WHITE NIGHT，这两个女店员也只知道这些。她们从没进去过，自然不可能知道里面有什么样的人。雅也问了地址，礼貌地道谢后离开了，按照她们告诉他的地址向前找。

那里确实有一家意大利餐馆，但没有一点时装店的影子。

雅也随后去了幡谷。WDC的野濑真奈美告诉过他，真新海美冬曾居住在那里的公寓。那是一栋看上去建了十几年的灰色建筑。听说新海美冬住在三〇六号房间。现在住的人好像姓铃木，但铃木不可能知道以前住过的人的情况。雅也毫不犹豫地摁响了旁边中野家的门铃，屋里马上有人答应。

雅也谎称自己是私家侦探所的调查员，想问问以前住在旁边的新海美冬的情况。

门很快打开了。露面的女子像是主妇，长发梳在脑后。

雅也鞠了一躬，把刚才的话重复了一遍，明显感觉出对方对私人侦探所很感兴趣。

"新海呀，她早就搬走了。"

"这个我也知道，能否告诉我她住在这里时的情况？"

"呃……我们来往不多。"

"那，您知道她和谁关系较为密切吗？比如，经常有朋友来玩吗？"

"不怎么记得。她从没给四邻添过麻烦，彬彬有礼，看上去也很认真。"

"异性关系怎么样？"雅也微微压低了嗓门，"比如看上去有没有恋人？"

"不清楚。也许会有，但我从没见过。"

看来从这位家庭主妇嘴里问不出太多，雅也准备放弃，刚要道谢离开，她突然说："以前也有人来打听新海，和这个有什么关系吗？"

"以前……"雅也考虑片刻,究竟是谁呢,"是什么样的人?"

"感觉像普通的公司职员。啊,我想起来了,那个人说新海的父母遭遇了阪神淡路大地震,新海也一起受灾,然后一直下落不明,问我知不知道她的新住址。"

雅也脑中立刻浮现出一个姓氏:"那人……是不是姓曾我?"

主妇张开嘴,用力点点头。"对,没错,就是姓曾我。"

"那,您知道新海的新住址吗?"

主妇摇了摇头。"我不知道,但把贺年卡给他了,新海寄给我的贺年卡。"

"贺年卡?"

"她说过,从这里搬出去后要去国外待一段时间,出国前会借住在朋友家里。她就是从那里给我寄的贺卡。"

国外——从没听说过这件事。且慢,主妇的话语中包含了更重要的信息。

"她那个朋友是谁?"

"说是要一起出国的人,一个非常值得信赖的女子,好像说是她的老板。对不起,我记不清了。"

"新海当时在一家叫 WHITE NIGHT 的时装店上班,就是那家店的老板吗?"

中野困惑地摆了摆手。"我不是说了吗,记不清了,只是感觉好像说过这种话。可能是我记错了,请不要太在意。"

雅也想起了在青山的时装店里听到的话——"那家店的老板当时才三十四五岁,这个你知道吧?是个大美女。"

"您说把那张贺年卡给了曾我,那您手头还有没有新海寄来的其他信件?"

"那是最后一次收到她的信。"

"那，当时您有没有把贺年卡上的地址和联系方式记下来？"

"对不起，没有。"

"那，对于那名女子，您还记得其他事情吗？"

"谁？"

"就是新海信赖的那名女子，什么事情都可以。"

"我们只是在新海搬家前来我这里寒暄时谈起过。"主妇似乎有些困惑，把手放到脸颊上，"新海说是和另一个女子一起去国外，我嘱咐她一定要小心，她却兴高采烈地说没关系，一起去的人完全可以依赖，自己根本不用担心。"

"还有什么？"

"也许听她说过，但隔得太久了，"主妇摇了摇头，补充道，"好像说过那人像郝思嘉。"

"郝思嘉？"

"嗯，郝思嘉·奥哈拉。当时我觉得那样的类比好奇怪，所以印象较深。"

郝思嘉·奥哈拉——《飘》的主人公。

6

身穿灰夹克的男子坐在从里面数第二台游戏机前。看了看盘子里剩的弹珠，加藤冷哼一声，估计用不了五分钟盘子就会变空。

旁边的座位空着。加藤坐下，注视着绷着脸玩弹子游戏的人的脸。那人似乎很快注意到有人在看自己，停下手，眉头紧锁地看着他。

"你是安浦吧？"加藤从上衣里取出证件。

安浦达夫的脸色立刻变了，似乎还咽了一口唾沫。"我什么都没干。"他抬高了嗓门。

"我没说你干了什么。想跟你打听点事,去外面说吧,反正看样子你今天手气也不好。"

安浦的眼睛里浮现出怒意,但似乎没有找到合适的措辞和警察顶嘴,只紧绷着嘴一言不发。

"该走了。你夫人拼命工作养家,你也该适可而止。"加藤拍了拍安浦的肩膀,"我请你喝酒。"

安浦的脸色马上缓和下来。两人进了王子站附近的小酒馆,加藤选了最里边的桌子,问安浦喝啤酒还是清酒,安浦挑了清酒。

"想问问你福田工厂的事。"加藤一边给安浦倒酒一边说。

安浦的脸马上拉了下来。"那个臭老头怎么了?"

"工厂倒闭了。福田社长境况凄惨,差点就要上吊了。"

"哦?"安浦歪了歪嘴角,"真是活该。"

"你在那厂里干了很久?"

"十多年。可只因为我受了点轻伤,臭老头就把我炒了。"他用左手拿起酒盅,一口气喝干了。右手的手背上残留着丑陋的伤痕。

加藤又为他倒酒。"手指能动弹?"

"能动。有点麻,但没什么大问题。"

加藤想,即便如此,作为手艺人肯定不行了,但他没有说出口。"福田工厂主要做什么?"

"做什么?这种事你问社长不就知道了?各种各样的零部件呗。"

"安浦,你以为我会为了问这些明摆着的事专门把你带到这里?"加藤又给他倒了杯酒,"多喝点。如果你告诉我,可以再给你要一瓶。"

"实际上就是加工各种各样的东西,那有什么办法?那种工厂的优点就是什么活都承接。"

"那,你辞职的时候在做什么?我再问具体一些,工厂里留下很多图纸吧？当时什么样的图纸多？把你能想到的都告诉我，我会全记下来。"

安浦手拿酒盅，满脸诧异地望着加藤的脸。"你问这些干什么？工厂和什么案子有关系吗？"

"和你无关。"话刚出口，加藤像是突然想起了什么，又补充了一句，"不，也并非完全无关，或许开端就是你。"

"我？"

"你的手是被女人刺伤的？"

安浦立即把右手藏到桌下。

"还记着那女人的长相吗？"

"没记清楚。当时天色晚了，也没有死盯着她的脸看。"

"再见面能认出来吗？"

安浦瞪圆了眼睛："还能见到？"

加藤没有回答，而是从怀里掏出一叠照片，共六张。其中五张是毫不相干的女子的照片，剩下的一张是偷拍的新海美冬。"她在不在这里面？"

安浦放下酒盅，伸手拿过照片。他睁大眼睛，一张张凝视，拿着照片的右手不停地发抖。

"怎样？"

"看不出来。"安浦懊恼地说，"当时她浓妆艳抹的，又过了这么长时间。"

"嗯，那没办法了。"加藤从安浦手中拿过照片。

"慢着，什么意思？照片中有把我刺伤的女人吗？你怎么会有这些照片？"

"这个我不能说，是办案秘密，你要忘记这件事情。"加藤斩钉截铁地说。

"怎么能——"

"不过，"加藤抓起酒壶，"如果案子查清了，我会专门告诉你。为此还需要你的合作——怎么了？快喝酒呀。"加藤把酒倒入安浦的酒盅。"关于福田工厂，只要告诉我你知道的事情就行。"

一个小时后，加藤冲进了福田工厂。他粗暴地打开门，没打招呼就闯进了卧室。福田正躺在被褥上，没看见他妻子的身影。

"喂，社长，快给我起来！"加藤骑在福田身上，揪住他的衣领。

福田翻着白眼，满脸通红，满嘴酒气。

"你竟敢骗我！"

"什、什么事？"

"别跟我装糊涂。你说只给了他图纸？不对吧，工厂的设备是不是也让他用了？"

福田脸色大变，嘴一张一合，却发不出声音。

"我问你，你让水原用这里的设备了吗？不，不仅如此，材料是不是也给他了？不是说设备全不能用了吗？"

"不是，你来的时候确实不能用了。"

"水原来的时候呢？"

福田发窘地扭过头，加藤甩了他一记耳光。"快给我说清楚，让他使用机器了吗？"

"稍、稍微用了用……"

"多长时间？一个小时？两个小时？"

"不是……"

"我问你让他用了多长时间，快说！"

"三、三天左右。"

"浑蛋！"加藤一下把福田撞到一边。

第十二章

1

听到敲门声,坐在桌旁看资料的隆治摘下眼镜,抬起了头。他听到了趿拉着拖鞋走路的声音,敲门的肯定是家里的女佣西部春子。她干活麻利,美中不足的是有些大大咧咧。

"请进。"

隆治答应了一声,门开了,不出所料,春子的圆脸探了进来。

"夫人回来了。"她对一家之主也是这样,语速快,措辞也不是标准敬语。

"在楼下吗?"

"是的,在客厅。"

"知道了。"隆治站起身。他突然注意到春子像是有什么话要说,便停下动作问道:"怎么?"

"啊,没,没什么……"春子摇了摇头。

"对了,春子,从明天开始你干到傍晚就行。这一个月辛苦你了。"

"知道了。"春子说着把头缩了回去,猛地关上了门。那声响让隆治不禁皱了皱眉。

到了一楼，美冬正站在客厅一角望着院子，身上还穿着白色套装，垂到肩膀的头发看上去亮了许多。隆治想，看来她顺便把头发也染了。

似乎察觉到了动静，没等隆治说话，美冬就扭过了头。在那一瞬间，他把想说的话又咽了回去。

美冬的脸小了一圈。当然，这也许是错觉，是脸上各部位微妙的变化改变了整体效果。

"怎么样？"美冬冲他笑道，"是不是变漂亮了？"

隆治挠着眉毛走到妻子身边。他在寻找合适的言辞。

就在这时，背后传来了声音："那我先告辞了。"

收拾好东西要走的西部春子正站在客厅门口。

"噢，辛苦了。"隆治的声音有些沙哑。

隆治一边听着春子出门时的动静，一边想象着她刚才想说的话。或许她也对美冬的变化感到不知所措。

他再次扭头看着美冬。"还行吧。"他无法和妻子四目相对，"我觉得挺好。你不满意吗？"

"非常满意。"带着一副人造面孔的妻子点点头，双手放到脸颊上，"我就是想变成这个样子。"

"只要你满意就行。"隆治扭过头，坐在沙发上。

美冬脱掉外衣，来到他身旁。他拿过桌上的香烟，用打火机点着。

"哎，为什么？"

"什么？"

"为什么你不仔细看看我的脸？有什么不满吗？"

"倒也不是。"

"倒也不是……看来还是不合你的心意。"

"并不是合不合心意的问题。"他用手指夹着香烟，轻轻摆了摆手，

"有点无法理解。"

美冬叹了口气:"怎么又说这个?"

"我也不想老调重弹。怎么说呢,只是说了我的真实想法。"

"难道不叫老调重弹?"

"我觉得以前的你已经很漂亮了,我是说第一次见面时的你。不光是我,大家都这么想。你究竟还有什么不满?"

"你讨厌我现在的脸?"

"我不想说这个问题。"

"求你了,看着我。"美冬把手放到隆治的膝盖上。

隆治把头扭向她,视线与她投来的目光相撞,微微上翘的大眼睛正注视着他的脸,他感觉整个人都要被吸过去了。这没有任何变化,但是,鼻梁的倾斜度更加完美,下巴变得很尖,看不到一条皱纹的皮肤失去了真实感。隆治觉得这张脸像玩具娃娃似的,或者说像是用电脑画出的,充满了人工色彩。

"怎么样?"她问,"这样的脸,你讨厌?"

隆治移开目光。烟灰已经很长了,他赶紧掸落到烟灰缸里。"真不明白。像你这么漂亮的女人,为什么要在脸上动手术?在这种时候一个月不在家。"

"给你添了麻烦,我向你道歉,但应该没有给工作造成影响,我全都提前安排好了,包括住院的时候,也一直通过电话和邮件联系。"

"我不是说这个,我不理解你的想法。"

"想变漂亮,想任何时候都保持年轻,这是女人共同的梦想。我们的工作不也是建立在这种梦想的基础上吗?"

"你本来就漂亮,也很年轻,还有什么不满?至少我很满足,没有丝毫怨言。"

"谢谢。"美冬莞尔一笑,就连她的表情,在隆治看来都像是电脑屏幕上映出的图像。她带着那张脸继续说:"可是,所谓的自卑,除了自己之外谁都无法理解。这些话在这次动手术前就对你说过了。"

"要说不满,那是无休无止的。再过上几年,如果你脸上又出了小皱纹怎么办?难道又要做手术?"

"不知道,到时候再说吧。"

隆治把香烟在烟灰缸里捻灭,把头扭到一边。她把手放到他的脖子上。

"哎,看着我。"她让丈夫脸朝着自己,"你觉得我变年轻了吗?医院的人都说我完全像二十多岁的人。妻子变年轻了,你难道不高兴?"

他想说——我并不想要洋娃娃般的妻子,但还是没说出口,只是把她的手从脖子上扯开了。"累了吧,快去换衣服。"

"对了,也许是不应该穿套装。如果换上家居服,你肯定就不这样说了。总之,我回来了。"

"噢,欢迎回家。"

美冬抱紧隆治的脖子,在他脸颊上亲了一下,然后带着娇媚的微笑松开了手。她从沙发上站起身,像跳舞似的一转身,走出了客厅。

隆治把手放到她的嘴唇刚接触过的地方。那里还热乎乎的,这让他放心了一些。她的嘴唇上有体温,有血液流过,并不是塑料制品。

他从客厅置物架上取下白兰地和酒杯,喝了起来。见到了久别的爱妻,他的心情却一点也不舒畅。

美冬接受整形手术并非是第一次。最初的手术是刚结婚的时候,她说看着眼睛下面的小皱纹感觉别扭,想去除掉。他觉得那点皱纹根本不用在意,但并不是什么大手术,似乎也没有危险,他决定满足她的愿望。那件事他没对任何人讲过,其他人也根本没注意到手术后美冬的变化。那些皱纹完全可以通过化妆掩盖过去。原本就漂亮的女人，就算是再精益求精地修饰自己，也没有人感觉不自然。

但没过多久，她又提出了要求，想消除脸部皮肤的松弛。在隆治看来，她脸上的皮肤根本没有松弛，她却十分在意。他曾极力反对，说没有必要，但她擅自去做了手术。从那以后，她经常去做美容整形，都是短期能完成的，所以隆治几乎不知道她究竟修整了什么地方。有的好像很简单，只是定期往里面注入什么东西。后来隆治也就不太在意了。

这次情况有些不同，她提出要去美国待一个月。听了她的理由后，他大吃一惊。她说想全面修整脸部。

"你不觉得我的脸怪怪的吗？"当时，美冬面对着丈夫说，"左右不对称，眼睛也不对称，鼻子有些弯，嘴巴的位置有点偏。从根本上说，是轮廓不对称。"

他说所有人的脸都左右不对称，她却用力摇摇头。"你没见过婴儿的脸吗？婴儿的脸就是左右对称的，但随着人的成长，在生活习惯及老化的影响下，脸逐渐变偏了。"

"那也没有办法。"

她根本听不进丈夫的意见。

"每次照镜子我都觉得心烦。明摆着有让它变完美的方法却不用，我可受不了。就算你不同意，我也要去美国。"

美冬心意已决，看样子隆治说什么她都不会改主意。她也充分考虑了自己不在时的工作情况，保证不会对华屋的世纪盛典造成影响。

"这是你给我的难得的机会。以前我在 BLUE SNOW 从事的业务，现在终于能以华屋为舞台了。我绝不会荒废这次机会。"她握着隆治的手说。

确实不能说她疏忽了工作。尽管她嘴上说是隆治给的机会，但这次大型重组本就是她提出的方案。

隆治曾问过，为什么要在这个时候动手术。

"越早越好，明年肯定比现在还忙，而且，也考虑到对拓展业务的作用。"

她说的是设立美容整形部门。通过这次重组，华屋的业务范围扩展到以前 BLUE SNOW 经营的美容、健康领域。美冬考虑下一步将和医院合作，进军整容行业。

美冬充满自信地说："在法律方面有各种各样的问题，但并非没有办法。不论什么样的女人，不，包括男人，都想通过手术获得美貌，这样的时代马上就要到来，绝对能成功。打个比方，通向美丽的魔匣的最后形态就是这样，所以自己要先实践。"

隆治问，既然如此，为什么不更积极地抛头露面？美冬几乎从不在公开场合露面，包括华屋举行的聚会，每次她都缺席。今年除夕计划举办庆祝千禧年的大型 Party，至今仍不清楚她是否会出席。

"不是说好几次了吗，我不擅长这个，而且，华屋的脸面是你。从结婚开始，我就打算自始至终在幕后辅佐你。我说要亲身体验通向美丽的魔匣，但并不打算自己做广告，只是想发挥试验品的作用。"

结果，美冬动身去了美国，今晚方才回来。

隆治开始觉得自己娶了一个可怕的女人。她不单具有多方面的才能，身上还潜藏着一种魔力，那似乎控制了她的一切。如果注意不到这一点，就想触及那种东西，马上会陷入她的圈套。

传来了脚步声。客厅门被无声地推开，美冬走了进来。她穿着淡紫色的真丝睡衣。"让你久等了。"她把手伸向墙上的开关，灯灭了。黑暗中浮现出了她的轮廓。

"你想干什么？"隆治问。

她面带微笑地慢慢走到他身边，能看出睡衣下的腿在娇媚地挪动。很快，她停下了脚步。

"在医院里他们都说,我的身体完全没有必要修整,还像二十多岁的小姑娘那么漂亮。"

美冬解开睡衣,白皙的身体暴露在隆治面前。他吸了一口气,手中的酒杯倾斜了,白兰地洒了出来。

美冬脱去睡衣,凑到隆治身边。他紧紧抱住她。紧接着,两人的嘴唇重叠在了一起。他扔掉白兰地酒杯,手绕到她腰上,抚摸着她的后背。

隆治感觉思维在逐渐停止。只要和这个女人在一起,总是变得无法思考任何事情。尽管觉得自己受她的操纵,一种快感却升腾起来。

大脑渐渐变成空白,即便如此,他心中依然产生了一个疑问:美冬在结婚后变了,通过手术得到了更美的容貌,显得更加年轻。然而,仅仅是结婚后这样吗?

和自己相遇之前,她难道一次也没有满足过欲望吗?

2

下出租车的时候,加藤的腋下已经出汗。天刮着冷风,他却手拿大衣直接向深川警局走去。

和他约好见面的是生活安全科的富冈,他们读警校时在同一年级。

出现在会客室的富冈似乎比以前胖了些。听加藤这样说,他仔细端详着加藤。"你这是怎么了?这么憔悴,难道你也会有什么心事?"和以前一样,他说话仍那么尖刻。

加藤挤出一丝笑容,马上步入正题:"听说你查抄了私造枪支。"

富冈停下了正要点烟的手。"消息还挺灵通。前天才抓到案犯。"

"听枪支防范科的人说的。持枪的是什么人?"

"普通的枪支收藏者,和黑社会没有任何关系。在门前仲町的马路上让他的狐朋狗友看枪的时候,被当地的商店老板看见了。接到报案后搜查了那个家伙的住处,找到了私造枪支。"

"他还在拘留所?"

"嗯,还有其他罪行,打算慢慢审讯。"

"其他罪行?"

"好像和枪支收藏者进行过各种交易,听说是用网络。这个世道,坏人都擅长用电脑,我们当警察的却一窍不通,真是不好弄呀。"

"他也是通过网上交易弄到手枪的?"

加藤言毕,富冈的表情马上严肃起来。他放下二郎腿,探过身来问道:"喂,你在干什么呢?"

"我在独自追查一个人,或许和此人有关系。能让我见见你抓的人吗?"

富冈歪了歪脸。"干什么傻事!就算是靠你自己的行动立了功,也不会因此升职,这你难道不清楚?"

"求你了。"加藤低下头,"帮我一把。"

富冈挠了挠脑袋。"怎么报答我?"

"我这边有了眉目,马上把信息通报给你,这样行吧?"

富冈考虑了一会儿,然后咂咂嘴。"别忘了报答我。如果是无聊的小礼物,我可不答应。"

"我会领你情的。"加藤说。

富冈为他提供了一个审讯室,条件是他必须也在场。

在审讯室等候的时候,加藤反复回味着和福田工厂前工人安浦的对话。

"那时做得最多的东西是气枪,气枪的部件。本来是用塑料做的,但那种一看就是玩具的东西,收藏者不会认同,所以开始销售金属部件，收藏者买后自己更换。如果把所有的部件都换了，听说会和真气枪完全一样。另外还做模型枪，不过比气枪数量少。"安浦说。

"什么样的模型枪？"

"我也不太清楚，比如柯尔特式自动手枪。"

"是普通的模型枪，还是像气枪那样为了满足收藏者的需要耍的小伎俩？"

安浦垂下眼睑，然后慢慢抬起头，压低声音问道："如果我合作，真的会告诉我那个女人的情况吗？就是把我刺伤的女人。"

"我不会撒谎。如果你知道什么，赶快告诉我。"

安浦四下望了望，然后说出了一件让加藤大为意外的事——他说福田工厂销售私造枪支。"是社长偷偷干的。说是模型枪，实际上让我们做的是真枪的零部件，然后卖给什么人。不知道客户是枪支收藏者，还是什么危险人物，肯定靠那个挣了不少钱。"

"你怎么知道？社长跟你说的是模型枪吧？"

安浦笑了。"我至少知道玩具不会是那个样子。其他两个人应该不知道，因为最关键的部件只有我能做，是加班做的。模型枪根本不需要有弹道的枪身，而且那要求极高的精确度，我一看就明白，但感觉太危险，没对任何人说过。"

"既然你明白，那你的后任水原应该也知道。"

安浦歪了歪嘴角，点点头。"是啊，他可能也知道。当然，前提是我离开工厂后，福田还在销售私造枪支。"

加藤确信，水原从福田工厂拿走的图纸肯定是用来私造枪支的。

从见到安浦的那天起，加藤开始密切注意生活安全科和枪支防范科的行动，只有从这些部门才能获得私造枪支的相关信息。

今天听说深川警局查抄了私造枪支，是柯尔特式点三八口径手枪的仿制品，做工精良。枪支防范科进行了试射，发现相当实用。并不

491

是改造的模型枪，所有零部件都是手工制作的，应该是能熟练操作加工机械的人所为。

门开了，富冈走了进来。

被带进来的人叫日下部，二十五岁，脸色极差，眼窝深陷。

"希望你告诉我弄到那支手枪的经过。"加藤说。

日下部显得很不耐烦。"又要说，不是都说过好几次了吗？"

"别啰唆！不管多少次，让你说你就说！"一旁的富冈说，"这位是警视厅的刑警，和我们不一样，他可不好说话，你要滑头，当心挨收拾！"

加藤看了看富冈。他咧嘴笑了笑。

日下部轻叹口气，舔了舔嘴唇。"是那人主动和我的枪支收藏网站联系的。"

"给你发了邮件？"

"嗯，说是有手工制造的枪，希望介绍一个能与他交换子弹的人。"

"你怎样回复的？"

"我觉得有些蹊跷。我手头没有子弹，但对他说的手工制造的枪挺感兴趣，就回信希望他说明是什么样的东西。"

"然后呢？"

"那人回了信，还用附件发送了枪支部件的照片。看到之后，我觉得可以相信。"

"于是就答应和他交易了？"

"没说答应，先回了封信，说想见面后细谈。如果他把实物带来了，我打算根据情况灵活应对。"

加藤想，他在邮件中自始至终都没有提到自己倒卖子弹的事。做事如此慎重的人，却会向狐朋狗友炫耀自己的枪，真是愚蠢。

"那人姓什么？"加藤问。

"杉并，杉并区的杉并，估计是假名字。"

加藤也这么认为。"你是怎样弄到子弹的？"

"也是在网上。您应该也知道，现在通过网络能买到各种东西，在黑网站上还有专门销售子弹的商家。"

富冈敲着桌子说："所以让你说出卖子弹的人。"

"不是都说了嘛，不知道对方的真实身份。我用挂号方式把现金寄到指定地点，他们就会把东西寄过来。"

"你总不会给无名氏寄钱吧？"

"当然，有相应的公司名，可早就忘了。那种地方经常换名字，网址也经常更换。不管您怎么问，不知道的我还是不知道。"

"别糊弄我！"

"真的。"日下部焦躁地挠了挠脑袋，把头扭向一边。

加藤明白，富冈说的其他罪行就是指这些。对于富冈他们，这确实是不能放过的重点，但现在的加藤对这些不感兴趣。

"你们什么时候进行的交易？"加藤又回到刚才的话题。

"大约十天前，在永代桥边……"

"对方有几个人？"

"一个，我觉得旁边好像也没有同伙。"

"马上就交换了？"

"先让他把东西拿出来看看，他立刻拿了出来。那东西比我预想的要好，说实话，我当时很吃惊。"

"就把子弹给他了？"

日下部点点头。

"另外还说了什么？"

"没说什么。他似乎不愿被人追根究底地问手枪的事，很快就分手了。"

"什么样的人？个头和长相应该还记得吧？"

"很高，应该有一米八左右，但没仔细看他的脸。"

"年龄呢？"

"比我大，应该过三十了，但没有太大把握。"

"有没有什么特点？什么都行，比如服装，或者说话的特点。"

"只记得他穿着一身黑衣，那是我们约定的暗号。"

"还有呢？"

"呃……"日下部陷入沉思。

富冈插嘴道："说一口关西话吧？你不是说过吗？"

"关西话？"加藤看了看富冈，又把目光转向日下部，"是吗？"

"不，我只是感觉像，我对关西话并不熟悉。也许是其他地方的方言，反正语调有点怪。"

加藤冲富冈点了点头。

把日下部送回拘留所后，加藤问富冈："查过这人的电脑了？"

"当然，查出好多东西，但没查到那个私造枪支的人。"

"日下部好像没有撒谎。"

"我也这么认为，所以，已经在交换枪支的永代桥附近进行了调查，目前还没有收获。"富冈压低声音问道，"这和你追踪的人有关系吗？"

"光靠这些线索还无法断定。"

"嗯？是不是想把我甩掉？"

加藤看着富冈苦笑道："我不会那样。"

"什么样的人？能给我点启发吗？"

"很快就会明白。如果发现了有利于你们办案的信息，我会第一个通知你，我保证。"

"不骗我？"

"真啰唆。"

出了深川警局，加藤上了出租车。

没错，肯定是水原。

3

乘客络绎不绝地走出。每个人脸上都带着长途旅行的疲惫之色，但看上去心情都不错，很快找到前来迎接的人，笑逐颜开地上前打招呼。这样的场景随处可见。

茂树比其他乘客出来得稍晚一些。对赖江来说，满头白发就是他的标志。她想和丈夫四目相对，但他好长时间都没有发现妻子，肩上背着小背包走了过来，感觉有些呆滞。

茂树旁边有一个三十岁左右的青年。他姓草野，是茂树的助手。他先发现了赖江，笑着冲她点头致意后，告诉了茂树。

看到她后，茂树的表情依然没有任何变化，只是托了托金丝边眼镜。

两人慢慢向赖江走来。

"回来了，路上累了吧？"赖江对丈夫说，然后看了看草野。

"有气流。"茂树突然说。

"气流？"

"快到日本的时候飞机有些摇晃。"草野解释道。

"是那种机体的固有弱点，性能不差，但操纵系统有问题。"

好久没有回国了，对久别的妻子说的第一句话竟然是关于飞机的——赖江诧异地注视着丈夫，但并没有生气。几十年前就是这样。

"马上回家，还是在什么地方喝点东西？"赖江交替看着两个人。

"都行。"

495

"快回家吧,"茂树硬邦邦地甩出一句话,"干吗要在这种地方喝那么难喝的咖啡。"

"那我把车叫过来。"赖江取出手机,通知在停车场等候的包租汽车的司机。

草野要乘电车。和他分手后,赖江和丈夫一起来到乘车区,一辆黑色高级轿车恰好滑了过来。

"坐机场大巴就行了。"汽车启动后,茂树低声说。

"隆治为你准备的,说不能来接你,以此来表达歉意。"

茂树吐出一口气,肩膀微微晃动了一下。"我也不值得华屋社长亲自来迎接。"

"别这样说……他一直盼着能见到你。"

"那无非是客套话。行了,我知道了。"

"他要在除夕之夜举办Party,想邀请你参加。"

"嗯?"

"华屋办的,听说把整艘船包下来了。"

"船上晚会?他就是喜欢这些花哨的玩意儿。"

"去不去?"

"我不去。如果你觉得面子上过不去,自己去就是了。"茂树目视前方干脆地说,言外之意是"我怎么可能去呢"。

这也在预料之中,赖江并没有吃惊,也没有问理由。

纯学者型的茂树本就不喜欢生意场上的话题,所以早就和以赚钱为人生价值的内弟不和。当然,两人见面时也会说些场面上的应酬话,但赖江十分清楚,茂树从未和弟弟坦诚地谈过心里话。

"从西雅图寄来的东西收到了吗?"茂树问道。

"两天前到的。没想到会那么多,吓了我一跳。"

"是吗?我已经处理掉很多东西了。"

"资料之类的已经搬到书房了。"

"嗯。"茂树点点头,"草野的问题必须解决。"

"不能把他带到大学吗?"

"本来是这样打算,可还不好说。和系主任通过电话,说是现在不缺助手。找工作不容易,留校的学生越来越多了。"

"草野不能找家企业上班吗?"

"如果航空业景气,我们就不会这样回来了。算了,草野的事我想办法解决。"茂树重重地叹了口气,"或者去大学,或者再回去,别无办法。"

赖江还是能感觉出丈夫的失落。这样坐在他身边,也无法感觉到他以往的劲头了。几年前送他去机场的时候,他全身都散发着热情,还说出了豪言壮语:今后的生涯都用来开发划时代的装有新式喷气式发动机的巨型飞机。

两周前接到了他打来的电话,说突然决定回国。本以为他这样专心于研究的人也希望在祖国迎来世纪之交的新年,但事实并非如此——听说研究中止了。详细情况赖江也不知道,但肯定和航空业的低迷有关,经常听到美国现有客机数量过多的信息。

回家的路上,茂树几乎一言不发。想象着他心中的懊恼,赖江也有些忧郁。本来就爱绷着脸的丈夫,从明天开始肯定会散发出更加沉重的气场。她想,这个新年肯定不好过。

"先洗澡?"她问丈夫。

"好,然后稍微睡会儿。"为了缓解肩膀的酸痛,茂树转了转脖子。

轿车放慢了速度,前面能看到家了。就在这时,赖江发现一个男人站在家门口。在那一瞬间,她的心开始怦怦乱跳。

是水原雅也。他穿着灰色大衣,正呆呆地抬头看着房子。

车开近了,他避到路边,没有注意到赖江就在车上。

497

车停了,赖江有些犹豫。现在下车,雅也或许会跟自己打招呼。她在刹那间飞快地思索着,应该如何向丈夫说明和他的关系?

先下车的司机打开了车门,不能不下车了。赖江看到了雅也,两人四目相对。

紧接着,雅也扭身开始往回走。看到赖江的同时,他已发现她并非孤身一人。她顿时松了口气。当她下车时,雅也的背影已经消失在拐角。

茂树洗完澡,喝了一瓶啤酒,然后躺在床上。看来还是累了,他很快就发出了鼾声。

赖江什么也干不下去,她知道该准备晚饭了,但满脑子想的都是雅也。他来这里究竟为了什么?是不是有什么事情?

她想给雅也打电话,却没有足够的勇气。他突然失踪后,赖江曾经打过多次电话,但都没有打通。她不想再品味那种失落。

本以为已经把他忘记了,但隔了这么久再次见到他时,本应风化的心情又复苏了。她比以前更迫切地想见他。

无论如何该准备晚饭了,她只好站起身。就在这时,手机突然响了,放在客厅沙发上的手提包里传出了铃声。

赖江慌忙打开手提包。没有显示是谁打来的,但她毫不犹豫地摁下通话键。"喂,你好。"她的声音有点发尖。

"现在说话方便吗?"

熟悉的声音。无法忘记的声音。赖江的心顿时温暖起来。"没关系。"

"刚才对不起,我没想到你会那样回来。"

"这些都无所谓,到底有什么事?"

"倒没什么大事,只是一时心血来潮。再也不会去你家了,请不要担心。我想告诉你这个才打的电话。"

"等一等，我想问的并不是这个！"她太着急了，不禁提高了嗓音。她赶紧看了一眼客厅的门，压低声音说："你现在在哪里？"

雅也沉默不语。

赖江特别担心他会挂断。"喂，求你了，你在哪儿？"

传来了叹气声，然后他低声道："涩谷。"

"涩谷？知道了，我马上过去。涩谷哪里？"

"别过来，你丈夫在吧？"

"睡着了，一时半会儿醒不了，没关系。"

"可……"

"回答我，在涩谷的什么地方？"

雅也仍一言不发。赖江握着电话的手心已冒出了汗。

"好吧，我去品川，这样不会给你造成负担。"

"我从没觉得是负担……"

雅也指定了位于车站附近的酒店茶室，赖江问清楚后挂断了电话。她激动万分，看了看卧室，确定丈夫已经睡熟后，开始准备出门。必须快点，但她不想在化妆上偷懒，衣服也是经过深思熟虑后选择的。

她在家附近找了辆出租车。已经过了约定时间，司机过于谨慎地握着方向盘的样子，让她心里焦急万分。

她快步跑进酒店的茶室。或许是傍晚的缘故，客人很多，但她只用了不到十秒便在众人中找出了雅也。他正坐在里面的桌旁吸烟，还穿着刚才撞见时穿的那身衣服。她调匀呼吸，又深呼吸了一下后才向他走去。她不想让他看到自己不体面的样子。

"你好像又瘦了。"她说着在雅也对面坐下。侍者走了过来，她要了一杯奶茶。

"你丈夫回国了？"雅也注视着她的眼睛。

"嗯，今天回来的，去成田机场接他。"

"哦。"他把咖啡端到嘴边。

"别说这个了,你找我是不是有什么话要说?"

雅也笑了:"说我为什么突然销声匿迹了?"

"我猜肯定有原因,但什么都不说就消失,是不是有点——"

"卑鄙?"

"没这样想。"赖江歪了歪头。

雅也伸手去拿香烟。"个人原因,和你没有关系,本来不想给你添麻烦。"

"我说的并不是这个。"

侍者将奶茶端了上来,打断了两人的谈话。雅也继续吸烟。

"如果想结束和我的关系,直说就可以了。难道你以为我会纠缠不休吗?"

"对不起,"雅也微微低下头,"我消失另有原因,没顾上通知你。不过,至少该给你打个电话才对。"

赖江伸手去拿茶杯,但马上又抽回了手,她发现自己的手指在颤抖。"那,你找我有什么事?"

"电话里已经说了,没什么重要的事情,只是一时心血来潮。"

"突然下落不明的人会心血来潮地出现吗?"

雅也脸上浮现出暧昧的笑容,他似乎不在乎赖江是否相信。"你丈夫回来了,从年末到新年应该有很多安排吧?"

"没有什么特别的安排。"

赖江以为雅也打算约自己,虽然想着事到如今再提这个,不是让自己为难吗,但她已经开始考虑该如何对茂树解释了。

"因为是千禧年,所有人都兴奋不已。由于华屋的关系,你是否要出席很多场合?"

"我和华屋没有直接关系,我弟弟他们好像很忙。"

"有没有什么特殊活动？"

"听说除夕夜要在船上办 Party，要在海上迎接二〇〇〇年。"

"船上 Party？"雅也的目光似乎闪了一下，"在哪里？"

"东京湾，应该从日出栈桥出发。怎么问起这个了？"

"只是想知道你在哪儿迎接新年。哦，在海上呀。"

"还不知道去不去，也许会有其他安排。"赖江抬眼看着他，焦急地等待着他提出邀请。

但他把手插进大衣口袋，拿出一张千元钞放到桌上。"能遇见你很高兴，祝你幸福。"说完，他站了起来。

"等一等……"

"希望二〇〇〇年对你来说是美好的一年。"雅也向出口走去。

4

加藤停下了脚步，还是老地方。他叼上香烟，点着了火，边吸烟边抬头望着对面的华屋。自从去了深川警局，只要有时间他就会这样，但丝毫没有进展。水原雅也究竟什么时候出现呢？他毫无头绪。

水原肯定另外制了一把枪，因此才需要子弹。无疑，他想要新海美冬的性命。

看了看手表，已经晚上七点多了。华屋的出入口已经关闭。若在往常，这个时间还应该开着。大约三天前加藤就知道，今年除夕夜华屋要比平常早关门一个小时，原因就在于千年虫问题。电脑的错误运行会以何种形式、何种程度出现，现在都无法预测，提早结束营业便是为防止问题出现。银行之类的地方今年也会提早结束工作。首相说最好提前准备好足够三天食用的食品，各个行业自然会提心吊胆。

加藤他们今天也提早下班了，但上司叮嘱他们作好随时上班的准备，以防发生什么意外。

　　尽管是千禧年之前的除夕夜，外面却并不太热闹，人们肯定是担心千年虫问题。听说只有今年去海外旅行的人数减少了。在家里老老实实待着最安全，大街小巷都弥漫着这种氛围。

　　加藤推测，从今天起，两三天内水原应该不会活动，因为考虑到美冬会待在家里不出来。如果水原采取行动，最早应该是华屋开始上班的日子，问题是他会瞄准哪个时机。

　　关于水原的情况，加藤根本没向上司汇报。不论怎么想，他都觉得上司不会理睬自己。私造枪支的人想谋杀华屋的社长夫人，那人可能和社长夫人同谋杀害了名叫曾我孝道的人，而社长夫人可能假冒了新海美冬这个名字，实际上是另一个人……那些头脑顽固老化的上司，以及只想明哲保身、继续升官的人，绝不可能相信这些。不，他连是否能把事情从头到尾说清楚都不敢肯定。如果他们只是付之一笑，说仅仅是推理加空想，再责备他以前擅自行动，就倒霉了。

　　而且，加藤本就不打算把这些事交给别人。他决心亲自追查那个女人。

　　加藤想，确实有一个能抓住新海美冬把柄的机会，就是水原要杀她的那一瞬间。如果能当场逮捕水原，就连她也不可能彻底假装自己毫不知情。

　　加藤刚吸完烟，华屋大楼的侧面出现了一个身穿白色大衣的女子。加藤见过她，就是下落不明的曾我孝道的妻子，叫恭子。

　　前几天听她说水原曾来过，此外加藤还获得了一个信息，那是此前她一直隐瞒的情况——曾我孝道查出新海美冬联系地址的经过。

　　听说曾我找到了美冬以前的住所，从邻居那里拿到一张贺年卡，上面写着暂时寄住的朋友家的地址和电话号码。

按那个电话号码打过去后,感觉电话被转了一下,然后就通了。曾我向接电话的人说了自己的身份以及想寻找新海美冬的原因。

他当天就见到了那人,回家后还对恭子说:"太吃惊了。见面后才发现并非素不相识,竟然是美冬以前工作过的那家店的社长,而且还年轻了许多,容貌也变了。如果不问姓名,我根本就认不出来。"

恭子没说这件事,主要觉得和丈夫的失踪无关,而且美冬也嘱咐她不要说。

"美冬说那人以前曾特别关照过她,不想给她添麻烦,我就一直没有说。如今见警方也没有认真调查,就想还是说出来吧。"

听到这番话时,加藤顿时感到毛骨悚然。他觉出自己掌握了曾我被杀的真正原因。

对于冒牌的新海美冬来说,拿来旧照片的曾我确实是障碍,但也完全可以蒙混过去,比如说和小时候长相不一样了等等。问题是曾我早就认识这个冒牌的人,这对美冬来说才是最大的问题。

加藤走过人行横道。恭子正沿着中央大道向前走,看上去并不着急,只是时不时地低头看看手表。

她在咖啡店前站定。加藤没有放过这个机会,追过去从后面喊了声"曾我太太"。他特意尽量放缓语气,但还是把她吓了一跳。她回头看清来人,略显吃惊地张了张嘴。

"您要回家?"他微笑道。

"嗯,您怎么在这里……"

"不用担心,不是专门等您,只是碰巧看见了,就打个招呼。"

"哦。"她的表情柔和了一些。

"今年店里好像关门早吧?"

"嗯。由于千年虫问题,听说需要对系统进行监控……我不太懂。"

"上面写着过完年从三号开始营业?"

"三号上午十一点开始。可如果因千年虫问题发生了什么故障,也有可能变更。"

"开门那天,社长和各位董事都会到齐喽?"加藤若无其事地逼近问题的核心。

曾我恭子点点头:"估计会。"

"那样的日子里有什么特殊活动吗,比如所有董事一起开香槟酒之类?"

"不清楚。"她苦笑着摇了摇头,"以前没有这种情况。"

"可明年是千禧年。"

"是啊,也许会有某些活动。"

"你们没听说什么?"

"没有,只是说让我们三号上班。"

"哦。"

加藤本以为公司会在年初有常规活动,水原雅也极有可能挑选那个时候下手,但从恭子的话来看,那种可能性并不大。

恭子将视线转向加藤背后,同时显得有些尴尬。加藤回过头,见一个身穿米黄色大衣、四十岁左右的男子正向他们走来。加藤从没见过此人。

来人狐疑地注视着加藤,又把视线转向恭子,眼神似乎在问:"这家伙是谁?"

"这位是警察。"恭子对来人说,似乎带有辩解的成分。

"警察?"

"负责调查我丈夫的事情……"

她的说明完全消除了来人的疑心,他点了点头。"有什么进展吗?"他问加藤。

"不，倒不是因为这件事。"加藤看了看恭子。

"是我的科长。"她微微压低了嗓门。

"我姓森野，如果关于曾我先生的调查有了什么结果，我也想听听。"来人目不转睛地盯着加藤。

加藤明白了两人之间的关系。肯定是约好了下班后见面，怪不得刚才她一个劲儿地看手表。

"不，我只是碰巧看到了曾我太太，就打声招呼。很遗憾，目前还没有关于她丈夫的新消息。"

"哦。"恭子垂下眼睛，看上去并不怎么失望。对于丈夫的消失，看来她已彻底放弃希望。正因如此，她才会另寻配偶。

要责备恭子未免过于残酷。丈夫失踪后的这几年，她肯定从未从不安和孤独中解脱过。如果找到了可依赖的人，倒是值得欣慰的事。

加藤再次体会到时间确实在流逝，人的内心也在变化，而且，有些必须变化，否则人将无法生存下去。

"对不起，打扰了，我先告辞。"加藤交替看着两人说。

"千年虫问题会怎样呢？"森野问道，"听说警察也作了各种准备，以防出事。"

"是啊，不知道会怎样。不归我负责，所以……跨越到新年的一瞬间，你们最好不要外出。"

"我们也是那么打算的，在家里老实待着。"森野看了一眼恭子。

加藤想，这人如果单身，也许会去她家。

森野接着说道："而且我也不够资格参加船上 Party。"

"什么？"

"我们社长召集了家人和公司高层，要举办船上 Party，还说飞机可能会因电脑故障坠落，但船绝不会沉没。"

"是今晚举行吗？"加藤感觉到心跳明显加速。

"听说是。"

"在哪儿？竹芝？"

"具体情况不清楚，应该就是从那附近出发。"

"几点开始？"

"呃……"森野困惑地摇了摇头，"有什么问题吗？"

"没什么，我先告辞了。"加藤行了个礼，转身离去。

5

酒杯里的黑啤剩下一半时，雅也看了看手表。已经过了九点，还有一个多小时。

他把手伸进大衣口袋，感受到了金属的沉重感，然后又把手伸向酒杯。不能喝醉，但要想尽量减轻沉闷的心情，只能借助酒精的力量。

从海岸大道进来不远就是这家酒吧，里面多是想和恋人共度二十世纪最后一夜的情侣，独自坐在吧台前的只有雅也一人。

侍者装出一副漠不关心的样子，但对于这个进店后不脱大衣、模样可怕的男客肯定很在意。过了明天，负责凶杀案的警察也许就会来这里，让侍者看雅也的照片。他会作证：嗯，这人确实在除夕夜来过。

雅也想，警察为什么会追踪我呢？那时警察肯定明白这样干其实没有任何意义，但他们依然会继续干没有意义的事。这个社会就是由无数个无意义的元素堆积而成。

雅也选择这家店并没有太多理由。只要在这附近，哪家店都无所谓。可如果店门前没有张贴老电影的海报，或许他就不会进来。

店内也装饰着海报。《第三人》《雨中曲》《草莓声明》，他都只知道名字，从没看过。

没有看到《飘》的海报，或许这里的老板不喜欢。对了，似乎没有那些所谓大片的海报。

像郝思嘉一样的女子。

这句话被人用来形容真新海美冬所尊敬的女子，听说她曾经营服装店 WHITE NIGHT。

她和新海美冬一起去了国外，回国后，两人去了美冬的父母居住的公寓。那时，估计她还没有具体的计划。

不料发生了阪神淡路大地震那种惊天动地的大灾难。那场把一切都毁灭了的大地震，使她下决心下一个天大的赌注。

雅也想，估计她想完全抹掉过去。无法想象那是怎样的过去，或许有犯罪经历，或许有巨额借款，但这都不是什么大问题。

任何人都有想抹掉的过去。估计大家心中也都隐藏着一个梦想——完全变成别人，体会和以前完全不同的人生。她的情况还外加变年轻的优惠条件。她应该比真正的新海美冬大六七岁。

在那场大地震的早晨，她作出了决断。周围充满了恐怖和混乱，只有她冷静地分析了情况，确信这是获得新生的良机。三具被埋在瓦砾下的尸体，就是新海夫妇和他们的女儿，但是她清楚，知道遗体身份的人只有她。

只能说太凑巧了。虽说碰上了好运气，但如果没有卓越的判断力和洞察力，以及最为重要的毅力，肯定无法做到。雅也无法推测她是如何获得这样的能力的，但有一点可以确定，她的前半生肯定非同一般。

但她做得太过分了。为了抹去自己的过去，竟然杀了一个人。不仅如此，还杀死了另一个人的灵魂。

雅也再次看了看手表，和刚才相比没有太大变化。当他发觉竟然因此松了口气时，不禁暗自苦笑。不是因为别的，到了这个时候，自己竟然还在犹豫不决，还想尽量推迟将枪口对准她的瞬间。

他把手伸进口袋,摸到了那个东西。

这是他引以为豪的作品,是他一生中做得最好,而且是唯一做完的成品。这把手枪无疑可以实现目标。

酒杯里的黑啤已经没有了。他不慌不忙地慢慢吸了一根烟,然后站起身。侍者马上对他说:"多谢光临。"雅也想,果然一直盼着我早点走。

外面很冷。他喝得不多,但酒精还是让脸庞有些发热。外面的冷风最好能让头脑保持绝对清醒。

枪口对准她的时候,她会是何种表情?她也会因恐惧而变色吗?会哭着求我吗?

雅也笑了。傻瓜,她怎么会这样!

雅也在大衣口袋里握紧了枪。前方就能看到港口。

6

在位于竹芝的著名酒店的大厅里,加藤已经坐了一个多小时。因为是除夕夜,再加上即将迎来值得纪念的千禧年,尽管已经过了晚上十点钟,大厅里依然挤满了身着华服的男男女女。加藤也清楚自己身上的衣服和这个场合不相称,也注意到侍者一直诧异地望着自己,但他暗下决心,现在绝对不能离开这里。

听说要举办船上 Party 的那一瞬间,加藤脑中一闪。水原雅也肯定会趁这个时候下手。既然参与者是华屋的相关人员,新海美冬势必要出席,肯定会在人前露面。水原不可能放过这个绝好的机会。

问题是他会选择什么时候。水原应该很难混进宴会场,那么,就应该是上船或下船的时候。只有一个地方能上下船,客人将依序鱼贯而行。如果藏在那附近,很容易击中美冬。满心欢喜地参加宴会的人们做梦也不会想到周围有枪手。

加藤无论如何都要在上船前找到美冬。他给MON AMI打了电话,现在那家美容院也已归到华屋旗下。

美容院往常这个时间应该关门了,但MON AMI还有工作人员,也许在除夕夜特别延长了营业时间。加藤说想找青江,但他不在。

"他去参加华屋举办的Party了?"加藤想套出对方的话。

"听说是这样。"女店员果然中计。

"那,上船前在哪里集合?"

"和华屋的各位……"女店员说出了酒店的名字。

加藤马上道谢,挂断了电话。

新海美冬肯定在那家酒店里。

加藤确信,只要跟在她身边,一定会见到水原。水原在制造枪支方面也许是专家,但在射击上恐怕是个外行。定期接受射击训练的加藤非常清楚,就算试着练过,如果只练上两三发子弹,弹道不可能稳定。就算只相距五米,也很难保证射中对方。

水原肯定想近距离射击美冬。然后他打算怎样?也许会结束自己的生命,或者趁局面陷入混乱时逃入夜幕中。

不管怎样,一切形势无疑都对水原有利。千禧年即将到来,人们失去了平常心。另外,为了应对千年虫问题,所有系统都处于休眠状态。

加藤刚想抽出不知是第几根的香烟,却发现烟盒已经空了。他一边搜寻自动售货机,一边站起身。

就在这时,服务台后面的电梯里涌出了十多个身披高档大衣的男女。

其中有一个最亮丽的女人,加藤死死地盯住了她。

刹那间，他以为认错人了，那和他脑海中美冬的面庞相差太远。不对，如果仔细看，没有太大差异，但整体感觉和以前完全不同。她浑身散发着更加迷人娇媚的光彩，就像是具有魔力的洋娃娃潜入了她的身体。

加藤一边从上衣口袋里取出手机，一边离开。他站在通往化妆间的过道一侧，拨打了提前输到手机上的号码。

铃声响了两下后，有人接起了电话。

"新海美冬女士现在应该在你们酒店。"加藤说。

"新海女士？"

"新海美冬，华屋秋村社长的夫人。"

"噢。"酒店职员发出认同的声音，"不好意思，能问问您的名字吗？"

"我姓水原。"

"水原先生，是吧？"对方确认一遍后放下了话筒。

加藤把手机贴在耳边，望着美冬。她站在离正门不远的地方，正和周围人谈笑风生，似乎没有注意到加藤。她旁边有丈夫秋村、青江真一郎和仓田赖江，赖江身旁站着的白发男人应该是她丈夫。

身穿黑色制服的酒店服务生走到美冬身旁，对她耳语了几句。加藤凝视着她的表情。一丝阴影在她神采奕奕的脸上一闪即逝，但并未逃过加藤的眼睛。听到水原这个姓氏，就连她也会动摇。

她拿起服务台边的话筒。"喂，你好"的声音传进了加藤的耳朵。没错，就是她的声音，但包含了浓厚的警惕意味。

"请放心，我不是水原。"

"你是……"

"我是加藤，警视厅的。你忘了？"她似乎一时不知说什么。加藤继续说道："我现在就在你身边。请往化妆间的方向看，旁边有观赏绿植。"

美冬拿着话筒扭过了头,似乎很快发现了加藤,像是在对他微笑。

"作为今年的最后一次恶作剧,筹划得真够精细的呀。"她看上去已迅速恢复镇定。

"我有重要事情,请给我一点时间。十五分钟,不,十分钟就够了。"

"别胡说。你也在这里,应该明白现在的情况不允许我那样。"

"但形势紧急。"

"可是,"美冬不紧不慢地说,"离千禧年没有太多时间了。"

"求你了。这是为你好,关系到你的性命。"

"说得太夸张了吧?"

"你也听酒店服务生说了,我用了水原的名字,我认为只有这样说你才会接电话。水原想杀你。"

笑容从她脸上消失了,她一动不动地注视着加藤。距离这么远,加藤还是感觉自己的心已被那双眼睛吸了过去。

"看来三言两语说不完,那就过年再说吧。"

"必须现在说!"

"太让我为难了,我要挂电话了。"

"等一等。那,我只问你一个问题。"加藤叹了口气,问道,"你是谁?扮演着新海美冬、扮演着秋村隆治妻子的你,究竟是什么人?"

即便相距很远,加藤也能看出美冬眼中的某种光更加浓重了。她手拿话筒狠狠地瞪着他。

沉默几秒后,她张开了嘴唇。"我的房间是二〇五五号。"她随即挂断了电话。

加藤一边把手机放进口袋,一边用眼睛追逐着美冬的身影。她又恢复了笑容满面的表情,回到原处,在丈夫耳边低声说着什么。秋村隆治有些诧异地望着妻子,但很快也恢复了笑容,冲美冬点点头。

美冬扭身向电梯间走去。确认看不到她的身影后,加藤也离开了那里。

他乘电梯到了二十层,沿走廊前行,地上铺满了能完全消除脚步声的厚地毯。在二〇五五号房间前,他深呼吸了一下,敲响了门。

门马上开了。美冬依然穿着大衣,背后是美丽壮观的夜景。在昏暗的夜色中,她的眼睛闪着迷人的光。

"只有五分钟。超过这个时间,我丈夫会起疑。"美冬说。

"那我就长话短说。"加藤走进房间。里面有一套沙发,还有写字台和置物架。"我还是第一次进酒店的套房。"他环顾着室内。

"你想把五分钟花在谈论房间内部装饰上?"

"不。"加藤扭身看着她,"水原要袭击你,他想杀你,用手工制造的手枪。"

"水原?是谁?"

"都到这个时候了,你还想装糊涂?"加藤坐在沙发上,"估计他已经知道自己仅仅是被你利用,也知道你并非新海美冬。"

她站着俯视他,微微一笑:"我是秋村美冬。"

加藤咧了咧嘴。"喂,别来这一套了。你有性命之忧,水原是来真的!"

"我不明白你的意思。那你说我是谁呢?"

"这正是我想问的。我知道你不是新海美冬。我去过京都,看到了新海美冬以前的照片,那并不是你,而是一个和你完全不同的人。"

她轻轻叹了口气。"仅凭这些就把我当成假冒的?"

"仅凭这些?能这样说吗?"

她脱去一直披在身上的白色毛皮大衣,露出大红色礼服。这让加藤产生了一种错觉,那鲜亮的颜色似乎让室内一下明亮了许多,也更衬托出她肌肤的白皙。"我们好久没见了,今天你见到我有没有发现什么?"美冬俯视着他,问道。

加藤一时不知如何回答。

她接着说道:"你马上就认出我了?"

他明白了她想说什么。"确实和以前的印象不太一样。"

"只是印象?"她微微歪了歪头。

"不……"他轻轻摇了摇头。

"我的脸也变了吧?以前见你的时候是处于哪个阶段呢?"

"阶段?"

"估计你已经察觉到了,我整容了,而且分为若干阶段,现在依然在进行。完美对我来说是遥远的终点。"

"你是说接受过整容手术,所以长相和以前的照片不一样了?"

"整容手术就是为了改变人的容貌。"

"你是什么时候变成这个样子的?第一次手术是什么时候?"

"如果我告诉你,就能消除你这种荒谬的妄想吗?"

"不知道,要先听听再说。"尽管听了也不打算相信,加藤仍然坚持。

美冬捡起脱掉的大衣,看了看房间里的表。说好的五分钟马上就到了。"大学毕业后,我曾经尝试过各种道路,因为不清楚应该如何生存下去。就在这时,我遇到了一个女子,我发现那个人正是我的理想。我在她身边工作,经常和她一起行动。当她舍弃一切、想去国外生活的时候,在我的再三恳求下,她同意带我一起去。"

"她是谁?在哪里?"

"这和你没有关系。"美冬干脆地回答,深呼吸一下后继续说道,"我想成为那样的人,所有的一切都模仿她。后来,连外形,也就是容貌,都想变得和她一样。"

"你不会是因为这个才做手术的吧?"

"就是因为这个。"美冬莞尔一笑,"很遗憾,现在手头没有她的照片,否则就能拿给你看,那样你就可以确认我与她相似到何种程度了。"

"请告诉我她是谁,这非常重要。"加藤站起身,瞪着美冬。

美冬却用更加锐利的目光望向他。她又发挥出那种能将他的心吸入的魔力,使他无法再靠近一步。

"对我来说,她就是我的太阳,我不能随便说出她的名字。"她说得斩钉截铁。

"她会不会就是你自己?是不是以前你就被真正的新海美冬这样仰慕过?而且,那个时候你见过曾我。所以到了今天,如果他再出现在作为新海美冬而活着的你面前,无疑是一种障碍,不对吗?"

她像是没有听到他的话,披上大衣径直向门口走去。

"等一等。"

"到时间了。"她走出了房间。

加藤紧随其后。美冬来到电梯间,他站在她身旁。

"因为你,已经有好几个人陷入了不幸,浜中、曾我、水原,也许还有其他人。"

"太过分了,这是诬陷!"美冬注视着电梯门,脸上突然绽放出笑容,"是否你也因为我而变得不幸呢?"

电梯门开了,她走进去,加藤紧跟上去。

"我想知道你的过去。你究竟走过怎样的道路?为什么会变成这样?"

"什么意思?"

"我觉得非同寻常,你简直像被什么东西支配着。"

"我?被什么?"

"我正想知道这个。你刚出生的时候应该不是这个样子,也许某些事情把你变成了这样。是心灵创伤吗?"

"心灵创伤?"美冬笑了,"很多人往往遇到一点小事就爱套用这种说法。难道是我小时候受过伤害,而且那种创伤一直在支配着我?

饶了我吧,我可没有这类无聊的故事。"

"难道你过去什么事情都没有发生?"

"就算有,我也不会被束缚。我只是在不断学习生存方式。"

电梯到了一层。美冬走了出去,回头看了看加藤。"不要紧跟在后面,我丈夫会觉得奇怪。"

"让我保护你吧。知道有人要袭击你,不能置之不理。"

"若果真如此,你为什么一个人来?就算是除夕夜,也不可能所有警察都忙得没有时间。说到底,连你也知道自己的话不着边际。至少你知道别人听了会不屑一顾,会认为这完全是你的妄想。"美冬向他走近一步,微笑着加了一句:"我告诉你,的确是妄想。"她扭身走开。

"水原就在附近,肯定会袭击你。"

美冬只是将头扭向他:"绝对不可能,我根本不认识姓水原的人。"

"等一下!"

美冬充耳不闻,径直前行。若强行将她拦住,势必会受到周围人的阻拦,可能还会使自己无法自由行动。

加藤远远地望着美冬的身影。她和丈夫一起从正门走了出去,看来要坐车。

他们的身影消失后,加藤也奔向出口,穿过玻璃门,疾步向出租车走去。他告诉司机去日出栈桥。

"就在前面,走着也——"司机不满地说。

"少啰唆,快开!"他拿出证件。

出租车急速开动了。加藤感到了身上的压力,同时反复回味着刚才美冬说的话。

这是一个怎样的女人!无情抛弃了一个为了自己不惜杀人的男人,简直像扔掉用完的口红一样,若无其事,面不改色。就连听到自己将被袭击的消息,也丝毫不乱。

她看上去确实没有受心灵创伤的支配。应该如何生存下去，她心中有坚定的信念。那就像深埋在地底的岩石一样坚固，绝对不会动摇。

水原雅也呢？加藤想到了这个尚未谋面的人。

水原才是最大的受害者，浜中等人简直无法和他相比。他被自称新海美冬的女人的魔力控制、操纵，牺牲了自己的人生。

现在一切即将拉下帷幕。

从酒店到日出栈桥是一条直线。很快，左侧就看到了东京港管理办公室的砖瓦色大楼。刚过了那栋楼，出租车就停下了。加藤给了司机一千元，下了车。

日出码头营业所的停车场里停着几十辆轿车，估计都是参加今晚宴会的客人开来的，还停放着旅游大巴，但那边静悄悄的，看不到人影。

停车场前并排矗立着两栋低平的建筑，一个是坐船的码头，一个是专为使用游艇餐厅的客人准备的。加藤毫不犹豫地向后者走去。

这里的入口装饰得特别华丽。加藤混在衣着华丽、鱼贯而入的客人中进了自动门。

建筑内部富丽堂皇，简直就像Party的会场，估计有近百人围成一圈圈地谈笑风生，有人手拿饮料。

加藤飞快地环顾四周，想找到美冬，但不见她的身影，也没看见秋村隆治。他们应该已经到了，也许正在某处休息。

紧接着，加藤开始挨个观察客人。他没见过水原，但他相信只要水原在，自己肯定能认出。打算要杀人的人肯定会散发出不同寻常的气息。

但他环顾一圈后，并没有发现像水原的人。他来到角落，想观望一下整个会场。他的目光变得异常锐利。

"让各位久等了。"不知从哪儿传来了男人的声音。

加藤循声望去，发现连接甲板的出入口前站着一个身穿米黄色制服的男子。出入口前挂着一个写着"A HAPPY NEW YEAR 2000"的牌子。

"接下来请大家上船。不要着急,请依序上船。"

此人话音刚落,人群突然乱了。建筑对面有船上办婚礼用的会客室,四周是玻璃墙,但现在拉着白色窗帘,看不到里面。

那里的玻璃门开了,从里面走出身穿银灰色燕尾服的隆治,新海美冬紧跟其后。她已换上纯白的礼服。

客人们顿时发出了赞叹声,不用说,都是针对美冬的。她简直有如雪国女王。

两人走到通往甲板的出入口,并排站住。看来夫妻俩想以这种形式欢迎客人,他们似乎打算最后登船。

客人们一个接一个向甲板走去。秋村和美冬与他们逐一寒暄,低头致意。出入口的门全打开了,外面的冷风吹了进来,美冬穿着露肩的礼服,却丝毫没有瑟缩之意。

剩下的客人已经不多。加藤一直担心会有客人突然袭击美冬,看来是杞人忧天了。难道水原不会在这里出现?难道自己猜错了,水原并非企图在今夜枪杀美冬?

最后一个客人上了甲板,等候室里只剩下几个工作人员和加藤。

秋村隆治把目光转向他,美冬也望着他,那视线既像蕴含着怒火,又像在欣赏着什么。

美冬对丈夫耳语了几句,或许在说:"那个人无关紧要。"很快,秋村隆治像是失去了兴趣,把目光从加藤身上移开。

工作人员拿来了两人的大衣,他们披上后就去了甲板,美冬再没回头。

加藤走到出入口附近。身穿米黄色制服的人挡在他面前,把门砰地关上。那张脸上似乎写着:无关人等一律不许入内。

517

加藤无奈地透过窗户望着两人的身影。码头上停着豪华客轮，架着带罩的舰桥。美冬和她丈夫正走近舰桥。

"船几点回来？"加藤问穿制服的人。

"暂定凌晨一点。"

"一点……"加藤嘟囔着。正想低头看表，忽觉视野中有什么动了一下。他抬起头，看向窗外。

一个人影正要从旁边的班轮专用甲板上翻越栅栏，是个高个子男人。

加藤一把推开穿制服的人，打开门冲向甲板。高个子男人恰好要从他眼前通过。加藤拼命抱住了他，感觉他的身体失去了平衡。紧接着，他也倒在了地上。加藤飞速站起，对方也调整姿势，站了起来。两人互瞪着。船就在加藤背后，不知美冬等人是否看到了这一幕。

"放弃吧，水原。"加藤说。

那人的眉毛微微动了动，表情却像戴了一张面具般没有丝毫变化。加藤想，这是多么忧郁的眼神呀！在因绝望而极度混浊的眼球后面，似乎摇曳着仇恨的火焰。

男子将手伸进大衣口袋，很明显，他握住了手枪。

"你……是加藤？"他问。

7

雅也想，原来这人就是警察加藤，就是那个像讨厌的苍蝇一样在身边飞来飞去的人。不知道这人为什么会在这里，但都无所谓了。

雅也隔着这人的肩，看着船。美冬牵着丈夫的手正要上船。她回过头瞥了一眼，与雅也的目光撞在一起。

为什么，美冬？雅也的想法含在目光中。

为什么要背叛？为什么杀死我的灵魂？你说过我们没有白昼，任何时候都是黑夜，说过我们要在黑夜中生存下去。

即便如此，我也无所谓，只要是真正的黑夜就行。然而，你连那个都没有给我，你给予我的全是虚幻。

美冬的眼神中没有任何回答。她飞快地移开目光，冲丈夫微微一笑，然后很幸福似的消失在船舱中。

"放弃吧。"

声音让雅也再次把视线转到眼前的男子身上。加藤似乎一直在注视着他。

"我来帮你消除心中的仇恨，水原，不要干傻事。"

"仇恨？"

"我会剥下她的画皮，你就等着吧。"

雅也望着加藤的眼睛，叹了口气，脸上浮现出笑容。这人在说什么？

"有什么好笑的？"加藤问。

恰在此时，汽笛响了，豪华客轮慢慢离开了港口。雅也的眼睛追着客轮。船眼看着越来越小，甲板上已没有了美冬的身影。

估计这个时候她正身穿最华丽的服装向大家展示她的美丽。她究竟在追求什么？雅也至今也不明白，但有一点可以确信，她正朝着她的方向在台阶上不断攀登。

"水原，把枪给我。"加藤伸出手，"虽然也要逮捕你，但她会被送进监狱。我向你保证。"

雅也把手从大衣口袋里抽了出来，依然握着手枪。加藤深呼吸的声音清晰可闻。

雅也走到加藤身前，似乎要把枪递过去。

但是，他的手并没有松开手枪。那是为了和美冬共命运而特制的手枪。他把手指放到扳机上，将枪口对准加藤的喉咙，同时自己也把身体贴过去。

"我不允许发生那种事，"雅也说，"没人能进入只有我和她的世界。"

他扣动了扳机。

8

秋村心情烦闷地挂断了电话，对方是当地的警察局长。就在几分钟前，工作人员向他汇报了令人不快的消息。偏偏在自己的船刚离开的时候，日出栈桥发生了爆炸。秋村也确实听到了一声巨响。那时他还对客人说，是不是有人高兴过了头，提早燃放了庆祝千禧年的烟花。

他想了解一下情况，就给有老交情的局长打了电话，但对方没有告诉他详情。或许局长也尚未收到准确汇报，因为事情刚发生。

"好像是手枪爆炸。"局长说。

"手枪？竟然有人携带这么危险的东西。"

"不，这一点还不清楚。爆炸的剧烈程度令人难以想象，两人都死了。"

"两人都……"

刚迎来新年，就听到这么令人不快的消息，大好心情都没有了。秋村命令工作人员向客人们隐瞒这件事。船只好改在竹芝栈桥靠岸，听说尸体碎片在现场飞得到处都是。

登船的时候，好像有两个人在争执什么。死的是他们吗？他们为什么会在那里？

秋村渐渐恢复了平和的表情，回到会场。他四处寻找美冬，却没有看到,问了问旁边的人,说看见她刚去了甲板。

他披上大衣,来到外面。美冬穿着白色礼服迎风站在风中。

"干什么呢?穿这么少。"秋村脱下大衣,为妻子披上。

"谢谢。"美冬拢了拢大衣前襟。

她身后能看到彩虹桥。看来今晚会一直有灯光照明,她的脸颊在灯光下闪闪发亮。

秋村决定先不告诉她发生了恶性事件。

"快进去吧,今晚我们是主人。"

"是啊,对不起。"

秋村转身向前走。他注意到妻子没跟过来,便回头看了看。

"怎么?身体不舒服?"

美冬摇了摇头。

"没有。这么美好的夜晚还是第一次看到,简直像幻夜一般。"说着,她露出娇媚的笑容。

图书在版编目(CIP)数据

幻夜 ／（日）东野圭吾著；李炜译. —— 3版. —— 海口：南海出版公司，2018.5
　（东野圭吾作品）
　ISBN 978-7-5442-9181-1

Ⅰ. ①幻… Ⅱ. ①东… ②李… Ⅲ. ①长篇小说－日本－现代 Ⅳ. ①I313.45

中国版本图书馆CIP数据核字(2018)第014690号

著作权合同登记号　图字：30-2017-160

GENYA
by Keigo Higashino
Copyright © 2007 by Keigo Higashino
First published in Japan in 2007 by SHUEISHA Inc., Tokyo
Simplified Chinese translation rights arranged by SHUEISHA Inc.
through Japan Foreign-Rights Centre/ BARDON CHINESE CREATIVE AGENCY LIMITED, Hong Kong.
All rights reserved.

幻夜

〔日〕东野圭吾　著
李炜　译

出　　版	南海出版公司　（0898）66568511	
	海口市海秀中路51号星华大厦五楼　邮编 570206	
发　　行	新经典发行有限公司	
	电话(010)68423599　邮箱 editor@readinglife.com	
经　　销	新华书店	
责任编辑	张　锐	
特邀编辑	黄莉辉　倪莎莎	
装帧设计	李照祥	
内文制作	王春雪	
印　　刷	北京富诚彩色印刷有限公司	
开　　本	850毫米×1168毫米　1/32	
印　　张	16.5	
字　　数	412千	
版　　次	2009年9月第1版　2018年5月第3版	
印　　次	2025年4月第79次印刷	
书　　号	ISBN 978-7-5442-9181-1	
定　　价	59.60元	

版权所有，侵权必究
如有印装质量问题，请发邮件至 zhiliang@readinglife.com